MW00466435

Charles Nodier

La Fée aux Miettes

PRÉCÉDÉ DE

Smarra

ET DE

Trilby

Édition présentée,
établie et annotée
par Patrick Berthier
Professeur à l'université de Nantes

Gallimard

obsessans
- la guillotine
- sa fille

PRÉFACE

Nodier et Victor Hugo

Bisontin comme *Victor Hugo, Charles Nodier avait vingt-deux ans de plus que lui ; cette position d'aîné du romantisme, symbolisée par son salon de l'Arsenal, ne doit pas tromper sur les données essentielles de sa vie et de son œuvre. Deux d'entre elles sont bien antérieures à sa célébrité, et fondent sa biographie intime mieux que les titres de ses œuvres les plus populaires.*

Il n'avait que dix ans lorsque son père fut nommé président du Tribunal criminel du département du Doubs ; si soucieux d'équité que fût cet avocat quinquagénaire, il revenait parfois dîner chez lui le regard lourd des morts qu'il avait décrétées. Son fils est encore un enfant lorsqu'il encourage ses discours aux réunions patriotiques. A treize ans et demi, il l'envoie côtoyer la Terreur montagnarde à Strasbourg, en la personne étrange d'Euloge Schneider, helléniste de renom, prêtre défroqué, guillotineur actif jusqu'à ce que Saint-Just lui-même le désigne à son tour pour le couperet. Sensible autant qu'observateur, l'enfant n'oublia jamais ; trente et même quarante ans plus tard, la guillotine hante encore ses contes et son sommeil. Autant d'images qui coïncidèrent, fortuitement, avec la mode « frénétique » des années 1820, ou avec la vogue, en 1831-1832, du récit fantastique, mais qui traduisent en profondeur une authentique obsession de la mort.

Obsession d'un autre genre, et plus douce, quoique non moins dévorante : l'amour du père pour son enfant. Ni l'un ni l'autre

*des deux garçons qui lui naquirent après Marie n'ayant survécu,
Nodier reporta sur elle toutes les forces vives de son cœur.
Lorsqu'elle n'avait que dix ou onze ans, ils allaient tous les
deux au théâtre, presque tous les soirs. A quarante-quatre ans,
Nodier se vit offrir la sécurité relative d'un poste fixe, celui de
conservateur de la bibliothèque du comte d'Artois, à l'Arsenal.
Il put dès lors accueillir dans son salon ce que la jeune
littérature comptait alors de plus remuant; sa fille, à peine
adolescente, fut tout naturellement la lumière de ces réunions.
Lorsque, au bout de trois ans, la gloire montante de Victor
Hugo priva Charles Nodier de la vedette, c'est encore sa fille
qui anima de sa présence le Cénacle à demi déserté. En 1830,
elle se maria, et, bien qu'elle continuât d'habiter l'Arsenal, tous
les témoins, même les moins intimes, ont vu qu'une flamme
s'était éteinte : celle qui retenait Nodier du côté de la joie de
vivre.*

*Pour échapper au sentiment du vide autant que par nécessité
d'argent, Nodier revint alors à la littérature de fiction, qu'il
avait abandonnée depuis dix ans. Un regard sur la liste de ses
œuvres montre cependant que ce passionné de toutes les sciences,
qui avait débuté à dix-huit ans par une dissertation sur les
insectes, ne cessa jamais de s'occuper de théorie intellectuelle :
publiant des livres, à tirage souvent confidentiel, sur d'épineuses
questions de bibliophilie; risquant, au scandale des doctes, une
théorie bien étrange de l'histoire sélective et romancée; mêlant,
enfin, dans son abondante activité critique, une extrême rigueur
au goût de l'anecdote rare (difficile, dans certains cas, de ne pas
songer à la ferveur toute semblable, et tout aussi méconnue,
d'Alexandre Vialatte).*

*Lorsque mourut ce Protée, il ne se trouva presque personne
pour voir, dans sa vie comme dans son œuvre, autre chose
qu'aimable dispersion. Huit jours après sa mort, le directeur de
L'Artiste, Arsène Houssaye, laissait tomber cet « éloge »
funèbre : « Certes, Jean Sbogar, Trilby sont des œuvres d'un
vrai mérite : [...] mais sont-ce là de ces livres qui deviennent le
symbole immortel d'une renommée? Charles Nodier restera*

dans la mémoire de tous comme le littérateur par excellence [...]
*Les personnages, enfants de sa fantaisie, ne sont pas doués d'une
vie durable ; ils s'effaceront sans doute sous la main du temps,
comme les traits d'une médaille que le burin n'aurait pas assez
profondément fouillés*[1]. »

Artiste négligent, donc auteur négligeable : le branle est
donné, et pour longtemps. Déjà, dans la Revue des Deux
Mondes du 1er mai 1840, Sainte-Beuve avait cru devoir
traiter d' « aimable et presque insaisissable polygraphe » le
marginal dont il condescendait, dans un sourire d'estime
protectrice, à entretenir ses abonnés. Faut-il, dès lors, s'étonner
que Lanson ne cite même pas Nodier, ou qu'Albert Thibaudet
expédie en deux lignes ce « Bisontin singulier, imaginatif,
auteur d'aimables contes[2] » ? Trop d'échotiers, savants ou non,
brodèrent les uns après les autres sur la légende de l'Arsenal, et
sur son hôte : « Il avait quelque chose de sympathique qui vous
captivait, l'on eût passé des heures entières à l'écouter [parler]
avec cet accent franc-comtois un peu traînant qui a une puissance
magnétique pour forcer l'attention[3]. » Cet esprit universel et
lucide eut beau parrainer le bouillonnement romantique des
années 1824-1828 (jusqu'à ce que le Cénacle hugolien lui ravît
la vedette), on nous fait comprendre que l'animateur n'intéresse
personne : c'est « le bon Nodier » qui comptait, « son caractère
doux et facile[4] ». Que des dizaines d'esprits se soient, dans son
salon, nourris d'intelligence à son contact ? pure invention :
« On ne peut pas dire que ces rencontres dans ce milieu de
passage aient eu une influence littéraire[5]. » Quant à l'écrivain,
tranchons net : il n'a jamais « soulevé ces grandes questions qui
ont des échos dans toutes les âmes[6] » ; un auteur, franchement,

1. Éditorial de *L'Artiste* du 4 février 1844.
2. Albert Thibaudet, *Histoire de la littérature française de 1789 à nos
jours*, Stock, 1936, p. 178.
3. Mme Ancelot, *Les Salons de Paris, foyers éteints*, Tardieu, 1858,
p. 139.
4. *Ibid.*, p. 140.
5. Albert Thibaudet, *op. cit.*, p. 179.
6. Mme Ancelot, *op. cit.*, p. 141.

de second rayon — un homme bénin, presque insignifiant.

   Il faut bien avouer que Nodier n'a pas tenté grand-chose pour
enrayer la formation d'une image si monstrueusement fausse de
lui-même. Hypernerveux jusqu'à l'épilepsie dans sa jeunesse,
psychasthénique au contraire, et de plus en plus, au long des
quinze dernières années de sa vie, il semble n'avoir jamais
fondamentalement cru ni à sa vocation ni à ses dons littéraires.
Il les plaçait toujours en second — affirmant, par exemple,
écrire pour financer ses désirs de bibliomane. Commentant pour
un correspondant la genèse de ce qui devait être son dernier récit,
Franciscus Columna, *il écrivait : « Croyez bien que, si
j'écris ceci, ce n'est pas pour faire un livre, mais pour en
acheter*[7]. » *Il se voyait plus volontiers consommant et
savourant la littérature des autres, que fabriquant la sienne ; il
pensait sincèrement qu'* « *après le plaisir de posséder des livres,
il n'y en a guère de plus doux que celui d'en parler, et de
communiquer au public ces innocentes richesses de la pensée
qu'on acquiert dans la culture des lettres*[8] ». *Mais soi-même,
construire ? Se livrant en confiance à son ami et protecteur
d'autrefois, Jean de Bry, Nodier se décrivait triple :* « *Cette
trinité mal assortie se compose d'un fou bizarre et capricieux,
d'un pédant frotté d'érudition et de nomenclatures, et d'un
honnête garçon faible et sensible* [...] *Des trois bêtes qui vivent
en moi, la bête qui fait des livres est sans comparaison celle dont
le sort m'occupe le moins*[9]. »

   *Pourquoi tous ces livres, alors ? George Sand propose
l'explication la plus terrestre. Au moment où commencent de
paraître chez Renduel les* Œuvres complètes *du patron de
l'Arsenal, et où vient notamment d'être révélée au public sa* Fée
aux Miettes, *Sand écrit à Paultre :*

   7. Cité dans Michel Salomon, *Charles Nodier et le groupe romantique*,
Perrin, 1908, p. 310.
   8. Première phrase de la préface de *Mélanges tirés d'une petite
bibliothèque*, Crapelet, 1829, p. III.
   9. Lettre du 19 décembre 1829, citée dans Michel Salomon, *op.
cit.*, p. 309 et n. 2.

Si Nodier n'eût jamais fait ni contes ni
romans, choses qu'il fait rarement bien et qui ne
vont pas à sa taille, s'il se fût borné à écrire sur
les sciences, sur la philosophie, sur les religions,
avec son âme poétique, son style brillant, sa
manière naïve, [...] Nodier serait ce qu'il doit
être, le premier de nos écrivains, le plus bizarre,
le plus original, le plus profond, le plus spirituel,
le plus étonnant, le plus universel. Mais Nodier
n'eût pas vécu à ce métier [...] Le talent de
Nodier, son vrai talent à lui ne pouvait pas être
populaire. Il est exceptionnel. Il est unique. Il
faut pourtant vivre de son talent et Nodier a fait
des contes, des romans, de véritables pastiches
sans invention, sans réalité, sans goût. Son style
n'allait point à ses compositions aussi son style
fatigue, sa manière endort, son récit assomme.
Oui, sous forme de romancier, Nodier est fort
ennuyeux[10] [...] »

L'argument d'argent n'est pas faux; Nodier n'eut qu'après
1824 une pension fixe, et elle ne pouvait suffire au train
familial; ses biographes assurent qu'en outre, en 1822, escroqué
par un emprunteur indélicat, Nodier s'encombra, bien malgré
lui, d'une lourde dette[11]. Et il était suffisamment peu « riche »
pour devoir sacrifier sa bibliothèque à la nécessité de doter sa
fille. Mais l'argent ne dit pas toujours l'essentiel, et les lecteurs
de Nodier ne le trouvent pas tous, comme Sand, « ennuyeux ».
Pour un Roger Caillois qui écrase de son mépris l' « exercice
érudit » de Smarra, *ce ratage « exécrable, d'une ridicule*
emphase et dont l'académisme, s'agissant de donner l'impression
du cauchemar, représente un contresens presque grotesque[12] »,

10. George Sand, lettre du 25 août 1832, *Correspondance*, éd.
Georges Lubin, Garnier, t. II, 1966, p. 146-147.
11. Voir Michel Salomon, *op. cit.*, p. 99-100.
12. Dans *Tel Quel*, nᵒ 8, hiver 1962.

*nous trouvons bien des lecteurs ayant su deviner, derrière son
pitoyable échec commercial, l'importance de cette dissertation
hallucinée :* Balzac range Smarra *au nombre de ces « in-12 de
deux cents pages » qu'à l'automne 1821, aux étalages des
Galeries de Bois, « les jeunes gens affamés de littérature et
d'argent » dévoraient sans bourse délier grâce à l'indulgence des
commis*[13]. *Le créateur de* Lucien de Rubempré *avait-il pressenti
qu'autre chose se cachait derrière le « fabriqué » de* Smarra *?
Tout le monde savait que cette œuvre arrivait dans le droit fil du
succès du* Vampire de Polidori, *dont Nodier avait co-signé en
1820 une adaptation théâtrale mitonnée en mélodrame ; quelques lecteurs attentifs, à l'époque ou plus récemment, virent bien
que, si toutes les recettes « frénétiques » étaient utilisées,
Nodier dépassait le pauvre niveau de la production à la mode
par le soin apporté au dépaysement poétique (le cadre thessalien)
et psychologique (c'est l'histoire d'un rêve) ; au pathétique
s'ajoutait, d'autre part, le désir visible d'enseignement moral
(thématique du remords et de la punition). Mais* Max Milner,
*qui analyse toutes ces données, voit plus aigu lorsqu'il décrit
Nodier se risquant au sein de son propre récit, qu'il « semble
revivre pour son propre compte avant de nous l'imposer*[14] ». *Et
lorsque les imprécations de Ronald, dans* Trilby, *ou l'affreux
cauchemar de Michel endormi à côté du bailli, dans* La Fée
aux Miettes, *nous imposent à nouveau les mêmes obsessions
sinistres ou sanglantes, nous devons bien convenir, comme je le
suggérais en commençant, que tout vient chez Nodier d'un
trouble fondamental, et qu' « il y avait au fond de son
imagination quelque chose de terrible et de hagard*[15] ».

On s'est pourtant assez mépris sur les « charmes » de
Trilby *pour que cette histoire lugubre devienne le symbole de la
plus aimable légèreté narrative. Même un* Victor Hugo

13. *Illusions perdues*, IIe partie (1839), éd. Folio, p. 275.
14. Max Milner, *Le Diable dans la littérature française de Cazotte à
Baudelaire*, Corti, 1960, t. I, p. 280.
15. Edmond Jaloux, *Perspectives et personnages*, Plon, 1931, p. 84
(dans une *remarquable* « Préface à Charles Nodier »).

capable, dès 1825, de résumer la quintessence magique du petit lutin dans sa ballade « A Trilby[16] *», n'insiste qu'à peine sur la lente accélération qui, amorcée dès le premier quart du conte, en précipite le dénouement dans la tragédie. Quant à ce que j'appellerai l' « imagerie Trilby », elle a de quoi rendre songeur. Le succès de l'œuvre entraîna notamment de multiples défigurations vaudevillesques où Trilby se trouvait réduit à des personnages dérisoires d'étudiant farceur ou de page bellâtre*[17], *et il n'est pas jusqu'à la fille de l'auteur qui n'ait été confondue avec une caricature mignarde et sucrée du sublime petit gnome. Le rimasseur Ernest Fouinet emporte le bouquet avec ce sonnet d'octobre 1842 :*

Invisible Trilby, je t'ai vu ce matin.
Oui, j'ai vu ton esprit et ta grâce éternelle
Et ta bonté riante, et j'ai mis sous ton aile
Quelques feuillets lancés pour un vol incertain.

Oui, je t'ai vu, Trilby, mon bienveillant lutin,
Flambeau de poésie ou limpide étincelle !
— Mais ce n'était pas moi, dis-tu. — C'était
                donc celle
Qui rend heureux et doux ton glorieux destin ?

Eh ! c'était toujours toi ; c'était toujours ton âme,
L'écho de tes accords, le reflet de ta flamme,
Ton chant qui se prolonge et ton plus beau
                rayon

Et ta seconde vue, et toute ta féerie,
Et, bienfaisant lutin, ton inspiration.
C'était Charles Trilby sous les traits de Marie[18].

---

16. « A Trilby, le lutin d'Argail », daté 8-10 avril 1825, est la première des « Ballades », dans les *Odes et Ballades* de 1826.
17. Voir la notice p. 332-333.
18. Sonnet dédié à Marie Mennessier-Nodier, cité par Michel Salomon, *op. cit.*, p. 152.

Cet hommage sentimental nous renvoie indirectement à la folle affection du père pour sa fille ; nous avons dit combien le mariage de Marie avec Jules Mennessier, en 1830, fut pour Nodier une catastrophe bien plus fondamentale que le changement de régime politique. Mais il nous faut aussi, songeant aux œuvres, rappeler que la critique psychanalytique, surtout dans la période des débuts où elle ne s'interrogeait même pas sur sa légitimité, a tiré de cette situation familiale bien courante des interprétations aberrantes, à la faveur desquelles toute La Fée aux Miettes, *dont la beauté littéraire n'était évidemment pas considérée une seconde, se résumait à une figuration des rapports incestueux du père et de sa fille...*

Il est vrai que ce fascinant conte moral, et même moralisant, eut, plus que toute autre œuvre de Nodier, à souffrir de l'assaut mené contre lui par toute une critique : si Nodier, en effet, fut ignoré ou négligé jusqu'aux années 50 (seuls quelques érudits s'étaient attelés à la tâche de le mieux connaître), en revanche les deux ou trois décennies récentes ont vu s'accumuler les interprétations « terroristes » : nous avons eu la Fée aux Miettes *ésotérique, la* Fée aux Miettes *franc-maçonne... et il est probable que le sectateur de sociétés secrètes que fut Nodier dans sa jeunesse a pensé un peu à tout cela. Mais l'initiation du charpentier Michel, de quelques symboles qu'on veuille la surcharger, nous renvoie d'abord, vitalement, au plus intime de Nodier lui-même, et à son combat contre les forces nocturnes de l'esprit. Le narrateur de* La Fée aux Miettes *annonce, à la dernière seconde, le bonheur complet de Michel devenu pour toujours l'époux de la reine de Saba, et le délivre ainsi de cette « préoccupation singulière » dont Nodier lui-même se sentait atteint, « ce qu'on appellerait aujourd'hui la* monomanie *du malheur, mélancolie soupçonneuse, irritable et fière, plus digne de pitié que de dérision*[19] *». Écrivant* La Fée aux Miettes *(et* Trilby, *et* Smarra*), Nodier « s'est réconcilié avec les images*

---

19. Avertissement de la seconde édition de *Questions de littérature légale*, Crapelet, 1828, p. III. C'est Nodier qui souligne.

*obscures qui le hantaient, en les faisant entrer dans une féerie où
elles perdent leur pouvoir maléfique*[20]. » *Nous pouvons espérer
qu'alors l'obsède un peu moins ce « hurlement sauvage qui est
propre au cauchemar, et qui rappelle si horriblement celui des
hyènes affamées*[21] ».

*Il faudrait donc, pour ne plus subir les rêves noirs, s'en forger
de riants. Nodier conteur songe toujours à l'injonction qu'il
s'adressait dès 1804 : « Un poète doit [...] réveiller tour à tour
dans l'âme du lecteur les souvenirs, les espérances, le transporter
dans le passé, lui montrer l'avenir et le bercer continuellement de
vieux mensonges et d'illusions séduisantes*[22]. » *Lexicographe,
linguiste, grammairien, critique, bibliophile, mémorialiste, et
j'oublie entomologiste, botaniste, minéralogiste, Nodier multi-
plie les activités dérivatives. Mais le réel est là, morne, triste,
obstiné. Nul modèle politique ne peut empêcher le monde d'être
un monde usé.*

Le *mieux*, en quelque chose qu'on l'imagine,
est une illusion pour ceux qui apprennent, un
prétexte pour ceux qui savent, un objet d'amertume et de dérision pour ceux qui meurent. Le
pronostic infaillible des sociétés à venir est tout
entier dans l'histoire des sociétés anéanties[23].

*Les Anciens croyaient l'âge d'or derrière eux, Saint-Simon
le proclame devant nous. Tous se leurrent — et nous touchons
ici l'un des ressorts de la création fantas(ma)tique chez
Nodier — :*

---

20. Albert Béguin, *L'Ame romantique et le rêve*, 2ᵉ éd., Corti, 1939,
p. 344.
21. « De quelques phénomènes du sommeil », *Œuvres complètes*,
t. V, p. 172.
22. *La Décade philosophique*, 30 ventôse an XIII (21 mars 1804).
23. « De la perfectibilité de l'homme et de l'influence de l'imprimerie sur la civilisation », *Œuvres complètes*, t. V, p. 249.

L'âge d'or n'est ni devant ni derrière la société
actuelle : il est dans le domaine imaginaire des
vaines ambitions de l'homme, comme la plupart
de ses croyances. Ce type idéal de perfectionnement est la plus vieille des rêveries sociales : et
cette illusion doit suivre l'espèce jusqu'à sa
décrépitude où nous sommes, et jusqu'à sa mort
où nous touchons. Toutes les espérances de la
race humaine se meuvent dans le vide [24].

Comment survivre à une vision si décapante, si désespérée du
monde ? En s'échappant consciemment dans les songes, juste-
ment, et en essayant de tirer le meilleur parti « du jour fatal où
l'on s'est avisé de mettre des lettres à la suite d'une lettre pour
faire un mot [25] *». L'efficacité du conte ne vient pas forcément de*
ce qu'il finit bien ; Smarra *et* Trilby *finissent mal, parce que*
dans la vie réelle les Ronald sont plus nombreux que les lutins ;
du moins un univers autre a-t-il été créé, le temps d'écrire.

Les *Nouvelles* que je me raconte avant de les
raconter aux autres ont d'ailleurs pour mon
esprit un charme qui le console. Elles détournent
ma pensée des faits réels pour l'exercer sur des
chimères de mon choix ; elles l'entretiennent
d'idées rêveuses et solitaires qui m'attendrissent,
ou de fantaisies riantes qui m'amusent ; elles me
font vivre d'une vie qui n'a rien de commun avec
la vie positive des hommes, et qui me sépare
d'elle un peu moins que je ne voudrais, mais
autant qu'il est permis à l'imagination d'en
allonger les lisières et d'en franchir la portée.
C'est pour cela que j'ai fait des Contes [26].

24. *Ibid.*, p. 250.
25. « Préface inutile » des *Quatre Talismans* (1838), éd. Castex des
Contes, Garnier, 1961, p. 718.
26. *Ibid.*, éd. citée, p. 719.

Ainsi donc lisons-les de tout cœur, ces contes, pour ce qu'ils sont : planches de salut pour un esprit à la dérive, sursis accordé par l'ombre, répit dans la course folle vers rien, apaisement constamment précaire de la tempête sous un crâne.

PATRICK BERTHIER

Ses soirées de l'Arsenal, à Paris, réunissaient les écrivains romantiques

Ses récits ~~fom~~ fantastiques ont ouvert la voie à Nerval et au surréalisme

Smarra,
ou
Les Démons de la nuit

LE PROLOGUE

Somnia fallaci ludunt temeraria nocte,
Et pavidas mentes falsa timere jubent.

CATULLE[1].

L'île est remplie de bruits, de sons et de
doux airs qui donnent du plaisir sans jamais
nuire. Quelquefois des milliers d'instruments
tintent confusément à mon oreille ; quelquefois ce sont des voix telles que, si je m'éveillais
après un long sommeil, elles me feraient
dormir encore ; et quelquefois en dormant il
m'a semblé voir les nuées s'ouvrir, et montrer
toutes sortes de biens qui pleuvaient sur moi,
de façon qu'en me réveillant je pleurais
comme un enfant de l'envie de toujours rêver.

SHAKESPEARE[2].

Ah! qu'il est doux, ma Lisidis, quand le dernier
tintement de la cloche, qui expire dans les tours
d'Arona[3], vient de nommer minuit, — qu'il est doux
de venir partager avec toi la couche longtemps solitaire
où je te rêvais depuis un an !

Tu es à moi, Lisidis, et les mauvais génies qui
séparaient de ton gracieux sommeil le sommeil de
Lorenzo ne m'épouvanteront plus de leurs prestiges !

Smarra

On disait avec raison, sois-en sûre, que ces nocturnes terreurs qui assaillaient, qui brisaient mon âme pendant le cours des heures destinées au repos, n'étaient qu'un résultat naturel de mes études obstinées sur la merveilleuse poésie des anciens, et de l'impression que m'avaient laissée quelques fables fantastiques d'Apulée, car le premier livre d'Apulée saisit l'imagination d'une étreinte si vive et si douloureuse, que je ne voudrais pas, au prix de mes yeux, qu'il tombât jamais sous les tiens.

Qu'on ne me parle plus aujourd'hui d'Apulée et de ses visions ; qu'on ne me parle plus ni des Latins ni des Grecs, ni des éblouissants caprices de leurs génies ! N'es-tu pas pour moi, Lisidis, une poésie plus belle que la poésie, et plus riche en divins enchantements que la nature tout entière ?

Mais vous dormez, enfant, et vous ne m'entendez plus ! Vous avez dansé trop tard ce soir au bal de l'île Belle !... Vous avez trop dansé, surtout quand vous ne dansiez pas avec moi, et vous voilà fatiguée comme une rose que les brises ont balancée tout le jour, et qui attend pour se relever, plus vermeille sur sa tige à demi penchée, le premier regard du matin !

Dormez donc ainsi près de moi, le front appuyé sur mon épaule, et réchauffant mon cœur de la tiédeur parfumée de votre haleine. Le sommeil me gagne aussi, mais il descend cette fois sur mes paupières, presque aussi gracieux qu'un de vos baisers. Dormez, Lisidis, dormez.

. . . .
. . . .
. . . .
. . . .

Il y a un moment où l'esprit suspendu dans le vague de ses pensées... Paix !... La nuit est tout à fait sur la terre. Vous n'entendez plus retentir sur le pavé sonore les pas du citadin qui regagne sa maison, ou la sole armée des mules qui arrivent au gîte du soir. Le bruit du vent qui pleure ou siffle entre les ais mal joints de la croisée, voilà tout ce qui vous reste des impressions ordinaires de vos sens, et au bout de quelques instants, vous imaginez que ce murmure lui-même existe en vous. Il devient une voix de votre âme, l'écho d'une idée indéfinissable, mais fixe, qui se confond avec les premières perceptions du sommeil. Vous commencez cette vie nocturne qui se passe (ô prodige !...) dans les mondes toujours nouveaux, parmi d'innombrables créatures dont le grand Esprit a conçu la forme sans daigner l'accomplir, et qu'il s'est contenté de semer, volages et mystérieux fantômes, dans l'univers illimité des songes. Les Sylphes, tout étourdis du bruit de la veillée, descendent autour de vous en bourdonnant. Ils frappent du battement monotone de leurs ailes de phalènes vos yeux appesantis, et vous voyez longtemps flotter dans l'obscurité profonde la poussière transparente et bigarrée qui s'en échappe, comme un petit nuage lumineux au milieu d'un ciel éteint. Ils se pressent, ils s'embrassent, ils se confondent, impatients de renouer la conversation magique des nuits précédentes, et de se raconter des événements inouïs qui se présentent cependant à votre esprit sous l'aspect d'une réminiscence merveilleuse. Peu à peu leur voix s'affaiblit, ou bien elle ne vous parvient que par un organe inconnu qui transforme leurs récits en tableaux vivants, et qui vous rend acteur involontaire des scènes qu'ils ont préparées ; car l'imagination de l'homme endormi, dans la puissance de son âme indépendante et solitaire, participe en quelque chose à la perfection des esprits. Elle s'élance avec eux, et, portée par miracle au milieu du chœur aérien des songes, elle vole de surprise en surprise jusqu'à l'instant où le chant d'un oiseau matinal avertit son escorte aventureuse du retour de la lumière. Effrayés du cri précurseur, ils se rassemblent comme un essaim d'abeilles au premier grondement du tonnerre, quand de larges gouttes de pluie font pencher la couronne des fleurs que l'hirondelle caresse sans la toucher. Ils tombent, rebondissent, remontent, se croisent comme des atomes entraînés par des puissances contraires, et disparaissent en désordre dans un rayon du soleil.

LE RÉCIT

...... O rebus meis
Non infideles arbitræ,
Non infideles arbitræ,
Arcana cum fiunt sacra;
Nunc, nunc adeste[4]...

Par quel ordre ces esprits irrités viennent-
ils m'effrayer de leurs clameurs et de leurs
figures de lutins? Qui roule devant moi ces
rayons de feu? Qui me fait perdre mon
chemin dans la forêt? Des singes hideux dont
les dents grincent et mordent, ou bien des
hérissons qui traversent exprès les sentiers
pour se trouver sous mes pas et me blesser de
leurs piquants.

SHAKESPEARE.

Je venais d'achever mes études à l'école des philosophes d'Athènes, et, curieux des beautés de la Grèce, je
visitais pour la première fois la poétique Thessalie.
Mes esclaves m'attendaient à Larisse dans un palais
disposé pour me recevoir. J'avais voulu parcourir seul,
et dans les heures imposantes de la nuit, cette forêt
fameuse par les prestiges des magiciennes, qui étend
de longs rideaux d'arbres verts sur les rives du Pénée.
Les ombres épaisses qui s'accumulaient sur le dais
immense des bois laissaient à peine échapper à travers

quelques rameaux plus rares, dans une clairière ouverte sans doute par la cognée du bûcheron, le rayon tremblant d'une étoile pâle et cernée de brouillards. Mes paupières appesanties se rabaissaient malgré moi sur mes yeux fatigués de chercher la trace blanchâtre du sentier qui s'effaçait dans le taillis, et je ne résistais au sommeil qu'en suivant d'une attention pénible le bruit des pieds de mon cheval, qui tantôt faisaient crier l'arène, et tantôt gémir l'herbe sèche en retombant symétriquement sur la route. S'il s'arrêtait quelquefois, réveillé par son repos, je le nommais d'une voix forte, et je pressais sa marche devenue trop lente au gré de ma lassitude et de mon impatience. Étonné de je ne sais quel obstacle inconnu, il s'élançait par bonds, roulait dans ses narines des hennissements de feu, se cabrait de terreur et reculait plus effrayé par les éclairs que les cailloux brisés faisaient jaillir sous mes pas...

« Phlégon, Phlégon, lui dis-je en frappant de ma tête accablée son cou qui se dressait d'épouvante, ô mon cher Phlégon ! n'est-il pas temps d'arriver à Larisse où nous attendent les plaisirs et surtout le sommeil si doux ! Un instant de courage encore, et tu dormiras sur une litière de fleurs choisies ; car la paille dorée qu'on recueille pour les bœufs de Cérès n'est pas assez fraîche pour toi !... — Tu ne vois pas, tu ne vois pas, dit-il en tressaillant... les torches qu'elles secouent devant nous dévorent la bruyère et mêlent des vapeurs mortelles à l'air que je respire... Comment veux-tu que je traverse leurs cercles magiques et leurs danses menaçantes, qui feraient reculer jusqu'aux chevaux du soleil ? »

le cheval ? parle

Et cependant le pas cadencé de mon cheval continuait toujours à résonner à mon oreille, et le sommeil plus profond suspendait plus longtemps mes inquiétudes. Seulement, il arrivait d'un instant à l'autre qu'un groupe éclairé de flammes bizarres passait en riant sur ma tête... qu'un esprit difforme, sous l'apparence d'un mendiant ou d'un blessé, s'attachait à mon pied et se laissait entraîner à ma suite avec une horrible joie, ou bien qu'un vieillard hideux, qui joignait la laideur honteuse du crime à celle de la caducité, s'élançait en croupe derrière moi et me liait de ses bras décharnés comme ceux de la mort.

« Allons ! Phlégon ! m'écriais-je, allons, le plus beau des coursiers qu'ait nourris le mont Ida, brave les pernicieuses terreurs qui enchaînent ton courage ! Ces démons ne sont que de vaines apparences. Mon épée, tournée en cercle autour de ta tête, divise leurs formes trompeuses, qui se dissipent comme un nuage. Quand les vapeurs du matin flottent au-dessous des cimes de nos montagnes, et que, frappées par le soleil levant, elles les enveloppent d'une ceinture à demi transparente, le sommet, séparé de la base, paraît suspendu dans les cieux par une main invisible. C'est ainsi, Phlégon, que les sorcières de Thessalie se divisent sous le tranchant de mon épée. N'entends-tu pas au loin les cris de plaisir qui s'élèvent des murs de Larisse ?... Voilà, voilà les tours superbes de la ville de Thessalie, si chère à la volupté ; et cette musique qui vole dans l'air, c'est le chant de ses jeunes filles ! »

Qui me rendra d'entre vous, songes séducteurs qui bercez l'âme enivrée dans les souvenirs ineffables du plaisir, qui me rendra le chant des jeunes filles de Thessalie et les nuits voluptueuses de Larisse ? Entre des colonnes d'un marbre à demi transparent, sous douze coupoles brillantes qui réfléchissent dans l'or et le cristal les feux de cent mille flambeaux, les jeunes filles de Thessalie, enveloppées de la vapeur colorée qui s'exhale de tous les parfums, n'offrent aux yeux qu'une forme indécise et charmante qui semble prête à s'évanouir. Le nuage merveilleux balance autour d'elles ou promène sur leurs groupes enchanteurs tous les jeux inconstants de sa lumière, les teintes fraîches de la rose, les reflets animés de l'aurore, le cliquetis éblouissant des rayons de l'opale capricieuse. Ce sont quelquefois des pluies de perles qui roulent sur leurs tuniques légères, ce sont quelquefois des aigrettes de feu qui jaillissent de tous les nœuds du lien d'or qui attache leurs cheveux. Ne vous effrayez pas de les voir plus pâles que les autres filles de la Grèce. Elles appartiennent à peine à la terre, et semblent se réveiller d'une vie passée. Elles sont tristes aussi, soit parce qu'elles viennent d'un monde où elles ont quitté l'amour d'un Esprit ou d'un Dieu, soit parce qu'il y a dans le cœur d'une femme qui commence à aimer un immense besoin de souffrir.

Écoutez cependant. Voilà les chants des jeunes filles de Thessalie, la musique qui monte, qui monte dans l'air, qui émeut, en passant comme une nue harmonieuse, les vitraux solitaires des ruines chères aux poètes. Écoutez! Elles embrassent leurs lyres d'ivoire, interrogent les cordes sonores qui répondent une fois, vibrent un moment, s'arrêtent, et, devenues immobiles, prolongent encore je ne sais quelle harmonie sans fin que l'âme entend par tous les sens : mélodie pure comme la plus douce pensée d'une âme heureuse, comme le premier baiser de l'amour avant que l'amour se soit compris lui-même ; comme le regard d'une mère qui caresse le berceau de l'enfant dont elle a rêvé la mort, et qu'on vient de lui rapporter, tranquille et beau dans son sommeil. Ainsi s'évanouit, abandonné aux airs, égaré dans les échos, suspendu au milieu du silence du lac, ou mourant avec la vague au pied du rocher insensible, le dernier soupir du sistre d'une jeune femme qui pleure parce que son amant n'est pas venu. Elles se regardent, se penchent, se consolent, croisent leurs bras élégants, confondent leurs chevelures flottantes, dansent pour donner de la jalousie aux nymphes, et font jaillir sous leurs pas une poussière enflammée, qui vole, qui blanchit, qui s'éteint, qui retombe en cendres d'argent; et l'harmonie de leurs chants coule toujours comme un fleuve de miel, comme le ruisseau gracieux qui embellit de ses murmures si doux des rives aimées du soleil et riches de secrets détours, de baies fraîches et ombragées, de papillons et de fleurs. Elles chantent...

Une seule peut-être... grande, immobile, debout, pensive... Dieux! qu'elle est sombre et affligée derrière ses compagnes, et que veut-elle de moi? Ah! ne poursuis pas ma pensée, apparence imparfaite de la bien-aimée qui n'est plus, ne trouble pas le doux charme de mes veillées du reproche effrayant de ta vue! Laisse-moi, car je t'ai pleurée sept ans, laisse-moi oublier les pleurs qui brûlent encore mes joues dans les innocentes délices de la danse des sylphides et de la musique des fées. Tu vois bien qu'elles viennent, tu vois leurs groupes se lier, s'arrondir en festons mobiles, inconstants, qui se disputent, qui se succèdent, qui s'approchent, qui fuient, qui montent comme la vague apportée par le flux, et descendent comme elle, en roulant sur leurs ondes fugitives toutes les couleurs de l'écharpe qui embrasse le ciel et la mer à la fin des tempêtes, quand elle vient briser en expirant le dernier point de son cercle immense contre la proue du vaisseau.

Et que m'importent à moi les accidents de la mer et les curieuses inquiétudes du voyageur, à moi qu'une faveur divine, qui fut peut-être dans une vie ancienne un des privilèges de l'homme, affranchit quand je le veux (bénéfice délicieux du sommeil) de tous les périls qui vous menacent? A peine mes yeux sont fermés, à peine cesse la mélodie qui ravissait mes esprits, si le créateur des prestiges de la nuit creuse devant moi quelque abîme profond, gouffre inconnu où expirent

toutes les formes, tous les sons et toutes les lumières de
la terre ; s'il jette sur un torrent bouillonnant et avide
de morts quelque pont rapide, étroit, glissant, qui ne
promet pas d'issue ; s'il me lance à l'extrémité d'une
planche élastique, tremblante, qui domine sur des
précipices que l'œil même craint de sonder... paisible,
je frappe le sol obéissant d'un pied accoutumé à lui
commander. Il cède, il répond, je pars, et content de
quitter les hommes, je vois fuir, sous mon essor facile,
les rivières bleues des continents, les sombres déserts
de la mer, le toit varié des forêts que bigarrent le vert
naissant du printemps, la pourpre et l'or de l'automne,
le bronze mat et le violet terne des feuilles crispées de
l'hiver. Si quelque oiseau étourdi fait bruire à mon
oreille ses ailes haletantes, je m'élance, je monte
encore, j'aspire à des mondes nouveaux. Le fleuve
n'est plus qu'un fil qui s'efface dans une verdure
sombre, les montagnes qu'un point vague dont le
sommet s'anéantit dans sa base, l'Océan qu'une tache
obscure dans je ne sais quelle masse égarée au milieu
des airs, où elle tourne plus rapidement que l'osselet à
six faces que font rouler sur son axe pointu les petits
enfants d'Athènes, le long des galeries aux larges dalles
qui embrassent le Céramique.

Avez-vous jamais vu le long des murs du Céramique, lorsqu'ils sont frappés dans les premiers jours de
l'année par les rayons du soleil qui régénère le monde,
une longue suite d'hommes hâves, immobiles, aux
joues creusées par le besoin, aux regards éteints et
stupides : les uns accroupis comme des brutes ; les
autres debout, mais appuyés contre les piliers, et
fléchissants à demi sous le poids de leur corps exténué ?
Les avez-vous vus, la bouche entrouverte pour aspirer
encore une fois les premières influences de l'air vivi-
fiant, recueillir avec une morne volupté les douces
impressions de la tiède chaleur du printemps ? Le

même spectacle vous aurait frappé dans les murailles de Larisse, car il y a des malheureux partout : mais ici le malheur porte l'empreinte d'une fatalité particulière qui est plus dégradante que la misère, plus poignante que la faim, plus accablante que le désespoir. Ces infortunés s'avancent lentement à la suite les uns des autres, et marquent entre tous leurs pas de longues stations, comme des figures fantastiques disposées par un mécanicien habile sur une roue qui indique les divisions du temps. Douze heures s'écoulent pendant que le cortège silencieux suit le contour de la place circulaire, quoique l'étendue en soit si bornée qu'un amant peut lire d'une extrémité à l'autre, sur la main plus ou moins déployée de sa maîtresse, le nombre des heures de la nuit qui doivent amener l'heure si désirée du rendez-vous. Ces spectres vivants n'ont conservé presque rien d'humain. Leur peau ressemble à un parchemin blanc tendu sur des ossements. L'orbite de leurs yeux n'est pas animé par une seule étincelle de l'âme. Leurs lèvres pâles frémissent d'inquiétude et de terreur, ou, plus hideuses encore, elles roulent un sourire dédaigneux et farouche, comme la dernière pensée d'un condamné résolu qui subit son supplice. La plupart sont agités de convulsions faibles, mais continues, et tremblent comme la branche de fer de cet instrument sonore que les enfants font bruire entre leurs dents. Les plus à plaindre de tous, vaincus par la destinée qui les poursuit, sont condamnés à effrayer à jamais les passants de la repoussante difformité de leurs membres noués et de leurs attitudes inflexibles. Cependant, cette période régulière de leur vie qui sépare deux sommeils est pour eux celle de la suspension des douleurs qu'ils redoutent le plus. Victimes de la vengeance des sorcières de Thessalie, ils retombent en proie à des tourments qu'aucune langue ne peut exprimer, dès que le soleil, prosterné sous l'horizon

occidental, a cessé de les protéger contre les redoutables souveraines des ténèbres. Voilà pourquoi ils
suivent son cours trop rapide, l'œil toujours fixé sur
l'espace qu'il embrasse, dans l'espérance, toujours
déçue, qu'il oubliera une fois son lit d'azur, et qu'il
finira par rester suspendu aux nuages d'or du couchant. A peine la nuit vient les détromper, en développant ses ailes de crêpe, sur lesquelles il ne reste pas
même une des clartés livides qui mouraient tout à
l'heure au sommet des arbres ; à peine le dernier reflet
qui pétillait encore sur le métal poli au faîte d'un
bâtiment élevé achève de s'évanouir, comme un charbon encore ardent dans un brasier éteint, qui blanchit
peu à peu sous la cendre, et ne se distingue bientôt plus
du fond de l'âtre abandonné, un murmure formidable
s'élève parmi eux, leurs dents se claquent de désespoir
et de rage, ils se pressent et s'évitent de peur de trouver
partout des sorcières et des fantômes. Il fait nuit !... et
l'enfer va se rouvrir !

 Il y en avait un, entre autres, dont toutes les
articulations criaient comme des ressorts fatigués, et
dont la poitrine exhalait un son plus rauque et plus
sourd que celui de la vis rouillée qui tourne avec peine
dans son écrou. Mais quelques lambeaux d'une riche
broderie qui pendaient encore à son manteau, un
regard plein de tristesse et de grâce qui éclaircissait de
temps en temps la langueur de ses traits abattus, je ne
sais quel mélange inconcevable d'abrutissement et de
fierté qui rappelait le désespoir d'une panthère assujet-
tie au bâillon déchirant du chasseur, le faisaient
remarquer dans la foule de ses misérables compagnons ; et quand il passait devant des femmes, on
n'entendait qu'un soupir. Ses cheveux blonds roulaient en boucles négligées sur ses épaules, qui s'élevaient blanches et pures comme une étoffe de lis au-
dessus de sa tunique de pourpre. Cependant, son cou

portait l'empreinte du sang, la cicatrice triangulaire
d'un fer de lance, la marque de la blessure qui me ravit
Polémon au siège de Corinthe[5], quand ce fidèle ami se
précipita sur mon cœur, au-devant de la rage effrénée
du soldat déjà victorieux, mais jaloux de donner au
champ de bataille un cadavre de plus. C'était ce
Polémon que j'avais si longtemps pleuré, et qui revient
toujours dans mon sommeil me rappeler avec un
baiser froid que nous devons nous retrouver dans
l'immortelle vie de la mort. C'était Polémon encore
vivant, mais conservé pour une existence si horrible
que les larves et les spectres de l'enfer se consolent
entre eux en se racontant ses douleurs ; Polémon
tombé sous l'empire des sorcières de Thessalie et des
démons qui composent leur cortège dans les solennités,
les inexplicables solennités de leurs fêtes nocturnes. Il
s'arrêta, chercha longtemps d'un regard étonné à lier
un souvenir à mes traits, se rapprocha de moi à pas
inquiets et mesurés, toucha mes mains d'une main
palpitante qui tremblait de les saisir, et après m'avoir
enveloppé d'une étreinte subite que je ne ressentis pas
sans effroi, après avoir fixé sur mes yeux un rayon pâle
qui tombait de ses yeux voilés, comme le dernier jet
d'un flambeau qui s'éloigne à travers la trappe d'un
cachot : « Lucius ! Lucius ! s'écria-t-il avec un rire
affreux. — Polémon, cher Polémon, l'ami, le sauveur
de Lucius !... — Dans un autre monde, dit-il en
baissant la voix ; je m'en souviens... c'était dans un
autre monde, dans une vie qui n'appartenait pas au
sommeil et à ses fantômes !... — Que dis-tu de
fantômes ?... — Regarde !... répondit-il en étendant le
doigt dans le crépuscule. Les voilà qui viennent.

— Oh ! ne te livre pas, jeune infortuné, aux inquiétudes des ténèbres ! Quand les ombres des montagnes
descendent en grandissant, rapprochent de toutes
parts la pointe et les côtés de leurs pyramides gigantes-

ques, et finissent par s'embrasser en silence sur la terre
obscure; quand les images fantastiques des nuages
s'étendent, se confondent et rentrent ensemble sous le
voile protecteur de la nuit, comme des époux clandes-
tins; quand les oiseaux des funérailles commencent à
crier derrière les bois, et que les reptiles chantent d'une
voix cassée quelques paroles monotones à la lisière des
marécages... alors, mon Polémon, ne livre pas ton
imagination tourmentée aux illusions de l'ombre et de
la solitude. Fuis les sentiers cachés où les spectres se
donnent rendez-vous pour former de noires conjurations contre le repos des hommes; le voisinage des
cimetières où se rassemble le conseil mystérieux des
morts, quand ils viennent, enveloppés de leurs suaires,
apparaître devant l'aréopage qui siège dans des cercueils : fuis la prairie découverte où l'herbe foulée en
rond noircit, stérile et desséchée, sous le pas cadencé
des sorcières. Veux-tu m'en croire, Polémon ? Quand
la lumière, épouvantée à l'approche des mauvais
esprits, se retire en pâlissant, viens ranimer avec moi
ses prestiges dans les fêtes de l'opulence et dans les
orgies de la volupté. L'or manque-t-il jamais à mes
souhaits ? Les mines les plus précieuses ont-elles une
veine cachée qui me refuse ses trésors ? Le sable même
des ruisseaux se transforme sous ma main en pierres
exquises qui feraient l'ornement de la couronne des
rois. Veux-tu m'en croire, Polémon ? C'est en vain que
le jour s'éteindrait, tant que les feux que ses rayons ont
allumés pour l'usage de l'homme pétillent encore dans
les illuminations des festins, ou dans les clartés plus
discrètes qui embellissent les veillées délicieuses de
l'amour. Les Démons, tu le sais, craignent les vapeurs
odorantes de la cire et de l'huile embaumée qui brillent
doucement dans l'albâtre, ou versent des ténèbres
roses à travers la double soie de nos riches tentures. Ils
frémissent à l'aspect des marbres polis, éclairés par les

lustres aux cristaux mobiles, qui lancent autour d'eux
de longs jets de diamants, comme une cascade frappée
du dernier regard d'adieu du soleil horizontal. Jamais
une sombre lamie[6], une mante décharnée n'osa étaler
la hideuse laideur de ses traits dans les banquets de
Thessalie. La lune même qu'elles invoquent les effraie
souvent, quand elle laisse tomber sur elles un de ces
rayons passagers qui donnent aux objets qu'ils effleurent la blancheur terne de l'étain. Elles s'échappent
alors plus rapides que la couleuvre avertie par le bruit
du grain de sable qui roule sous le pied du voyageur.
Ne crains pas qu'elles te surprennent au milieu des
feux qui étincellent dans mon palais, et qui rayonnent
de toutes parts sur l'acier éblouissant des miroirs. Vois
plutôt, mon Polémon, avec quelle agilité elles se sont
éloignées de nous depuis que nous marchons entre les
flambeaux de mes serviteurs, dans ces galeries déco-
rées de statues, chefs-d'œuvre inimitables du génie de
la Grèce. Quelqu'une de ces images t'aurait-elle révélé
par un mouvement menaçant la présence de ces esprits
fantastiques qui les animent quelquefois, quand la
dernière lueur qui se détache de la dernière lampe
monte et s'éteint dans les airs ? L'immobilité de leurs
formes, la pureté de leurs traits, le calme de leurs
attitudes qui ne changeront jamais, rassureraient la
frayeur même. Si quelque bruit étrange a frappé ton
oreille, ô frère chéri de mon cœur ! c'est celui de la
nymphe attentive qui répand sur tes membres appesantis par la fatigue les trésors de son urne de cristal,
en y mêlant des parfums jusqu'ici inconnus à Larisse,
un ambre limpide que j'ai recueilli sur le bord des mers
qui baignent le berceau du soleil ; le suc d'une fleur
mille fois plus suave que la rose, qui ne croît que dans
les épais ombrages de la brune Corcyre* ; les pleurs

---

* Je crois qu'il n'est pas question ici de l'ancienne Corcyre, mais
de l'île de *Curzola,* que les Grecs appelaient *Corcyre-la-Brune,* à cause

d'un arbuste aimé d'Apollon et de son fils, et qui étale sur les rochers d'Épidaure ses bouquets composés de cymbales de pourpre toutes tremblantes sous le poids de la rosée. Et comment les charmes des magiciennes troubleraient-ils la pureté des eaux qui bercent autour de toi leurs ondes d'argent? Myrthé, cette belle Myrthé aux cheveux blonds, la plus jeune et la plus chérie de mes esclaves, celle que tu as vue se pencher à ton passage, car elle aime tout ce que j'aime... elle a des enchantements qui ne sont connus que d'elle et d'un esprit qui les lui confie dans les mystères du sommeil ; elle erre maintenant comme une ombre autour de l'enceinte des bains où s'élève peu à peu la surface de l'onde salutaire ; elle court en chantant des airs qui chassent les démons, et en touchant de temps à autre les cordes d'une harpe errante que des génies obéissants ne manquent jamais de lui offrir avant que ses désirs aient le temps de se faire connaître en passant de son âme à ses yeux. Elle marche ; elle court ; la harpe marche, court et chante sous sa main. Écoute le bruit de la harpe qui résonne, la voix de la harpe de Myrthé : c'est un son plein, grave, solennel, qui fait oublier les idées de la terre, qui se prolonge, qui se soutient, qui occupe l'âme comme une pensée sérieuse ; et puis il vole, il fuit, il s'évanouit, il revient ; et les airs de la harpe de Myrthé (enchantement ravissant des nuits !), les airs de la harpe de Myrthé qui volent, qui fuient, qui s'évanouissent, qui reviennent encore — comme elle chante, comme ils volent, les airs de la harpe de Myrthé, les airs qui chassent le démon !... Écoute, Polémon, les entends-tu ?

« J'ai éprouvé en vérité toutes les illusions des rêves,

---

de l'aspect que lui donnaient au loin les vastes forêts dont elle était couverte.

(*Note du Traducteur*[7].)

et que serais-je alors devenu sans le secours de la harpe
de Myrthé, sans le secours de sa voix, si attentive à
troubler le repos douloureux et gémissant de mes
nuits ?... Combien de fois je me suis penché dans mon
sommeil sur l'onde limpide et dormante, l'onde trop
fidèle à reproduire mes traits altérés, mes cheveux
hérissés de terreur, mon regard fixe et morne comme
celui du désespoir qui ne pleure plus !... Combien de
fois j'ai frémi en voyant des traces d'un sang livide
courir autour de mes lèvres pâles ; en sentant mes
dents chancelantes repoussées de leurs alvéoles, mes
ongles détachés de leur racine s'ébranler et tomber !
Combien de fois, effrayé de ma nudité, de ma honteuse
nudité, je me suis livré inquiet à l'ironie de la foule
avec une tunique plus courte, plus légère, plus transparente que celle qui enveloppe une courtisane au seuil
du lit effronté de la débauche ! Ô ! combien de fois des
rêves plus hideux, des rêves que Polémon lui-même ne
connaît point... Et que serais-je devenu alors, que
serais-je devenu sans le secours de la harpe de Myrthé,
sans le secours de sa voix et de l'harmonie qu'elle
enseigne à ses sœurs, quand elles l'entourent obéissan-
tes, pour charmer les terreurs du malheureux qui dort,
pour faire bruire à son oreille des chants venus de loin,
comme la brise qui court entre peu de voiles, des
chants qui se marient, qui se confondent, qui assoupis-
sent les songes orageux du cœur et qui enchantent leur
silence dans une longue mélodie ?

« Et maintenant, voici les sœurs de Myrthé qui ont
préparé le festin. Il y a Théis, reconnaissable entre
toutes les filles de Thessalie, quoique la plupart des
filles de Thessalie aient les cheveux noirs qui tombent
sur des épaules plus blanches que l'albâtre ; mais il n'y
en a point qui aient des cheveux bouclés en ondes
souples et voluptueuses, comme les cheveux noirs de
Théis. C'est elle qui penche sur la coupe ardente où

blanchit un vin bouillant le vase d'une précieuse argile, et qui en laisse tomber goutte à goutte en topazes liquides le miel le plus exquis qu'on ait jamais recueilli sur les ormeaux de Sicile. L'abeille privée de son trésor vole inquiète au milieu des fleurs ; elle se pend aux branches solitaires de l'arbre abandonné, en demandant son miel aux zéphyrs. Elle murmure de douleur, parce que ses petits n'auront plus d'asile dans aucun des mille palais à cinq murailles qu'elle leur a bâtis avec une cire légère et transparente, et qu'ils ne goûteront pas le miel qu'elle avait récolté pour eux sur les buissons parfumés du mont Hybla. C'est Théis qui répand dans un vin bouillant le miel dérobé aux abeilles de Sicile ; et les autres sœurs de Théis, celles qui ont des cheveux noirs, car il n'y a que Myrthé qui soit blonde, elles courent soumises, empressées, caressantes, avec un sourire obéissant, autour des apprêts du banquet. Elles sèment des fleurs de grenades ou des feuilles de roses sur le lait écumeux ; ou bien elles attisent les fournaises d'ambre et d'encens qui brûlent sous la coupe ardente où blanchit un vin bouillant, les flammes qui se courbent de loin autour du rebord circulaire, qui se penchent, qui se rapprochent, qui l'effleurent, qui caressent ses lèvres d'or, et finissent par se confondre avec les flammes aux langues blanches et bleues qui volent sur le vin. Les flammes montent, descendent, s'égarent comme ce démon fantastique des solitudes qui aime à se mirer dans les fontaines. Qui pourra dire combien de fois la coupe a circulé autour de la table du festin, combien de fois épuisée, elle a vu ses bords inondés d'un nouveau nectar ? Jeunes filles, n'épargnez ni le vin ni l'hydromel. Le soleil ne cesse de gonfler de nouveaux raisins, et de verser des rayons de son immortelle splendeur dans la grappe éclatante qui se balance aux riches festons de nos vignes, à travers les feuilles rembrunies

du pampre arrondi en guirlandes qui court parmi les
mûriers de Tempé. Encore cette libation pour chasser
les démons de la nuit ! Quant à moi, je ne vois plus ici
que les esprits joyeux de l'ivresse qui s'échappent en
pétillant de la mousse frémissante, se poursuivent dans
l'air comme des moucherons de feu, ou viennent
éblouir de leurs ailes radieuses mes paupières échauf-
fées ; semblables à ces insectes agiles * que la nature a
ornés de feux innocents, et que souvent, dans la
silencieuse fraîcheur d'une courte nuit d'été, on voit
jaillir en essaim du milieu d'une touffe de verdure,
comme une gerbe d'étincelles sous les coups redoublés
du forgeron. Ils flottent emportés par une légère brise
qui passe, ou appelés par quelque doux parfum dont
ils se nourrissent dans le calice des roses. Le nuage
lumineux se promène, se berce inconstant, se repose ou
tourne un moment sur lui-même, et tombe tout entier
sur le sommet d'un jeune pin qu'il illumine comme une
pyramide consacrée aux fêtes publiques, ou à la
branche inférieure d'un grand chêne à laquelle il
donne l'aspect d'une girandole préparée pour les
veillées de la forêt. Vois comme ils jouent autour de
toi, comme ils frémissent dans les fleurs, comme ils
rayonnent en reflets de feu sur les vases polis ; ce ne
sont point des démons ennemis. Ils dansent, ils se
réjouissent, ils ont l'abandon et les éclats de la folie.
S'ils s'exercent quelquefois à troubler le repos des
hommes, ce n'est jamais que pour satisfaire, comme un
enfant étourdi, à de riants caprices. Ils se roulent,
malicieux, dans le lin confus qui court autour du
fuseau d'une vieille bergère, croisent, embrouillent les
fils égarés, et multiplient les nœuds contrariants sous
les efforts de son adresse inutile. Quand un voyageur
qui a perdu sa route cherche d'un œil avide à travers

---

* Voyez à la suite de l'ouvrage *La Luciole* de Giorgi[8]

tout l'horizon de la nuit quelque point lumineux qui
lui promette un asile, longtemps ils le font errer de
sentiers en sentiers, à la lueur d'un feu infidèle, au
bruit d'une voix trompeuse, ou de l'aboiement éloigné
d'un chien vigilant qui rôde comme une sentinelle
autour de la ferme solitaire ; ils abusent ainsi l'espérance du pauvre voyageur, jusqu'à l'instant où, tou-
chés de pitié pour sa fatigue, ils lui présentent tout à
coup un gîte inattendu, que personne n'avait jamais
remarqué dans ce désert ; quelquefois même, il est
étonné de trouver à son arrivée un foyer pétillant dont
le seul aspect inspire la gaieté, des mets rares et
délicats que le hasard a procurés à la chaumière du
pêcheur ou du braconnier, et une jeune fille, belle
comme les Grâces, qui le sert en craignant de lever les
yeux : car il lui a paru que cet étranger était dangereux
à regarder. Le lendemain, surpris qu'un si court repos
lui ait rendu toutes ses forces, il se lève heureux au
chant de l'alouette qui salue un ciel pur : il apprend
que son erreur favorable a raccourci son chemin de
vingt stades et demi, et son cheval, hennissant d'impatience, les naseaux ouverts, le poil lustré, la crinière
lisse et brillante, frappe devant lui la terre d'un triple
signal de départ. Le lutin bondit de la croupe à la tête
du cheval du voyageur, il passe ses doigts subtils dans
la vaste crinière, il la roule, la relève en ondes ; il
regarde, il s'applaudit de ce qu'il a fait, et il part
content pour aller s'égayer du dépit d'un homme
endormi qui brûle de soif, et qui voit fuir, se diminuer,
tarir devant ses lèvres allongées un breuvage rafraî-
chissant ; qui sonde inutilement la coupe du regard ;
qui aspire inutilement la liqueur absente ; puis se
réveille, et trouve le vase rempli d'un vin de Syracuse
qu'il n'a pas encore goûté, et que le follet a exprimé de
raisins de choix, tout en s'amusant des inquiétudes de
son sommeil. Ici, tu peux boire, parler ou dormir sans

terreur, car les follets sont nos amis. Satisfais seulement à la curiosité impatiente de Théis et de Myrthé, à la curiosité plus intéressée de Thélaïre, qui n'a pas détourné de toi ses longs cils brillants, ses grands yeux noirs qui roulent comme des astres favorables sur un ciel baigné du plus tendre azur. Raconte-nous, Polémon, les extravagantes douleurs que tu as cru éprouver sous l'empire des sorcières ; car les tourments dont elles poursuivent notre imagination ne sont que la vaine illusion d'un rêve qui s'évanouit au premier rayon de l'aurore. Théis, Thélaïre et Myrthé sont attentives... Elles écoutent... Eh bien ! parle... raconte-nous tes désespoirs, tes craintes et les folles erreurs de la nuit ; et toi, Théis, verse du vin ; et toi, Thélaïre, souris à son récit pour que son âme se console ; et toi, Myrthé, si tu le vois, surpris du souvenir de ses égarements, céder à une illusion nouvelle, chante et soulève les cordes de la harpe magique... Demande-lui des sons consolateurs, des sons qui renvoient les mauvais esprits... C'est ainsi qu'on affranchit les heures austères de la nuit de l'empire tumultueux des songes, et qu'on échappe de plaisirs en plaisirs aux sinistres enchantements qui remplissent la terre pendant l'absence du soleil. »

L'ÉPISODE [9]

Hanc ego de cœlo ducentem sidera vidi;
Fluminis hæc rapidi carmine vertit iter.
Hæc cantu finditque solum, manesque sepulchris
Elicit, et tepido devorat ossa rogo.
Quum libet, hæc tristi depellit nubila cœlo :
Quum libet, æstivo convocat orbe nives [10].

TIBULLE.

Compte que cette nuit tu auras des tremblements et des convulsions; les démons,
pendant tout ce temps de nuit profonde où il
leur est permis d'agir, exerceront sur toi leur
cruelle malice. Je t'enverrai des pincements
aussi serrés que les cellules de la ruche, et
chacun d'eux sera aussi brûlant que l'aiguillon de l'abeille qui la construit.

SHAKESPEARE.

« Qui de vous ne connaît, ô jeunes filles ! les doux
caprices des femmes ? dit Polémon réjoui. Vous avez
aimé sans doute, et vous savez comment le cœur d'une
veuve pensive, qui égare ses souvenirs solitaires sur les
rives ombragées du Pénée, se laisse surprendre quelquefois par le teint rembruni d'un soldat dont les yeux
étincellent du feu de la guerre, et dont le sein brille de
l'éclat d'une généreuse cicatrice. Il marche fier et
tendre parmi les belles comme un lion apprivoisé qui

cherche à oublier dans les plaisirs d'une heureuse et facile servitude le regret de ses déserts. C'est ainsi que le soldat aime à occuper le cœur des femmes, quand il n'est plus appelé par le clairon des batailles et que les hasards du combat ne sollicitent plus son ambition impatiente. Il sourit du regard aux jeunes filles, et il semble leur dire : " Aimez-moi !... "

« Vous savez aussi, puisque vous êtes Thessaliennes, qu'aucune femme n'a jamais égalé en beauté cette noble Méroé qui, depuis son veuvage, traîne de longues draperies blanches brodées d'argent ; Méroé, la plus belle des belles de Thessalie, vous le savez. Elle est majestueuse comme les déesses, et cependant il y a dans ses yeux je ne sais quelles flammes mortelles qui enhardissent les prétentions de l'amour. — Oh ! combien de fois je me suis plongé dans l'air qu'elle entraîne, dans la poussière que ses pieds font voler, dans l'ombre fortunée qui la suit !... Combien de fois je me suis jeté au-devant de sa marche pour dérober un rayon à ses regards, un souffle à sa bouche, un atome au tourbillon qui flatte, qui caresse ses mouvements ; combien de fois (Thélaïre, me le pardonneras-tu ?), j'épiai la volupté brûlante de sentir un des plis de sa robe frémir contre ma tunique, ou de pouvoir ramasser d'une lèvre avide une des paillettes de ses broderies dans les allées des jardins de Larisse ! Quand elle passait, vois-tu, tous les nuages rougissaient comme à l'approche de la tempête ; mes oreilles sifflaient, mes prunelles s'obscurcissaient dans leur orbite égaré, mon cœur était près de s'anéantir sous le poids d'une intolérable joie. Elle était là ! je saluais les ombres qui avaient flotté sur elle, j'aspirais l'air qui l'avait touchée ; je disais à tous les arbres des rivages : " Avez-vous vu Méroé ? " Si elle s'était couchée sur un banc de fleurs, avec quel amour jaloux je recueillais les fleurs que son corps avait froissées, les blancs pétales

imbibés de carmin qui décorent le front penché de
l'anémone, les flèches éblouissantes qui jaillissent du
disque d'or de la marguerite, le voile d'une chaste gaze
qui se roule autour d'un jeune lis avant qu'il ait souri
au soleil ; et si j'osais presser d'un embrassement
sacrilège tout ce lit de fraîche verdure, elle m'incen-
diait d'un feu plus subtil que celui dont la mort a tissu
les vêtements nocturnes d'un fiévreux. Méroé ne
pouvait pas manquer de me remarquer. J'étais partout. Un jour, à l'approche du crépuscule, je trouvai
son regard : il souriait ; elle m'avait devancé, son pas
se ralentit. J'étais seul derrière elle, et je la vis se
détourner. L'air était calme, il ne troublait pas ses
cheveux, et sa main soulevée s'en rapprochait comme
pour réparer leur désordre. Je la suivis, Lucius,
jusqu'au palais, jusqu'au temple de la princesse de
Thessalie, et la nuit descendit sur nous, nuit de délices
et de terreur !... Puisse-t-elle avoir été la dernière de
ma vie et avoir fini plus tôt !

« Je ne sais si tu as jamais supporté avec une
résignation mêlée d'impatience et de tendresse le poids
du corps d'une maîtresse endormie qui s'abandonne au
repos sur ton bras étendu sans s'imaginer que tu
souffres ; si tu as essayé de lutter contre le frisson qui
saisit peu à peu ton sang, contre l'engourdissement qui
enchaîne tes muscles soumis ; de t'opposer à la
conquête de la mort qui menace de s'étendre jusqu'à
ton âme*! C'est ainsi, Lucius, qu'un frémissement
douloureux parcourait rapidement mes nerfs, en les
ébranlant de tremblements inattendus, comme le

---

* Dans *La Tempête* de Shakespeare, type inimitable de ce genre de
composition, *l'homme monstre* qui est dévoué aux malins esprits se
plaint aussi des crampes insupportables qui précèdent ses rêves [11]. Il
est singulier que cette induction physiologique, sur une des plus
cruelles maladies dont l'espèce humaine soit tourmentée, n'ait été
saisie que par des poètes.

crochet aigu du *plectrum* qui fait dissoner toutes les
cordes de la lyre, sous les doigts d'un musicien habile.
Ma chair se tourmentait comme une membrane sèche
approchée du feu. Ma poitrine soulevée était près de
rompre, en éclatant, les liens de fer qui l'envelop-
paient, quand Méroé, tout à coup assise à mes côtés,
arrêta sur mes yeux un regard profond, étendit sa main
sur mon cœur pour s'assurer que le mouvement en
était suspendu, l'y reposa longtemps, pesante et froide,
et s'enfuit loin de moi de toute la vitesse d'une flèche
que la corde de l'arbalète repousse en frémissant. Elle
courait sur les marbres du palais, en répétant les airs
des vieilles bergères de Syracuse qui enchantent la
lune dans ses nuages de nacre et d'argent, tournait
dans les profondeurs de la salle immense, et criait de
temps à autre, avec les éclats d'une gaieté horrible,
pour appeler je ne sais quels amis qu'elle ne m'avait
pas encore nommés.

« Pendant que je regardais plein de terreur, et que je
voyais descendre le long des murailles, se presser sous
les portiques, se balancer sous les voûtes, une foule
innombrable de vapeurs distinctes les unes des autres,
mais qui n'avaient de la vie que des apparences de
formes, une voix faible comme le bruit de l'étang le
plus calme dans une nuit silencieuse, une couleur
indécise empruntée aux objets devant lesquels flottaient leurs figures transparentes..., la flamme azurée
et pétillante jaillit tout à coup de tous les trépieds, et
Méroé formidable volait de l'un à l'autre en murmurant des paroles confuses :

" Ici de la verveine en fleur... là, trois brins de sauge
cueillis à minuit dans le cimetière de ceux qui sont
morts par l'épée... ici, le voile de la bien-aimée sous
lequel le bien-aimé cacha sa pâleur et sa désolation
après avoir égorgé l'époux endormi pour jouir de ses
amours... ici encore, les larmes d'une tigresse excédée

par la faim, qui ne se console pas d'avoir dévoré un de ses petits ! "

« Et ses traits renversés exprimaient tant de souffrance et d'horreur qu'elle me fit presque de la pitié. Inquiète de voir ses conjurations suspendues par quelque obstacle imprévu, elle bondit de rage, s'éloigna, revint armée de deux longues baguettes d'ivoire, liées à leur extrémité par un lacet composé de treize crins, détachés du cou d'une superbe cavale blanche par le voleur même qui avait tué son maître, et sur la tresse flexible elle fit voler le *rhombus** d'ébène, aux globes vides et sonores, qui bruit et hurla dans l'air et revint en roulant avec un grondement sourd, et roula encore en grondant, et puis se ralentit et tomba. Les flammes des trépieds se dressaient comme des langues de couleuvres ; et les ombres étaient contentes. " Venez, venez, criait Méroé, il faut que les démons de la nuit s'apaisent, et que les morts se réjouissent. Apportez-moi de la verveine en fleur, de la sauge cueillie à minuit, et du trèfle à quatre feuilles ; donnez des moissons de jolis bouquets à Saga [13] et aux démons de la nuit. " Puis tournant un œil étonné sur l'aspic d'or dont les replis s'arrondissaient autour de son bras nu ; sur le bracelet précieux, ouvrage du plus habile artiste de la Thessalie qui n'y avait épargné ni le choix des métaux, ni la perfection du travail, — l'argent y était incrusté en écailles délicates, et il n'y en avait pas une dont la blancheur ne fût relevée par l'éclat d'un rubis ou par la transparence si douce au regard d'un saphir plus bleu que le ciel ; — elle le détache, elle médite, elle rêve, elle appelle le serpent en murmurant des paroles secrètes ; et le serpent animé se déroule et fuit avec un sifflement de joie comme un esclave délivré. Et le *rhombus* roule encore ; il roule toujours en

---

* Voyez la note sur le *rhombus*[12].

grondant, il roule comme la foudre éloignée qui se
plaint dans des nuages emportés par le vent, et qui
s'éteint en gémissant dans un orage fini. Cependant,
toutes les voûtes s'ouvrent, tous les espaces du ciel se
déploient, tous les astres descendent, tous les nuages
s'aplanissent et baignent le seuil comme des parvis de
ténèbres. La lune, tachée de sang, ressemble au
bouclier de fer sur lequel on vient de rapporter le corps
d'un jeune Spartiate égorgé par l'ennemi. Elle roule et
appesantit sur moi son disque livide, qu'obscurcit
encore la fumée des trépieds éteints. Méroé continue à
courir en frappant de ses doigts, d'où jaillissent de
longs éclairs, les innombrables colonnes du palais, et
chaque colonne qui se divise sous les doigts de Méroé
découvre une colonnade immense qui est peuplée de
fantômes, et chacun des fantômes frappe comme elle
une colonne qui ouvre des colonnades nouvelles ; et il
n'y a pas une colonne qui ne soit témoin du sacrifice
d'un enfant nouveau-né arraché aux caresses de sa
mère. " Pitié ! pitié ! m'écriai-je, pour la mère infortunée qui dispute son enfant à la mort. " — Mais cette
prière étouffée n'arrivait à mes lèvres qu'avec la force
du souffle d'un agonisant qui dit : "Adieu ! " Elle
expirait en sons inarticulés sur ma bouche balbutiante.
Elle mourait comme le cri d'un homme qui se noie, et
qui cherche en vain à confier aux eaux muettes le
dernier appel du désespoir. L'eau insensible étouffe sa
voix ; elle le recouvre, morne et froide ; elle dévore sa
plainte ; elle ne la portera jamais jusqu'au rivage.

« Tandis que je me débattais contre la terreur dont
j'étais accablé, et que j'essayais d'arracher de mon sein
quelque malédiction qui réveillât dans le ciel la
vengeance des dieux : " Misérable ! s'écria Méroé, sois
puni à jamais de ton insolente curiosité !... Ah ! tu oses
violer les enchantements du sommeil... Tu parles, tu
cries et tu vois... Eh bien ! tu ne parleras plus que pour

te plaindre, tu ne crieras plus que pour implorer en
vain la sourde pitié des absents, tu ne verras plus que
des scènes d'horreur qui glaceront ton âme... " Et en
s'exprimant ainsi, avec une voix plus grêle et plus
déchirante que celle d'une hyène égorgée qui menace
encore les chasseurs, elle détachait de son doigt la
turquoise chatoyante qui étincelait de flammes variées
comme les couleurs de l'arc-en-ciel, ou comme la
vague qui bondit à la marée montante, et réfléchit en
se roulant sur elle-même les feux du soleil levant. Elle
presse du doigt un ressort inconnu qui soulève la pierre
merveilleuse sur sa charnière invisible, et découvre
dans un écrin d'or je ne sais quel monstre sans couleur
et sans forme, qui bondit, hurle, s'élance, et tombe
accroupi sur le sein de la magicienne. " Te voilà, dit-
elle, mon cher Smarra, le bien-aimé, l'unique favori de
mes pensées amoureuses, toi que la haine du ciel a
choisi dans tous ses trésors pour le désespoir des
enfants de l'homme. Va, je te l'ordonne, spectre
flatteur, ou décevant ou terrible, va tourmenter la
victime que je t'ai livrée ; fais-lui des supplices aussi
variés que les épouvantements de l'enfer qui t'a conçu,
aussi cruels, aussi implacables que ma colère. Va te
rassasier des angoisses de son cœur palpitant, compter
les battements convulsifs de son pouls qui se précipite,
qui s'arrête... contempler sa douloureuse agonie et la
suspendre pour la recommencer... A ce prix, fidèle
esclave de l'amour, tu pourras au départ des songes
redescendre sur l'oreiller embaumé de ta maîtresse, et
presser dans tes bras caressants la reine des terreurs
nocturnes... " — Elle dit, et le monstre jaillit de sa
main brûlante comme le palet arrondi du discobole, il
tourne dans l'air avec la rapidité de ces feux artificiels
qu'on lance sur les navires, étend des ailes bizarrement
festonnées, monte, descend, grandit, se rapetisse, et,
nain difforme et joyeux, dont les mains sont armées

d'ongles d'un métal plus fin que l'acier, qui pénètrent la chair sans la déchirer, et boivent le sang à la manière de la pompe insidieuse des sangsues, il s'attache sur mon cœur, se développe, soulève sa tête énorme et rit. En vain mon œil, fixe d'effroi, cherche dans l'espace qu'il peut embrasser un objet qui le rassure : les mille démons de la nuit escortent l'affreux démon de la turquoise. Des femmes rabougries au regard ivre ; des serpents rouges et violets dont la bouche jette du feu ; des lézards qui élèvent au-dessus d'un lac de boue et de sang un visage pareil à celui de l'homme ; des têtes nouvellement détachées du tronc par la hache du soldat, mais qui me regardent avec des yeux vivants, et s'enfuient en sautillant sur des pieds de reptiles...

« Depuis cette nuit funeste, ô Lucius, il n'est plus de nuits paisibles pour moi. La couche parfumée des jeunes filles qui n'est ouverte qu'aux songes voluptueux ; la tente infidèle du voyageur qui se déploie tous les soirs sous de nouveaux ombrages ; le sanctuaire même des temples est un asile impuissant contre les démons de la nuit. A peine mes paupières, fatiguées de lutter contre le sommeil si redouté, se ferment d'accablement, tous les monstres sont là, comme à l'instant où je les ai vus s'échapper avec Smarra de la bague magique de Méroé. Ils courent en cercle autour de moi, m'étourdissent de leurs cris, m'effraient de leurs plaisirs et souillent mes lèvres frémissantes de leurs caresses de harpies. Méroé les conduit et plane au-dessus d'eux, en secouant sa longue chevelure, d'où s'échappent des éclairs d'un bleu livide. Hier encore... elle était bien plus grande que je ne l'ai vue autrefois... c'étaient les mêmes formes et les mêmes traits, mais sous leur apparence séduisante je discernais avec effroi, comme au travers d'une gaze subtile et légère, le teint plombé de la magicienne et ses membres couleur de soufre : ses yeux fixes et creux étaient tout noyés de sang, des larmes de sang sillonnaient ses joues profondes, et sa main, déployée dans l'espace, laissait imprimée sur l'air même la trace d'une main de sang... " Viens, me dit-elle, en m'effleurant d'un signe du doigt qui m'aurait anéanti s'il m'avait touché, viens visiter l'empire que je donne à mon époux, car je veux que tu connaisses tous les domaines de la terreur et du désespoir... " — Et en parlant ainsi elle volait devant moi, les pieds à peine détachés du sol, et s'approchant ou s'éloignant alternativement de la terre, comme la flamme qui danse au-dessus d'une torche prête à s'éteindre. Oh! que l'aspect du chemin que nous dévorions en courant était affreux à tous les sens ! Que la magicienne elle-même paraissait impatiente d'en trouver la fin ! Imagine-toi le caveau funèbre où elles entassent les débris de toutes les innocentes victimes de leurs sacrifices, et, parmi les plus imparfaits de ces restes mutilés, pas un lambeau qui n'ait conservé une voix, des gémissements et des pleurs ! Imagine-toi des murailles mobiles, mobiles et animées, qui se resserrent de part et d'autre au-devant de tes pas, et qui embrassent peu à peu tous tes membres de l'enceinte d'une prison étroite et glacée... Ton sein oppressé qui se soulève, qui tressaille, qui bondit pour aspirer l'air de la vie à travers la poussière des ruines, la fumée des flambeaux, l'humidité des catacombes, le souffle empoisonné des morts... et tous les démons de la nuit qui crient, qui sifflent, hurlent ou rugissent à ton oreille épouvantée : " Tu ne respireras plus ! "

« Et pendant que je marchais, un insecte mille fois plus petit que celui qui attaque d'une dent impuissante le tissu délicat des feuilles de rose ; un atome disgracié qui passe mille ans à imposer un de ses pas sur la sphère universelle des cieux dont la matière est mille fois plus dure que le diamant... Il marchait, il marchait aussi ; et la trace obstinée de ses pieds paresseux avait divisé ce globe impérissable jusqu'à son axe.

« Après avoir parcouru ainsi, tant notre élan était rapide, une distance pour laquelle les langages de l'homme n'ont point de terme de comparaison, je vis jaillir de la bouche d'un soupirail, voisin comme la plus éloignée des étoiles, quelques traits d'une blanche clarté. Pleine d'espérance, Méroé s'élança, je la suivis, entraîné par une puissance invincible ; et d'ailleurs le chemin du retour, effacé comme le néant, infini comme l'éternité, venait de se fermer derrière moi d'une manière impénétrable au courage et à la patience de l'homme. Il y avait déjà entre Larisse et nous tous les débris des mondes innombrables qui ont précédé celui-ci dans les essais de la création, depuis le commencement des temps, et dont le plus grand nombre ne le surpassent pas moins en immensité qu'il n'excède lui-même de son étendue prodigieuse le nid invisible du moucheron. La porte sépulcrale qui nous reçut ou plutôt qui nous aspira au sortir de ce gouffre s'ouvrait sur un champ sans horizon, qui n'avait jamais rien produit. On y distinguait à peine dans un coin reculé du ciel le contour indécis d'un astre immobile et obscur, plus immobile que l'air, plus obscur que les ténèbres qui règnent dans ce séjour de désolation. C'était le cadavre du plus ancien des soleils, couché sur le fond ténébreux du firmament, comme un bateau submergé sur un lac grossi par la fonte des neiges. La lueur pâle qui venait de frapper mes yeux ne provenait point de lui. On aurait dit qu'elle n'avait aucune origine et qu'elle n'était qu'une couleur particulière de la nuit, à moins qu'elle ne résultât de l'incendie de quelque monde éloigné dont la cendre brûlait encore. Alors, le croirais-tu ? elles vinrent toutes, les sorcières de Thessalie, escortées de ces nains de la terre qui travaillent dans les mines, qui ont un visage comme le

cuivre et des cheveux bleus comme l'argent dans la
fournaise ; de ces salamandres aux longs bras, à la
queue aplatie en rame, aux couleurs inconnues, qui
descendent vivantes et agiles du milieu des flammes,
comme des lézards noirs à travers une poussière de
feu ; elles vinrent suivies des Aspioles qui ont le corps si
frêle, si élancé, surmonté d'une tête difforme, mais
riante, et qui se balancent sur les ossements de leurs
jambes vides et grêles, semblables à un chaume stérile
agité par le vent ; des Achrones qui n'ont point de
membres, point de voix, point de figures, point d'âge,
et qui bondissent en pleurant sur la terre gémissante,
comme des outres gonflées d'air ; des Psylles qui sucent
un venin cruel, et qui, avides de poisons, dansent en
rond en poussant des sifflements aigus pour éveiller les
serpents, pour les réveiller dans l'asile caché, dans le
trou sinueux des serpents[14]. Il y avait là jusqu'aux
Morphoses que vous avez tant aimées, qui sont belles
comme Psyché, qui jouent comme les Grâces, qui ont
des concerts comme les Muses, et dont le regard
séducteur, plus pénétrant, plus envenimé que la dent
de la vipère, va incendier votre sang et faire bouillir la
moelle dans vos os calcinés. Tu les aurais vues,
enveloppées dans leurs linceuls de pourpre, promener
autour d'elles des nuages plus brillants que l'Orient,
plus parfumés que l'encens d'Arabie, plus harmonieux
que le premier soupir d'une vierge attendrie par
l'amour, et dont la vapeur enivrante fascinait l'âme
pour la tuer. Tantôt leurs yeux roulent une flamme
humide qui charme et qui dévore ; tantôt elles penchent la tête avec une grâce qui n'appartient qu'à elles,
en sollicitant votre confiance crédule, d'un sourire
caressant, du sourire d'un masque perfide et animé qui
cache la joie du crime et la laideur de la mort. Que te
dirai-je ? Entraîné par le tourbillon des esprits qui
flottait comme un nuage ; comme la fumée d'un rouge

sanglant qui descend d'une ville incendiée ; comme la lave liquide qui répand, croise, entrelace des ruisseaux ardents sur une campagne de cendres... j'arrivai... j'arrivai... Tous les sépulcres étaient ouverts... tous les morts étaient exhumés... toutes les goules*, pâles, impatientes, affamées, étaient présentes ; elles brisaient les ais des cercueils, déchiraient les vêtements sacrés, les derniers vêtements du cadavre ; se partageaient d'affreux débris avec une plus affreuse volupté, et, d'une main irrésistible, car j'étais, hélas ! faible et captif comme un enfant au berceau, elles me forçaient à m'associer... ô terreur !... à leur exécrable festin !... »

En achevant ces paroles, Polémon se souleva sur son lit, et, tremblant, éperdu, les cheveux hérissés, le regard fixe et terrible, il nous appela d'une voix qui n'avait rien d'humain. — Mais les airs de la harpe de Myrthé volaient déjà dans les airs ; les démons étaient apaisés, le silence était calme comme la pensée de l'innocent qui s'endort la veille de son jugement Polémon dormait paisible aux doux sons de la harpe de Myrthé.

---

* En esclavon, *Ogoljen,* dépouillé, soit parce qu'elles sont nues comme des spectres, soit par antiphrase, parce qu'elles dépouillent les morts. J'écris *goule,* parce que ce mot, consacré dans les traductions des *Contes arabes,* ne nous est pas étranger, et qu'il est évidemment formé de la même racine [15].

L'ÉPODE[16]

Les vapeurs du plaisir et du vin avaient étourdi mes
esprits, et je voyais malgré moi les fantômes de
l'imagination de Polémon se poursuivre dans les
recoins les moins éclairés de la salle du festin. Déjà il
s'était endormi d'un sommeil profond sur le lit semé de
fleurs, à côté de sa coupe renversée, et mes jeunes
esclaves, surprises par un abattement plus doux,
avaient laissé tomber leur tête appesantie contre la
harpe qu'elles tenaient embrassée. Les cheveux d'or de
Myrthé descendaient comme un long voile sur son
visage entre les fils d'or qui pâlissaient auprès d'eux, et
l'haleine de son doux sommeil, errant sur les cordes
harmonieuses, en tirait encore je ne sais quel son

voluptueux qui venait mourir à mon oreille. Cependant les fantômes n'étaient pas partis ; ils dansaient toujours dans les ombres des colonnes et dans la fumée des flambeaux. Impatient de ce prestige imposteur de l'ivresse, je ramenai sur ma tête les frais rameaux du lierre préservateur, et je fermai avec force mes yeux tourmentés par les illusions de la lumière. J'entendis alors une étrange rumeur, où je distinguais des voix tour à tour graves et menaçantes, ou injurieuses et ironiques. Une d'elles me répétait, avec une fastidieuse monotonie, quelques vers d'une scène d'Eschyle ; une autre les dernières leçons que m'avait adressées mon aïeul mourant ; de temps en temps, comme une bouffée de vent qui court en sifflant parmi les branches mortes et les feuilles desséchées dans les intervalles de la tempête, une figure dont je sentais le souffle éclatait de rire contre ma joue, et s'éloignait en riant encore. Des illusions bizarres et horribles succédèrent à cette illusion. Je croyais voir, à travers un nuage de sang, tous les objets sur lesquels mes regards venaient de s'éteindre : ils flottaient devant moi, et me poursuivaient d'attitudes horribles et de gémissements accusateurs. Polémon, toujours couché auprès de sa coupe vide, Myrthé, toujours appuyée sur sa harpe immobile, poussaient contre moi des imprécations furieuses, et me demandaient compte de je ne sais quel assassinat. Au moment où je me soulevais pour leur répondre, et où j'étendais mes bras sur la couche rafraîchie par d'amples libations de liqueurs et de parfums, quelque chose de froid saisit les articulations de mes mains frémissantes : c'était un nœud de fer, qui au même instant tomba sur mes pieds engourdis, et je me trouvai debout entre deux haies de soldats livides, étroitement serrés, dont les lances terminées par un fer éblouissant représentaient une longue suite de candélabres. Alors je me mis à marcher, en cherchant du

regard, dans le ciel, le vol de la colombe voyageuse,
pour confier au moins à ses soupirs, avant le moment
horrible que je commençais à prévoir, le secret d'un
amour caché qu'elle pourrait raconter un jour en
planant près de la baie de Corcyre, au-dessus d'une
jolie maison blanche ; mais la colombe pleurait sur son
nid, parce que l'autour venait de lui enlever le plus
cher des oiseaux de sa couvée, et je m'avançais d'un
pas pénible et mal assuré vers le but de ce convoi
tragique, au milieu d'un murmure d'affreuse joie qui
courait à travers la foule, et qui appelait impatiem-
ment mon passage ; le murmure du peuple à la bouche
béante, à la vue altérée de douleurs dont la sanglante
curiosité boit du plus loin possible toutes les larmes de
la victime que le bourreau va lui jeter. « Le voilà,
criaient-ils tous, le voilà !... — Je l'ai vu sur un champ
de bataille, disait un vieux soldat, mais il n'était pas
alors blême comme un spectre, et il paraissait brave à
la guerre. — Qu'il est petit, ce Lucius dont on faisait
un Achille et un Hercule ! reprenait un nain que je
n'avais pas remarqué parmi eux. C'est la terreur, sans
doute, qui anéantit sa force et qui fléchit ses genoux.
— Est-on bien sûr que tant de férocité ait pu trouver
place dans le cœur d'un homme ? dit un vieillard aux
cheveux blancs dont le doute glaça mon cœur. Il
ressemblait à mon père. — Lui ! repartit la voix d'une
femme, dont la physionomie exprimait tant de douceur... Lui ! répéta-t-elle en s'enveloppant de son voile
pour éviter l'horreur de mon aspect... le meurtrier de
Polémon et de la belle Myrthé !... — Je crois que le
monstre me regarde, dit une femme du peuple. Ferme-
toi, œil de basilic, âme de vipère, que le ciel te
maudisse ! » — Pendant ce temps-là les tours, les rues,
la ville entière fuyaient derrière moi comme le port
abandonné par un vaisseau aventureux qui va tenter
les destins de la mer. Il ne restait qu'une place

nouvellement bâtie, vaste, régulière, superbe, couverte
d'édifices majestueux, inondée d'une foule de citoyens
de tous les états, qui renonçaient à leurs devoirs pour
obéir à l'attrait d'un plaisir piquant. Les croisées
étaient garnies de curieux avides, entre lesquels on
voyait des jeunes gens disputer l'étroite embrasure à
leur mère ou à leur maîtresse. L'obélisque élevé au-
dessus des fontaines, l'échafaudage tremblant du
maçon, les tréteaux nomades du baladin, portaient des
spectateurs. Des hommes haletants d'impatience et de
volupté pendaient aux corniches des palais, et embrassant de leurs genoux les arêtes de la muraille, ils
répétaient avec une joie immodérée : « Le voilà ! »
Une petite fille dont les yeux hagards annonçaient la
folie, et qui avait une tunique bleue toute froissée et
des cheveux blonds poudrés de paillettes, chantait
l'histoire de mon supplice. Elle disait les paroles de ma
mort et la confession de mes forfaits, et sa complainte
cruelle révélait à mon âme épouvantée des mystères du
crime impossibles à concevoir pour le crime même.
L'objet de tout ce spectacle, c'était moi, un autre
homme qui m'accompagnait, et quelques planches
exhaussées sur quelques pieux, au-dessus desquelles le
charpentier avait fixé un siège grossier et un bloc de
bois mal équarri qui le dépassait d'une demi-brasse [18].
Je montai quatorze degrés ; je m'assis ; je promenai
mes yeux sur la foule ; je désirai de reconnaître des
traits amis, de trouver, dans le regard circonspect d'un
adieu honteux, des lueurs d'espérance ou de regret ; je
ne vis que Myrthé qui se réveillait contre sa harpe, et
qui la touchait en riant ; que Polémon qui relevait sa
coupe vide, et qui, à demi étourdi par les fumées de son
breuvage, la remplissait encore d'une main égarée.
Plus tranquille, je livrai ma tête au sabre si tranchant
et si glacé de l'officier de la mort. Jamais un frisson
plus pénétrant n'a couru entre les vertèbres de

l'homme; il était saisissant comme le dernier baiser
que la fièvre imprime au cou d'un moribond, aigu
comme l'acier raffiné, dévorant comme le plomb fondu.
Je ne fus tiré de cette angoisse que par une commotion
terrible : ma tête était tombée... elle avait roulé,
rebondi sur le hideux parvis de l'échafaud, et, prête à
descendre toute meurtrie entre les mains des enfants,
des jolis enfants de Larisse, qui se jouent avec des têtes
de morts, elle s'était rattachée à une planche saillante
en la mordant avec ces dents de fer que la rage prête à
l'agonie. De là je tournais mes yeux vers l'assemblée,
qui se retirait silencieuse, mais satisfaite. Un homme
venait de mourir devant le peuple. Tout s'écoula en
exprimant un sentiment d'admiration pour celui qui
ne m'avait pas manqué, et un sentiment d'horreur
contre l'assassin de Polémon et de la belle Myrthé.
« Myrthé ! Myrthé ! m'écriai-je en rugissant, mais sans
quitter la planche salutaire. — Lucius ! Lucius ! répondit-elle en sommeillant à demi, tu ne dormiras donc
jamais tranquille quand tu as vidé une coupe de trop !
Que les dieux infernaux te pardonnent, et ne dérange
plus mon repos. J'aimerais mieux coucher au bruit du
marteau de mon père, dans l'atelier où il tourmente le
cuivre, que parmi les terreurs nocturnes de ton
palais. »
    Et pendant qu'elle me parlait, je mordais, obstiné, le
bois humecté de mon sang fraîchement répandu, et je
me félicitais de sentir croître les sombres ailes de la
mort qui se déployaient lentement au-dessous de mon
cou mutilé. Toutes les chauves-souris du crépuscule
m'effleuraient caressantes, en me disant : « Prends des
ailes !... » et je commençais à battre avec effort je ne
sais quels lambeaux qui me soutenaient à peine.
Cependant tout à coup j'éprouvai une illusion rassu-
rante. Dix fois je frappai les lambris funèbres du
mouvement de cette membrane presque inanimée que

je traînais autour de moi comme les pieds flexibles du reptile qui se roule dans le sable des fontaines ; dix fois je rebondis en m'essayant peu à peu dans l'humide brouillard. Qu'il était noir et glacé ! et que les déserts des ténèbres sont tristes ! Je remontai enfin jusqu'à la hauteur des bâtiments les plus élevés, et je planai en rond autour du socle solitaire, du socle que ma bouche mourante venait d'effleurer d'un sourire et d'un baiser d'adieu. Tous les spectateurs avaient disparu, tous les bruits avaient cessé, tous les astres étaient cachés, toutes les lumières évanouies. L'air était immobile, le ciel glauque, terne, froid comme une tôle mate. Il ne restait rien de ce que j'avais vu, de ce que j'avais imaginé sur la terre, et mon âme épouvantée d'être vivante fuyait avec horreur une solitude plus immense, une obscurité plus profonde que la solitude et l'obscurité du néant. Mais cet asile que je cherchais, je ne le trouvais pas. Je m'élevais comme le papillon de nuit qui a nouvellement brisé ses langes mystérieux pour déployer le luxe inutile de sa parure de pourpre, d'azur et d'or. S'il aperçoit de loin la croisée du sage qui veille en écrivant à la lueur d'une lampe de peu de valeur, ou celle d'une jeune épouse dont le mari s'est oublié à la chasse, il monte, cherche à se fixer, bat le vitrage en frémissant, s'éloigne, revient, roule, bourdonne, et tombe en chargeant le talc transparent de toute la poussière de ses ailes fragiles. C'est ainsi que je battais des mornes ailes que le trépas m'avait données les voûtes d'un ciel d'airain, qui ne me répondait que par un sourd retentissement, et je redescendais en planant en rond autour du socle solitaire, du socle que ma bouche mourante venait d'effleurer d'un sourire et d'un baiser d'adieu. Le socle n'était plus vide. Un autre homme venait d'y appuyer sa tête, sa tête renversée en arrière, et son cou montrait à mes yeux la trace de la blessure, la cicatrice triangulaire du fer de

lance qui me ravit Polémon au siège de Corinthe. Ses
cheveux ondoyants roulaient leurs boucles dorées
autour du bloc sanglant : mais Polémon, tranquille et
les paupières abattues, paraissait dormir d'un sommeil
heureux. Quelque sourire qui n'était pas celui de la
terreur volait sur ses lèvres épanouies, et appelait de
nouveaux chants de Myrthé, ou de nouvelles caresses
de Thélaïre. Aux traits du jour pâle qui commençait à
se répandre dans l'enceinte de mon palais, je recon-
naissais à des formes encore un peu indécises toutes les
colonnes et tous les vestibules, parmi lesquels j'avais
vu se former pendant la nuit les danses funèbres des
mauvais esprits. Je cherchai Myrthé ; mais elle avait
quitté sa harpe, et, immobile entre Thélaïre et Théis,
elle arrêtait un regard morne et cruel sur le guerrier
endormi. Tout à coup au milieu d'elles s'élança
Méroé : l'aspic d'or qu'elle avait détaché de son bras
sifflait en glissant sous les voûtes ; le *rhombus* retentissant roulait et grondait dans l'air ; Smarra, convoqué
pour le départ des songes du matin, venait réclamer la
récompense promise par la reine des terreurs nocturnes, et palpitait auprès d'elle d'un hideux amour en
faisant bourdonner ses ailes avec tant de rapidité,
qu'elles n'obscurcissaient pas du moindre nuage la
transparence de l'air. — Théis, et Thélaïre, et Myrthé
dansaient échevelées et poussaient des hurlements de
joie. Près de moi, d'horribles enfants aux cheveux
blancs, au front ridé, à l'œil éteint, s'amusaient à
m'enchaîner sur mon lit des plus fragiles réseaux de
l'araignée qui jette son filet perfide à l'angle de deux
murailles contiguës pour y surprendre un pauvre
papillon égaré. Quelques-uns recueillaient ces fils d'un
blanc soyeux dont les flocons légers échappent au
fuseau miraculeux des fées, et ils les laissaient tomber
de tout le poids d'une chaîne de plomb sur mes
membres excédés de douleur. « Lève-toi », me

disaient-ils avec des rires insolents, et ils brisaient mon
sein oppressé en le frappant d'un chalumeau de paille,
rompu en forme de fléau, qu'ils avaient dérobé à la
gerbe d'une glaneuse. Cependant j'essayais de dégager
des frêles liens qui les captivaient mes mains redoutables à l'ennemi, et dont le poids s'est fait sentir souvent
aux Thessaliens dans les jeux cruels du ceste et du
pugilat ; et mes mains redoutables, mes mains exercées
à soulever un ceste de fer qui donne la mort, mollis-
saient sur la poitrine désarmée du nain fantastique,
comme l'éponge battue par la tempête au pied d'un
vieux rocher que la mer attaque sans l'ébranler depuis
le commencement des siècles. Ainsi s'évanouit sans
laisser de traces, avant même d'effleurer l'obstacle
dont le rapproche un soufle jaloux, ce globe aux mille
couleurs, jouet éblouissant et fugitif des enfants.

La cicatrice de Polémon versait du sang, et Méroé,
ivre de volupté, élevait au-dessus du groupe avide de
ses compagnes le cœur déchiré du soldat qu'elle venait
d'arracher de sa poitrine. Elle en refusait, elle en
disputait les lambeaux aux filles de Larisse altérées de
sang. Smarra protégeait de son vol rapide et de ses
sifflements menaçants l'effroyable conquête de la reine
des terreurs nocturnes. A peine il caressait lui-même
de l'extrémité de sa trompe, dont la longue spirale se
déroulait comme un ressort, le cœur sanglant de
Polémon, pour tromper un moment l'impatience de sa
soif ; et Méroé, la belle Méroé, souriait à sa vigilance et
à son amour.

Les liens qui me retenaient avaient enfin cédé ; et je
tombai debout, éveillé au pied du lit de Polémon,
tandis que loin de moi fuyaient tous les démons, et
toutes les sorcières, et toutes les illusions de la nuit.
Mon palais même, et les jeunes esclaves qui en
faisaient l'ornement, fortune passagère des songes,
avaient fait place à la tente d'un guerrier blessé sous

les murailles de Corinthe, et au cortège lugubre des officiers de la mort. Les flambeaux du deuil commençaient à pâlir devant les rayons du soleil levant ; les chants du regret commençaient à retentir sous les voûtes souterraines du tombeau. Et Polémon... ô désespoir ! ma main tremblante demandait en vain une faible ondulation à sa poitrine. — Son cœur ne battait plus. — Son sein était vide.

L'ÉPILOGUE

Illic umbrarum tenui stridore volantum
Flebilis auditur questus, simulacra coloni
Pallida, defunctasque vident migrare figuras[19].

CLAUDIEN.

    Jamais je ne pourrai ajouter foi à ces vieilles fables, ni à ces jeux de féerie. Les amants, les fous et les poètes ont des cerveaux brûlants, une imagination qui ne conçoit que des fantômes, et dont les conceptions, roulant dans un brûlant délire, s'égarent toutes au-delà des limites de la raison.

SHAKESPEARE.

    Ah! qui viendra briser leurs poignards, qui pourra étancher le sang de mon frère et le rappeler à la vie! Oh! que suis-je venu chercher ici! Éternelle douleur! Larisse, Thessalie, Tempé, flots du Pénée que j'abhorre! ô Polémon, cher Polémon!...

    « Que dis-tu, au nom de notre bon ange, que dis-tu de poignards et de sang? Qui te fait balbutier depuis si longtemps des paroles qui n'ont point d'ordre, ou gémir d'une voix étouffée comme un voyageur qu'on assassine au milieu de son sommeil, et qui est réveillé par la mort?... Lorenzo, mon cher Lorenzo... »

Lisidis, Lisidis, est-ce toi qui m'as parlé ? en vérité, j'ai cru reconnaître ta voix, et j'ai pensé que les ombres s'en allaient. Pourquoi m'as-tu quitté pendant que je recevais dans mon palais de Larisse les derniers soupirs de Polémon, au milieu des sorcières qui dansent de joie ? Vois, vois comme elles dansent de joie...

« Hélas, je ne connais ni Polémon, ni Larisse, ni la joie formidable des sorcières de Thessalie. Je ne connais que Lorenzo. C'était hier — as-tu pu l'oublier si vite ? — que revenait pour la première fois le jour qui a vu consacrer notre mariage ; c'était hier le huitième jour de notre mariage... regarde, regarde le jour, regarde Arona, le lac et le ciel de Lombardie... »

Les ombres vont et reviennent, elles me menacent, elles parlent avec colère, elles parlent de Lisidis, d'une jolie petite maison au bord des eaux, et d'un rêve que j'ai fait sur une terre éloignée... elles grandissent, elles me menacent, elles crient...

« De quel nouveau reproche veux-tu me tourmenter, cœur ingrat et jaloux ? Ah ! je sais bien que tu te joues de ma douleur, et que tu ne cherches qu'à excuser quelque infidélité, ou à courir d'un prétexte bizarre une rupture préparée d'avance... Je ne te parlerai plus. »

Où est Théis, où est Myrthé, où sont les harpes de Thessalie ? Lisidis, Lisidis, si je ne me suis pas trompé en entendant ta voix, ta douce voix, tu dois être là, près de moi... toi seule peux me délivrer des prestiges et des vengeances de Méroé... Délivre-moi de Théis, de Myrthé, de Thélaïre elle-même...

« C'est toi, cruel, qui portes trop loin la vengeance, et qui veux me punir d'avoir dansé hier trop longtemps avec un autre que toi au bal de l'île Belle ; mais s'il avait osé me parler d'amour, s'il m'avait parlé d'amour... »

Par saint Charles d'Arona, que Dieu l'en préserve à jamais... Serait-il vrai en effet, ma Lisidis, que nous sommes revenus de l'île Belle au doux bruit de ta guitare, jusqu'à notre jolie maison d'Arona — de Larisse, de Thessalie, au doux bruit de ta harpe et des eaux du Pénée ?

« Laisse la Thessalie, Lorenzo, réveille-toi... vois les rayons du soleil levant qui frappent la tête colossale de saint Charles [20]. Écoute le bruit du lac qui vient mourir sur la grève au pied de notre jolie maison d'Arona. Respire les brises du matin qui portent sur leurs ailes si fraîches tous les parfums des jardins et des îles, tous les murmures du jour naissant. Le Pénée coule bien loin d'ici. »

Tu ne comprendras jamais ce que j'ai souffert cette nuit sur ses rivages. Que ce fleuve soit maudit de la nature, et maudite aussi la maladie funeste qui a égaré mon âme pendant des heures plus longues que la vie dans des scènes de fausses délices et de cruelles

terreurs !... elle a imposé sur mes cheveux le poids de
dix ans de vieillesse !

« Je te jure qu'ils n'ont pas blanchi... mais une autre
fois, plus attentive, je lierai une de mes mains à ta
main, je glisserai l'autre dans les boucles de tes
cheveux, je respirerai toute la nuit le souffle de tes
lèvres, et je me défendrai d'un sommeil profond pour
pouvoir te réveiller toujours avant que le mal qui te
tourmente soit parvenu jusqu'à ton cœur... Dors-tu ? »

Trilby,
OU
Le Lutin d'Argail

Il n'y a personne parmi vous, mes chers amis, qui n'ait entendu parler des *drows* de Thulé et des *elfs* ou lutins familiers de l'Écosse[1], et qui ne sache qu'il y a peu de maisons rustiques dans ces contrées qui ne comptent un follet parmi leurs hôtes. C'est d'ailleurs un démon plus malicieux que méchant et plus espiègle que malicieux, quelquefois bizarre et mutin, souvent doux et serviable, qui a toutes les bonnes qualités et tous les défauts d'un enfant mal élevé. Il fréquente rarement la demeure des grands et les fermes opulentes qui réunissent un grand nombre de serviteurs ; une destination plus modeste lie sa vie mystérieuse à la cabane du pâtre ou du bûcheron. Là, mille fois plus joyeux que les brillants parasites de la fortune, il se joue à contrarier les vieilles femmes qui médisent de lui dans leurs veillées, ou à troubler de rêves incompréhensibles, mais gracieux, le sommeil des jeunes filles. Il se plaît particulièrement dans les étables, et il aime à traire pendant la nuit les vaches et les chèvres du hameau, afin de jouir de la douce surprise des bergères matinales, quand elles arrivent dès le point du jour, et ne peuvent comprendre par quelle merveille les jattes rangées avec ordre regorgent de si bonne heure d'un lait écumeux et appétissant ; ou bien il caracole sur les chevaux qui hennissent de joie, roule dans ses doigts les longs anneaux de leurs crins flottants, lustre leur croupe polie, ou lave d'une eau pure comme le cristal leurs jambes fines et nerveuses. Pendant l'hiver, il préfère à tout les environs de l'âtre domestique et les pans couverts de suie de la cheminée, où il fait son habitation dans les fentes de la muraille, à côté de la cellule harmonieuse du grillon. Combien de fois n'a-t-on pas vu Trilby, le joli lutin de la chaumière de Dougal, sautiller sur le rebord des pierres calcinées avec son petit *tartan* de feu et son *plaid* ondoyant couleur de fumée, en essayant de saisir au passage les étincelles qui jaillissaient des tisons et qui montaient en gerbe brillante au-dessus du foyer ! Trilby était le plus jeune, le plus galant, le plus mignon des follets. Vous auriez parcouru l'Écosse entière, depuis l'embouchure de Solway jusqu'au détroit de Pentland[2], sans en trouver un seul qui pût lui disputer l'avantage de l'esprit et de la gentillesse. On ne racontait de lui que des choses aimables et des caprices ingénieux. Les châtelaines d'Argail et de Lennox[3] en étaient si éprises, que plusieurs d'entre elles se mouraient du regret de ne pas posséder dans leurs palais le lutin qui avait enchanté leurs songes, et le vieux laird de Lutha aurait sacrifié, pour pouvoir l'offrir à sa noble épouse, jusqu'au claymore[4] rouillé d'Archibald, ornement gothique de sa salle d'armes ; mais Trilby se souciait peu du Claymore d'Archibald, et des palais et des châtelaines. Il n'eût pas abandonné la chaumière de Dougal pour l'empire du monde, car il était amoureux de la brune Jeannie, l'agaçante batelière du lac Beau[5], et il profitait de temps en temps de l'absence du pêcheur pour raconter à Jeannie les sentiments qu'elle lui avait inspirés. Quand Jeannie, de retour du lac, avait vu s'égarer au loin, s'enfoncer dans une anse profonde, se cacher derrière un cap avancé, pâlir dans les brumes de l'eau et du ciel la lumière errante du bateau voyageur qui portait son mari et les espérances d'une pêche heureuse, elle regardait encore du seuil de la maison, puis rentrait en soupirant, attisait les charbons à demi blanchis par la cendre, et faisait pirouetter son fuseau de cytise en fredonnant le cantique de saint Dunstan, ou la ballade du revenant d'Aberfoïl[6], et dès que ses paupières, appesanties par le sommeil, commençaient à voiler ses yeux fatigués, Trilby, qu'enhardissait l'assoupissement de sa bien-aimée, sautait légèrement de son trou, bondissait avec une joie d'enfant dans les flammes, en faisant sauter autour de lui un nuage de paillettes de feu, se rapprochait plus timide de la fileuse endormie, et quelquefois, rassuré par le souffle égal qui s'exhalait de ses lèvres à intervalles mesurés, s'avançait, reculait, revenait encore, s'élançait jusqu'à ses genoux en les effleurant comme un papillon de nuit du battement muet de ses ailes invisibles, allait caresser sa joue, se rouler dans les boucles de ses cheveux, se suspendre, sans y peser, aux anneaux d'or de ses oreilles, ou se reposer sur son sein en murmurant d'une voix plus douce que le soupir de l'air à peine ému quand il meurt sur une feuille de tremble : « Jeannie, ma belle Jeannie, écoute un moment l'amant qui t'aime et qui pleure de t'aimer, parce que tu ne réponds pas à sa tendresse. Prends pitié de Trilby, du pauvre Trilby. Je suis le follet de la chaumière. C'est moi, Jeannie, ma belle Jeannie, qui soigne le mouton que tu chéris, et qui donne à sa laine un poli qui le dispute à la soie et à l'argent. C'est moi qui supporte le poids de tes rames pour l'épargner à tes bras, et qui repousse au loin l'onde qu'elles ont à peine touchée. C'est moi qui soutiens ta barque lorsqu'elle se penche sous l'effort du vent, et qui la fais cingler contre la marée comme sur une pente facile. Les poissons bleus du lac Long et du

lac Beau, ceux qui font jouer aux rayons du soleil sous
les eaux basses de la rade les saphirs de leur dos
éblouissant, c'est moi qui les ai apportés des mers
lointaines du Japon, pour réjouir les yeux de la
première fille que tu mettras au monde, et que tu
verras s'élancer à demi de tes bras en suivant leurs
mouvements agiles et les reflets variés de leurs écailles
brillantes [7]. Les fleurs que tu t'étonnes de trouver le
matin sur ton passage dans la plus triste saison de
l'année, c'est moi qui vais les dérober pour toi à des
campagnes enchantées dont tu ne soupçonnes pas
l'existence, et où j'habiterais, si je l'avais voulu, de
riantes demeures, sur des lits de mousse veloutée que
la neige ne couvre jamais, ou dans le calice embaumé
d'une rose qui ne se flétrit que pour faire place à des
roses plus belles. Quand tu respires une touffe de thym
enlevée au rocher, et que tu sens tout à coup tes lèvres
surprises d'un mouvement subit, comme l'essor d'une
abeille qui s'envole, c'est un baiser que je te ravis en
passant. Les songes qui te plaisent le mieux, ceux dans
lesquels tu vois un enfant qui te caresse avec tant
d'amour, moi seul je te les envoie, et je suis l'enfant
dont tes lèvres pressent les lèvres enflammées dans ces
doux prestiges de la nuit. Oh! réalise le bonheur de
nos rêves! Jeannie, ma belle Jeannie, enchantement
délicieux de mes pensées, objet de souci et d'espérance,
de trouble et de ravissement, prends pitié du pauvre
Trilby, aime un peu le follet de la chaumière! »

Jeannie aimait les jeux du follet, et ses flatteries
caressantes, et les rêves innocemment voluptueux qu'il
lui apportait dans le sommeil. Longtemps elle avait
pris plaisir à cette illusion sans en faire confidence à
Dougal, et cependant la physionomie si douce et la
voix si plaintive de l'esprit du foyer se retraçaient
souvent à sa pensée, dans cet espace indécis entre le
repos et le réveil où le cœur se rappelle malgré lui les

impressions qu'il s'est efforcé d'éviter pendant le jour.
Il lui semblait voir Trilby se glisser dans les replis de
ses rideaux, ou l'entendre gémir et pleurer sur son
oreiller. Quelquefois même, elle avait cru sentir le
pressement d'une main agitée, l'ardeur d'une bouche
brûlante. Elle se plaignit enfin à Dougal de l'opiniâ-
treté du démon qui l'aimait et qui n'était pas inconnu
au pêcheur lui-même, car ce rusé rival avait cent fois
enchaîné son hameçon ou lié les mailles de son filet aux
herbes insidieuses du lac. Dougal l'avait vu au-devant
de son bateau, sous l'apparence d'un poisson énorme,
séduire d'une indolence trompeuse l'attente de sa
pêche nocturne, et puis plonger, disparaître, effleurer
le lac sous la forme d'une mouche ou d'une phalène, et
se perdre sur le rivage avec l'*Hope-Clover*[8] dans les
moissons profondes de la luzerne. C'est ainsi que
Trilby égarait Dougal, et prolongeait longtemps son
absence.

Pendant que Jeannie, assise à l'angle du foyer,
racontait à son mari les séductions du follet malicieux,
qu'on se représente la colère de Trilby, et son inquiétude, et ses terreurs ! Les tisons lançaient des flammes
blanches qui dansaient sur eux sans les toucher ; les
charbons étincelaient de petites aigrettes pétillantes, le
farfadet se roulait dans une cendre enflammée et la
faisait voler autour de lui en tourbillons ardents.
« Voilà qui est bien, dit le pêcheur. J'ai passé ce soir le
vieux Ronald, le moine centenaire de Balva, qui lit
couramment dans les livres d'église, et qui n'a pas
pardonné aux lutins d'Argail les dégâts qu'ils ont faits
l'an dernier dans son presbytère. Il n'y a que lui qui
puisse nous débarrasser de cet ensorcelé de Trilby, et
le reléguer jusque dans les rochers d'Inisfaïl, d'où nous
viennent ces méchants esprits. »

Le jour n'était pas arrivé que l'ermite fut appelé à la
chaumière de Dougal. Il passa tout le temps que le

soleil éclaira l'horizon en méditations et en prières, baisant les reliques des saints, et feuilletant le Rituel et la Clavicule[9]. Puis, quand les heures de la nuit furent tout à fait descendues, et que les follets égarés dans l'espace rentrèrent en possession de leur demeure solitaire, il vint se mettre à genoux devant l'âtre embrasé, y jeta quelques frondes de houx bénit, qui brûlèrent en craquetant, épia d'une oreille attentive le chant mélancolique du grillon qui pressentait la perte de son ami, et reconnut Trilby à ses soupirs. Jeannie venait d'entrer.

Alors le vieux moine se releva, et prononçant trois fois le nom de Trilby d'une voix redoutable : « Je t'adjure, lui dit-il, par le pouvoir que j'ai reçu des sacrements, de sortir de la chaumière de Dougal le pêcheur, quand j'aurai chanté pour la troisième fois les saintes litanies de la Vierge. Comme tu n'avais jamais donné lieu, Trilby, à une plainte sérieuse, et que tu étais même connu en Argail pour un esprit sans méchanceté ; comme je sais d'ailleurs par les livres secrets de Salomon, dont l'intelligence est en particulier réservée à notre monastère de Balva, que tu appartiens à une race mystérieuse dont la destinée à venir n'est pas irréparablement fixée, et que le secret de ton salut ou de ta damnation est encore caché dans la pensée du Seigneur, je m'abstiens de prononcer sur toi une peine plus sévère. Mais qu'il te souvienne, Trilby, que je t'adjure, au nom du pouvoir que les sacrements m'ont donné, de sortir de la chaumière de Dougal le pêcheur, quand j'aurai chanté pour la troisième fois les saintes litanies de la Vierge ! »

Et le vieux moine chanta pour la première fois accompagné des répons de Dougal et de Jeannie dont le cœur commençait à palpiter d'une émotion pénible. Elle n'était pas sans regret d'avoir révélé à son mari les timides amours du lutin, et l'exil de l'hôte accoutumé du foyer lui faisait comprendre qu'elle lui était plus attachée qu'elle ne l'avait cru jusqu'alors.

Le vieux moine prononçant de nouveau par trois fois le nom de Trilby : « Je t'adjure, lui dit-il, de sortir de la chaumière de Dougal le pêcheur, et afin que tu ne te flattes pas de pouvoir éluder le sens de mes paroles, car ce n'est pas d'aujourd'hui que je connais votre malice, je te signifie que cette sentence est irrévocable à jamais...

— Hélas ! dit tout bas Jeannie.

— A moins, continua le vieux moine, que Jeannie ne te permette d'y revenir. »

Jeannie redoubla d'attention.

« Et que Dougal lui-même ne t'y envoie.

— Hélas ! répéta Jeannie.

— Et qu'il te souvienne, Trilby, que je t'adjure, au nom du pouvoir que les sacrements m'ont donné, de sortir de la chaumière de Dougal le pêcheur, quand j'aurai chanté deux fois encore les saintes litanies de la Vierge. »

Et le vieux moine chanta pour la seconde fois, accompagné des répons de Dougal et de Jeannie qui ne prononçait plus qu'à demi-voix, et la tête à demi enveloppée de sa noire chevelure, parce que son cœur était gonflé de sanglots qu'elle cherchait à contenir, et ses yeux mouillés de larmes qu'elle cherchait à cacher. « Trilby, se disait-elle, n'est pas d'une race maudite ; ce moine vient lui-même de l'avouer ; il m'aimait avec la même innocence que mon mouton ; il ne pouvait se passer de moi. Que deviendra-t-il sur la terre quand il sera privé du seul bonheur de ses veillées ? Était-ce un si grand mal, pauvre Trilby, qu'il se jouât le soir avec mon fuseau, quand, presque endormie, je le laissais échapper de ma main, ou qu'il se roulât en le couvrant de baisers dans le fil que j'avais touché ? »

Mais le vieux moine répétant encore par trois fois le

nom de Trilby, et recommençant ses paroles dans le même ordre : « Je t'adjure, lui dit-il, au nom du pouvoir que les sacrements m'ont donné, de sortir de la chaumière de Dougal le pêcheur, et je te défends d'y rentrer jamais, sinon aux conditions que je viens de te prescrire, quand j'aurai chanté une fois encore les saintes litanies de la Vierge. »

Jeannie porta sa main sur ses yeux.

« Et crois que je punirai ta rébellion d'une manière qui épouvantera tous tes pareils ! je te lierai pour mille ans, esprit désobéissant et malin, dans le tronc du bouleau le plus noueux et le plus robuste du cimetière !

— Malheureux Trilby ! dit Jeannie.

— Je le jure sur mon grand Dieu, continua le moine, et cela sera fait ainsi. »

Et il chanta pour la troisième fois, accompagné des répons de Dougal. Jeannie ne répondit pas. Elle s'était laissée tomber sur la pierre saillante qui borde le foyer, et le moine et Dougal attribuaient son émotion au trouble naturel que doit faire naître une cérémonie imposante. Le dernier répons expira ; la flamme des tisons pâlit ; une lumière bleue courut sur la braise éteinte et s'évanouit. Un long cri retentit dans la cheminée rustique. Le follet n'y était plus.

« Où est Trilby ? dit Jeannie en revenant à elle. — Parti, dit le moine avec orgueil. — Parti ! » s'écria-t-elle, d'un accent qu'il prit pour celui de l'admiration et de la joie. Les livres sacrés de Salomon ne lui avaient pas appris ces mystères.

A peine le follet avait quitté le seuil de la chaumière de Dougal, Jeannie sentit amèrement que l'absence du pauvre Trilby en avait fait une profonde solitude. Ses chansons de la veillée n'étaient plus entendues de personne, et certaine de ne confier leurs refrains qu'à des murailles insensibles, elle ne chantait que par distraction ou dans les rares moments où il lui arrivait

de penser que Trilby, plus puissant que la Clavicule et
le Rituel, avait peut-être déjoué les exorcismes du
vieux moine et les sévères arrêts de Salomon. Alors
l'œil fixé sur l'âtre, elle cherchait à discerner, dans les
figures bizarres que la cendre dessine en sombres
compartiments sur la fournaise éblouissante, quelques-uns des traits que son imagination avait prêtés à
Trilby; elle n'apercevait qu'une ombre sans forme et
sans vie qui rompait çà et là l'uniformité du rouge
enflammé du foyer, et se dissipait à la moindre
agitation de la touffe de bruyères sèches qu'elle faisait
siffler devant le feu pour le ranimer. Elle laissait
tomber son fuseau, elle abandonnait son fil, mais
Trilby ne chassait plus devant lui le fuseau roulant
comme pour le dérober à sa maîtresse, heureux alors
de le ramener jusqu'à elle et de se servir du fil à peine
ressaisi, pour s'élever à la main de Jeannie et y déposer
un baiser rapide, après lequel il était si prompt à
retomber, à s'enfuir et à disparaître, qu'elle n'avait
jamais eu le temps de s'alarmer et de se plaindre.
Dieu! que les temps étaient changés! que les soirées
étaient longues, et que le cœur de Jeannie était triste!

Les nuits de Jeannie avaient perdu leur charme
comme sa vie, et s'attristaient encore de la secrète
pensée que Trilby, mieux accueilli chez les châtelaines
d'Argail, y vivait paisible et caressé, sans crainte de
leurs fiers époux. Quelle comparaison humiliante pour
la chaumière du lac Beau ne devait pas se renouveler
pour lui à tous les moments de ses délicieuses soirées,
sous les cheminées somptueuses où les noires colonnes
de Staffa s'élançaient des marbres d'argent de
Firkin [10], et aboutissaient à des voûtes resplendissantes
de cristaux de mille couleurs! Il y avait loin de ce
magnifique appareil à la simplicité du triste foyer de
Dougal. Que cette comparaison était plus pénible
encore pour Jeannie, quand elle se représentait ses

nobles rivales, assemblées autour d'un brasier dont
l'ardeur était entretenue par des bois précieux et
odorants qui remplissaient d'un nuage de parfums le
palais favorisé du lutin ! quand elle détaillait dans sa
pensée les richesses de leur toilette, les couleurs
brillantes de leurs robes à quadrilles, l'agrément et le
choix de leurs plumes de *ptarmigan*[11] et de héron, la
grâce apprêtée de leurs cheveux, et qu'elle croyait
saisir dans l'air les concerts de leurs voix mariées avec
une ravissante harmonie ! « Infortunée Jeannie, disait-
elle, tu croyais donc savoir chanter ! et quand tu aurais
une voix plus douce que celle de la jeune fille de la mer
que les pêcheurs ont quelquefois entendue le matin,
qu'as-tu fait, Jeannie, pour qu'il s'en souvînt ? Tu
chantais comme s'il n'était pas là, comme si l'écho seul
t'avait écoutée, tandis que toutes ces coquettes ne
chantent que pour lui ; elles ont d'ailleurs tant d'avantages sur toi : la fortune, la noblesse, peut-être même
la beauté ! Tu es brune, Jeannie, parce que ton front
découvert à la surface resplendissante des eaux brave
le ciel brûlant de l'été. Regarde tes bras : ils sont
souples et nerveux, mais ils n'ont ni délicatesse ni
fraîcheur. Tes cheveux manquent peut-être de grâce,
quoique noirs, longs, bouclés et superbes, lorsque,
flottant sur tes épaules, tu les abandonnes aux fraîches
brises du lac ; mais il m'a vue si rarement sur le lac, et
n'a-t-il pas oublié déjà qu'il m'a vue ? »

Préoccupée de ces idées, Jeannie se livrait au
sommeil bien plus tard que d'habitude, et ne goûtait
pas le sommeil même, sans passer de l'agitation d'une
veille inquiète à des inquiétudes nouvelles. Trilby ne se
présentait plus dans ses rêves sous la forme fantastique
du nain gracieux du foyer. A cet enfant capricieux
avait succédé un adolescent aux cheveux blonds, dont
la taille svelte et pleine d'élégance le disputait en
souplesse aux joncs élancés des rivages ; c'étaient les

traits fins et doux du follet, mais développés dans les
formes imposantes du chef du clan des Mac-Farlane,
quand il gravit le Cobler[12] en brandissant l'arc
redoutable du chasseur, ou quand il s'égare dans les
boulingrins d'Argail, en faisant retentir d'espace en
espace les cordes de la harpe écossaise ; et tel devait
être le dernier de ces illustres seigneurs, lorsqu'il
disparut tout à coup de son château après avoir subi
l'anathème des saints religieux de Balva, pour s'être
refusé au paiement d'un ancien tribut envers le
monastère. Seulement les regards de Trilby n'avaient
plus l'expression franche, la confiance ingénue du
bonheur. Le sourire d'une candeur étourdie ne volait
plus sur ses lèvres. Il considérait Jeannie d'un œil
attristé, soupirait amèrement, et ramenait sur son
front les boucles de ses cheveux, ou l'enveloppait des
longs replis de son manteau ; puis se perdait dans les
vagues ombres de la nuit. Le cœur de Jeannie était
pur, mais elle souffrait de l'idée qu'elle était la seule
cause des malheurs d'une créature charmante qui ne
l'avait jamais offensée, et dont elle avait trop vite
redouté la naïve tendresse. Elle s'imaginait, dans
l'erreur involontaire des songes, qu'elle criait au follet
de revenir, et que pénétré de reconnaissance, il s'élançait à ses pieds et les couvrait de baisers et de larmes.
Puis en le regardant sous sa nouvelle forme, elle
comprenait qu'elle ne pouvait plus prendre à lui qu'un
intérêt coupable, et déplorait son exil sans oser désirer
son retour.

Ainsi se passaient les nuits de Jeannie, depuis le
départ du lutin ; et son cœur, aigri par un juste
repentir ou par un penchant involontaire, toujours
repoussé, toujours vainqueur, ne s'entretenait que de
mornes soucis qui troublaient le repos de la chaumière.
Dougal, lui-même, était devenu inquiet et rêveur. Il y
a des privilèges attachés aux maisons qu'habitent les

follets ! Elles sont préservées des accidents de l'orage et
des ravages de l'incendie, car le lutin attentif n'oublie
jamais, quand tout le monde est livré au repos, de faire
sa ronde nocturne autour du domaine hospitalier qui
lui donne un asile contre le froid des hivers. Il resserre
les chaumes du toit à mesure qu'un vent obstiné les
divise, ou bien il fait rentrer dans ses gonds ébranlés
une porte agitée par la tempête. Obligé à nourrir pour
lui la chaleur agréable du foyer, il détourne de temps
en temps la cendre qui s'amoncèle ; il ranime d'un
souffle léger une étincelle qui s'étend peu à peu sur un
charbon prêt à s'éteindre, et finit par embraser toute sa
noire surface. Il ne lui en faut pas davantage pour se
réchauffer ; mais il paie généreusement le loyer de ce
bienfait, en veillant à ce qu'une flamme furtive ne
vienne pas à se développer pendant le sommeil insouciant de ses hôtes ; il interroge du regard tous les
recoins du manoir, toutes les fentes de la cheminée
antique ; il retourne le fourrage dans la crèche, la paille
sur la litière ; et sa sollicitude ne se borne pas aux soins
de l'étable ; il protège aussi les habitants pacifiques de
la basse-cour et de la volière auxquels la Providence
n'a donné que des cris pour se plaindre, et qu'elle a
laissés sans armes pour se défendre. Souvent le chatpard [13], altéré de sang, qui était descendu des montagnes en amortissant sur les mousses discrètes son pas
qui les foule à peine, en contenant son miaulement de
tigre, en voilant ses yeux ardents qui brillent dans la
nuit comme des lumières errantes ; souvent la martre
voyageuse qui tombe inattendue sur sa proie, qui la
saisit sans la blesser, l'enveloppe comme une coquette
d'embrassements gracieux, l'enivre de parfums
enchanteurs et lui imprime sur le cou un baiser qui
donne la mort ; souvent le renard même a été trouvé
sans vie à côté du nid tranquille des oiseaux nouveau-
nés, tandis qu'une mère immobile dormait la tête

cachée sous l'aile, en rêvant à l'heureuse histoire de sa couvée tout éclose, où il n'a pas manqué un seul œuf. Enfin l'aisance de Dougal avait été fort augmentée par la pêche de ces jolis poissons bleus qui ne se laissaient prendre que dans ses filets; et depuis le départ de Trilby, les poissons bleus avaient disparu. Aussi n'arrivait-il plus au rivage sans être poursuivi des reproches de tous les enfants du clan de Mac-Farlane, qui lui criaient : « C'est affreux, méchant Dougal ! c'est vous qui avez enlevé tous les jolis petits poissons du lac Long et du lac Beau ; nous ne les verrons plus sauter à la surface de l'eau, en faisant semblant de mordre à nos hameçons, ou s'arrêter immobiles, comme des fleurs couleur du temps, sur les herbes roses de la rade. Nous ne les verrons plus nager à côté de nous quand nous nous baignons, et nous diriger loin des courants dangereux, en détournant rapidement leur longue colonne bleue » ; et Dougal poursuivait sa route en murmurant ; il se disait même quelquefois : « C'est peut-être, en effet, une chose bien ridicule que d'être jaloux d'un lutin ; mais le vieux moine de Balva en sait là-dessus plus que moi. »

Dougal enfin ne pouvait se dissimuler le changement qui s'était fait depuis quelque temps dans le caractère de Jeannie, naguère encore si serein et si enjoué ; et jamais il ne remontait par la pensée au jour où il avait vu sa mélancolie se développer, sans se rappeler au même instant les cérémonies de l'exorcisme et l'exil de Trilby. A force d'y réfléchir, il se persuada que les inquiétudes qui l'obsédaient dans son ménage, et la mauvaise fortune qui s'obstinait à le poursuivre à la pêche, pourraient bien être l'effet d'un sort, et sans communiquer cette pensée à Jeannie dans des termes propres à augmenter l'amertume des soucis auxquels elle paraissait livrée, il lui suggéra peu à peu le désir de recourir à une protection puissante contre la mauvaise destinée qui le persécutait. C'était peu de jours après que devait avoir lieu, au monastère de Balva, la fameuse vigile de saint Colombain[14], dont l'intercession était plus recherchée qu'aucune autre des jeunes femmes du pays, parce que, victime d'un amour secret et malheureux, il était sans doute plus propice qu'aucun des autres habitants du séjour céleste aux peines cachées du cœur. On en rapportait des miracles de charité et de tendresse dont jamais Jeannie n'avait entendu le récit sans émotion, et qui depuis quelque temps se présentaient fréquemment à son imagination parmi les rêves caressants de l'espérance. Elle se rendit d'autant plus volontiers aux propositions de Dougal, qu'elle n'avait jamais visité le plateau de Calender ; et que dans cette contrée nouvelle pour ses yeux, elle croyait avoir moins de souvenirs à redouter qu'auprès du foyer de la chaumière, où tout l'entretenait des grâces touchantes et de l'innocent amour de Trilby. Un seul chagrin se mêlait à l'idée de ce pèlerinage ; c'est que l'ancien du monastère, cet inflexible Ronald dont les exorcismes cruels avaient banni Trilby pour toujours de son obscure solitude, descendrait probablement lui-même de son ermitage des montagnes, pour prendre part à la solennité anniversaire de la fête du saint patron ; mais Jeannie, qui craignait avec trop de raison d'avoir beaucoup de pensées indiscrètes et peut-être jusqu'à des sentiments coupables à se reprocher, se résigna promptement à la mortification ou au châtiment de sa présence. Qu'allait-elle, d'ailleurs, demander à Dieu, sinon d'oublier Trilby, ou plutôt la fausse image qu'elle s'en était faite ; et quelle haine pouvait-elle conserver contre ce vieillard, qui n'avait fait que remplir ses vœux et que prévenir sa pénitence !

« Au reste, reprit-elle à part soi, sans se rendre compte de ce retour involontaire de son esprit, Ronald avait plus de cent ans à la dernière chute des feuilles, et peut-être est-il mort. »

Dougal, moins préoccupé, parce qu'il était bien plus fixé sur l'objet de son voyage, calculait ce que devait lui rapporter à l'avenir la pêche mieux entendue de ces poissons bleus dont il avait cru ne voir jamais finir l'espèce ; et comme s'il avait pensé que le seul projet d'une pieuse visite au sépulcre du saint Abbé pouvait avoir ramené ce peuple vagabond dans les eaux basses du golfe, il les sondait inutilement du regard, en parcourant le petit détour de l'extrémité du lac Long, vers les délicieux rivages de Tarbet, campagnes enchantées dont le voyageur même qui les a traversées, le cœur vide de ces illusions de l'amour qui embellissent tous les pays, n'a jamais perdu le souvenir[15]. C'était un peu moins d'un an après le rigoureux bannissement du follet. L'hiver n'était point commencé, mais l'été finissait. Les feuilles, saisies par le froid matinal, se roulaient à la pointe des branches inclinées, et leurs bouquets bizarres, frappés d'un rouge éclatant, ou jaspés d'un fauve doré, semblaient orner la tête des arbres de fleurs plus fraîches ou de fruits plus brillants que les fleurs et les fruits qu'ils ont reçus de la nature. On aurait cru qu'il y avait des bouquets de grenades dans les bouleaux, et que des grappes mûres pendaient à la pâle verdure des frênes, surprises de briller entre les fines découpures de leur feuillage léger. Il y a dans ces jours de décadence de l'automne quelque chose d'inexplicable qui ajoute à la solennité de tous les sentiments. Chaque pas que fait le temps imprime alors sur les champs qui se dépouillent, ou au fond des arbres qui jaunissent, un nouveau signe de caducité plus grave et plus imposant. On entend sortir du fond des bois une sorte de rumeur menaçante qui se compose du cri des branches sèches, du frôlement des feuilles qui tombent, de la plainte confuse des bêtes de proie que la prévoyance d'un hiver rigoureux alarme sur leurs petits, de rumeurs, de soupirs, de gémissements, quelquefois semblables à des voix humaines, qui étonnent l'oreille et saisissent le cœur. Le voyageur n'échappe pas même à l'abri des temples aux sensations qui le poursuivent. Les voûtes des vieilles églises rendent les mêmes bruits que les profondeurs des vieilles forêts, quand le pied du passant solitaire interroge les échos sonores de la nef, et que l'air extérieur qui se glisse entre les ais mal joints ou qui agite le plomb des vitraux rompus, marie des accords bizarres au sourd retentissement de sa marche. On dirait quelquefois le chant grêle d'une jeune vierge cloîtrée qui répond au mugissement majestueux de l'orgue ; et ces impressions se confondent si naturellement en automne, que l'instinct même des animaux y est souvent trompé. On a vu des loups errer sans défiance, à travers les colonnes d'une chapelle abandonnée, comme entre les fûts blanchissants des hêtres ; une volée d'oiseaux étourdis descend indistinctement sur le faîte des grands arbres, ou sur le clocher pointu des églises gothiques. A l'aspect de ce mât élancé, dont la forme et la matière sont dérobées à la forêt natale, le milan resserre peu à peu les orbes de son vol circulaire, et s'abat sur sa pointe aiguë comme sur un pal d'armoiries. Cette idée aurait pu prémunir Jeannie contre l'erreur d'un pressentiment douloureux, quand elle arriva sur les pas de Dougal à la chapelle de Glenfallach, vers laquelle ils s'étaient dirigés d'abord, parce que c'est là qu'était marqué le rendez-vous des pèlerins. En effet, elle avait vu de loin un corbeau à ailes démesurées s'abaisser sur la flèche antique, et s'y arrêter avec un cri prolongé qui exprimait tant d'inquiétude et de souffrance qu'elle ne put s'empêcher de le regarder comme un présage sinistre. Plus timide en s'approchant davantage, elle

Monastery

égarait ses yeux autour d'elle avec un saisissement involontaire, et son oreille s'effrayait au faible bruit des vagues sans vent qui viennent expirer au pied du monastère abandonné.

C'est ainsi que, de ruines en ruines, Dougal et Jeannie parvinrent aux rives étroites du lac Kattrinn ; car, dans ce temps reculé, les bateliers étaient plus rares, et les stations du pèlerin plus multipliées. Enfin, après trois jours de marche, ils découvrirent de loin les sapins de Balva, dont la verdure sombre se détachait avec une hardiesse pittoresque entre les forêts desséchées ou sur le fond des mousses pâles de la montagne. Au-dessus de son revers aride, et comme penchées à la pointe d'un roc perpendiculaire d'où elles semblaient se précipiter vers l'abîme, on voyait noircir les vieilles tours du monastère, et se développer, au loin, les ailes des bâtiments à demi écroulés. Aucune main humaine n'avait été employée à y réparer les ravages du temps depuis que les saints avaient fondé cet édifice, et une tradition universellement répandue dans le peuple attestait que lorsque ses restes solennels achèveraient de joncher la terre de leurs débris, l'ennemi de Dieu triompherait pour plusieurs siècles en Écosse, et y obscurcirait de ténèbres impies les pures splendeurs de la foi. Aussi c'était un sujet de joie toujours nouveau pour la multitude chrétienne que de le voir encore imposant dans son aspect, et offrant pour l'avenir quelques promesses de durée. Alors des cris de joie, des clameurs d'enthousiasme, de doux murmures d'espoir et de reconnaissance venaient se confondre dans la prière commune. C'est là, c'est dans ce moment de pieuse et profonde émotion qu'excite l'attente ou la vue d'un miracle, que tous les pèlerins à genoux récapitulaient pendant quelques minutes d'adoration les principaux objets de leur voyage : la femme et les filles de Coll Cameron, un des plus proches voisins de Dougal, de nouvelles parures qui éclipseraient dans les fêtes prochaines la beauté simple de Jeannie ; Dougal, un coup de filet miraculeux qui l'enrichirait de quelque trésor, contenu dans une boîte précieuse que sa bonne fortune aurait amenée intacte à l'extrémité du lac ; et Jeannie, le besoin d'oublier Trilby, et de ne plus y rêver ; prière que son cœur ne pouvait cependant avouer tout entière, et qu'elle se réservait de méditer encore au pied des autels, avant de la confier sans réserve à la pensée attentive du saint protecteur.

Les pèlerins arrivèrent enfin au parvis de la vieille église, où un des plus anciens ermites de la contrée était ordinairement chargé d'attendre leurs offrandes, et de leur présenter des rafraîchissements et un asile pour la nuit. De loin, la blancheur éblouissante du front de l'anachorète, l'élévation de sa taille majestueuse qui n'avait pas fléchi sous le poids des ans, la gravité de son attitude immobile et presque menaçante, avaient frappé Jeannie d'une réminiscence mêlée de respect et de terreur. Cet ermite, c'était le sévère Ronald, le moine centenaire de Balva. « J'étais préparé à vous voir, dit-il à Jeannie avec une intention si pénétrante, que l'infortunée n'aurait pas éprouvé plus de trouble en s'entendant publiquement accuser d'un péché. Et vous aussi, bon Dougal, continua-t-il en le bénissant ; vous venez chercher avec raison les grâces du ciel dans la maison du ciel, et nous demander contre les ennemis secrets qui vous tourmentent les secours d'une protection que les péchés du peuple ont fatiguée, et qui ne peut plus se racheter que par de grands sacrifices. »

Pendant qu'il parlait de la sorte, il les avait introduits dans la longue salle du réfectoire ; le reste des pèlerins se reposaient sur les pierres du vestibule, ou se distribuaient, chacun suivant sa dévotion particulière,

dans les nombreuses chapelles de l'église souterraine.
Ronald se signa et s'assit, Dougal l'imita ; Jeannie,
obsédée d'une inquiétude invincible, essayait de tromper l'attention obstinée du saint prêtre en laissant errer
la sienne sur les nouveaux objets de curiosité qui
s'offraient à ses regards dans ce séjour inconnu. Elle
observait avec une curiosité vague le cintre immense
des voûtes antiques, la majestueuse élévation des
pilastres, le travail bizarre et recherché des ornements,
et la multitude de portraits poudreux qui se suivaient
dans des cadres délabrés sur les innombrables panneaux des boiseries. C'était la première fois que
Jeannie entrait dans une galerie de peinture, et que ses
yeux étaient surpris par cette imitation presque
vivante de la figure de l'homme, animée au gré de
l'artiste de toutes les passions de la vie. Elle contemplait émerveillée cette succession de héros écossais,
différents d'expression et de caractère, et dont la
prunelle mobile, toujours fixée sur ses mouvements,
semblait la poursuivre de tableaux en tableaux, les uns
avec l'émotion d'un intérêt impuissant et d'un attendrissement inutile, les autres avec la sombre rigueur de
la menace et le regard foudroyant de la malédiction.
L'un d'eux dont le pinceau d'un artiste plus hardi
avait pour ainsi dire devancé la résurrection, et qu'une
combinaison, peu connue alors d'effets et de couleurs,
paraissait avoir jeté hors de la toile, effraya tellement
Jeannie de l'idée de le voir se précipiter de sa bordure
d'or et traverser la galerie comme un spectre, qu'elle se
réfugia en tremblant vers Dougal, et tomba interdite
sur la banquette que Ronald lui avait préparée.

« Celui-là, dit Ronald qui n'avait pas cessé de
converser avec Dougal, est le pieux Magnus Mac-
Farlane, le plus généreux de nos bienfaiteurs, et celui
de tous qui a le plus de part à nos prières. Indigné du
manque de foi de ses descendants dont la déloyauté a

prolongé pour bien des siècles encore les épreuves de
son âme, il poursuit leurs partisans et leurs complices
jusque dans ce portrait miraculeux. J'ai entendu
assurer que jamais les amis des derniers Mac-Farlane
n'étaient entrés dans cette enceinte sans voir le pieux
Magnus s'arracher de la toile où le peintre avait cru le
fixer, pour venger sur eux le crime et l'indignité de sa
race. Les places vides qui suivent celle-ci, continua-
t-il, indiquent celles qui étaient réservées aux portraits
de nos oppresseurs, et dont ils ont été répoussés
comme du ciel.

— Cependant, dit Jeannie, la dernière de ces places
paraît occupée... Voilà un portrait au fond de cette
galerie, et si ce n'était le voile qui le couvre...

— Je vous disais, Dougal, reprit le moine, sans
prêter d'attention à l'observation de Jeannie, que ce
portrait est celui de Magnus Mac-Farlane, et que tous
ses descendants sont dévoués à la malédiction éternelle.

— Cependant, dit Jeannie, voilà un portrait au
fond de cette galerie, un portrait voilé qui ne serait pas
admis dans ce lieu saint, si la personne qui doit y être
représentée était aussi chargée d'une éternelle malédiction. N'appartiendrait-il pas par hasard à la famille
des Mac-Farlane comme la disposition du reste de
cette galerie semble l'annoncer, et comment un Mac-
Farlane?...

— La vengeance de Dieu a ses bornes et ses
conditions, interrompit Ronald ; et il faut que ce jeune
homme ait eu des amis parmi les saints...

— Il était jeune ! s'écria Jeannie.

— Eh bien ! dit durement Dougal, qu'importe l'âge
d'un damné ?...

— Les damnés n'ont point d'amis dans le ciel »,
répondit vivement Jeannie en se précipitant vers le
tableau. Dougal la retint. Elle s'assit. Les pèlerins

pénétraient lentement dans la salle, et resserraient peu
à peu leur cercle immense autour du siège du vénérable vieillard qui avait repris avec eux son discours où il
l'avait laissé. « Vrai, vrai ! répétait-il, les mains
appuyées sur son front renversé. De terribles sacrifices ! nous ne pouvons appeler la protection du Seigneur par notre intercession que sur les âmes qui le
demandent sincèrement et comme nous, sans mélange
de ménagements et de faiblesse. Ce n'est pas tout que
de craindre l'obsession d'un démon, et que de prier le
ciel de nous en délivrer. Il faut encore le maudire !
Savez-vous que la charité peut être un grand péché ?

— Est-il possible ? » répondit Dougal. Jeannie se
retourna du côté de Ronald et le regarda d'un air plus
assuré qu'auparavant.

« Infortunés que nous sommes, reprit Ronald, comment résisterions-nous à l'ennemi acharné à notre
perte si nous n'usions pas contre lui de toutes les
ressources que la religion nous a réservées, de tout le
pouvoir qu'elle a mis entre nos mains ? A quoi nous
servirait de prier toujours pour ceux qui nous persécu-
tent, s'ils ne cessent de renouveler contre nous leurs
manœuvres et leurs maléfices ! La haire sacrée et le
cilice rigoureux des saintes épreuves ne nous défendent
pas eux-mêmes contre les prestiges du mauvais esprit ;
nous souffrons comme vous, mes enfants, et nous
jugeons de la rigueur de vos combats par ceux que
nous avons livrés. Croyez-vous que nos pauvres moines aient parcouru une si longue carrière sur cette terre
si riche en plaisirs, dans une vie si recherchée pour eux
en austérités et en misères, sans lutter quelquefois
contre le goût des voluptés et le désir de ce bien
temporel que vous appelez le bonheur ? Oh ! que de
rêves délicieux ont assailli notre jeunesse ! que d'ambitions criminelles ont tourmenté notre âge mûr ! que de
regrets amers ont hâté la blancheur de nos cheveux, et

de combien de remords nous arriverions chargés sous les yeux de notre maître, si nous avions hésité à nous armer de malédictions et de vengeances contre l'esprit du péché !... »

A ces mots, le vieux Ronald fit un signe, la foule s'aligna sur le banc étroit qui courait comme une moulure sur toute la longueur des murailles, et il continua :

« Mesurez la grandeur de nos afflictions, dit Ronald, par la profondeur de la solitude qui nous environne, par l'immense abandon auquel nous sommes condamnés ! Les plus cruelles rigueurs de votre destinée ne sont du moins pas sans consolation et même sans plaisir. Vous avez tous une âme qui vous cherche, une pensée qui vous comprend, un autre *vous* qui est associé de souvenir ou d'intérêt ou d'espérance à votre passé, à votre présent ou à votre avenir. Il n'y a point de but interdit à votre pensée, point d'espace fermé à vos pas, point de créature refusée à votre affection ; tandis que toute la vie du moine, toute l'histoire de l'ermite sur la terre s'écoule entre le seuil solitaire de l'église et le seuil solitaire des catacombes. Il n'est question, dans le long développement de nos années invariablement semblables entre elles, que de changer de tombeau, et de marcher du chœur des prêtres à celui des saints. Ne croiriez-vous pas devoir quelque retour à un dévouement si pénible et si persévérant pour votre salut ? Eh bien ! mes frères, apprenez à quel point le zèle qui nous attache à vos intérêts spirituels aggrave de jour en jour l'austérité de notre pénitence ! Apprenez que ce n'était pas assez pour nous d'être soumis comme le reste des hommes à ces démons du cœur, dont aucun des malheureux enfants d'Adam n'a pu défier les atteintes ! Il n'y a pas jusqu'aux esprits les plus disgraciés, jusqu'aux lutins les plus obscurs qui ne se fassent un malin plaisir de troubler les rapides instants de notre repos et le calme si longtemps inviolable de nos cellules. Certains de ces follets désœuvrés surtout dont nous avons, avec tant de peines et au prix de tant de prières, débarrassé vos habitations, se vengent cruellement sur nous du pouvoir qu'un exorcisme indiscret nous a fait perdre. En les bannissant de la demeure secrète qu'ils avaient usurpée dans vos métairies, nous avons omis de leur indiquer un lieu d'exil déterminé, et les maisons dont nous les avons repoussés sont elles seules à l'abri de leurs insultes. Croiriez-vous que les lieux consacrés eux-mêmes n'ont plus rien de respectable pour eux, et que leur cohorte infernale n'attend, au moment où je vous parle, que le retour des ténèbres pour se répandre en épais tourbillons sous les lambris du cloître ?

« L'autre jour, à l'instant où le cercueil d'un de nos frères allait toucher le sol du caveau mortuaire, la corde se rompt tout à coup en sifflant comme avec un rire aigu, et la châsse roule, grondant, de degrés en degrés sous les voûtes. Les voix qui en sortaient ressemblaient à la voix des morts, indignés qu'on ait troublé leur sépulture, qui gémissent, qui se révoltent, qui crient. Les assistants les plus rapprochés du caveau, ceux qui commençaient à plonger leurs regards dans sa profondeur, ont cru voir les tombes se soulever et flotter les linceuls, et les squelettes agités par l'artifice des lutins jaillir avec eux des soupiraux, s'égarer sous les nefs, se grouper confusément dans les stalles ou se mêler comme des figures bouffonnes dans les ombres du sanctuaire. Au même moment, toutes les lumières de l'église... — Écoutez ! »

On se pressait pour écouter Ronald. Jeannie seule, les doigts passés dans une boucle de ses cheveux, l'âme fixée à une pensée, écoutait et n'entendait plus.

« Écoutez, mes frères, et dites quel péché secret, quelle trahison, quel assassinat, quel adultère d'action

ou de pensée a pu attirer cette calamité sur nous.
Toutes les lumières du temple avaient disparu. Les
torches des acolytes, dit Ronald, lançaient à peine
quelques flammèches fugitives qui s'éloignaient, se
rapprochaient, dansaient en rayons bleus et grêles,
comme les feux magiques des sorcières, et puis montaient et se perdaient dans les recoins noirs des
vestibules et des chapelles. Enfin, la lampe immortelle
du Saint des Saints... — Je la vis s'agiter, s'obscurcir et
mourir. — Mourir! La nuit profonde, la nuit tout
entière, dans l'église, dans le chœur, dans le tabernac-
cle! la nuit descendue pour la première fois sur le
sacrement du Seigneur! La nuit si humide, si obscure,
si redoutable partout; effrayante, horrible sous le
dôme de nos basiliques où est promis le jour éternel!...
— Nos moines éperdus s'égaraient dans l'immensité
du temple, agrandi encore par la profondeur de la
nuit; et trahis par les murailles qui leur refusaient de
tous côtés l'issue étroite et oubliée, trompés par la
confusion de leurs voix plaintives qui se heurtaient
dans les échos et qui rapportaient à leurs oreilles des
bruits de menace et de terreur, ils fuyaient épouvantés,
prêtant des clameurs et des gémissements aux tristes
images du tombeau qu'ils croyaient entendre pleurer
sur leur lit de pierre. L'un d'eux sentit la main glacée
de saint Duncan, qui s'ouvrait, s'épanouissait, se
fermait sur la sienne, et le liait à son monument d'une
étreinte éternelle. Il y fut retrouvé mort le lendemain.
Le plus jeune de nos frères (il était arrivé depuis peu de
temps, et nous ne connaissions encore ni son nom ni sa
famille) saisit avec tant d'ardeur la statue d'une jeune
sainte dont il espérait le secours, qu'il l'entraîna sur
lui, et qu'elle l'écrasa de sa chute. C'était celle, vous le
savez, qu'un habile sculpteur du pays avait ciselée
nouvellement, à la ressemblance de cette vierge du
Lothian qui est morte de douleur, parce qu'on l'avait

séparée de son fiancé. Tant de malheurs, continua Ronald en cherchant à fixer le regard immobile de Jeannie, sont peut-être l'effet d'une pitié indiscrète, d'une intercession involontairement criminelle ; d'un péché, d'un seul péché d'intention...

— D'un seul péché d'intention ! s'écria Clady, la plus jeune des filles de Coll Cameron.

— D'un seul ! » reprit Ronald avec impatience. Jeannie, tranquille et inattentive, n'avait pas même soupiré. Le mystère incompréhensible du portrait voilé préoccupait toute son âme.

« Enfin, dit Ronald en se levant, et en donnant à ses paroles une expression solennelle d'exaltation et d'autorité, nous avons marqué ce jour pour frapper d'une imprécation irrévocable les mauvais esprits de l'Écosse.

— Irrévocable ! murmura une voix gémissante qui s'éloignait peu à peu.

— Irrévocable, si elle est libre et universelle. Quand le cri de malédiction s'élèvera devant l'autel, si toutes les voix le répètent...

— Si toutes les voix répètent un cri de malédiction devant l'autel ! » reprit la voix. Jeannie gagnait l'extrémité de la galerie.

« Alors tout sera fini, et les démons retomberont pour jamais dans l'abîme.

— Que cela soit fait ainsi ! » dit le peuple. Et il suivit en foule le redoutable ennemi des lutins. Les autres moines, ou plus timides, ou moins sévères, s'étaient dérobés à l'appareil redoutable de cette cruelle cérémonie ; car nous avons déjà dit que les follets de l'Écosse, dont la damnation éternelle n'était pas un point avéré de la croyance populaire, inspiraient plus d'inquiétude que de haine, et un bruit assez probable s'était répandu que certains d'entre eux bravaient les rigueurs de l'exorcisme et les menaces de l'anathème, dans la cellule d'un solitaire charitable ou dans la niche d'un apôtre. Quant aux pêcheurs et aux bergers, ils n'avaient qu'à se louer pour la plupart de ces intelligences familières, tout à coup si impitoyablement condamnées ; mais, peu sensibles au souvenir des services passés, ils s'associaient volontiers à la colère de Ronald, et n'hésitaient pas à proscrire cet ennemi inconnu qui ne s'était manifesté que par des bienfaits.

L'histoire de l'exil du pauvre Trilby était d'ailleurs parvenue aux voisins de Dougal, et les filles de Coll Cameron se disaient souvent dans leurs veillées que c'était probablement à quelqu'un de ses prestiges que Jeannie avait été redevable de ses succès dans les fêtes du clan, et Dougal de ses avantages à la pêche sur leurs amants et sur leur père. Maineh Cameron n'avait-elle pas vu Trilby lui-même, assis à la proue du bateau, jeter à pleines mains, dans les nasses vides du pêcheur endormi, des milliers de poissons bleus, le réveiller en frappant la barque du pied, et rouler de vague en vague, jusqu'au rivage, dans une écume d'argent ?...

« Malédiction ! cria Maineh. — Malédiction ! » dit Feny. « Ah ! Jeannie seule a pour vous le charme de la beauté ! pensa Clady, c'est pour elle que vous m'avez quittée, fantôme de mon sommeil que je n'ai que trop aimé, et si la malédiction prononcée contre vous ne s'accomplit pas, libre encore de choisir entre toutes les chaumières de l'Écosse, vous vous fixerez pour toujours à la chaumière de Jeannie ! Non vraiment ! »

« Malédiction ! » répéta Ronald avec une voix terrible. Ce mot coûtait à prononcer à Clady, mais Jeannie entra si belle d'émotion et d'amour, qu'elle n'hésita plus. « Malédiction ! » dit Clady.

Jeannie seule n'avait pas été présente à la cérémonie, mais la rapidité de tant d'impressions vives et profondes avait d'abord empêché qu'on remarquât son absence. Clady s'en était cependant aperçue, parce qu'elle ne croyait pas avoir en beauté d'autre rivale digne d'elle. Nous nous rappelons qu'un vif intérêt de curiosité entraînait Jeannie vers l'extrémité de la galerie des tableaux au moment où le vieux moine disposait l'esprit de ses auditeurs à remplir le devoir cruel qu'il imposait à leur piété. A peine la foule se fut écoulée hors de la salle, que Jeannie, frémissant d'impatience, et peut-être aussi préoccupée malgré elle d'un autre sentiment, s'élança vers le tableau voilé, arracha le rideau qui le couvrait, et reconnut d'un regard tous les traits qu'elle avait rêvés. — C'était lui. — C'était la physionomie connue, les vêtements, les armes, l'écusson, le nom même des Mac-Farlane. Le peintre gothique avait tracé au-dessous du portrait, selon l'usage de son temps, le nom de l'homme qui y était représenté :

JOHN TRILBY MAC-FARLANE

« Trilby ! » s'écrie Jeannie éperdue et, prompte comme l'éclair, elle parcourt les galeries, les salles, les degrés, les passages, les vestibules, et tombe au pied de l'autel de saint Colombain, au moment où Clady, tremblante de l'effort qu'elle venait de faire sur elle-même, achevait de proférer le cri de malédiction. « Charité, cria Jeannie, en embrassant le saint tombeau. AMOUR ET CHARITÉ », répéta-t-elle à voix basse. Et si Jeannie avait manqué du courage de la charité, l'image de saint Colombain aurait suffi pour le ranimer dans son cœur. Il faut avoir vu l'effigie sacrée du protecteur du monastère pour se faire une idée de l'expression divine dont les anges ont animé la toile miraculeuse, car tout le monde sait que cette peinture n'a pas été tracée d'une main d'homme, et que c'était un esprit qui descendait du ciel pendant le sommeil involontaire de l'artiste pour embellir du sentiment d'une piété si tendre, et d'une charité que la terre ne

connaît pas, les traits angéliques du bienheureux.
Parmi tous les élus du Seigneur, il n'y avait que saint
Colombain dont le regard fût triste et dont le sourire
fût amer, soit qu'il eût laissé sur la terre quelque objet
d'une affection si chère que les joies ineffables promises
à une éternité de gloire et de bonheur n'aient pas pu la
lui faire oublier, soit que, trop sensible aux peines de
l'humanité, il n'ait conçu dans son nouvel état que
l'indicible douleur de voir les infortunés qui lui
survivent exposés à tant de périls et livrés à tant
d'angoisses qu'il ne peut ni prévenir ni soulager. Telle
doit être en effet la seule affliction des saints, à moins
que les événements de leur vie ne les aient liés par
hasard à la destinée d'une créature qui s'est perdue et
qu'ils ne retrouveront plus. Les éclairs d'un feu doux
qui s'échappaient des yeux de saint Colombain, la
bienveillance universelle qui respirait sur ses lèvres
palpitantes de vie, les émanations d'amour et de
charité qui descendaient de lui, et qui disposaient le
cœur à une religieuse tendresse, affermirent la résolution déjà formée de Jeannie ; elle répéta dans sa pensée
avec plus de force : « AMOUR ET CHARITÉ. » « De
quel droit, dit-elle, irais-je prononcer un arrêt de
malédiction ? Ah ! ce n'est pas du droit d'une faible
femme, et ce n'est pas à nous que le Seigneur a confié
le soin de ses terribles vengeances. Peut-être même il
ne se venge pas ! et s'il a des ennemis à punir, lui qui
n'a point d'ennemis à craindre, ce n'est pas aux
passions aveugles de ses plus débiles créatures qu'il a
dû remettre le ministère le plus terrible de sa justice.
Comment celle dont il doit un jour juger toutes les
pensées !... comment irais-je implorer sa pitié pour mes
fautes, quand elles lui seront dévoilées par un témoignage, hélas ! que je ne pourrai pas contredire, si pour
des fautes qui me sont inconnues..., si pour des fautes
qui n'ont peut-être pas été commises, je profère ce cri

terrible de malédiction qu'on me demande contre quelque infortuné qui n'est déjà sans doute que trop sévèrement puni ? » Ici Jeannie s'effraya de sa propre supposition, et ses regards ne se relevèrent qu'avec effroi vers le regard de saint Colombain ; mais rassurée par la pureté de ses sentiments, car l'intérêt invincible qu'elle prenait à Trilby ne lui avait jamais fait oublier qu'elle était l'épouse de Dougal, elle chercha, elle fixa des yeux et de la pensée la pensée incertaine du saint des montagnes. Un faible rayon du soleil couchant brisé à travers les vitraux, et qui descendait sur l'autel chargé des couleurs tendres et brillantes du pinceau animées par le crépuscule, prêtait au bienheureux une auréole plus vive, un sourire plus calme, une sérénité plus reposée, une joie plus heureuse. Jeannie pensa que saint Colombain était content, et pénétrée de reconnaissance, elle pressa de ses lèvres les pavés de la chapelle et les degrés du tombeau, en répétant des vœux de charité. Il est possible même qu'elle se soit occupée alors d'une prière qui ne pouvait pas être exaucée sur la terre. Qui pénétrera jamais dans tous les secrets d'une âme tendre, et qui pourrait apprécier le dévouement d'une femme qui aime ?

Le vieux moine qui observait attentivement Jeannie, et qui, satisfait de son émotion, ne doutait pas qu'elle n'eût répondu à son espérance, la releva du saint parvis et la rendit aux soins de Dougal qui se disposait à partir, déjà riche en imagination de tous les biens qu'il fondait sur le succès de son pèlerinage, et sur la protection des saints de Balva. « Malgré cela, dit-il à Jeannie en apercevant la chaumière, je ne puis pas cacher que cette malédiction m'a coûté, et que j'aurai besoin de m'en distraire à la pêche. » Quant à Jeannie, c'en était fait pour elle. Rien ne pouvait plus la distraire de ses souvenirs.

Le lendemain d'un jour où la batelière avait conduit

jusque vers le golfe de Clyde la famille du laird de
Roseneiss, elle retournait vers l'extrémité du lac Long
à la merci de la marée qui faisait siller son bateau à
une égale distance des syrtes [16] d'Argail et de Lennox,
sans qu'elle eût besoin de recourir au jeu fatigant de
ses rames ; debout sur la barge étroite et mobile, elle
livrait aux vents ses longs cheveux noirs dont elle était
si fière, et son cou d'une blancheur que le soleil avait
faiblement nuancé sans la flétrir s'élevait avec un éclat
singulier au-dessus de sa robe rouge des manufactures
d'Ayr. Son pied nu, imposé sur un des côtés du frêle
bâtiment, lui imprimait à peine un balancement léger
qui repoussait et rappelait la vague agitée, et l'onde
excitée par cette résistance presque insensible revenait
bouillonnante, s'élevait en blanchissant jusqu'au pied
de Jeannie, et roulait autour de lui son écume fugitive.
La saison était encore rigoureuse, mais la température
s'était sensiblement adoucie depuis quelque temps, et
la journée paraissait à Jeannie une des plus belles dont
elle eût conservé le souvenir. Les vapeurs qui s'élèvent
ordinairement sur le lac, et s'étendent au-devant des
montagnes sous la forme d'un rideau de crêpe, avaient
peu à peu élargi les losanges flottants de leurs réseaux
de brouillards. Celles que le soleil n'avait pas encore
tout à fait dissipées se berçaient sur l'occident comme
une trame d'or tissue par les fées du lac pour
l'ornement de leurs fêtes. D'autres étincelaient de
points isolés, mobiles, éblouissants comme des paillettes semées sur un fond transparent de couleurs merveilleuses. C'étaient de petits nuages humides où
l'oranger, le jonquille, le vert pâle, luttaient suivant les
accidents d'un rayon ou le caprice de l'air contre
l'azur, le pourpre et le violet. A l'évanouissement
d'une brume errante, à la disparition d'une côte
abandonnée par le courant, et dont l'abaissement subit
laissait un libre passage à quelque vent de travers, tout

se confondait dans une nuance indéfinissable et sans
nom qui étonnait l'esprit d'une sensation si nouvelle
qu'on aurait pu s'imaginer qu'on venait d'acquérir un
sens ; et pendant ce temps-là, les décorations variées
du rivage se succédaient sous les yeux de la voyageuse.
Il y avait des coupoles immenses qui couraient au-
devant d'elle en brisant sur leurs flancs circulaires tous
les traits du soleil couchant, les unes éclatantes comme
le cristal, les autres d'un gris mat et presque effacé
comme le fer, les plus éloignées à l'ouest cernées à leur
sommet d'auréoles d'un rose vif qui descendaient en
pâlissant peu à peu sur les flancs glacés de la
montagne, et venaient expirer à sa base dans des
ténèbres faiblement colorées qui participaient à peine
du crépuscule. Il y avait des caps d'un noir sombre
qu'on aurait pris de loin pour des écueils inévitables,
mais qui reculaient tout à coup devant la proue et
découvraient de larges baies favorables aux nauto-
niers. L'écueil redouté fuyait, et tout s'embellissait
après lui de la sécurité d'une heureuse navigation.
Jeannie avait vu de loin les barques errantes des
pêcheurs renommés du lac Goyle. Elle avait jeté un
regard sur les fabriques fragiles de Portincaple. Elle
contemplait encore avec une émotion qui se renouve-
lait tous les jours sans s'affaiblir cette foule de sommets
qui se poursuivent, qui se pressent, qui se confondent,
ou ne se détachent les uns des autres que par des effets
inattendus de lumière, surtout dans la saison où
disparaissent sous le voile monotone des neiges, et la
soie argentée des sphaignes, et la marbrure foncée des
granits, et les écailles nacrées des récifs. Elle avait cru
reconnaître à sa gauche, tant le ciel était transparent et
pur, des dômes du Ben More et du Ben Neathan ; à sa
droite, la pointe âpre du Ben Lomond se distinguait
par quelques saillies obscures que la neige n'avait pas
couvertes, et qui hérissaient de crêtes foncées la tête

chauve du roi des montagnes. Le dernier plan de ce tableau rappelait à Jeannie une tradition fort répandue dans ce pays, et que son esprit, plus disposé que jamais aux émotions vives et aux idées merveilleuses, se retraçait alors sous un aspect nouveau. A la pointe même du lac, monte vers le ciel la masse énorme du Ben Arthur, surmontée de deux noirs rochers de basalte dont l'un paraît penché sur l'autre comme l'ouvrier sur le socle où il a déposé les matériaux de son travail journalier. Ces pierres colossales furent apportées des cavernes de la montagne sur laquelle régnait Arthur le géant, quand des hommes audacieux vinrent élever aux bords du Forth les murailles d'Édimbourg. Arthur, banni de ses hautes solitudes par la science d'un peuple téméraire, fit un pas jusqu'à l'extrémité du lac Long, et imposa sur la plus haute montagne qui s'offrit devant lui les ruines de son palais sauvage. Assis sur un de ses rochers et la tête appuyée sur l'autre, il tournait des regards furieux sur les remparts impies qui usurpaient ses domaines et qui le séparaient pour toujours du bonheur et même de l'espérance ; car on dit qu'il avait aimé sans succès la reine mystérieuse de ces rivages, une de ces fées que les anciens appelaient des nymphes et qui habitent des grottes enchantées où l'on marche sur des tapis de fleurs marines, à la clarté des perles et des escarboucles de l'Océan. Malheur au bateau aventureux qui effleurait en courant la surface du lac immobile, quand la longue figure du géant, vague comme une vapeur du soir, s'élevait tout à coup entre les deux rochers de la montagne, appuyait ses pieds difformes sur leurs sommets inégaux, et se balançait au gré des vents en étendant sur l'horizon des bras ténébreux et flottants qui finissaient par l'embrasser d'une large ceinture. A peine son manteau de nuages avait mouillé ses derniers plis dans le lac, un éclair jaillissait des yeux

redoutables du fantôme, un mugissement pareil à la
foudre grondait dans sa voix terrible, et les eaux
bondissantes allaient ravager leurs bords. Son apparition, redoutée des pêcheurs, avait rendu déserte la
rade si riche et si gracieuse d'Arroqhar, quand un
pauvre ermite, dont le nom s'est perdu, arriva un jour
des mers orageuses d'Irlande, seul, mais invisiblement
escorté d'un esprit de foi et d'un esprit de charité, sur
une barque poussée par une puissance irrésistible, et
qui sillonnait les vagues soulevées sans prendre part à
leur agitation, quoique le saint prêtre eût dédaigné le
secours de la rame et du gouvernail. A genoux sur le
frêle esquif, il tenait dans ses mains une croix et
regardait le ciel. Parvenu près du terme de sa navigation, il se leva avec dignité, laissa tomber quelques
gouttes d'eau consacrées sur les vagues furieuses, et
adressa au géant du lac des paroles tirées d'une langue
inconnue. On croit qu'il lui ordonnait, au nom des
premiers compagnons du Sauveur, qui étaient des
pêcheurs et des bateliers, de rendre aux pêcheurs et
aux bateliers du lac Long l'empire paisible des eaux
que la Providence leur avait données. Au même
instant du moins le spectre menaçant se dissipa en
flocons légers comme ceux que le souffle du matin
roule sur l'onde invisible, et qu'on prendrait de loin
pour un nuage d'édredon enlevé au nid des grands
oiseaux qui habitent ses rivages. Le golfe entier aplanit
sa vaste surface; les flots mêmes qui s'élevaient en
blanchissant contre la plage ne redescendirent point :
ils perdirent leur fluidité sans perdre leur forme et leur
aspect, et l'œil encore trompé aux contours arrondis,
aux mouvements onduleux, au ton bleuâtre et frappé
de reflets changeants des brisants écailleux qui héris-
sent la côte, les prend de loin pour des bancs d'écume
dont il attend toujours le retour impossible. Puis le
saint vieillard tira sa barque sur la grève, dans

l'espérance peut-être qu'elle y serait retrouvée par le pauvre montagnard, pressa de ses bras enlacés le crucifix sur sa poitrine, et gravit d'un pas ferme le sentier du rocher jusqu'à la cellule que les anges lui avaient bâtie à côté de l'aire inaccessible de l'aigle blanc. Plusieurs anachorètes le suivirent dans ces solitudes, et se répandirent lentement en pieuses colonies dans les campagnes voisines. Telle fut l'origine du monastère de Balva [17], et sans doute celle du tribut que s'était longtemps imposé envers les religieux de ce couvent la reconnaissance trop vite oubliée des chefs du clan des Mac-Farlane. Il est facile de comprendre par quelle liaison secrète l'histoire de cet exorcisme ancien et de ses conséquences bien connues du peuple se rattachait aux idées habituelles de Jeannie.

Cependant les ombres d'une nuit si précoce, dans une saison où tout le règne du jour s'accomplit en quelques heures, commençaient à remonter du lac, à gravir les hauteurs qui l'enveloppent, à voiler les sommets les plus élevés. La lassitude, le froid, l'exercice d'une longue contemplation ou d'une réflexion sérieuse, avaient abattu les forces de Jeannie, et, assise dans un épuisement inexplicable à la poupe de son bateau, elle le laissait dériver du côté des boulingrins d'Argail vers la maison de Dougal, en dormant à demi, quand une voix partie de la rive opposée lui annonça un voyageur. La pitié seule qu'inspire un homme égaré sur une côte où n'habitent pas sa femme et ses enfants, et qui va leur laisser compter beaucoup d'heures d'attente et d'angoisses, dans l'espérance toujours déçue de son retour, si l'oreille du batelier se ferme par hasard à sa prière ; cet intérêt que les femmes surtout portent à un proscrit, à un infirme, à un enfant abandonné, pouvait seul forcer Jeannie à lutter contre le sommeil dont elle était accablée, pour retourner sa proue, depuis si longtemps battue des eaux, vers les joncs marins qui bordent le long golfe des montagnes. « Qui aurait pu le contraindre à traverser le lac à cette heure, disait-elle, si ce n'était le besoin d'éviter un ennemi, ou de rejoindre un ami qui l'attend ? Oh ! que ceux qui attendent ce qu'ils aiment ne soient jamais trompés dans leur espérance ; qu'ils obtiennent ce qu'ils ont désiré !... »

Et les lames si larges et si paisibles se multipliaient sous la rame de Jeannie, qui les frappait comme un fléau. Les cris continuaient à se faire entendre, mais tellement grêles et cassés, qu'ils ressemblaient plutôt à la plainte d'un fantôme qu'à la voix d'une créature humaine, et la paupière de Jeannie, soulevée avec effort du côté du rivage, ne lui dévoilait qu'un horizon sombre dont rien de vivant n'animait la profonde immobilité. Si elle avait cru apercevoir d'abord une figure penchée sur le lac, et qui étendait contre elle des bras suppliants, elle n'avait pas tardé à reconnaître dans le prétendu étranger une souche morte qui balançait sous le poids des frimas deux branches desséchées. S'il lui avait semblé un instant qu'elle voyait circuler une ombre à peu de distance de son bateau, parmi les brumes tout à fait descendues, c'était la sienne que la dernière lumière du crépuscule horizontal peignait sur le rideau flottant, et qui se confondait de plus en plus avec les immenses ténèbres de la nuit. Sa rame, enfin, frappait déjà les fûts sifflants des roseaux du rivage, quand elle en vit sortir un vieillard si courbé sous le poids des ans qu'on aurait dit que sa tête appesantie cherchait un appui sur ses genoux, et qui ne maintenait l'équilibre de son corps chancelant qu'en se confiant à un jonc fragile qui cependant le supportait sans fléchir ; car ce vieillard était nain, et le plus petit, selon toute apparence, qu'on eût jamais vu en Écosse. L'étonnement de Jeannie redoubla, lorsque, tout caduc qu'il paraissait, il s'élança légèrement dans la barque, et prit place en face de la batelière, d'une manière qui ne manquait ni de souplesse ni de grâce.

« Mon père, lui dit-elle, je ne vous demande point où vous vous proposez de vous rendre, car le but de votre voyage doit être trop éloigné pour que vous puissiez espérer d'y arriver cette nuit.

— Vous êtes dans l'erreur, ma fille, lui répondit-il ; je n'en ai jamais été aussi près, et depuis que je suis dans cette barque, il me semble que je n'ai plus rien à désirer pour y parvenir, même quand une glace éternelle la saisirait tout à coup au milieu du golfe.

— Cela est étonnant, reprit Jeannie. Un homme de votre taille et de votre âge serait connu dans tout le pays s'il y faisait son habitation, et à moins que vous ne soyez le petit homme de l'île de Man dont j'ai entendu souvent parler à ma mère [18], et qui a enseigné aux habitants de nos parages l'art de tresser avec des roseaux de longs paniers, dont les poissons (retenus par quelque pouvoir magique) ne peuvent jamais retrouver l'issue, je répondrais que vous n'avez point de toit sur les côtes de la mer d'Irlande.

— Oh ! j'en avais un, ma chère enfant, qui était bien voisin de ce rivage, mais on m'en a cruellement dépossédé !

— Je comprends alors, bon vieillard, le motif qui vous ramène sur les côtes d'Argail. Il faut y avoir laissé de bien tendres souvenirs pour quitter dans cette saison et à cette heure avancée les riants rivages du lac Lomond, bordés d'habitations délicieuses, où abonde un poisson plus exquis que celui de nos eaux marines, et un whisky plus salutaire pour votre âge que celui de nos pêcheurs et de nos matelots. Pour revenir parmi nous, il faut aimer quelqu'un dans cette région des tempêtes, que les serpents eux-mêmes désertent à l'approche des hivers. Ils se glissent vers le lac Lomond, le traversent en désordre comme un clan de maraudeurs qui vient de lever l'impôt noir, et cherchent à se réfugier sous quelques rochers exposés au midi. Les pères, les époux, les amants ne craignent pas cependant d'aborder des contrées rigoureuses quand ils s'attendent à y rencontrer les objets auxquels ils sont attachés ; mais vous ne pourriez songer sans folie à vous éloigner cette nuit des bords du lac Long.

— Ce n'est pas là mon intention, dit l'inconnu. J'aimerais cent fois mieux y mourir !

— Quoique Dougal soit fort réservé sur la dépense, continua Jeannie qui n'abandonnait pas sa pensée, et qui n'avait prêté qu'une légère attention aux interruptions du passager, quoiqu'il souffre, ajouta-t-elle avec un peu d'amertume, que la femme et les filles de Coll Cameron, qui est moins aisé que nous, me surpassent en toilette dans les fêtes du clan, il y a toujours dans sa chaumière du pain d'avoine et du lait pour les voyageurs ; et j'aurais bien plus de plaisir à vous voir épuiser notre bon whisky qu'à ce vieux moine de Balva qui n'est jamais venu chez nous que pour y faire du mal.

— Que m'apprenez-vous, mon enfant ? reprit le vieillard en affectant le plus grand étonnement, c'est précisément vers la chaumière de Dougal le pêcheur que mon voyage est dirigé ; c'est là, s'écria-t-il en attendrissant encore sa voix tremblante, que je dois revoir tout ce que j'aime, si je n'ai pas été trompé par des renseignements infidèles. La fortune m'a bien servi de me faire trouver ce bateau !...

— Je comprends, dit Jeannie en souriant. Grâces soient rendues au petit homme de l'île de Man ! Il a toujours aimé les pêcheurs.

— Hélas, je ne suis pas celui que vous pensez ! un autre sentiment m'attire dans votre maison. Apprenez,

ma jolie dame, car ces lumières boréales qui baignent
le front des montagnes, ces étoiles qui tombent du ciel
en se croisant et qui blanchissent tout l'horizon, ces
sillons lumineux qui glissent sur le golfe et qui
étincellent sous votre rame ; la clarté qui s'avance, qui
s'étend et vient trembler jusqu'à nous depuis ce bateau
éloigné, tout cela m'a permis de remarquer que vous
étiez fort jolie ; apprenez, vous disais-je donc, que je
suis le père d'un follet qui habite maintenant chez
Dougal le pêcheur ; et si j'en crois ce qu'on m'a
raconté, si j'en crois surtout votre physionomie et votre
langage, je comprendrais à peine à l'âge où je suis
parvenu qu'il eût pu choisir une autre demeure. Il n'y
a que peu de jours que j'en suis informé, et je ne l'ai
pas vu, le pauvre enfant, depuis le règne de Fergus[19].
Cela tient à une histoire que je n'ai pas le temps de
vous raconter, mais jugez de mon impatience ou plutôt
de mon bonheur, car voilà le rivage. »

Jeannie imprima au bateau un mouvement de
retour, et jeta sa tête en arrière en appuyant une main
sur son front.

« Eh bien ! dit le vieillard, nous n'abordons pas ?

— Aborder ! répondit Jeannie en sanglotant. Père
infortuné ! Trilby n'y est plus !...

— Il n'y est plus ! et qui l'en aurait chassé ? Auriez-
vous été capable, Jeannie, de l'abandonner à ces
méchants moines de Balva, qui ont causé tous nos
malheurs ?...

— Oui, oui, dit Jeannie, avec l'accent du désespoir
en repoussant le bateau du côté d'Arroqhar. Oui, c'est
moi qui l'ai perdu, qui l'ai perdu pour toujours !...

— Vous, Jeannie, vous si charmante et si bonne ! Le
misérable enfant ! Combien il a dû être coupable pour
mériter votre haine !...

— Ma haine, reprit Jeannie en laissant tomber sa

main sur la rame et sa tête sur sa main ! Dieu seul peut
savoir combien je l'aimais !...

— Tu l'aimais ! s'écria Trilby en couvrant ses bras
de baisers (car ce voyageur mystérieux était Trilby lui-
même, et je suis fâché d'avouer que si mon lecteur
éprouve quelque plaisir à cette explication, ce n'est
probablement pas celui de la surprise !), tu l'aimais !
ah ! répète que tu l'aimais ! ose le dire à moi, le dire
pour moi, car ta résolution décidera de ma perte ou de
mon bonheur ! Accueille-moi, Jeannie, comme un ami,
comme un amant, comme ton esclave, comme ton
hôte, comme tu accueillais du moins ce passager
inconnu. Ne refuse pas à Trilby un asile secret dans ta
chaumière !... »

Et en parlant ainsi, le follet s'était dépouillé du
travestissement bizarre qu'il avait emprunté la veille
aux Shoupeltins[20] du Shetland. Il abandonnait au
cours de la marée ses cheveux de chanvre et sa barbe
de mousse blanche, son collier varié d'algue et de
criste-marine qui se rattachait d'espace en espace à des
coquillages de toutes couleurs, et sa ceinture enlevée à
l'écorce argentée du bouleau. Ce n'était plus que
l'esprit vagabond du foyer, mais l'obscurité prêtait à
son aspect quelque chose de vague qui ne rappelait
que trop à Jeannie les prestiges singuliers de ces
derniers rêves, les séductions de cet amant dangereux
du sommeil qui occupait ses nuits d'illusions si charmantes et si redoutées, et le tableau mystérieux de la
galerie du monastère.

« Oui, ma Jeannie, murmurait-il d'une voix douce
mais faible comme celle de l'air caressant du matin
quand il soupire sur le lac ; rends-moi le foyer d'où je
pouvais t'entendre et te voir, le coin modeste de la
cendre que tu agitais le soir pour réveiller une
étincelle, le tissu aux mailles invisibles qui court sous
les vieux lambris, et qui me prêtait un hamac flottant

dans les nuits tièdes de l'été. Ah ! s'il le faut, Jeannie, je
ne t'importunerai plus de mes caresses, je ne te dirai
plus que je t'aime, je n'effleurerai plus ta robe, même
quand elle cédera en volant vers moi au courant de la
flamme et de l'air. Si je me permets de la toucher une
seule fois, ce sera pour l'éloigner du feu près d'y
atteindre, quand tu t'endormiras en filant. Et je te
dirai plus, Jeannie, car je vois que mes prières ne
peuvent te décider, accorde-moi pour le moins une
petite place dans l'étable ; je conçois encore un peu de
bonheur dans cette pensée, je baiserai la laine de ton
mouton, parce que je sais que tu aimes à la rouler
autour de tes doigts ; je tresserai les fleurs les plus
parfumées de la crèche pour lui en faire des guirlandes,
et lorsque tu rempliras l'aire d'une nouvelle litière de
paille fraîche, je la presserai avec plus d'orgueil et de
délices que les riches tapis des rois ; je te nommerai
tout bas : " Jeannie, Jeannie !... " et personne ne
m'entendra, sois-en sûre, pas même l'insecte monotone qui frappe dans la muraille à intervalles mesurés,
et dont l'horloge de mort interrompt seule le silence de
la nuit. Tout ce que je veux, c'est d'être là, et de
respirer un air qui touche à l'air que tu respires ; un air
où tu as passé, qui a participé de ton souffle, qui a
circulé entre tes lèvres, qui a été pénétré par tes
regards, qui t'aurait caressée avec tendresse si la
nature inanimée jouissait des privilèges de la nôtre, si
elle avait du sentiment et de l'amour !

Jeannie s'aperçut qu'elle s'était trop éloignée du
rivage, mais Trilby comprit son inquiétude et se hâta
de la rassurer en se réfugiant à la pointe du bateau.
« Va, Jeannie, lui dit-il, regagne sans moi les rives
d'Argail où je ne puis pénétrer sans la permission que
tu me refuses. Abandonne le pauvre Trilby sur une
terre d'exil pour y vivre condamné à la douleur
éternelle de ta perte ; rien ne lui coûtera si tu laisses

tomber sur lui un regard d'adieu ! malheureux ! malheureux ! que la nuit est profonde ! »

Un feu follet brilla sur le lac.

« Le voilà, dit Trilby, mon Dieu, je vous remercie !
j'aurais accepté votre malédiction à ce prix !

— Ce n'est pas ma faute, dit Jeannie, je ne m'attendais point, Trilby, à cette lumière étrange, et si mes
yeux ont rencontré les vôtres... si vous avez cru y lire
l'expression d'un consentement dont, en vérité, je ne
prévoyais pas les conséquences, vous le savez, l'arrêt
du redoutable Ronald porte une autre condition. Il
faut que Dougal lui-même vous envoie à la chaumière.
Et d'ailleurs votre bonheur même n'est-il pas intéressé
à son refus et au mien ? Vous êtes aimé, Trilby, vous
êtes adoré des nobles dames d'Argail, et vous devez
avoir trouvé dans leurs palais...

— Les palais des dames d'Argail ! reprit vivement
Trilby. Oh ! depuis que j'ai quitté la chaumière de
Dougal, quoique ce fût au commencement de la plus
mauvaise saison de l'année, mon pied n'a pas foulé le
seuil de la demeure de l'homme ; je n'ai pas ranimé
mes doigts engourdis à la flamme d'un foyer pétillant.
J'ai eu froid, Jeannie, et combien de fois, las de
grelotter au bord du lac, entre les branches des
arbustes desséchés qui plient sous le poids des frimas,
je me suis élevé en bondissant, pour réveiller un reste
de chaleur dans mes membres transis, jusqu'au sommet des montagnes ! combien de fois je me suis
enveloppé dans les neiges nouvellement tombées, et
roulé dans les avalanches, mais en les dirigeant de
manière à ne pas nuire à une construction, à ne pas
compromettre l'espérance d'une culture, à ne pas
offenser un être animé. L'autre jour, je vis en courant
une pierre sur laquelle un fils exilé avait écrit le nom de
sa mère ; ému, je m'empressai de détourner l'horrible
fléau, et je me précipitai avec lui dans un abîme de

glace où il n'a jamais respiré un insecte. — Seulement, si le cormoran furieux de trouver le golfe emprisonné sous une muraille de glace qui lui refuse le tribut de sa pêche accoutumée, le traversait en criant d'impatience pour aller ravir une proie plus facile au Firth de Clyde ou au Sund du Jura, je gagnais, tout joyeux, le nid escarpé de l'oiseau voyageur, et sans autre inquiétude que de le voir abréger la durée de son absence, je me réchauffais entre ses petits de l'année, trop jeunes encore pour prendre part à ses expéditions en mer, et qui bientôt familiarisés avec leur hôte clandestin, car je n'ai jamais manqué de leur porter quelque présent, s'écartaient à mon approche pour me laisser une petite place parmi eux au milieu de leur lit de duvet. Ou bien, à l'imitation du mulot industrieux qui se creuse une habitation souterraine pour passer l'hiver, j'enlevais avec soin la glace et la neige amoncelées dans un petit coin de la montagne qui devait être exposé le lendemain aux premiers rayons du soleil levant, je soulevais avec précaution le tapis des vieilles mousses qui avaient blanchi depuis bien des années sur le roc, et au moment d'arriver à la dernière couche, je me liais de leurs fils d'argent comme un enfant de ses langes, et je m'endormais protégé contre le vent de la nuit sous mes courtines de velours; heureux, surtout, quand je m'avisais que tu avais pu les fouler en allant payer la dîme du grain ou du poisson. Voilà, Jeannie, les superbes palais que j'ai habités, voilà le riche accueil que j'ai reçu depuis que je suis séparé de toi, celui de l'escarbot frileux que j'ai quelquefois, sans le savoir, dérangé au fond de sa retraite, ou de la mouette étourdie qu'un orage subit forçait à se réfugier près de moi dans le creux d'un vieux saule miné par l'âge et le feu, dont les noires cavités et l'âtre comblé de cendre marquent le rendez-vous habituel des contrebandiers. C'est là, cruelle, le bonheur que tu me reproches.

Mais, que dis-je ? Ah ! ce temps de misère n'a pas été sans bonheur ! quoiqu'il me fût défendu de te parler, et même de m'approcher de toi sans ta permission, je suivais du moins ton bateau du regard, et des follets moins sévèrement traités, compatissants à mes chagrins, m'apportaient quelquefois ton souffle et tes soupirs ! Si le vent du soir avait chassé de tes cheveux les débris d'une fleur d'automne, l'aile d'un ami complaisant la soutenait dans l'espace jusqu'à la cime du rocher solitaire, jusque dans la vapeur du nuage errant où j'étais relégué, et la laissait tomber en passant sur mon cœur. Un jour même, t'en souvient-il ? le nom de Trilby avait expiré sur ta bouche ; un lutin s'en saisit, et vint charmer mon oreille du bruit de cet appel involontaire. Je pleurais alors en pensant à toi, et les larmes de ma douleur se changèrent en larmes de joie : est-ce près de toi qu'il m'était réservé de regretter les consolations de mon exil ?

— Expliquez-vous, Trilby, dit Jeannie qui cherchait à se distraire de son émotion. Il me semble que vous venez de me dire, ou de me rappeler qu'il vous était défendu de me parler et de vous rapprocher de moi sans ma permission. C'était en effet l'arrêt du moine de Balva. Comment se fait-il donc que maintenant vous soyez dans mon bateau, près de moi, connu de moi, sans que je vous l'aie permis ?...

— Jeannie, pardonnez-moi de vous le répéter, si cet aveu coûte à votre cœur !... Vous avez dit que vous m'aimiez !

— Séduction ou faiblesse, égarement ou pitié, je l'ai dit, reprit Jeannie, mais auparavant, mais jusque-là je croyais que le bateau devait être inaccessible pour vous, comme la chaumière...

— Je ne le sais que trop ! combien de fois n'ai-je pas tenté inutilement de l'appeler près de moi ! l'air emportait mes plaintes, et vous ne m'entendiez pas !

— Alors, comment puis-je comprendre ?...

— Je ne le comprends pas moi-même, répondit Trilby, à moins, continua-t-il d'un ton de voix plus humble et plus tremblant, que vous n'ayez confié le secret que je vous ai surpris par hasard à des cœurs favorables, à des amitiés tutélaires, qui, dans l'impossibilité de révoquer entièrement ma sentence, n'ont pas renoncé à l'adoucir...

— Personne, personne, s'écria Jeannie épouvantée ; moi-même je ne savais pas, moi-même je n'étais pas sûre encore... et votre nom n'est parvenu de ma pensée à mes lèvres que dans le secret de mes prières...

— Dans le secret même de vos prières, vous pouviez émouvoir un cœur qui m'aimât, et si devant mon frère Colombain, Colombain Mac-Farlane...

— Votre frère Colombain ! si devant lui... et c'est votre frère ! — Dieu de bonté !... prenez pitié de moi ! pardon !... pardon !...

— Oui, j'ai un frère, Jeannie, un frère bien-aimé, qui jouit de la contemplation de Dieu, et pour qui mon absence n'est que l'intervalle pénible d'un triste et périlleux voyage dont le retour est presque assuré. Mille ans ne sont qu'un moment sur la terre pour ceux qui ne doivent se quitter jamais.

— Mille ans, — c'est le terme que Ronald vous avait assigné, si vous rentriez à la chaumière...

— Et que sont mille ans de la plus sévère captivité, que serait une éternité de mort, une éternité de douleur, pour l'âme que tu aurais aimée, pour la créature trop favorisée de la Providence qui aurait été associée pendant quelques minutes aux mystères de ton cœur, pour celui dont les yeux auraient trouvé dans tes yeux un regard d'abandon, sur ta bouche un sourire de tendresse ! Ah ! le néant, l'enfer même n'aurait que des tourments imparfaits pour l'heureux damné dont les lèvres auraient effleuré tes lèvres, caressé les noirs anneaux de tes cheveux, pressé tes cils humides d'amour, et qui pourrait penser toujours, au milieu des supplices sans fin, que Jeannie l'a aimé un moment! Conçois-tu cette volupté immortelle! Ce n'est pas ainsi que la colère de Dieu s'appesantit sur les coupables qu'elle veut punir!... Mais tomber, brisé de sa puissante main, dans un abîme de désespoir et de regrets où tous les démons répètent pendant tous les siècles : Non, non, Jeannie ne t'a pas aimé!... — Cela, Jeannie, c'est une horrible pensée, un inconsolable avenir!... — Vois, regarde, consulte; mon enfer dépend de toi.

— Songez du moins, Trilby, que l'aveu de Dougal est nécessaire à l'accomplissement de vos désirs, et que sans lui...

— Je me charge de tout, si votre cœur répond à mes prières. O Jeannie!... à mes prières et à mes espérances!...

— Vous oubliez!...

— Je n'oublie rien!...

— Dieu!... cria Jeannie, tu ne vois pas!... tu ne vois pas... tu es perdu!...

— Je suis sauvé... répondit Trilby en souriant.

— Voyez... voyez... Dougal est près de nous. »

En effet, au détour d'un petit promontoire qui lui avait caché un moment le reste du lac, la barque de Jeannie se trouva si près de la barque de Dougal que, malgré l'obscurité, il aurait infailliblement remarqué Trilby, si le lutin ne s'était précipité dans les flots à l'instant même où le pêcheur préoccupé y laissait tomber son filet. — « En voici bien d'une autre », dit-il en le retirant, et en dégageant de ses mailles une boîte d'une forme élégante et d'une matière précieuse qu'il crut reconnaître à sa blancheur si éclatante et à son poli si doux pour de l'ivoire incrusté de quelque métal brillant, et enrichi de grosses escarboucles orientales,

dont la nuit ne faisait qu'augmenter la splendeur.
« Imagine-toi, Jeannie, que depuis le matin je ne cesse
de remplir mes filets des plus beaux poissons bleus que
j'aie jamais pêchés dans le lac ; et, pour surcroît de
bonne fortune, je viens d'en retirer un trésor ; car si
j'en juge par le poids de cette boîte et par la
magnificence de ses ornements, elle ne contient rien
moins que la couronne du roi des îles, ou les joyaux de
Salomon. Empresse-toi donc de la porter à la chaumière, et reviens en hâte vider nos filets dans le
réservoir de la rade, car il ne faut pas négliger les petits
profits, et la fortune que saint Colombain m'envoie ne
me fera jamais oublier que je suis né un simple
pêcheur. »

La batelière fut longtemps sans pouvoir se rendre
compte de ses idées. Il lui semblait qu'un nuage flottait
devant ses yeux et obscurcissait sa pensée, ou que,
transportée d'illusion en illusion par un songe inquiet,
elle subissait le poids du sommeil et de l'accablement
au point de ne pouvoir se réveiller. En arrivant à la
chaumière, elle commença par déposer la boîte avec
précaution, puis s'approcha du foyer, détourna la
cendre encore ardente, et s'étonna de trouver des
charbons enflammés comme à la veillée d'une fête. Le
grillon chantait de joie sur le bord de sa grotte
domestique, et la flamme vola vers la lampe qui
tremblait dans la main de Jeannie, avec tant de
rapidité que la chambre en fut subitement éclairée.
Jeannie pensa d'abord que sa paupière était frappée
enfin à la suite d'un long rêve, par la clarté du matin ;
mais ce n'était pas cela. Les charbons étincelaient
comme auparavant ; le grillon joyeux chantait toujours, et la boîte mystérieuse se trouvait toujours à
l'endroit où elle venait d'être placée, avec ses compartiments de vermeil, ses chaînes de perles et ses rosaces
de rubis. « Je ne dormais pas, dit Jeannie. Je ne

dormais pas! Fortune déplorable! continua-t-elle en s'asseyant près de la table, et en laissant retomber sa tête sur le trésor de Dougal. Que m'importent les vaines richesses que renferme cette cassette d'ivoire? Les moines de Balva pensent-ils avoir payé à ce prix la perte du malheureux Trilby ; car je ne puis douter qu'il ait disparu sous les flots, et qu'il faille renoncer à le revoir jamais! Trilby, Trilby! » dit-elle en pleurant... et un soupir, un long soupir lui répondit. Elle regarda autour d'elle, elle prêta l'oreille pour s'assurer qu'elle s'était trompée. En effet on ne soupirait plus. « Trilby est mort, s'écria-t-elle, Trilby n'est pas ici! — D'ailleurs, ajouta-t-elle avec une maligne joie, quel parti Dougal tirera-t-il de ce meuble qu'on ne peut ouvrir sans le briser? qui lui apprendra le secret de la serrure fée qui doit rouler sur ces émeraudes? Il faudrait savoir les mots magiques de l'enchanteur qui l'a construite, et vendre son âme à quelque démon pour en pénétrer le mystère. — Il ne faudrait qu'aimer Trilby et que lui dire qu'on l'aime, repartit une voix qui s'échappait de l'écrin merveilleux. Condamné pour toujours si tu refuses, sauvé pour toujours si tu consens, voilà ma destinée, la destinée que ton amour m'a faite...

— Il faut dire?... reprit Jeannie.

— Il faut dire : " Trilby, je t'aime! "

— Le dire... — et cette boîte s'ouvrirait alors?... — et vous seriez libre?

— Libre et heureux!

— Non, non! dit Jeannie éperdue, non, je ne le peux pas, je ne le dois pas!

— Et que pourrais-tu redouter?...

— Tout, répondit Jeannie! un parjure affreux — le désespoir — la mort!...

— Insensée! qu'as-tu donc pensé de moi!... t'imagines-tu, toi qui es tout pour l'infortuné Trilby, qu'il irait tourmenter ton cœur d'un sentiment coupable, et le poursuivre d'une passion dangereuse qui détruirait ton bonheur, qui empoisonnerait ta vie !... Juge mieux de sa tendresse ! Non, Jeannie, je t'aime pour le bonheur de t'aimer, de t'obéir, de dépendre de toi ! — Ton aveu n'est qu'un droit de plus à ma soumission ; ce n'est pas un sacrifice ! — En me disant que tu m'aimes, tu délivres un ami et tu gagnes un esclave ! Quel rapport oses-tu imaginer entre le retour que je te demande et la noble et touchante obligation qui te lie à Dougal ? L'amour que j'ai pour toi, ma Jeannie, n'est pas une affection de la terre ; ah ! je voudrais pouvoir te dire, pouvoir te faire comprendre comment dans un monde nouveau, un cœur passionné, un cœur qui a été trompé ici dans ses affections les plus chères ou qui en a été dépossédé avant le temps, s'ouvre à des tendresses infinies, à d'éternelles félicités qui ne peuvent plus être coupables ! — Tes organes trop faibles encore n'ont pas compris l'amour ineffable d'une âme dégagée de tous les devoirs, et qui peut sans infidélité embrasser toutes les créatures de son choix, d'une affection sans limites ! Oh, Jeannie, tu ne sais pas combien il y a d'amour hors de la vie, et combien il est calme et pur ! — Dis-moi, Jeannie, dis-moi seulement que tu m'aimes ! — Cela n'est pas difficile à dire... Il n'y a que l'expression de la haine qui doive coûter quelque chose à ta bouche. — Moi, je t'aime, Jeannie, je n'aime que toi ! — Vois-tu, ma Jeannie ! il n'y a pas une pensée de mon esprit qui ne t'appartienne. — Il n'y a pas un battement de mon cœur qui ne soit pour le tien ! mon sein palpite si fort, quand l'air que je parcours est frappé de ton nom ! — mes lèvres mêmes frémissent et balbutient quand je veux le prononcer ! Oh ! Jeannie, que je t'aime ! — et tu ne diras pas, tu n'oseras pas dire, toi... " Je t'aime, Trilby ! pauvre Trilby, je t'aime un peu !... "

— Non, non, dit Jeannie, en s'échappant avec effroi de la chambre où était déposée la riche prison de Trilby ; non, je ne trahirai jamais les serments que j'ai faits à Dougal, que j'ai faits librement, et au pied des saints autels ; il est vrai que Dougal a quelquefois une humeur difficile et rigoureuse, mais je suis assurée qu'il m'aime. Il est vrai aussi qu'il ne sait pas exprimer les sentiments qu'il éprouve, comme ce fatal esprit déchaîné contre mon repos ; mais qui sait si ce don funeste n'est pas un effet particulier de la puissance du démon, si ce n'est pas lui qui me séduit dans les discours artificieux du lutin ? Dougal est mon ami, mon mari, l'époux que je choisirais encore ; il a ma foi, et rien ne triomphera de ma résolution et de mes promesses ! rien ! pas même mon cœur ! continua-t-elle en soupirant, qu'il se brise plutôt que d'oublier le devoir que Dieu lui a imposé !... »

Jeannie avait à peine eu le temps de s'affermir dans la détermination qu'elle venait de prendre, en se la répétant à elle-même avec une force de volonté d'autant plus énergique qu'elle avait plus de résistance à vaincre ; elle murmurait encore les dernières paroles de cet engagement secret, quand deux voix se firent entendre auprès d'elle, au-dessous du chemin de traverse qu'elle avait pris pour arriver plus tôt au bord du lac, mais qu'on ne pouvait parcourir avec un fardeau considérable, tandis que Dougal arrivait ordinairement par l'autre, chargé des plus beaux de ses poissons, surtout lorsqu'il amenait un hôte à la chaumière. Les voyageurs suivaient la route inférieure et marchaient lentement comme des hommes occupés d'une conversation sérieuse. C'était Dougal et le vieux moine de Balva que le hasard venait de conduire sur le rivage opposé, et qui était arrivé à temps pour passer dans la barque du pêcheur, et pour lui demander l'hospitalité. On peut croire que Dougal n'était pas

disposé à la refuser au saint commensal du monastère
dont il avait reçu ce jour-là même tant de bienfaits
signalés, car il n'attribuait pas à une autre protection
le retour inespéré des trésors de la pêche, et la
découverte de cette boîte, si souvent rêvée, qui devait
contenir des trésors bien plus réels et bien plus
durables. Il accueillit donc le vieux moine avec plus
d'empressement encore que le jour mémorable où il
avait à lui demander le bannissement de Trilby, et
c'était des expressions réitérées de sa reconnaissance,
et des assurances solennelles de la continuation des
bontés de Ronald, qu'avait été frappée l'attention de
Jeannie. Elle s'arrêta comme malgré elle pour écouter,
car elle avait craint d'abord, sans se l'avouer, que ce
voyage n'eût un autre objet que la quête ordinaire
d'Inverary, qui ne manquait jamais de ramener, dans
cette saison, un des émissaires du couvent ; sa respiration était suspendue, son cœur battait avec violence ;
elle attendait un mot qui lui révélât un danger pour le
captif de la chaumière, et quand elle entendit Ronald
prononcer d'une voix forte : « Les montagnes sont
délivrées, les méchants esprits sont vaincus : le dernier
de tous a été condamné aux vigiles de Saint-Colom-
bain », elle conçut un double motif de se rassurer, car
elle ne doutait point des paroles de Ronald. « Ou le
moine ignore le sort de Trilby, dit-elle, ou Trilby est
sauvé et pardonné de Dieu comme il paraissait l'espérer. » Plus tranquille, elle gagna la baie où les bateaux
de Dougal étaient amarrés, vida les filets pleins dans le
réservoir, étendit les filets vides sur la plage après en
avoir exprimé l'eau avec soin pour les prémunir contre
l'atteinte d'une gelée matinale, et reprit le sentier des
montagnes avec ce calme qui résulte du sentiment
d'un devoir accompli, mais dont l'accomplissement
n'a rien coûté à personne. « " Le dernier des méchants
esprits a été condamné aux vigiles de Saint-Colom-

bain ", répéta Jeannie ; ce ne peut pas être Trilby,
puisqu'il m'a parlé ce soir, et qu'il est maintenant à la
chaumière, à moins qu'un rêve n'ait abusé mes esprits.
Trilby est donc sauvé, et la tentation qu'il vient
d'exercer sur mon cœur n'était qu'une épreuve dont il
ne se serait pas chargé lui-même, mais qui lui a été
probablement prescrite par les saints. Il est sauvé, et je
le reverrai un jour ; un jour certainement ! s'écria-
t-elle ; il vient lui-même de me le dire : mille ans ne
sont qu'un moment sur la terre pour ceux qui ne
doivent se quitter jamais ! »

La voix de Jeannie s'était élevée de manière à se
faire entendre autour d'elle, car elle se croyait seule
alors. Elle suivait les longues murailles du cimetière
qui à cette heure inaccoutumée n'est fréquenté que par
les bêtes de rapine, ou tout au plus par de pauvres
enfants orphelins qui viennent pleurer leur père. Au
bruit confus de ce gémissement qui ressemblait à une
plainte du sommeil, une torche s'exhaussa de l'intérieur jusqu'à l'élévation des murs de l'enceinte funèbre
et versa sur la longue tige des arbres les plus voisins
des lumières effrayantes. L'aube du Nord, qui avait
commencé à blanchir l'horizon polaire depuis le
coucher du soleil, déployait lentement son voile pâle à
travers le ciel et sur toutes les montagnes, triste et
terrible comme la clarté d'un incendie éloigné auquel
on ne peut porter du secours. Les oiseaux de nuit,
surpris dans leurs chasses insidieuses, resserraient
leurs ailes pesantes et se laissaient rouler étourdis sur
les pentes du Cobler, et l'aigle épouvanté criait de
terreur à la pointe de ses rochers, en contemplant cette
aurore inaccoutumée qu'aucun astre ne suit et qui
n'annonce pas le matin.

Jeannie avait souvent ouï parler des mystères des
sorcières, et des fêtes qu'elles se donnaient dans la
dernière demeure des morts, à certaines époques des

lunes d'hiver. Quelquefois même, quand elle rentrait fatiguée sous le toit de Dougal, elle avait cru remarquer cette lueur capricieuse qui s'élevait et retombait rapidement ; elle avait cru saisir dans l'air des éclats de voix singuliers, des rires glapissants et féroces, des chants qui paraissaient appartenir à un autre monde, tant ils étaient grêles et fugitifs. Elle se souvenait de les avoir vues, avec leurs tristes lambeaux souillés de cendre et de sang, se perdre dans les ruines de la clôture inégale, ou s'égarer comme la fumée blanche et bleue du soufre dévoré par la flamme, dans les ombres des bois et dans les vapeurs du ciel. Entraînée par une curiosité invincible, elle franchit le seuil redoutable qu'elle n'avait jamais touché que de jour pour aller prier sur la tombe de sa mère. — Elle fit un pas et s'arrêta. — Vers l'extrémité du cimetière, qui n'était d'ailleurs ombragé que de cette espèce d'ifs dont les fruits, rouges comme des cerises tombées de la corbeille d'une fée, attirent de loin tous les oiseaux de la contrée ; derrière l'endroit marqué pour une dernière fosse qui était déjà creusée et qui était encore vide, il y avait un grand bouleau qu'on appelait L'ARBRE DU SAINT, parce que l'on prétendait que saint Colombain jeune encore, et avant qu'il fût entièrement revenu des illusions du monde, y avait passé toute une nuit dans les larmes, en luttant contre le souvenir de ses profanes amours. Ce bouleau était depuis un objet de vénération pour le peuple, et si j'avais été poète, j'aurais voulu que la postérité en conservât le souvenir.

Jeannie écouta, retint son souffle, baissa la tête pour entendre sans distraction, fit encore un pas, écouta encore. Elle entendit un double bruit semblable à celui d'une boîte d'ivoire qui se brise et d'un bouleau qui éclate, et au même instant elle vit la longue réverbération d'une clarté éloignée courir sur la terre, blanchir à ses pieds et s'éteindre sur ses vêtements. Elle suivit timidement jusqu'à son origine le rayon qui l'éclairait ; il aboutissait à L'ARBRE DU SAINT, et devant L'ARBRE DU SAINT, il y avait un homme debout dans l'attitude de l'imprécation, un homme prosterné dans l'attitude de la prière. Le premier brandissait un flambeau qui baignait de lumière son front impitoyable, mais serein. L'autre était immobile. Elle reconnut Ronald et Dougal. Il y avait encore une voix, une voix éteinte comme le dernier souffle de l'agonie, une voix qui sanglotait faiblement le nom de Jeannie, et qui s'évanouit dans le bouleau. « Trilby !... » cria Jeannie, et laissant derrière elle toutes les fosses, elle s'élança dans la fosse qui l'attendait sans doute, car personne ne trompe sa destinée ! « Jeannie, Jeannie ! dit le pauvre Dougal. — Dougal ! répondit Jeannie en étendant vers lui sa main tremblante, et en regardant tour à tour Dougal et L'ARBRE DU SAINT, Daniel, mon bon Daniel, mille ans ne sont rien sur la terre... rien ! » reprit-elle en soulevant péniblement sa tête ! puis elle la laissa retomber et mourut. Ronald, un moment interrompu, reprit sa prière où il l'avait laissée.

Il s'était passé bien des siècles depuis cet événement quand la destinée des voyages, et peut-être aussi quelques soucis du cœur, me conduisirent au cimetière. Il est maintenant loin de tous les hameaux, et c'est à plus de quatre lieues qu'on voit flotter sur la même rive la fumée des hautes cheminées de Portincaple. Toutes les murailles de l'ancienne enceinte sont détruites ; il n'en reste même que de rares vestiges, soit que les habitants du pays aient employé leurs matériaux à de nouvelles constructions, soit que les terres des boulingrins d'Argail, entraînées par des dégels subits, les aient peu à peu recouverts. Cependant la pierre qui surmontait la fosse de Jeannie a été respectée par le temps, par les cataractes du ciel, et même par les hommes. On y lit toujours ces mots tracés

d'une main pieuse : « *Mille ans ne sont qu'un moment sur
la terre pour ceux qui ne doivent se quitter jamais.* » L'ARBRE
DU SAINT est mort, mais quelques arbustes pleins de
vigueur couronnaient sa souche épuisée de leur riche
feuillage, et quand un vent frais soufflait entre leurs
scions verdoyants, et courbait, et relevait leurs épaisses
ramées, une imagination vive et tendre pouvait y rêver
encore les soupirs de Trilby sur la fosse de Jeannie.
Mille ans sont si peu de temps pour posséder ce qu'on
aime, si peu de temps pour le pleurer !...

La Fée aux Miettes [1]

I

Qui est une espèce d'introduction.

« Non ! sur l'honneur, m'écriai-je en lançant à vingt pas le malencontreux volume... »

C'était cependant un Tite-Live d'Elzévir relié par Padeloup.

« Non ! je n'userai plus mon intelligence et ma mémoire à ces détestables sornettes !... Non, continuai-je en appuyant solidement mes pantoufles contre mes chenets, comme pour prendre acte de ma volonté, il ne sera pas dit qu'un homme de sens ait vieilli sur les sottes gazettes de ce Padouan[2] crédule, bavard et menteur, tant que les domaines de l'imagination et du sentiment lui étaient encore ouverts !...

« O fantaisie ! continuai-je avec élan !... Mère des fables riantes, des génies et des fées ! enchanteresse aux brillants mensonges, toi qui te balances d'un pied léger sur les créneaux des vieilles tours, et qui t'égares au clair de la lune avec ton cortège d'illusions dans les domaines immenses de l'inconnu ; toi qui laisses tomber en passant tant de délicieuses rêveries sur les veillées du village, et qui entoures d'apparitions charmantes la couche virginale des jeunes filles !... »

Là-dessus, je m'arrêtai, parce que cette invocation menaçait de devenir longue.

« L'histoire positive ! repris-je gravement, l'expression d'une aveugle partialité, le roman consacré d'un parti vainqueur, une fable classique devenue si indifférente à tout le monde que personne ne prend plus la peine de la contredire !...

« Et qui m'assure aujourd'hui, par exemple, qu'il y a plus de vérités dans Mézeray[3] que dans les contes naïfs du bon Perrault, et dans l'*Histoire byzantine*[4] que dans les *Mille et Une Nuits* ?

« Je voudrais bien savoir, ajoutai-je en rejetant une de mes jambes sur l'autre, car il ne manquait plus rien dès lors à la forme de cette protestation sacramentelle...

« Je voudrais bien savoir vraiment ce qu'il y a de plus probable, des pérégrinations de la *Santa Casa* de Lorette[5], ou de celles du *voyageur aérien*[6] !... et puisque la grande moitié du monde connu croit fermement aux allocutions de l'âne de Balaam et du pigeon de Mahomet[7], je vous demande, messieurs, quelles objections vous avez contre les succès oratoires du *Chat botté* ?...

« Car, enfin, l'historien du *Chat botté* fut, comme chacun l'avoue, un homme honnête, pieux, sincère, investi de la confiance publique. La tradition dont il s'est servi n'a jamais été contestée dans ce siècle douteur ; le sévère Fréret et le sceptique Boulanger[8], qui attaquaient à l'envi tout ce que les hommes respectent, l'ont ménagée dans leurs diatribes les plus audacieuses ; les enfants même qui ne savent pas lire parlent tous les jours entre eux d'un chat de bonne maison qui portait des bottes comme un gendarme et qui pérorait comme un avocat, et si la famille du marquis de Carabas a disparu de nos fastes nobiliaires, ce que je n'oserais assurer, l'extinction des races illustres est un événement si commun dans les temps de guerre et de révolution, qu'on n'en peut tirer aucune induction défavorable contre l'existence de celle-ci...

« L'histoire et les historiens !... Malédiction sur elle et sur eux ! je prends Urgande[9] à témoin que je trouve mille fois plus de crédibilité aux illusions des lunatiques !...

— Les lunatiques ! interrompit Daniel Cameron, que j'avais oublié derrière mon fauteuil, où il attendait debout, dans une attitude patiente et respectueuse, le moment de me passer ma redingote... Les lunatiques, monsieur ? Il y en a une superbe maison à Glasgow.

— J'en ai entendu parler, dis-je en me retournant du côté de mon valet de chambre écossais. Quelle espèce d'homme est-ce là ?

— Je n'oserais le dire précisément à monsieur, répondit Daniel en baissant les yeux avec un embarras qui laissait deviner cependant je ne sais quelle arrière-pensée sournoise et malicieuse. Les lunatiques sont des hommes qu'on appelle ainsi, je suppose, parce qu'ils s'occupent aussi peu des affaires de notre monde que s'ils descendaient de la lune, et qui ne parlent au contraire que de choses qui n'ont jamais pu se passer nulle part, si ce n'est à la lune, peut-être.

— Il y a de la finesse et presque de la profondeur dans cette idée, Daniel. Nous remarquons en effet que la nature, dans l'enchaînement méthodique des innombrables anneaux de sa création, n'a point laissé d'espace vide. Ainsi le lichen tenace qui s'identifie avec le rocher unit le minéral à la plante ; le polype aux bras rameux, végétatifs et rédivives[10], qui se reproduit de bouture, unit la plante à l'animal ; le pongo[11], qui pourrait bien devenir éducable, et qui l'est probablement devenu quelque part, unit le quadrupède à l'homme. A l'homme s'arrête la portée de nos classifications naturelles, mais non la portée du principe générateur des créations et des mondes. Il est donc non seulement possible, mais certain... et je ne crains même pas d'établir en principe que si cela n'était point, toute l'harmonie de l'univers serait détruite!... Il est incontestable que l'échelle des êtres se prolonge sans interruption à travers notre tourbillon tout entier, et de notre tourbillon à tous les autres, jusqu'aux limites incompréhensibles de l'espace où réside l'être sans commencement et sans fin, qui est la source inépuisable de toutes les existences et qui les ramène incessamment à lui.

« Et comme le microcosme ou petit monde est l'image réduite et visible du macrocosme ou grand monde, qui échappe à nos jugements par son immensité, une comparaison te fera beaucoup mieux comprendre cette idée, si tu la comprends ; car Dieu ou la puissance inconnue qui tient la place de cette profonde et insaisissable abstraction... — je te prie de me suivre attentivement ! — Dieu, dis-je, a daigné imprimer intelligiblement l'image imparfaite de ce cycle immense de production, d'absorption, d'épuration et de reproduction, qui commence, aboutit et recommence éternellement à lui, dans la fonction perpétuellement agissante de l'Océan, qui produit, absorbe, épure et reproduit à jamais les eaux qui en dérivent... — et cette similitude est vraiment trop claire pour que je me croie obligé à t'en donner la figure.

— Mais les lunatiques, monsieur ?... dit Daniel en déposant proprement mon habit sur mon pupitre.

— J'y arrivais, Daniel. Les lunatiques, dont tu parles, occuperaient selon moi le degré le plus élevé de l'échelle qui sépare notre planète de son satellite, et comme ils communiquent nécessairement de ce degré avec les intelligences d'un monde qui ne nous est pas connu, il est assez naturel que nous ne les entendions point, et il est absurde d'en conclure que leurs idées manquent de sens et de lucidité, parce qu'elles appartiennent à un ordre de sensations et de raisonnements qui est tout à fait inaccessible à notre éducation et à nos habitudes. As-tu jamais vu, Daniel, des sauvages Esquimaux?

— Il y en avait deux sur le vaisseau du capitaine Parry [12].

— As-tu parlé à ces Esquimaux?

— Comment aurais-je pu leur parler, puisque je ne savais pas leur langue?

— Et si tu avais subitement reçu le don des langues, par intuition, comme Adam, ou par inspiration, comme les compagnons du Sauveur, ou par tout autre phénomène moral, comme un membre de l'académie des inscriptions et belles-lettres, qu'aurais-tu dit à ces Esquimaux?

— Qu'aurais-je pu leur dire, puisqu'il n'y a rien de commun entre les Esquimaux et moi?

— Voilà qui est bien. Je n'ai plus qu'une question à te faire. Crois-tu que ces Esquimaux pensent et qu'ils raisonnent?

— Je le crois, dit Daniel, comme voilà une brosse, et la redingote de monsieur que je viens de plier sur le pupitre.

— Eh bien, m'écriai-je en claquant des mains, puisque tu crois que les Esquimaux pensent et qu'ils raisonnent, quoique tu ne les comprennes point, que me diras-tu maintenant des lunatiques?

— Je dirai, monsieur, répondit intrépidement Daniel, que la maison des lunatiques de Glasgow est certainement la plus belle de l'Écosse, et par conséquent du monde entier. »

Je ne sais si vous avez jamais éprouvé, lecteur, un désappointement plus cruel que celui de mon ami le bachelier Farfallo de las Farfallas, qui passa toute une nuit pluvieuse à sonner des cantatilles sur sa mandoline, au pied de la croisée d'une belle richement vêtue à la française — elle n'en bougea pas!... —, et qui ne s'aperçut qu'au point du jour que c'était un mannequin dont la Pédrilla venait de faire emplette à Paris, pour sa boutique de modes.

Je ressentis quelque chose de pareil à la réponse de Daniel, dont il résultait démonstrativement que mes inductions philosophiques n'étaient ni plus ni moins inintelligibles pour lui que le langage des Esquimaux du capitaine Parry.

Mais je me consolai en pensant qu'il y avait là un argument irrésistible en faveur de ma théorie des lunatiques. — Et vous savez par expérience que rien n'imprime une impulsion plus bienveillante à la pensée que la satisfaction de soi-même.

« Qu'importe où je vivrai, pensai-je intérieurement, pourvu que j'emporte avec moi des idées douces et d'agréables fantaisies, qui entretiennent dans mon organisme parfaitement équilibré ce jeu souple des agents de la vie, cette température tiède et régulière du sang, cette inaltérable harmonie de l'action et de la fonction qu'on appelle vulgairement la santé?

« Daniel, dis-je à haute voix, tu es né à Glasgow, mon enfant?...

— En Canongate, monsieur, cinq ou six maisons au-dessous de celle du bailli Jervis... [13]

— Tu as laissé à Glasgow quelque jeune maîtresse à la mante rouge ou noire, aux pieds nus plus blancs que l'albâtre, à l'œil vif et hardi comme celui du faucon, tes amis d'enfance, tes parents, ta vieille mère peut-être... »

Daniel me répondit par un signe négatif, mais je ne voulus pas m'en apercevoir.

« Tu te souviens des jeux des rives de la Clyde, et de ses talus verdoyants, et du bruit retentissant des marteaux d'High Street, et de la solennité sérieuse de la vieille église [14] ! Écoute, Daniel, nous irons à Glasgow, et je verrai tes lunatiques...

— Nous irons à Glasgow ! s'écria Daniel ivre de joie.

— Nous partirons à six heures du soir, continuai-je en réglant ma montre. Comme dans le pays de liberté plénière où nous sommes, j'ai la précaution d'être toujours muni d'un passeport et d'un permis de poste, je n'attends plus que les chevaux. Et la route intermédiaire m'étant tout à fait inconnue, ne manque pas de dire que je ne m'arrêterai qu'à 55 degrés 51 minutes de latitude. »

Daniel était parti.

Dix jours après je descendis à *Bucks'head Inn,* où l'on est pour le moins aussi bien qu'au *Star* [15].

II

Qui est la continuation du premier,
et où l'on rencontre
le personnage le plus raisonnable
de cette histoire à la maison des fous.

Je visitai la maison des lunatiques, le jour de Saint-Michel, époque où l'aube d'Écosse commence à se rapprocher visiblement du crépuscule qui la suit [1], et je m'y pris de bonne heure, parce que j'avais entendu parler de son jardin botanique si riche en plantes rares et merveilleuses. J'y arrivai à dix heures, par une de ces matinées pâles et sans soleil, mais calmes et de bon augure, qui annoncent une soirée paisible. Je ne m'arrêtai pas à ces tristes infirmités de l'espace qui

attirent les curieux devant la loge des fous. Je ne
cherchais pas le fou malade qui épouvante ou qui
rebute, mais le fou ingénieux et presque libre, qui
s'égare dans les allées sous l'escorte attentive de la
pitié, et qui n'a jamais rendu nécessaire celle de la
défiance et de la force. Et moi aussi, j'allais, je me
perdais parmi ces détours, comme un lunatique volontaire qui venait réclamer de ces infortunés quelques
droits de sympathie. Je remarquai bientôt qu'ils
s'écartaient de mon passage avec une dignité triste,
celle du malheur, peut-être, et peut-être aussi celle
d'une révélation instinctive de supériorité morale, qui
est pour eux la compensation de l'esclavage philan-
thropique auquel notre sublime raison les condamne.
Je m'éloignai respectueusement du chemin de ces
solitaires plus judicieux que nous, pour lesquels
l'homme social n'est que trop justement un objet
d'inquiétude et de terreur.

« Hélas ! dis-je dans la profonde amertume de mon
cœur, voilà l'effet de notre ambitieuse et fausse civilisation !... Ce que j'ai de frères sur la terre se détournent
de moi, parce que je porte ce funeste habit du riche qui
leur dénonce un ennemi !... Et ce qui me reste à moi
qui fuis le monde, comme ils me fuient, c'est le
commerce de cette création vivante et sensible, mais
impensante et impassionnée, qui ne peut pas payer
mes sentiments d'un sentiment !... »

Je réfléchissais à ceci en mesurant du regard un
grand carré de mandragores presque entièrement
moissonné jusqu'à la racine par la main de l'homme,
et sur lequel toutes ces mandragores gisaient flétries et
mortes sans que personne eût pris la peine de les
recueillir. Je doute qu'il y ait un endroit au monde où
l'on voie plus de mandragores.

Comme je me rappelai subitement que la mandragore était un narcotique puissant[2], propre à endormir

les douleurs des misérables qui végètent sous ces murailles, j'en arrachai une de la partie du carré qui n'était pas encore atteinte, et je m'écriai en la considérant de près : « Dis-moi, puissante solanée, sœur merveilleuse des belladones, dis-moi par quel privilège tu supplées à l'impuissance de l'éducation morale et de la philosophie politique des peuples, en portant dans les âmes souffrantes un oubli plus doux que le sommeil, et presque aussi impassible que la mort ?...

— Vous a-t-elle répondu ?... me demanda un jeune homme qui se levait à mes pieds. A-t-elle parlé ? a-t-elle chanté ? Oh ! de grâce, monsieur, apprenez-moi si elle a chanté la chanson de la mandragore :

> *C'est moi, c'est moi, c'est moi,*
> *Je suis la mandragore,*
> *La fille des beaux jours qui s'éveille à l'aurore*
> *Et qui chante pour toi !*

— Elle est sans voix, lui répondis-je en soupirant, comme toutes les mandragores que j'ai cueillies de ma vie...

— Alors, reprit-il en la recevant de ma main, et en la laissant tomber sur la terre, ce n'est donc pas elle encore ! »

Pendant qu'il restait plongé dans une méditation douloureuse, en proie au regret inexplicable pour vous et pour moi de n'avoir pas encore trouvé une mandragore qui chantât, je prenais le temps de le regarder avec attention, et je sentais s'accroître de plus en plus l'intérêt que le son tendrement accentué de sa voix, et le caractère innocent et naïf de son aliénation, m'avaient inspiré d'abord. Quoique sa physionomie, fatiguée par une habitude non interrompue d'espérances et de désappointements, portât les traces d'un souci amer, elle n'annonçait pas plus de vingt-deux ans. Il était pâle ; mais de cette pâleur de tristesse et d'abattement sur laquelle on sent qu'un jour de pure

allégresse ranimerait toute la fraîcheur de la santé ; ses
traits avaient la pureté du style grec, mais non sa
froideur et sa symétrie ; on devinait même au galbe
bien arrêté de ces lignes régulières l'impression d'une
âme rêveuse et mobile, quoique soumise et timide. La
courbure étroite et noire de ses sourcils parfaitement
arqués n'avait certainement jamais fléchi sous le poids
d'un remords, que dis-je ! sous celui d'une de ces
inquiétudes passagères de la conscience qui troublent
quelquefois jusqu'au repos légitime de la vertu. Ses
grands yeux, quand il les ramena sur moi, m'étonnè-
rent par je ne sais quelle transparence humide et bleue
qui baignait un disque d'ébène où le feu du regard
s'était assoupi, et ma monomanie poétique vint me
rappeler l'atmosphère d'azur livide où plonge un astre
éclipsé. Enfin, pour m'expliquer plus clairement, et
j'aurais peut-être dû commencer par là, ce qui serait
arrivé infailliblement si j'étais maître de me défendre
de l'invasion de la métaphore et du despotisme de la
phrase, je vous dirai en langue vulgaire que c'était un
fort beau garçon, qui avait les yeux, les sourcils et les
cheveux noirs comme du jais.

un beau garçon

Ce qui me frappa cependant le plus, tant la recommandation extérieure agit invinciblement sur la raison
la plus libre de préjugés, ce fut la recherche singulière,
pour ne pas dire fastueuse, du costume de mon
lunatique, et l'aisance abandonnée avec laquelle il
portait ces richesses, aussi insoucieusement qu'un
montagnard des Highlands qui descend aux basses-
terres, drapé de son plaid. Une de ces chaînes d'or
souple et doux que les *Nababs* rapportent de l'Inde [3]
paraissait soutenir un médaillon sur sa poitrine, et le
châle le plus fin de tissu et le plus élégant de broderies
qui soit sorti des fabriques de Cachemire la traversait
en sautoir flottant. Quand il passa ses doigts forts et sa
main musclée, mais d'un blanc pur et joli comme

l'ivoire, dans les touffes de sa chevelure, je les vis
étinceler de bagues, de rubis et de bracelets de
diamants, et c'est un fait sur lequel je ne saurais me
tromper, moi qui apprécie de l'œil les pierres précieuses[4], au carat et au grain, et qui défie sur ce point le
réactif du chimiste, l'émeri du lapidaire et la balance
du joaillier.

« Comment vous appelez-vous, monsieur ?... lui dis-
je, avec l'expression un peu confuse, et difficile à
caractériser pour moi-même, de l'attendrissement que
m'inspirait l'infortune de mon semblable, et du respect
que m'imposaient malgré moi les débris de l'opulence
d'un grand prince déchu.

— Monsieur !... reprit-il en souriant... je ne suis pas
un monsieur. On m'appelle Michel, et plus communément Michel le charpentier, parce que c'est mon état.

— Permettez-moi de vous dire, Michel, que rien
n'annonce dans vos manières un simple charpentier, et
que je crains qu'une préoccupation d'esprit qui vous
maîtrise à votre insu ne vous trompe sur votre
véritable condition.

— Il est assez naturel, monsieur, de former une
pareille conjecture dans la maison où nous sommes,
vous comme curieux, et moi comme détenu ; mais je
vous assure que mon nom et ma profession sont les
seules choses qu'on n'y ait pas contestées. Ce qu'il y a
de vrai, c'est que je suis un charpentier opulent, le plus
riche du monde, peut-être ; et quant à ces objets de
luxe dont l'étalage explique très bien l'erreur obli-
geante dans laquelle vous êtes tombé sur mon compte,
je ne les porte point par orgueil, je vous prie de le
croire, mais parce que ce sont des présents de ma
femme, qui fait, depuis plusieurs années, un commerce
florissant avec le Levant. Si l'on ne m'en a pas retiré
l'usage en m'admettant ici, c'est peut-être, comme je
l'ai pensé quelquefois, que j'y suis placé sous quelque

protection inconnue, et aussi parce que mon caractère inoffensif et paisible me recommande à l'humanité, à la confiance et aux égards des gardiens. »

Frappé de cette manière nette et simple d'exprimer des idées naturelles, dont je ferais probablement moins de cas si elle m'était plus familière : « Attendez, mon cher Michel, lui demandai-je d'un ton de curiosité inquiète. Vous avez dû participer à des opérations bien importantes pour parvenir à un état de fortune aussi considérable ?... »

Michel rougit, parut embarrassé un moment, et puis arrêtant sur moi un œil assuré, mais plein de candeur :

« Oui, monsieur, répondit-il, mais j'ai peine moi-même à me rendre un compte exact de l'origine et de l'objet de mes entreprises, quoiqu'il n'y ait rien de plus vrai. C'est moi qui fournis les solives de cèdre et les lambris de cyprès du palais que Salomon fait bâtir à la reine de Saba, au juste milieu du lac d'Arrachieh, à deux jours de l'oasis de Jupiter Ammon, dans le grand désert libyque.

— Oh ! oh ! m'écriai-je, ceci est tout à fait différent. Mais vous m'avez dit, si je ne me trompe, que vous étiez marié. Votre femme est-elle jeune ?

— Jeune ! dit Michel encore plus troublé. Non, monsieur. J'imagine qu'elle a plus de trois mille ans, mais elle n'en paraît guère que deux cents.

— De mieux en mieux, mon ami ! Ces notions, Dieu soit loué, ne sont plus de ce monde. Au moins, pensez-vous qu'elle soit belle, malgré son grand âge ?

— Ni pour le monde, ni pour vous, monsieur. Belle pour moi, comme la femme qu'on aime, comme la seule femme qu'on puisse aimer !...

— Et ne vous est-il jamais arrivé de croire que la volonté de votre femme, que l'influence de sa fortune et de son crédit, soient entrées pour quelque chose dans les persécutions que vous éprouvez ?

— Je l'ignore, et je regretterais de l'avoir ignoré, car cette idée aurait embelli ma prison.

— Pourquoi, Michel, pourquoi ?

— Parce qu'elle ne peut rien vouloir qui ne soit bien.

— Oh! Michel! vous excitez vivement ma curiosité! Je voudrais connaître cette histoire! »

Je ne sais si vous êtes comme moi, mes amis, mais j'aurais volontiers cédé ma place à trois séances solennelles de l'Institut, pour suivre Michel dans le labyrinthe fantastique où ses demi-confidences m'avaient engagé...

Et si vous n'étiez pas comme moi, j'ai le bonheur de tenir le fil d'Ariane à votre disposition. Faites passer rapidement sous le pouce de la main droite, — ou bien sous celui de la main gauche, si vous êtes scaeve ou gaucher[5], — ou même sous celui des deux mains qu'il vous plaira d'employer, si vous êtes ambidextre; faites-y passer, dis-je, en rétrogradant, les feuillets que vous venez de parcourir. Cela sera facile et bientôt fait, surtout si vous avez le geste assez sûr et assez agile, dans votre empressement, pour en ramener plusieurs à la fois. Vous arriverez ainsi au frontispice, à la garde, à la couverture, c'est-à-dire à la porte d'entrée de ce dédale ennuyeux, et vous pourrez faire voile vers Naxos[6].

« Mon histoire, dit Michel, d'un air réfléchi, en portant successivement les yeux sur le point qu'occupait alors le soleil dans le ciel, et sur le petit coin de mandragores qui lui restait à défricher, pour se détromper de l'existence de la mandragore qui chante, au moins dans le jardin des lunatiques de Glasgow...

— Mon histoire ? elle est bizarre et incompréhensible, sans doute, puisque personne n'y croit, puisqu'on juge au contraire, partout où j'en parle, que ma foi dans des événements imaginaires au jugement de la raison universelle est un signe de faiblesse et de dérangement d'esprit ; puisque ce motif seul a déterminé les précautions bienveillantes dont je suis l'objet, que vous appeliez tout à l'heure des persécutions, et que je n'attribue qu'à l'humanité. Que vous dirai je, enfin ? cette histoire est pour moi une suite de notions claires et certaines, mais telles que j'en trouve moi-même l'enchaînement inexplicable, et que j'essayerais quelquefois d'en détourner ma pensée, si elles ne me retraçaient l'idée de mes jours heureux, et si elles ne me rendaient surtout présente la nécessité d'accomplir un saint devoir, pour lequel il ne me reste que ce jour, qui expire au coucher du soleil. »

J'allais l'interrompre. Il s'en aperçut, et continuant vivement, comme s'il avait prévu mon dessein :

« Il faut, poursuivit-il en mettant le doigt sur sa bouche, avec une expression mystérieuse, que j'arrive à Greenock [7] avant minuit, et je m'inquiéterais peu de la longueur et de la difficulté du voyage si j'avais achevé ma tâche. Voilà ce qui m'en reste, ajouta Michel en me montrant les mandragores sur pied, qui se déployaient en verdoyant, et se balançaient gaiement à une petite brise, sous le jeu des rayons qui traversaient les nuages comme une clairière. — Je ne suis pas en peine, continua-t-il, de finir ma besogne en quelques minutes ; mais je n'ai pas de raison de vous le dissimuler, puisque vous avez la bonté de vous intéresser à moi... c'est là, c'est dans cette touffe de vertes et riantes mandragores qu'est caché le secret de mes dernières illusions ; c'est là qu'à la dernière, à laquelle il reste encore une fleur, à celle qui cédera sous le dernier effort de mes doigts, et qui arrivera muette à mon oreille, comme la vôtre, mon cœur se brisera ! et vous savez si l'homme aime à repousser jusqu'à son dernier terme, sous l'enchantement d'une espérance longtemps nourrie, la désolante idée qu'il a tout rêvé...

TOUT; et qu'il ne reste rien derrière ses chimères...
RIEN!... j'y pensais quand vous êtes venu, et voilà
pourquoi je m'étais assis. »

Quel infortuné, ô mon Dieu! n'a pas eu sur la terre,
où tu nous as jetés pêle-mêle, sans nous peser et sans
nous compter... dans un moment de colère ou de
dérision!... quel homme n'a pas eu sa mandragore qui
chante?...

« Vous avez donc le temps, Michel, de me faire ce
récit...; et, pendant que vous me le ferez, nous
veillerons à la garde de vos mandragores, et surtout de
celle qui a encore une fleur, belle d'ici comme une
étoile. J'imagine que la Providence peut nous fournir,
durant les heures qui nous restent, quelque motif de
consolation. »

Michel pressa ma main; il s'assit près de moi, les
yeux tournés sur ses mandragores, et il commença
ainsi :

III

Comment un savant, sans qu'il y paraisse,
peut se trouver chez les lunatiques,
par manière de compensation des lunatiques
qui se trouvent chez les savants.

« Je suis né à Granville en Normandie.
— Attendez, Michel; un mot avant d'entrer dans ce
récit, que je tâcherai de ne pas interrompre souvent. »

Jusque-là, Michel m'avait parlé en anglais; il me
parlait en français alors.

« La langue française est votre langue naturelle, et
je ne m'en serais pas aperçu, à la manière dont vous

vous exprimez dans celle dont nous nous sommes
servis. Laquelle des deux vous est plus familière, car
cela me serait indifférent pour vous entendre ?

— Je le sais, monsieur ; mais j'ai cru remarquer que
vous étiez mon compatriote ; et, quoique les deux
langues me soient également familières, j'ai préféré
celle qui me donnait un titre de plus à votre attention,
et peut-être à votre indulgence.

— Devez-vous cet avantage, assez rare à votre âge
et dans votre état, à l'usage ou à l'éducation ?

— A l'usage et à l'éducation.

— Pardonnez-moi tant de questions, Michel ;
parlez-vous d'autres langues que ces deux langues
avec la même facilité ? »

Ici Michel baissa les yeux, comme toutes les fois
qu'il avait à faire un aveu pénible pour sa modestie.

« Je crois parler avec la même facilité toutes les
langues que je sais.

— Mais encore ?

— Celles de tous les peuples dont le nom a été
recueilli par les historiens ou les voyageurs, et qui ont
écrit leur alphabet.

— Oh ! pour cette fois, Michel, ce n'est ni l'éducation ni l'usage qui ont pu vous communiquer cette
science perdue depuis les apôtres ! A qui en avez-vous
l'obligation, je vous prie ?

— A l'amitié d'une vieille mendiante de Granville [1].

— Alors, dis-je en laissant tomber mes mains sur
mes genoux, pour Dieu, Michel, reprenez votre narration, dussé-je ne jamais sortir, pour en entendre la fin,
de l'hospice des lunatiques de Glasgow. — D'ailleurs,
ajoutai-je en moi-même, il est probable, si cela continue, que je n'aurai rien de mieux à faire que d'y
rester [2]. »

IV

Ce que c'est que Michel,
et comment son oncle l'avait sagement instruit
dans l'étude des bonnes lettres
et la pratique des arts mécaniques.

Je suis né à Granville en Normandie. Ma mère
mourut peu de jours après ma naissance. Mon père
que j'ai connu à peine, était un riche négociant qui
trafiquait depuis longtemps dans les Indes. A son
dernier voyage, qui devait être plus long et plus
hasardeux que les autres, il me laissa sous la garde de
son frère aîné, qui l'avait précédé dans ce commerce, et
qui n'avait d'autre héritier que moi.

Mon oncle se ressentait peut-être un peu, dans ses
manières, de la rudesse qu'on attribue ordinairement
aux marins : la fréquentation des Orientaux, et quelque séjour parmi ces peuplades peu civilisées qu'on
appelle sauvages, lui avaient inspiré une sorte de
mépris systématique pour la société et pour les mœurs
européennes ; mais il était doué, à cela près, d'un sens
juste et délicat ; et, bien qu'il m'entretînt de préférence
des histoires merveilleuses de ces pays d'enchantement
pour lesquels sa conversation m'inspirait une prédilec-
tion de jour en jour plus vive, il trouvait toujours
manière d'en tirer, pour mon instruction, d'excellents
enseignements. Les imaginations poétiques de
l'homme simple, dont le commerce du monde n'a pas
altéré la naïveté, ne lui paraissaient gracieuses et
charmantes qu'autant qu'il en résultait un avantage
réel d'utilité morale pour la conduite de la vie, et il les
regardait comme d'admirables emblèmes qui envelop-

pent agréablement les leçons les plus sérieuses de la
raison. Il avait coutume de les terminer, pendant que
j'étais encore suspendu au charme de ces récits, par
cette formule qui ne sortira jamais de mon esprit :

« Et si cela n'est pas vrai, Michel, chose dont je suis
à peu près convaincu, ce qu'il y a de vrai, c'est que la
destination de l'homme sur la terre est le travail ; son
devoir, la modération ; sa justice, la tolérance et
l'humanité ; son bonheur, la médiocrité ; sa gloire, la
vertu ; et sa récompense, la satisfaction intérieure
d'une bonne conscience. »

Quoiqu'il ne fût pas très savant et qu'il n'entendît
que par pratique la plupart des sciences essentielles de
son état, il n'avait rien négligé pour mon éducation : à
quatorze ans, je savais passablement ce qu'on enseigne
aux enfants qui doivent être riches ; les langues
anciennes et modernes qui entrent dans les bonnes
études classiques, la partie indispensable des beaux-
arts, qui s'applique le plus communément aux
besoins de la société, et même quelques arts d'agrément qui contribuent au bien-être ou à la consolation
de l'homme livré à lui-même, par l'effet de son
caractère ou le hasard de sa fortune ; mais on m'avait
fait approfondir davantage les éléments les plus positifs des connaissances humaines dans leur rapport
expérimental avec l'utilité commune, et mes maîtres
ne trouvaient pas que j'eusse mal profité.

J'arrivais, comme je l'ai dit, au commencement de
ma quinzième année. Un soir, mon oncle me tira à
part à la fin d'un petit régal qu'il avait donné à mes
instituteurs et à mes camarades, le propre jour de
Saint-Michel, qui est celui-ci, et qui est l'anniversaire
de ma naissance et de la fête de mon patron ; c'était à
Granville, où saint Michel est particulièrement
honoré, un des derniers jours des vacances.

Après m'avoir baisé tendrement sur les deux joues,

il me fit asseoir en face de lui, vida sa pipe sur son ongle, et me parla dans les termes que je vais vous rapporter.

« Écoute, mon enfant, ce n'est pas un conte que je vais te faire aujourd'hui : je suis content de toi ; te voilà, grâce à Dieu et à ton bon naturel, un assez joli garçon pour ton âge ; il faut maintenant penser à l'avenir, qui est toute la vie du sage, puisque le présent n'est jamais, et que le passé ne sera plus. J'ai entendu dire cela dans un pays où l'on en sait plus long qu'ici. Je te vois tous les avantages qui peuvent recommander dans le monde un aimable enfant bien nourri, entretenu d'utiles instructions, et pénétré de principes honnêtes ; cependant, mon pauvre Michel, tu ne tiens pas plus à la vie, par une ressource solide, que la cendre qui vient de tomber de ma pipe, tant que tu n'as pas un bon état à la main. Je n'ai pas parlé de ceci, tant que je t'ai vu frêle et gentil comme une petite fille qui n'a affaire que de vivre et de se porter gaillardement, parce que je craignais de te fatiguer, en compliquant des études que tu poussais déjà plus chaudement que je n'aurais voulu pour une santé qui m'est si chère ! A cette heure, petit, que nous sommes sortis des brisants, que nous filons sous un joli vent comme des oiseaux, et que nous avons notre gourdoyement [1] aussi libre que des poissons, il faut que nous parlions raison dans la chambre du capitaine. — Avec tes joues épanouies et vermeilles qui ressemblent à des pivoines, et tes mains aussi fortes que le meilleur harpon qu'ait jamais lancé un pêcheur hollandais sur les côtes du Spitzberg, tu serais bien étonné s'il fallait, je ne dis pas gréer un canot, mais tailler une pièce au radoub, étancher une étoupe goudronnée au calfat, ou tendre une ligne à l'estrope [2]. Je te parlerai de cela une autre fois, et je ne te reproche pas, cher neveu, de ne pas savoir ce que je ne t'ai jamais fait apprendre ; ce

que je veux te dire pour ta gouverne, c'est que c'est
dans la pratique des métiers, quel que soit le vent qui
fatigue tes relingues[3], ou le sable que te rapporte la
sonde, c'est là seulement, vois-tu, que sont placés nos
moyens les plus assurés d'existence; et si tu voyais,
dans une de ces occasions difficiles où tous les hommes
peuvent se trouver, un savant ou un homme de génie
qui ne sache faire œuvre de ses dix étages, tu en aurais
vraiment pitié. Après le prêtre auquel j'ai foi, et le roi
que je respecte, la position la plus honorable de la
société, Michel, c'est celle de l'ouvrier.

« Tu pourrais me dire à cela, Michel, que tu as de la
fortune, et tu ne me le diras pas, car tu es un enfant
raisonnable et beaucoup plus réfléchi que ton âge ne le
comporte. Il me serait en effet trop facile de te
répondre et de te désabuser; il n'y a de fortune solide
pour l'homme que celle qu'il doit à son travail ou à son
industrie, et qu'il ménage et conserve par sa bonne
conduite : celle qu'il reçoit du hasard de sa naissance
appartient toujours au hasard, et la plus hasardeuse de
toutes est celle de ton père et la mienne, la fortune du
marin.

« La tienne est en effet assez grande aujourd'hui
pour satisfaire à l'ambition d'un homme simple qui ne
veut que se reposer, et qui ne cherche de plaisirs que
ceux dont la nature est prodigue pour les hommes
simples; mais à supposer qu'elle t'arrive bien plus tôt
que tu ne le voudrais, et que notre mort devance le
terme commun pour t'enrichir malgré toi, au moment
où l'aisance et la liberté ont le plus de prix, que ferais-
tu, mon pauvre Michel, de ton opulente oisiveté? Les
loisirs des gens riches ne sont qu'un insupportable
ennui pour ceux qui n'en savent pas appliquer l'usage
au bien-être des autres; et il n'y a point de Crésus,
vois-tu, qui n'ait senti quelquefois que le meilleur des
jours de la vie est celui qui gagne son pain.

« J'arrive maintenant au point le plus important de mon sermon, car tu savais aussi bien que moi tout ce que je t'ai dit jusqu'ici. Mon intention, cher petit neveu, n'est pas d'attrister ta fête par l'inquiétude d'un malheur possible, mais contre lequel toutes les circonstances nous rassurent. Ton père avait placé son bien et une partie du mien dans une belle spéculation qui nous souriait depuis vingt ans ; il y en a deux que je n'ai reçu de ses nouvelles, et les malheureuses guerres de l'Europe expliquent trop ce retard, pour que je m'en sois mis en peine plus qu'il ne convient à un vieux loup de mer qui a été retenu trois ans aux îles Bissayes [4], et qui regretterait de n'y être pas encore, soit dit en passant, si je ne t'aimais aussi tendrement que mon propre fils. Mais, comme dit le marin, au bout du câble faut la brasse, et si dans deux autres années d'ici nous n'avions pas entendu parler de Robert, il serait force de risquer le tout pour le tout, et d'aller le chercher d'île en île, certain que je suis de te le ramener, car je sais mieux son itinéraire, Michel, que tu ne sais la longitude d'Avranches. Alors cependant, adieu le double patrimoine du pauvre Michel ! Plus d'oncle, plus de père, plus d'habit d'hiver, plus d'habit d'été, plus d'argent dans la poche le dimanche, plus de banquet à la maison le jour de sa fête : il faudrait, tout savant qu'il fût, si on lui refusait une place de répétiteur chez le riche, ou une place d'expéditionnaire chez le chef de bureau, que M. Michel allât déterrer ses coques dans le sable pour déjeuner, et qu'il allât mendier pour dîner, à côté de la vieille naine de Granville, sur le morne [5] de l'église.

— Arrêtez, arrêtez, mon oncle ! lui dis-je en baignant sa main de larmes de tendresse. Je serais trop indigne de vous, si je ne vous avais pas encore compris. L'état de charpentier m'a toujours plu. — L'état de charpentier ! s'écria mon oncle avec une sorte d'explo-

sion de joie, tu n'es vraiment pas dégoûté! Je ne t'en
aurais jamais indiqué un autre! Le charpentier, mon
enfant! c'est dans ses chantiers que notre divin maître
a daigné choisir son père adoptif!... et ne doute pas
qu'il ait voulu nous enseigner par là que, de tous les
moyens d'existence de l'homme en société, le travail
manuel était le plus agréable à ses yeux ; car il ne lui en
coûtait pas davantage de naître prince, pontife ou
publican. Le charpentier, souverain sur mer et sur
terre par droit d'habileté, qui jette des vaisseaux à
travers l'Océan, et qui édifie des villes pour commander aux ports, des châteaux pour commander aux
villes, des temples pour commander aux châteaux!
Sais-tu que j'aimerais mieux qu'on dît de moi que j'ai
lancé dans l'espace les solives de cèdre et les lambris de
cyprès du palais de Salomon que d'avoir écrit la loi des
Douze Tables [6] ? »

C'est ainsi, monsieur, qu'il fut convenu que j'ap-
prendrais l'état de charpentier, jusqu'à l'âge de seize
ans, qui était l'époque extrême où le défaut de
renseignements sur le sort de mon père pouvait en faire
pour moi une importante ressource ; mais mon oncle
exigea en même temps que je ne renonçasse point aux
études que j'avais commencées, et qui furent seulement distribuées en sorte que mes doubles travaux ne
se nuisissent pas mutuellement. Comme cette disposition, qui ne me prenait pas plus de temps, jetait au
contraire une distraction agréable et variée dans ma
vie, mes faibles progrès parurent encore plus sensibles
que par le passé. En moins de deux ans, j'étais devenu
maître ouvrier ; et d'un aûtre côté, je connaissais assez
les langues classiques pour pénétrer peu à peu, avec
une facilité qui s'augmentait tous les jours, dans
l'intelligence des auteurs. Je vous prie de croire que ma
modestie n'est presque intéressée en rien à cet aveu,
puisque je devais ces nouvelles acquisitions de mon

esprit à des enseignements particuliers, dont tout autre que moi aurait certainement tiré un plus grand profit. C'est ce qu'il faut que je vous explique maintenant pour l'intelligence du reste de mon histoire, si toutefois elle n'a pas déjà lassé votre patience.

Je témoignai à Michel que je l'entendrais avec un plaisir que ma seule crainte est de ne pas faire partager au lecteur, — et il continua ·

Il a fait des étude
et il est devenu Charpentier
en même temps

V

Où il commence à être question
de la *Fée aux Miettes*.

Si vous êtes jamais allé à Granville, monsieur, vous devez avoir entendu parler de la naine qui couchait sous le porche de l'église, et qui mendiait à la porte ?

— Ce que vient d'en dire votre oncle, Michel, est tout ce que j'en sais ; et je ne pensais pas que cette malheureuse créature pût tenir une autre place dans votre histoire. C'est ce qui m'a empêché de m'en informer.

La naine de Granville, reprit Michel, était une petite femme de deux pieds et demi au plus, dont la taille courte, et d'ailleurs assez svelte, était la moindre singularité. Personne ne lui avait connu ni origine ni parents ; et quant à son âge, il était tel qu'il n'existait pas un vieillard à dix lieues à la ronde, qui se souvînt de l'avoir connue plus jeune en apparence, plus huppée ou plus grandelette. Les gens instruits pensaient même qu'on ne pouvait expliquer naturellement les traditions populaires qui couraient à son sujet, qu'en supposant qu'il y avait eu successivement plusieurs femmes semblables à celle-ci, que la mémoire des habitants s'était accoutumée à confondre entre elles, à cause de l'analogie de leur physionomie et de leurs habitudes, et on citait en effet un titre de 1369 [1], où le droit de coucher sous le porche du grand portail, et de présenter l'eau bénite aux fidèles pour en obtenir quelque légère aumône, lui était garanti en reconnaissance du don qu'elle avait fait à l'église de plusieurs belles reliques de la Thébaïde.

Cette méprise paraissait d'autant plus vraisemblable qu'on avait vu maintes fois la naine de Granville s'absenter pendant des mois, pendant des saisons, pendant des années, et même pendant le cours d'une ou deux générations, sans qu'on sût ce qu'elle était devenue ; et il fallait en effet qu'elle eût considérablement voyagé, car elle parlait toutes les langues avec la même facilité, la même propriété de termes, la même richesse d'élocution, que le français de Blois ou de Paris, qui n'était pas lui-même sa langue naturelle. Cette science de souvenirs dont elle ne faisait aucun étalage, car elle ne se servait d'ordinaire que de notre patois bas-normand, lui avait donné, comme vous pouvez croire, un immense crédit dans les écoles où elle venait journellement recueillir pour ses repas les débris de nos déjeuners, et cette dernière particularité, jointe aux idées superstitieuses et aux folles rêveries dont nos nourrices et nos domestiques nous berçaient depuis l'enfance, avait valu à la pauvre naine, parmi les jeunes garçons de mon âge, un surnom assez fantasque : on l'appelait la *Fée aux Miettes*. C'est ainsi que je vous en parlerai à l'avenir.

Ce qu'il y a de certain, monsieur, c'est qu'aucune difficulté de thème ou de version n'eût embarrassé la Fée aux Miettes, et elle se gardait bien de nous les expliquer sans nous les rendre aussi claires qu'elles l'étaient pour elle-même, de sorte que notre travail se trouvait infiniment meilleur et notre instruction aussi, puisque nous entendions parfaitement tout ce qu'elle nous faisait faire, et que nous pouvions appuyer par de bonnes autorités et de bons raisonnements tout ce que nous avions fait. Nous n'étions pas assez ingrats pour cacher les obligations que nous avions à la Fée aux Miettes ; mais nos respectables maîtres, qui ne voyaient en elle qu'une misérable mendiante, et qui l'honoraient cependant comme une digne femme, n'étaient pas fâchés de sentir notre émulation excitée par une illusion innocente. « Oh ! oh ! s'écriaient-ils en riant, quand il arrivait une excellente composition cicéronienne qui enlevait d'emblée la première place, — voici qui ressent la touche et l'inspiration de la Fée aux Miettes. » Et il n'y avait rien de plus vrai. J'ai souvent désiré de savoir si ce dicton s'était conservé à Granville.

— La Fée aux Miettes n'est donc plus à Granville, mon ami ?

— Non, monsieur ! répondit Michel en soupirant et en élevant les yeux au ciel.

VI

Où la Fée aux Miettes est représentée au naturel,
avec de beaux détails sur la pêche aux coques,
et sur les ingrédients propres à les accommoder,
pour servir de supplément
à *La Cuisinière bourgeoise*[1].

Il n'y avait pas un écolier à Granville qui n'aimât la Fée aux Miettes, continua Michel, mais elle m'inspirait dès ma douzième année un penchant de vénéra-

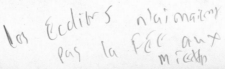

tion tendre et de soumission presque religieuse qui
tenait à un autre ordre d'idées et de sentiments. Était-
il l'effet d'une reconnaissance profondément sentie ou
le résultat de cette éducation privée qui m'avait fait
contracter de bonne heure, dans la conversation de
mon oncle André, le goût de l'extraordinaire et du
surnaturel, c'est ce que je ne saurais démêler. Il est
vrai, cependant, qu'elle m'affectionnait elle-même
entre tous mes camarades, et que, si je l'avais voulu,
j'aurais toujours été le premier de l'école. Je ne le
désirais point, parce que cet avantage qu'on prend sur
les autres est une des raisons qui nous en font haïr, et
que je regardais l'amitié comme un avantage bien plus
doux que ceux qui résultent de la supériorité de
l'instruction et du talent. C'était donc pour mon
propre bonheur, et il y a bien peu de mérite à cela, que
dans les fréquentes conférences où nous admettait la
Fée aux Miettes, sous le porche de l'église, avant
d'entrer à la messe ou aux vêpres, je lui disais le plus
souvent, en la tirant un peu en particulier : « J'ai eu
du temps cette semaine pour travailler à ma composition, et je la crois aussi bonne que je puisse la faire, en
m'aidant, à part moi, des conseils que j'ai reçus de
vous jusqu'ici ; mais voilà Jacques Pellevey que ses
parents veulent mettre dans les ordres, et Didier Orry
dont le père est bien malade et recevrait une grande
consolation de voir Didier réussir dans ses études.
Comme j'ai fait tout ce qu'il fallait pour contenter mon
oncle et mes professeurs, je ne désire maintenant que
de voir Jacques et Didier alterner à la première place
jusqu'à la fin de l'année. Je vous prie aussi de soutenir
un peu Nabot, le fils du receveur, quoique je sache
bien qu'il ne m'aime pas et qu'il me battrait s'il en
avait la force ; mais parce qu'il me semble qu'il aurait
moins d'aigreur dans le caractère, s'il n'était pas si
malheureux dans ses études, et que le dépit d'être

toujours le dernier n'eût pas altéré son naturel.

— Je ferai ce que tu me demandes, me répondit la Fée aux Miettes en prenant un petit air soucieux, et je ne suis pas étonnée que tu me l'aies demandé, parce que je connais ton bon cœur; mais il serait possible, si je réussissais, que tu n'eusses pas le grand prix à la Saint-Michel. — Alors, lui répondis-je, cela me serait égal. — Et à moi aussi », reprenait la Fée aux Miettes, avec un sourire doux et significatif que je n'ai jamais connu qu'à elle.

J'eus pourtant le grand prix cette année-là, avec Jacques, qui entra au séminaire, et Didier, dont le père guérit. Nabot mérita l'*accessit* au grand étonnement de tout le monde, mais il m'en a longtemps voulu, parce qu'il regarda comme une injustice la préférence qu'on m'avait donnée sur lui.

— Avez-vous eu d'autres ennemis au monde, Michel?...

— Je ne crois pas, monsieur.

Jusqu'ici je ne vous ai parlé que de l'âge et de la taille de la Fée aux Miettes. Vous ne la connaissez pas encore. Je vous ai dit, si je ne me trompe, qu'elle était assez svelte dans sa tournure, mais cela ne peut s'entendre que d'une très vieille femme qui a conservé, par bonheur ou par régime, quelque souplesse et quelque élégance de formes. Elle prêtait souvent cependant à l'idée que nous nous faisions de sa décrépitude, en s'appuyant toute courbée sur une petite béquille de bois du Liban, surmontée d'une forte poignée de je ne sais quel métal inconnu, mais qui avait l'éclat et l'apparence du vieil or. C'est cette baguette curieuse dont elle n'avait jamais voulu se défaire en faveur des juifs dans sa plus grande indigence, qui lui fit décerner bien avant nous, par les petites écoles de Granville, ses titres de féerie. Il est vrai qu'elle lui venait de sa mère, ou même de sa grand-mère, si la chronologie du monde permet cette supposition, et je vous demande si ces deux respectables personnes devaient avoir été de grandes princesses. Il faut bien passer quelque vanité aux pauvres gens. C'est le seul dédommagement de leurs misères.

Aussi n'était-ce pas ce petit travers qui tourmentait ma vive et sincère amitié pour la Fée aux Miettes. Elle en avait un autre, la bonne femme, qui m'affligeait mille fois davantage, le souvenir d'une ancienne beauté qu'elle ne croyait pas tout à fait effacée, et dont elle parlait, en se rengorgeant, avec une complaisance qu'on ne pouvait s'empêcher de trouver risible. Je n'étais pas des derniers à m'en égayer en sa présence, car autrement je ne me le serais jamais permis. Je lui avais trop d'obligations pour cela. « Tu as beau plaisanter, méchant sournois, disait-elle alors en me frappant gentiment de sa béquille... Il arrivera un jour où mes charmes auront assez d'empire sur le beau Michel pour le faire extravaguer d'amour !... — De l'amour pour vous, Fée aux Miettes ! m'écriais-je en riant ; ni plus ni moins, en vérité, que pour ma bisaïeule, si elle ressuscitait aujourd'hui avec un siècle de plus sur la tête » — et notre dialogue était bientôt couvert par les acclamations de toute la brigade joyeuse, qui dansait en rond autour d'elle en chantant : « Ah ! qu'elle est belle, la Fée aux Miettes !... » mais nous finissions toujours par la cajoler un peu, et elle s'en allait contente...

Ce n'est pas que la caducité de la Fée aux Miettes eût rien de repoussant. Ses grands yeux brillants qui roulaient avec un feu incomparable entre deux paupières fines et allongées comme celles des gazelles ; son front d'ivoire où les rides étaient creusées avec des flexions si douces et si pures, qu'on les aurait prises pour des embellissements ajustés par la main d'un artiste ; ses joues, surtout, éclatantes, comme une

pomme de grenade coupée en deux, avaient un attrait
d'éternelle jeunesse qu'il est plus facile de sentir que
d'exprimer ; ses dents même auraient paru trop blanches et trop bien rangées pour son âge, si, aux deux
coins de sa lèvre supérieure, sa bouche fraîche et rose
encore n'en avait laissé échapper deux, qui étaient à la
vérité plus blanches et plus polies que des touches de
clavecin, mais qui s'allongeaient assez disgracieuse-
ment d'un pouce et demi [2] au-dessous du menton.

Et je me surprenais quelquefois à dire tout seul :
« Pourquoi la Fée aux Miettes ne s'est-elle pas fait
arracher ces deux diables de dents ?... »

La Fée aux Miettes ne montrait jamais ses cheveux,
probablement parce qu'ils auraient contrasté avec
l'ébène de ses sourcils. Ils étaient ramassés sous un
bandeau d'une blancheur éblouissante, surmonté d'un
fichu également blanc, plié en carré à plusieurs
doubles, et posé horizontalement sur la tête comme la
plinthe ou le tailloir du chapiteau corinthien. Cette
coiffure, qui est celle des femmes de Granville, de
temps immémorial, et dont on ne fait usage en aucune
autre partie de la France, quoiqu'elle soit merveilleuse
dans sa simplicité, passe pour avoir été apportée chez
nous par la Fée aux Miettes, de ses voyages d'outre-
mer, et nos antiquaires conviennent qu'ils seraient fort
embarrassés de lui assigner une origine plus vraisemblable. Le reste de son costume se composait d'une
espèce de juste blanc serré au corps, mais dont les
manches larges et pendantes soutenaient au-dessous
de l'avant-bras d'amples garnitures d'une étoffe un
peu plus fine, découpée à grands festons, et d'une jupe
courte et légère de la même couleur, bordée à la
hauteur du genou de garnitures pareilles, qui tombaient assez bas pour laisser à peine entrevoir un pied
fort mignon, chaussé de petites babouches aussi nettes
que galantes. L'habit complet paraissait, je vous jure,

plus frais, à telle heure et en tel endroit qu'on la
rencontrât, que s'il venait de sortir des mains d'une
lingère soigneuse; et ce n'est pas ce qu'il y avait de
moins extraordinaire dans la Fée aux Miettes, car elle
était si pauvre, comme vous savez, qu'on ne lui
connaissait de ressources que dans la charité des
bonnes gens, et d'autre logement que le porche du
grand portail. Il est vrai que les coureurs nocturnes
prétendaient qu'on ne l'y rencontrait jamais quand
minuit avait sonné, mais on n'ignorait pas qu'elle
passait souvent ses nuits en prières à l'ermitage Saint-
Paterne, ou à celui du fondateur de la belle basilique
de Saint-Michel, *dans le péril de la mer,* sur le rocher où
l'on voit encore empreint le pied d'un ange.

Comme mon histoire est pleine de tant d'événements incroyables que j'ai déjà quelque pudeur à les
raconter, je me garderai bien d'ajouter à l'invraisem-
blance des vaines conjectures populaires. La seule
chose que je puisse attester sans crainte d'être contre-
dit des personnes qui ont vu la Fée aux Miettes, et qui
n'a pas vu la Fée aux Miettes à Granville !... c'est qu'il
ne s'est jamais trouvé sur terre une petite vieille plus
blanchette, plus proprette et plus parfaite en tout
point.

Les seules distractions que je prenais alors, car
j'étais fort affectionné au travail, c'était la recherche
des papillons, des mouches singulières, des jolies
plantes de nos parages, mais plus souvent la pêche aux
coques, dont il faut, si vous le permettez, que je vous
dise quelque chose.

Les grèves du Mont-Saint-Michel, alternativement
couvertes et délaissées par les eaux, ont cela de
particulier qu'elles changent tous les jours d'aspect, de
forme et d'étendue, et que le sable menu dont elle sont
composées conserve l'apparence des récifs et des bas-
fonds de la mer, avec toutes les embûches de cet

élément, de sorte qu'elles ont en son absence leurs vagues, leurs écueils et leurs abîmes. Ce n'est pas sans une certaine habitude qu'on peut y marcher hardiment sans s'exposer, jusqu'au rocher pyramidal sur lequel saint Michel a permis à l'audace des hommes de bâtir son église miraculeuse. Si un voyageur inexpérimenté s'égare de quelques pas, le sable trompeur le saisit, l'aspire, l'enveloppe, l'engloutit, avant que la vigie du château et la cloche du port aient eu le temps d'envoyer le peuple à son secours. Cet horrible phénomène a quelquefois dévoré jusqu'à des vaisseaux abandonnés par le reflux.

La nature est si bonne pour sa création, qu'elle a semé dans cette arène mobile une ressource plus abondante que la manne du désert. C'est cette petite coquille à sillons profonds et rayonnants dont les valves rebondies, et comme lavées d'un incarnat pâle, ornent si souvent le camail grossier du pèlerin. On l'appelle la coque, et sa recherche est devenue pour les habitants du rivage une de ces innocentes industries qui n'offensent au moins le regard de l'homme sensible, ni par l'effusion du sang, ni par la palpitation des chairs vivantes. L'attirail du pêcheur est tout simple. Il se réduit à une résille à mailles serrées qui pend sur son épaule, et dans laquelle il jette par douzaines son gibier retentissant; et puis, à un bâton armé d'une pointe de fer un peu crochue qui sert à la fois à sonder le sable et à le retourner. Un petit trou cylindrique, seul vestige de vie que les vagues aient respecté en se retirant, lui indique le séjour de la coque, et d'un seul coup de pic il la découvre ou l'enlève. C'est de là qu'il montait à la face de l'Océan, le pauvre petit animal, sur une de ses écailles voguant en chaloupe, et sous l'autre dressée comme une voile. Il y a aussi là-dedans une âme et un Dieu, comme dans toute la nature; mais l'habitude a si vite appris aux enfants que rien n'est délicieux comme la coque, fricassée avec du beurre d'Avranches et des fines herbes !

Il y a loin de Granville aux grèves de Saint-Michel, et le chemin le plus court n'est pas le plus sûr à beaucoup près ; mais je m'y engageais volontiers quand j'avais trois jours de vacances devant moi, ce qui se présente souvent à l'époque des grandes fêtes, et mon oncle était enchanté de me voir essayer sans danger réel les fortunes du voyageur de mer. J'ai dit qu'on rencontrait quelquefois la Fée aux Miettes sur cette route, parce qu'elle avait une grande dévotion à saint Michel, et cette rencontre m'était toujours agréable, la Fée aux Miettes ayant des trésors de souvenirs qui rendaient sa conversation la plus intéressante et la plus profitable du monde. Je ne saurais dire comment cela se faisait, mais j'apprenais plus de choses utiles dans une heure de son entretien que les livres ne m'en auraient appris en un mois, ses courses lointaines et son bon jugement naturel l'ayant familiarisée avec toutes les études comme avec toutes les langues. Elle joignait à cela une manière si saisissante et si lumineuse de communiquer ses idées, que j'étais étonné de les voir apparaître subitement dans mon intelligence aussi claires que si elles s'étaient réfléchies sur la glace d'un miroir. D'ailleurs, la marche de la Fée aux Miettes ne retardait jamais la mienne ; tout accablée qu'elle était du fardeau des ans, vous auriez dit qu'elle glissait sur le sable, plutôt que d'y imprimer ses pieds ; et, pendant que je mesurais de l'œil pour elle un rocher difficile à l'escalade, il m'arrivait quelquefois de l'apercevoir au sommet, et de l'entendre crier, riant aux éclats : « Eh bien, brave Michel, faut-il que je te tende la main ? »

Un jour que nous revenions ensemble ainsi, en causant des petites conquêtes d'histoire naturelle que j'avais faites la veille, et qu'elle s'amusait à me décrire, aussi exactement qu'une bonne iconographie aurait pu le faire, les arbres à grandes fleurs des forêts de l'Amérique, et les papillons de lapis et d'or des deux presqu'îles de l'Inde : « Comment est-il donc advenu, Fée aux Miettes, lui dis-je, que vos voyages aient abouti à Granville où je me plais, parce que j'y suis né et que mes affections d'enfance y étaient, mais qui ne saurait vous offrir cet attrait de la patrie dont toutes choses s'embellissent? Je vous avouerai que cela m'embarrasse un peu. — C'est précisément, répondit-elle, cet attrait de la patrie dont tu parles qui me fait rechercher avec empressement les ports d'où la route d'Orient m'est toujours ouverte ; je comptais obtenir, tôt ou tard, de la charité des marins, mon passage sur quelque bâtiment, et les longues guerres qui viennent de finir m'ont, durant tout le temps de ton enfance, privée de cet avantage. Combien, si je ne t'avais connu, n'aurais-je pas regretté d'avoir quitté Greenock, où cette occasion se présente tous les jours, et où je n'étais du moins pas obligée de coucher sur la pierre froide, sous un porche battu du vent, car j'y avais et j'y ai encore, si Dieu l'a permis, une jolie maisonnette appuyée contre les murs de l'arsenal. Une autre raison, continua-t-elle en minaudant, et en me flattant du geste et du regard, c'est l'amour que j'ai conçu pour un petit cruel qui ne reconnaît pas ma tendresse. » — Et puis, comme par un fâcheux retour sur elle-même, elle baissa les yeux, soupira et parut repousser du dos de la main une larme prête à couler.

« Laissons, laissons, repris-je, cette plaisanterie hors de saison qui ne va pas à votre âge ni au mien ; une femme aussi pieuse et aussi sensée que vous êtes peut s'en faire un jeu innocent, mais elle viendrait mal dans une conversation sérieuse. Maintenant que la paix est faite, il n'y a rien de plus aisé que de vous assurer, avec vingt louis d'or [3] de mes épargnes, un bon passage pour

Greenock, qui n'est pas au bout du monde, mais qui
doit être, si je ne me trompe, à six ou sept lieues plein
ouest de Glasgow, dans le comté de Renfrew. Voyez,
ma bonne mère, si cela vous accommode, et pour peu
que vous pensiez y être plus heureuse qu'à Granville,
je vous dispenserai avec plaisir de recourir à la
générosité des mariniers.

— Et de qui veux-tu que j'accepte ce bienfait,
Michel ? de toi, dont la fortune est peut-être perdue à
jamais, au moment où tu y penses le moins ?

— Je ne sais, dis-je, Fée aux Miettes, mais la
fortune réelle d'un maître ouvrier n'est jamais perdue,
tant qu'il a des bras et du courage ; mon éducation est
finie, mon aptitude au travail éprouvée, ma constitution vigoureuse, et mon âme ferme. L'avenir ne peut
m'enlever désormais que ce qu'il plairait à la Providence de me ravir, et je suis tout résigné d'avance à ses
volontés, parce qu'elle sait mieux ce qui nous convient
que nous ne le savons nous-mêmes.

— Je te sais gré de ta générosité, repartit la Fée aux
Miettes, mais tu comprends qu'elle n'inquiète pas
médiocrement ma pudeur et ma délicatesse. Passe
encore si tu me laissais l'espérance de partager un jour
ma petite fortune avec la tienne et de devenir ton
heureuse femme !

— Oh ! oh ! Fée aux Miettes, que ce ne soit pas cela
qui vous arrête, dis-je à mon tour, en lui cachant le
mieux que je pus le fou rire dont sa proposition faillit
me faire éclater. Je suis, à la vérité, fort loin de penser
aujourd'hui à un établissement aussi grave que le
mariage, mais tout vient à son temps dans la vie ; nous
sommes gens de revue, s'il plaît à Dieu, et je ne
réponds de rien, si nous nous retrouvons quelque part,
quand je serai mûr pour prendre le parti que vous
dites. Au moins puis-je vous répondre que je n'ai
contracté jusqu'ici aucun engagement qui m'en empêche !

— Tu me combles de joie, mon cher Michel, et il n'y a plus qu'une chose qui m'arrête. J'ai eu le bonheur de te servir quelquefois de mon expérience et de mes conseils, et tu n'es pas encore arrivé au point de t'en passer toujours. Si tu me procures le moyen de retourner à Greenock, ne te manquera-t-il rien quand je serai partie ?

— De vous savoir heureuse, Fée aux Miettes. »

En prononçant ces paroles, je serrai cordialement sa petite main qui tremblait dans la mienne, et je rencontrai ses yeux animés, en se fixant sur moi, d'un feu extraordinaire que je n'avais jamais vu briller dans ceux d'une femme.

« Serait-il possible, en effet, me demandai-je en la quittant, que cette pauvre vieille m'aimât ? »

VII

Comment l'oncle de Michel se mit en mer,
et comment Michel fut charpentier.

J'avais réellement vingt louis d'or en réserve sur les gratifications de douze francs que mon oncle André ne manquait pas de me distribuer tous les dimanches, et dont il me restait toujours quelque chose, parce que je ne dépensais que ce que je trouvais l'occasion de donner. Cependant, je n'étais pas sans quelque scrupule sur le droit que je pouvais avoir de disposer à seize ans d'une somme aussi forte, et si je m'étais engagé très avant dans ma promesse à la Fée aux Miettes, c'est que je savais que mon oncle André ne me contrariait jamais, et qu'il me contrarierait moins encore, en cette occasion, sur l'honnête emploi d'un argent inutile.

Quand j'entrai le soir dans sa chambre, son maintien grave et rêveur m'interdit. J'imaginai d'abord que le moment n'était pas favorable pour lui faire ma confidence, et je me retirais doucement, lorsque j'entendis qu'il me rappelait.

« Michel, me dit-il, en me faisant asseoir en face de lui, et en prenant une de mes mains entre les siennes, mon cher Michel, le moment dont je t'avais parlé est venu, sans que nous ayons reçu de nouvelles de Robert. Il faut donc, mon fils, que je parte, et que j'accomplisse le devoir d'un bon associé, d'un bon frère et d'un honnête homme, pour retrouver la trace de ton père, qui ne peut m'échapper ; et s'il m'est impossible d'y parvenir — Dieu veuille nous épargner cette douleur —, pour recueillir du moins quelques débris de la fortune qu'il devait te laisser. Cette résolution était formée de loin, comme tu sais, et mes mesures si bien prises que l'arrivée inopinée de Robert en pouvait seule empêcher l'effet. Voilà le sablier vide, et celui qui marque les années de ma vie s'épuise aussi. Je n'ai pas dû perdre de temps, mais j'ai voulu m'épargner autant que possible la vue des larmes qui mouillent tes joues, et qui tombent amèrement sur mon cœur d'homme. Tu es assez fort aujourd'hui pour mettre de toi-même le courage d'un vieillard à l'abri de cette épreuve. Essuie tes yeux, petit, et embrasse-moi avec la fermeté d'un noble garçon. Je pars demain. »

A ces mots, les sanglots m'étouffèrent, je n'eus pas la force de me lever pour me jeter dans les bras de mon oncle André, et je cachai ma tête entre ses genoux.

« Voilà qui est bien, dit-il d'une voix assurée. Cela se dissipera comme un nuage, et gaiement, j'espère, car le soleil est à l'horizon. J'aurais plus de motifs que toi de m'inquiéter, si je te laissais dans une position qui pût m'alarmer sur ton avenir, mais tu as bien profité de tes études et de ton apprentissage, et je ne crois pas qu'il y ait un homme dans les cinq parties du monde qui puisse se passer plus allégrement de cette fiction de la fortune, qu'on n'a inventée, crois-moi, que pour les infirmes et les paresseux. Tu es grand, bien fait, alerte, suffisamment informé des connaissances utiles, et, par-dessus tout cela, comme je l'ai désiré, un des bons ouvriers qui aient jamais fait crier une scie et retentir un maillet dans les chantiers de Granville. Toutes les inclinations que je te connais sont pour le travail et la médiocrité, et je n'ai plus besoin de te rappeler qu'une médiocrité aisée, qui est meilleure que la richesse, ne manque jamais au travail. C'est demain que tu entres à la journée chez ton charpentier, et c'est à compter de demain que chaque jour te rapporte un salaire. Comme j'ai pourvu à te conserver jusqu'à la Saint-Michel prochaine, dans la maison où nous sommes, le domicile, la nourriture, et toutes les nécessités de la vie, sans compter mes vieilles nippes et tout ce qui en dépend, dont tu useras à ton plaisir, cette première année de profits, que tu peux convertir en économies, suffira pour t'assurer, à chaque année qui suivra, le modeste bien-être auquel tu es accoutumé, et dont tu n'as jamais désiré de sortir ; car une année d'avance pour un ouvrier est un trésor plus solide que ceux du grand Mogol. Et si je te fais tant d'éloges de l'économie que je n'ai jamais beaucoup pratiquée par moi-même, ce n'est pas que je la considère comme un moyen d'enrichissement, mais parce que je ne connais point d'autre moyen d'indépendance. A cela près, c'est la moindre des vertus réelles ; et il n'y a pas de libéralité bien placée, pourvu qu'elle le soit sans calcul et sans ostentation, qui ne vaille mieux qu'une économie. »

Ces paroles de mon oncle, dites en pareille circonstance, enlevaient un poids énorme de dessus mon cœur. J'étais maître des vingt louis que je venais de promettre à la Fée aux Miettes, et dont elle avait si grand besoin. Mon oncle continua.

« Il me reste peu de chose à te dire, et je t'en dispenserais, si la vieille naine de l'église, que vous appelez, je crois, la Fée aux Miettes, n'était venue m'apprendre, un instant avant que tu n'entrasses auprès de moi, qu'elle partait demain pour sa petite ville de Greenock, où je ne sais quels intérêts, peut-être imaginaires, réclament la présence de cette pauvre femme, et pour me demander en même temps si je t'autorisais à disposer en sa faveur de tes petites épargnes, dont tu es tout à fait le maître, et que tu ne peux mieux employer de ta vie qu'à soulager une honnête misère. Je suppose seulement, Michel, que tu as compté sur ton travail pour les remplacer ? »

Sur un signe d'affirmation et de plaisir que je lui fis alors : « A merveille, reprit mon oncle, tu vois que je sais prévenir tes confidences, et pour revenir à mon discours, je m'en serais volontiers rapporté à la Fée aux Miettes de ces derniers enseignements, parce que c'est une femme de bon conseil, dans tout ce qui ne touche point à quelques rêveries assez bizarres dont elle s'est infatuée, mais que nous devons passer à son grand âge ; et qu'elle a toujours été portée de si bonne intention pour notre maison, que mon père n'hésitait pas à lui attribuer le succès de ses meilleures entreprises, et l'agrandissement de son bien, au point de la mettre à l'aise si elle l'avait voulu, et si elle n'eût préféré obstinément son vagabondage mystérieux à une existence plus solide. Les bonnes dispositions que Dieu t'a données, et dont il m'a permis de voir le germe éclore et se développer sous mes yeux, me permettent d'ailleurs d'abréger beaucoup ces instructions, et de les rapporter seulement au nouvel état que tu vas embrasser pendant mon absence.

« Quoique tu ne sois pas né pour lui, ne le méprise

jamais, et surtout ne le quitte jamais par orgueil. Le parvenu qui dédaigne le métier qui l'a nourri n'est guère moins méprisable que l'enfant dénaturé qui renie sa mère.

« Sois charpentier avec les charpentiers. Ne te distingue d'eux par ton éducation qu'autant qu'il le faut pour leur en communiquer lentement le bienfait sans les humilier. Crois que ceux qui t'écoutent avec une envie sincère de s'instruire valent presque toujours mieux que toi, puisqu'ils doivent à un instinct naïf de ce qui est bien ce que tu ne dois, peut-être, qu'au hasard de la naissance et au caprice de la fortune.

« Ne fuis pas les plaisirs de tes camarades. Le plaisir est de ton âge. Ne t'y livre pas aveuglément. Le plaisir auquel on s'est livré sans défense et sans retour devient le plus inexorable des ennemis.

« Si ton cœur s'ouvre à l'amour des femmes avant de me revoir, n'oublie pas, de quelque charme qu'elle soit revêtue, que toute femme qui détourne un homme du soin de son devoir et de son honneur est moins digne d'amour que la naine de l'église. L'amour est le plus grand des biens, mais il n'est jamais vraiment heureux tant qu'il ne satisfait pas la conscience.

« Souviens-toi, de plus, qu'un homme de ton âge qui a par-devers lui une année d'existence assurée, le goût du travail et de la simplicité, un tempérament robuste, une santé à l'épreuve et un bon métier, est cent fois plus riche que le roi, quand il joint à tout cela douze francs vaillant dans sa poche : six francs pour satisfaire aux besoins de son imagination, six francs pour adoucir le sort d'un pauvre, ou pour soulager les angoisses d'un malade.

« Enfin, si les principes de religion que je t'ai inculqués soigneusement depuis le berceau s'effaçaient de ton esprit, ce qui n'est que trop à craindre par le temps qui court, retiens-en au moins deux pour

l'amour de moi, parce qu'ils peuvent tenir lieu de tous
les autres : le premier, c'est qu'il faut aimer Dieu,
même quand il est sévère ; le second, c'est qu'il faut se
rendre utile aux hommes autant qu'on le peut, même
quand ils sont méchants. »

Après cela, il me quitta en me serrant la main.

Quand je fus de retour dans ma chambre, j'envoyai
mes vingt louis à la Fée aux Miettes.

Le lendemain, sans m'en prévenir, mon oncle partit
de bonne heure en me laissant tout ce qui m'était
nécessaire pour un an. La Fée aux Miettes, qui n'avait
pris que le temps de manifester son contentement
devant mon commissionnaire, par une de ses explo-
sions familières de joie fantasque et capricieuse, était
partie dès la veille.

Je restai seul, — tout seul, j'essuyai quelques
larmes, et j'allai à l'atelier.

VIII

Dans lequel on apprend qu'il ne faut jamais jeter
ses boutons au rebut sans en tirer le moule [1].

L'année qui suivit aurait été douce, car il n'y a rien
de plus doux que de gagner sa vie, si l'absence de mon
père, et celle de mon oncle, qui me tenait lieu de père
depuis longtemps, n'avaient laissé un vide profond
dans mon cœur. Je regrettais souvent que celui-ci ne
m'eût pas permis de le suivre dans ses recherches
lointaines, malgré toutes mes prières, sous prétexte
que j'étais réservé à autre chose, et que mon obéis-
sance pouvait seule lui faire espérer que nous nous
trouverions tous réunis un jour. Je pensais aussi à la
Fée aux Miettes, car elle m'avait aussi aimé.

La Saint-Michel revint sans que j'eusse amassé d'économies, parce que mes amis se faisaient sans cesse de nouveaux besoins que je ne comprenais pas toujours, mais auxquels je ne pouvais m'empêcher de compatir. Jacques Pellevey était vicaire, mais il vaquait deux ou trois bonnes cures dans le diocèse, et cela le forçait à de fréquents voyages à l'archevêché. Didier Orry, qui était de plusieurs années plus âgé que moi, commençait à penser au mariage, et il ne pouvait se flatter de réussir dans quelques espérances qu'il avait formées, s'il ne se faisait voir avec avantage à la préfecture. Quant à Nabot, qui m'avait rendu sincèrement son amitié depuis que nos rivalités d'école avaient cessé, il s'était adonné au jeu, et n'y était pas plus heureux qu'au collège. Il était de mon devoir de le dissuader de ce penchant, et je n'y épargnais pas mes efforts. Il était aussi de mon devoir de l'aider à réparer le mal qu'il se faisait, surtout quand les résultats de cette malheureuse passion menaçaient de compromettre sa réputation, et je n'y épargnais pas mon argent. Enfin, quand l'année expira, et avec elle les dernières ressources que la bonté de mon oncle m'avait ménagées, je fus réduit à celles de mon travail journalier, qui me fournissait à peine de quoi vivre assez pauvrement ; mais je m'y étais préparé, et je ne m'en trouvai pas plus malheureux.

Comme je m'étais perfectionné dans mon métier en le pratiquant, et que j'annonçais d'ailleurs cet esprit d'ordre et d'activité qui tient lieu de l'intelligence des affaires, l'entrepreneur qui nous employait alors et dont les entreprises allaient mal, probablement parce qu'il avait trop entrepris à la fois, s'avisa je ne sais comment alors de m'en confier la direction ; je ne fus pas deux jours à cette nouvelle tâche, que je m'aperçus qu'il était malheureusement trop tard pour sauver sa fortune. Je ne profitai donc pas de l'augmentation de

mon salaire, et je le laissai dans ses mains, en me
contentant de prélever avec mes compagnons ce qui
me revenait comme à eux pour le travail ordinaire de
l'établissement que je n'avais pas quitté, car les
conseils de mon oncle André m'étaient trop présents
pour que j'eusse un moment conçu le dessein de
devenir autre chose qu'un artisan. Je passai par
conséquent cette seconde année sans pouvoir mettre à
côté l'un de l'autre ces deux écus de six francs, dont
l'un appartient au luxe et l'autre à la charité, et qui
suffisent au bonheur d'un homme sobre et laborieux.
Comme elle finissait, le maître, obsédé par ses créanciers, passa un beau jour à Jersey, et nous laissa sans
occupation et sans moyens d'existence, les chantiers de
Granville étant toujours fournis d'ouvriers habiles
dont le nombre excédait déjà celui que réclament les
besoins ordinaires du pays. Ce malheur ne fut cependant très réel que pour moi, mes camarades l'ayant
prévu depuis plus longtemps que je n'avais fait, et
s'étant précautionnés contre l'événement, en plaçant
leurs petits fonds dans une assez jolie spéculation de
cabotage qui commençait à prospérer. Comme je leur
avais inspiré de l'attachement, et qu'ils connaissaient
l'état de ma fortune si rapidement déchue, ils vinrent
m'offrir d'entrer en partage avec eux, et ils mirent dans
cette proposition une effusion si franche et si tendre,
que j'en fus touché jusqu'aux larmes. J'avoue même
que je n'aurais pas fait difficulté de me rendre à leurs
instances, dans l'espoir de payer utilement ma quote-
part en industrie et en talents, si mon parti n'eût pas
été pris d'avance. Je ne pouvais compter, à la vérité, ni
sur Jacques Pellevey, quoiqu'il fût devenu curé, ni sur
Didier Orry, quoiqu'il eût fait un mariage opulent.
L'un me promettait bien une place de maître d'école
quand elle serait vacante, mais le titulaire était un
homme vert et vigoureux; l'autre me réservait un

logement et un accueil fraternel dans sa maison, pour y
être précepteur de ses enfants, aussitôt qu'ils seraient
sortis des mains des femmes, mais on venait de porter
le premier en nourrice, et c'était, si je ne me trompe,
une fille. Tous deux étaient si empêchés de satisfaire à
leurs frais d'établissement, qui doivent être, en effet,
fort considérables, que je crois qu'ils n'avaient jamais
été plus réellement pauvres que depuis qu'ils étaient
riches, de sorte que mon malheur n'avait rien à envier,
même quand j'en aurais été capable, au malheur de
mes amis. Je pouvais moins encore penser à Nabot, qui
jouait toujours, qui ne gagnait jamais, et qui n'était
pas encore parvenu à concevoir qu'un homme bien né
pût se réduire à ce qu'il appelait la honte de
travailler. Je dois lui rendre la justice de dire qu'il était
devenu plus expansif et plus affectueux, en devenant
plus à plaindre. Tout ce que nous pouvions l'un pour
l'autre, c'était de rire ou de pleurer ensemble, quand je
n'avais pas trouvé d'occupation, et c'est une compensation qui répare tant de misères, que je me suis
quelquefois demandé alors si je voudrais y renoncer,
au prix de cette prospérité sans nuage dont la monotonie sèche le cœur.

Je ne crois pas vous avoir dit quelle résolution
j'avais prise. Je me proposai d'aller offrir mes services
de ville en ville et de village en village, partout où il se
trouvait un pont à jeter sur la rivière, ou une maison à
construire, et comme cela ne manque jamais, j'étais
sûr aussi que la Providence ne me manquerait pas.
Elle ne manque qu'aux oisifs.

Ce qui m'affligeait le plus, c'est que mes habits
avaient vieilli, et que j'avais quelque pudeur de me
présenter à la fête de Saint-Michel en si mauvais
équipage, non que j'attachasse beaucoup de prix pour
moi à cette recommandation extérieure, mais parce
que le délabrement de ma toilette pouvait faire penser

aux honnêtes gens dont j'avais eu le bonheur de gagner l'estime que j'avais cessé de la mériter par ma conduite. Je comprenais pour la première fois le besoin que tous les hommes ont de l'opinion, et je sentais que la satisfaction de nous-mêmes, qui réside essentiellement dans notre conscience, se maintient et se fortifie par le jugement que les autres portent de nous ; j'apprenais, s'il faut le dire, une vérité toute nouvelle, c'est que l'homme en société, quelque progrès qu'il ait fait dans l'exercice de la vertu, ne peut se passer de considération, pour être justement content de lui, et qu'on est bien près de renoncer à sa propre estime quand on dédaigne celle du monde. Je me souvins heureusement que mon oncle avait laissé ses vieux habits à ma disposition, et j'en fis la revue avec une joie pareille à celle de Robinson, lorsqu'il se rendit compte des richesses utiles de son vaisseau, certain que le meilleur des parents et des amis ne me reprocherait pas d'en avoir usé, surtout quand je lui dirais dans quelle extrémité j'y avais recouru, car il croyait à ma parole. Il y avait en effet du beau linge bien net, et des habits si proprement accoutrés qu'on les aurait crus faits à ma taille. Seulement, des deux vestes qu'il n'avait pas comprises dans son bagage, l'une, qui paraissait toute neuve et qui m'allait comme un charme, était garnie de dix gros vilains boutons d'un drap fort grossier, et l'autre, que je l'avais vu porter, et qui était taillée d'un goût plus ancien, se fermait de dix boutons d'une espèce de nacre dont la matière était fort brillante et le travail fort délicat. Je n'hésitai point à me mettre à la besogne pour substituer ceux-ci aux autres, et les dix boutons à l'œil de perle et aux reflets d'argent ne tardèrent pas à resplendir à mes yeux enchantés, comme autant de jolis miroirs.

Dès le premier coup de ciseau que je portai aux autres, soit précipitation, soit maladresse, le moule s'échappa ; il roula par terre aussi prestement que s'il avait été lancé par un joueur de siam[2] ou par un discobole, jusqu'à la pierre de mon âtre où il continuait à rouler avec une petite vibration sonore semblable à celle de l'or, et je crois, je vous jure, qu'il roulerait toujours si je ne l'avais arrêté de la main. C'était en effet un louis double.

Vous pensez bien qu'il ne tomba pas de la vieille veste de mon oncle André un seul bouton qui ne fût un louis double aussi, et je n'en tirai pas un de son enveloppe que mes joues ne s'humectassent de quelques pleurs de reconnaissance pour la tendre prévoyance de ce père d'adoption, qui m'avait réservé si à propos cette ressource contre des revers inattendus. Je me retrouvais maître, en effet, de vingt louis, c'est-à-dire de la plus forte somme que j'eusse jamais possédée, et qui n'est pas de peu de conséquence dans la vie, puisqu'elle avait suffi au bonheur de la Fée aux Miettes. Comme c'était la juste mise des fonds de nos caboteurs, et que cet état industrieux et honnête, mais qui n'est pas sans périls et sans aventures, me plaisait beaucoup en espérance, je m'empressai de les prévenir que j'étais en état de contribuer de toute ma part aux entreprises de la société, dès le premier voyage qui devait avoir lieu dans trois jours. Et c'était précisément le temps qui m'était nécessaire pour accomplir, selon notre usage, le devoir de mon pèlerinage annuel à l'église de Saint-Michel, *dans le péril de la mer*.

Je partis le lendemain au point du jour, la résille sur l'épaule, la pointe à coques à la main, mes vingt louis dans la ceinture ; plus riche, plus heureux, plus dispos que je n'avais jamais été. « Voyez Michel ! disaient les mères, quand j'embrassais sur le chemin les camarades que j'avais eus à l'école. Le pauvre garçon a perdu toute sa fortune, sans qu'il y eût de sa faute ; mais comme il a toujours été laborieux, sage, et craignant

Dieu, il ne manque de rien ; et il porte une si belle chemise de toile fine à petits plis, et une si belle veste à boutons de nacre de perle, qu'on jurerait qu'il va se marier ce matin à la chapelle de son saint patron. Où avez-vous trouvé, mon Michel, ces superbes boutons de nacre qui brillent de loin comme des étoiles ?... » Je répondis en rougissant que je devais tout à mon oncle André, dont la seule bonté m'avait préservé de la misère. — Mais je n'aurais pas rougi de la misère même, parce que je ne me reprochais rien.

Ma pêche aux coques fut si productive, que je m'étonnais en vérité qu'il en pût entrer un si grand nombre dans ma résille, quoique personne dans le pays n'en eût d'aussi large et d'aussi profonde. Cependant, j'en avais donné trois fois autant pour le moins à de pauvres gens si disgraciés, ce jour-là, qu'ils auraient retourné la grève de fond en comble sans en tirer une coquille. Cela me fit penser que la Providence me protégeait, et que saint Michel accueillait favorablement les prières que j'allais lui porter pour mon père, pour mon oncle, et pour la Fée aux Miettes, seuls protecteurs que Dieu m'eût donnés sur la terre. Aussi, quand les pêcheurs eurent vendu leurs provisions, je régalai tous les pèlerins d'une partie de la mienne, et je payai l'apprêt du peu d'argent qui me restait, sans toucher à mes vingt louis, dont l'emploi était réglé dans mon esprit, avant mon départ.

IX

Comment Michel pêcha une fée, et comment il se fiança.

Je revenais gaiement du Mont-Saint-Michel, en chantant cet air d'une ballade que les jeunes gens de

Granville avaient apprise de je ne sais qui, si ce n'est
de la Fée aux Miettes :

> *C'est moi, c'est moi, c'est moi !*
> *Je suis la Mandragore,*
> *La fille des beaux jours qui s'éveille à l'aurore,*
> *Et qui chante pour toi.*

Je jetais cependant de temps à autre un coup d'œil
sur le golfe de sable que domine avec tant de majesté la
pyramide basaltique de Saint-Michel. C'était un de
ces jours redoutables, où la grève, plus mobile et plus
avide encore que de coutume, dévore le voyageur
imprudent qui se confie au sol sans le sonder. Le sable
enlisait, comme on dit communément, et le glas du
clocher avait annoncé déjà deux ou trois accidents.
J'entendis tout à coup des cris qui appelaient du
secours, et je vis en même temps l'apparence d'un
corps bizarre qui n'avait rien de la forme humaine,
mais qui attirait les regards par sa blancheur, et qui
semblait lutter contre l'abîme, par une force particulière de résistance que je ne m'expliquais pas. Je
courus à l'endroit d'où le bruit parvenait ; mais à
l'instant où j'eus lancé la corde d'*enlise* que nous
portons toujours dans nos résilles, sur le point du
gouffre où j'avais vu disparaître cette créature inforu-
née qui gémissait encore, elle ne pouvait plus s'en
emparer, et toute l'arène retombait sur elle en tourbil-
lonnant comme dans un entonnoir profond. Je vous
laisse à juger de mon désespoir, d'autant plus amer
que j'avais cru entendre articuler mon nom dans son
dernier appel à la pitié des voyageurs. Je me hâtai d'y
plonger ma pointe à coques, pour la ressaisir par
quelqu'un de ses vêtements, et je m'aperçus avec un
plaisir inexprimable que mon bâton s'attachait par son
croc de fer à un corps ferme et résistant qui me donnait
la force de ramener à moi l'être incompréhensible que
j'avais voulu sauver. Je luttai là, monsieur, contre

Charybde acharnée à sa proie, et je ne fus pas peu surpris, quand j'eus traîné mon précieux fardeau jusqu'au lit de sable ferme et solide qui se trouvait tout auprès, comme à dessein, de reconnaître la Fée aux Miettes qui respirait, qui vivait, et que mon harpon avait heureusement retenue, en s'engageant sous une de ses longues dents. « Parbleu, dis-je, cette fois, la Fée aux Miettes n'a pas eu si grand tort que je le pensais, de conserver ces deux terribles dents qui choquaient ma délicatesse d'écolier, et l'expérience prouve aujourd'hui mieux que jamais que prudence et modestie valent mieux que la beauté. » — Cette idée m'inspira une gaieté si extravagante, quand je vis la Fée aux Miettes se relever sur ses petits pieds, et sautiller joyeusement comme une de ces figurettes fantasques qui vibrent sur le piano des jeunes filles, que je ne pus retenir mes éclats de rire. Ce qu'il y a de plus singulier, c'est que la Fée aux Miettes, en deux pirouettes et en deux bonds, s'était débarrassée de toute la poussière qui chargeait cet attirail de poupée dont je vous ai parlé auparavant, et qui n'aurait fait aucun tort à l'étalage élégant d'un vendeur de jouets. « En vérité, Fée aux Miettes, m'écriai-je en riant toujours, car elle n'avait pas cessé de danser, c'est affaire à vous de rajuster promptement une toilette endommagée, et vous en apprendriez de belles à nos marchandes de modes, car vous voilà, sur mon honneur, plus leste et plus fringante que je ne vous ai vue autrefois, quand vous étiez mon amoureuse. Mais oserais-je vous demander, Fée aux Miettes, par quel singulier hasard cette riche suzeraine de tant de domaines, qui a daigné appuyer sa maison de campagne contre les murs d'un pauvre arsenal du Renfrew, s'*enlisait* dans les sables du Mont-Saint-Michel, quand tous ses amis la croyaient à Greenock ? »

A ces paroles, la Fée aux Miettes pinça les lèvres

d'un air moitié humble et moitié coquet, autant que ses longues dents pouvaient le lui permettre, et après avoir minuté dans sa pensée quelques formules oratoires, elle me répondit ainsi :

« Je serais fâchée, Michel, que la suffisance qui est si ordinaire aux jeunes gens, surtout quand ils sont beaux et bien faits comme vous êtes, aveuglât votre esprit au point de vous faire croire que c'est une passion insensée qui me ramène dans les environs de Granville. Non, Michel, poursuivit-elle d'une voix émue, dont l'expression mélancolique et presque larmoyante contrastait singulièrement avec les accès de gaieté où je venais de la voir, non, la déplorable princesse de l'Orient et du Midi, la malheureuse Belkiss [1] ne s'est point flattée de vaincre l'obstination d'une âme insensible qui ne peut la payer de retour ! Elle ne s'est pas dissimulé qu'elle ne devait qu'à un mouvement de pitié l'illusion dont vous avez un jour entretenu sa vaine espérance, au moment où vous pensiez vous en séparer pour jamais ! N'imaginez donc pas que le sentiment invincible qui la domine ait pu la porter à oublier toutes les bienséances de sa naissance et de son sexe, et qu'elle vienne s'exposer encore une fois à des mépris qui briseraient son cœur, ou implorer de votre compassion des consolations passagères et des promesses trompeuses qui trahiraient votre pensée !... »

J'avouerai que ce langage imprévu changea subitement les dispositions joyeuses de mon esprit, et que je me trouvai presque aussi triste en l'écoutant que la malheureuse princesse Belkiss elle-même. Je ne doutais pas en effet que l'horrible danger auquel la Fée aux Miettes venait d'échapper par une espèce de miracle n'eût achevé de déranger son esprit et qu'elle ne fût devenue folle à lier. Cette idée m'affecta péniblement, car la conversation des fous m'a toujours inspiré un attendrissement profond, et je sentis que je n'avais pas fait assez pour cette pauvre femme en la rappelant à la vie, si je ne parvenais à rendre quelque espérance à son esprit et quelque bonheur à son imagination, pour le peu d'années que son grand âge lui permettait encore d'espérer.

« Écoutez, Fée aux Miettes, lui dis-je, puisque vous prenez tout ceci au sérieux, je vous proteste qu'il n'a jamais été dans mon intention d'abuser de votre crédulité par un mensonge, car le mensonge me fait horreur. Je fais plus ; je prends à témoin le grand saint Michel, mon patron, que je vous recommandais encore ce matin à la protection du ciel, au pied de sa glorieuse image devant laquelle nul homme n'oserait déguiser le moindre secret de sa conscience ; et que le nom d'aucune autre femme ne s'est présenté à moi dans mes prières, le vôtre étant le seul qui me rappelle une affection et un devoir, depuis le moment où j'ai reçu tout à la fois le premier et le dernier baiser de ma mère. Quant à l'amour, que je regarde, sur la foi des autres, comme une des plus douces distractions de la paresse, il ne trouve guère de place dans une vie partagée entre les travaux du corps et les études de l'esprit, surtout avant l'âge de dix-huit ans que j'ai à peine atteint depuis quelques jours. Dieu sait donc que s'il me fallait choisir aujourd'hui une femme, je n'en connais pas une autre au monde sur laquelle je puisse arrêter ma pensée ; mais il ne serait pas bienséant, vous en conviendrez, que je m'occupasse de mariage en l'absence de mon père et de mon oncle, avant d'avoir vingt et un ans accomplis. Ce que je vous dis là, Fée aux Miettes, est la véritable expression de mes sentiments, et vous ne liriez point autre chose dans mon cœur, si vous aviez le privilège d'y lire tout ce que j'éprouve, comme je l'imaginais quand j'étais enfant.

— Tu m'épouseras donc, dit-elle, quand tu auras trois ans de plus ? »

Et, comme je la regardais pour m'assurer de l'effet que mon petit discours avait produit sur elle, je m'aperçus qu'elle sautillait, sautillait, et qu'elle souriait d'un air de satisfaction qui n'était pas sans malice. Tout à fait rassuré sur sa santé et sur son bonheur qui tenait à si peu de chose, je me laissai retourner au penchant de ma gaieté de jeune homme avec un entraînement dont, à dire vrai, je n'étais pas tout à fait le maître.

« Oui, divine Belkiss, m'écriai-je, en lui tendant la main en signe de fiançailles, je vous promets par ces constellations éclatantes du Sud et de l'Orient qui baignent maintenant de leurs lumières argentées les vastes États que vous possédez dans les royaumes favoris du soleil, que je vous épouserai dans trois ans, si mon père et mon oncle y consentent, ou si leur absence prolongée, contre tous mes vœux, me permet alors de disposer de moi-même. Je vous le promets, princesse du Midi, à moins que votre auguste famille, dont vous venez de me révéler les titres imposants, ne porte obstacle à la mésalliance, peut-être unique dans l'histoire, qui introduirait un simple garçon charpentier dans la couche d'une personne royale. »

En achevant ces derniers mots, je mis un genou en terre et je baisai respectueusement la main blanche de la Fée aux Miettes, qui dansait si haut que j'étais obligé de la retenir, de peur qu'à force de s'élever elle ne m'échappât tout à fait.

« C'est assez, me dit-elle en rayonnant de plaisir et en se suspendant à mon bras pour gagner Granville, mais il faut maintenant que je t'apprenne pourquoi je suis restée dans le pays et pourquoi je cherchais à t'y retrouver. Pendant deux ans, je n'avais osé me présenter devant toi, parce que l'argent que tu m'as si gracieusement prêté m'avait été volé par les Bédouins.

— Sur les côtes d'Afrique, Fée aux Miettes !... et qu'alliez-vous faire là ? Ce n'est pas, si la carte n'est trompeuse, le droit chemin de Greenock !

— Sur les côtes de la Manche, mon cher Michel, par des voleurs du pays. Pardonne-moi cette confusion de noms qui se ressent de mes vieilles habitudes de voyage. — Après un tel accident, et dans la position où je te connaissais, je n'aurais pu me montrer à tes yeux sans rougir de ma déconvenue, et peut-être sans t'affliger. Je me réfugiai donc au hasard partout où j'avais lieu d'espérer l'accueil de la charité, en me rapprochant autant qu'il m'était possible des endroits où je pouvais entendre parler de toi. Je ne tardai pas à savoir que les dernières ressources du travail venaient de t'échapper, et que tu en étais au point de manquer d'un habit neuf à la Saint-Michel. La pauvre Fée aux Miettes se serait inutilement évertuée à te secourir, mais j'allais trottant de côté et d'autre pour trouver quelque voie à te tirer d'embarras, et j'avais ce succès d'autant plus à cœur qu'il m'était revenu que tu penchais d'entrer dans le cabotage, qui n'est pas une profession malhonnête, mais qui te réduirait à un ordre d'habitudes incompatibles avec ton éducation et avec tes mœurs. Je me hâtais donc d'aller t'apprendre qu'il n'est question dans le pays d'où je sors que de belles entreprises à la gloire de la Normandie, et qui demandent l'intelligence et les bras des plus habiles ouvriers, comme de relever la maison de Duguesclin à Pontorson, de décorer celle de Malherbe à Caen, d'étayer celle de Corneille à Rouen, où elle menace d'encombrer avant peu la rue de la Pie de ses ruines, et peut-être de consacrer quelque monument au Havre à la mémoire de ton cher Bernardin[2]. Ce qu'il y a de plus sûr encore, c'est qu'on frète, qu'on radoube et qu'on carène tous les jours des navires à Dieppe, et que je t'ai ménagé, grâce à Dieu, assez de débouchés sur la côte pour pouvoir t'assurer positivement que l'ouvrage ne t'y manquera pas. C'était le besoin de te faire part de ces nouvelles qui me ramenait aux environs de Granville, quand la Providence a permis que tu te rencontrasses sur les grèves du Mont-Saint-Michel pour me sauver la vie, et, bien mieux que cela, cher enfant, l'embellir d'une perspective délicieuse qui me la rendrait maintenant plus regrettable que jamais. »

Pendant que la Fée aux Miettes parlait, et quoi-qu'elle parlât fort vite, elle parlait fort longtemps, j'avais été en mesure de me recueillir sans perdre le fil de ses idées et de ses enseignements.

« Je vous remercie, ma bonne amie, lui répondis-je, des soins que vous avez pris pour moi, et qui me sont aussi chers qu'ils me seront profitables ; mais je vois par ce que vous dites que vous êtes seule oubliée dans nos communs malheurs, car je me souviens de la passion avec laquelle vous désiriez de rentrer dans votre jolie maison de Greenock, et je comprends tout ce que cette espérance frustrée a dû vous laisser de chagrins. Puisqu'il m'est permis de vivre du produit d'un travail que j'aime, sans tenter la fortune incons-tante du cabotage, à laquelle je ne m'étais livré qu'à défaut d'un genre de vie plus assorti à mon goût et à ma capacité, allons maintenant chacun de notre côté où nos inclinations nous appellent. Voilà, continuai-je en tirant mes dix doubles de ma ceinture, voilà vingt louis que j'allais exposer aux caprices de la mer et qui vous ouvriront facilement cette fois la route de Gree-nock, si vous prenez mieux vos précautions contre les voleurs, qui doivent être naturellement alléchés par la coquette élégance de votre toilette. Quant à moi, je serai dans deux jours à Pontorson, et je rapporte plus de coques dans ma résille, même quand vous en aurez

pris double part, si cela vous convient, Fée aux
Miettes, qu'il ne m'en faut pour une semaine. »

La Fée aux Miettes paraissait embarrassée de
quelque scrupule dont je n'eus pas de peine à me
rendre raison.

« Allons, allons ! repris-je en riant, vous savez, Fée
aux Miettes, qu'il n'y a plus de façons à faire entre
nous ; souvenez-vous que nous sommes fiancés, et
qu'entre fiancés toutes les chances de l'avenir se
partagent ; moi, une bonne industrie, vous, un peu
d'argent, c'est notre dot ; nous réglerons nos comptes à
Greenock, le propre jour de la noce.

— J'accepte, répondit la Fée aux Miettes, si je te
suis effectivement fiancée, et il m'est avis que tu ne t'en
trouveras pas mal.

— Fiancée, comme Rachel le fut à Jacob, Ruth à
Booz, et la reine de Saba qu'on nommait Belkiss, ainsi
que vous, au puissant roi Salomon ! »

Là-dessus je baisai sa main encore une fois, et nous
nous séparâmes, la Fée aux Miettes plus riche de vingt
louis, et moi de la satisfaction d'une libéralité juste et
utile, qui ne peut s'estimer au prix d'aucun des trésors
de la terre.

J'arrivai bien tard à Granville, et je dormis aussi
cette nuit-là plus longtemps que d'habitude, plongé
dans un rêve singulier qui se reproduisait sans cesse, et
qui consistait à pêcher dans le sable une multitude de
jeunes princesses, éblouissantes de charmes et de
parure, et à les voir danser en rond autour de moi,
chantant, sur l'air de *La Mandragore,* des paroles d'une
langue inconnue, mais que je trouvais harmonieuse et
divine, quoiqu'il me semblât l'entendre par un autre
sens que celui de l'ouïe, et l'expliquer par une autre
faculté que celle de la mémoire. Ces princesses ne se
lassaient donc pas de chanter, de danser, et de
déployer devant moi mille séductions ravissantes qui

me gagnaient le cœur, quand je fus tout de bon réveillé par mes camarades, les caboteurs, qui répétaient le même refrain sous ma fenêtre, à gorge déployée :

> *C'est moi, c'est moi, c'est moi !*
> *Je suis la Mandragore,*
> *La fille des beaux jours qui s'éveille à l'aurore,*
> *Et qui chante pour toi !*

Je compris qu'ils étaient sur le point de partir, et qu'ennuyés de m'attendre au port, ils s'étaient décidés à venir rompre mon sommeil, pour m'emmener avec eux.

« Hélas ! mes chers amis, dis-je en ouvrant ma haute croisée, je n'ai plus l'argent que je croyais avoir et que Dieu m'a repris comme il me l'avait donné ; je ne puis maintenant que vous accompagner de mes vœux, et vous serez plus heureux s'ils sont exaucés que je n'aspire à l'être jamais. Allez donc sans moi, camarades bien-aimés, et souvenez-vous quelquefois de votre pauvre frère Michel, qui se souviendra toujours de vous. »

Ce fut alors pendant quelques moments un profond et triste silence ; mais tout à coup le plus malin et le plus hardi de la bande se détacha des autres et me cria d'une voix railleuse et amère : « Malheur à toi, Michel, car tu manques la plus belle occasion de fortune qui puisse se présenter de ta vie entière à un ouvrier de Granville, et cela par ton obstination dans d'extravagantes amours ! — Croiriez-vous, compagnons, ajouta-t-il en se retournant de leur côté, que ce visionnaire auquel vous avez cru, comme moi, du bon sens et de l'esprit, s'est assez entiché d'une femme pour lui prodiguer le reste de l'argent que son oncle André lui avait laissé, et qu'elle dépense insolemment, la folle qu'elle est, à des pommades parfumées, à des gants glacés de Venise, à des falbalas aux petits plis, et en autres inutiles bagatelles ? Ce qui vous étonnera bien davantage, c'est que cette malicieuse étourdie, qu'il entretient secrètement des débris de sa fortune, et qui nous enlève notre malheureux ami... c'est la Fée aux Miettes ! »

A ce mot, la risée fut si générale que je n'en pus supporter l'humiliation, et que je revins tomber sur mon lit en me disant : « Pourquoi pas la Fée aux Miettes ? » — Car il y a quelque chose dans l'esprit de l'homme qui lutte contre le jugement de la multitude, et qui s'opiniâtre en raison directe de la contrariété qu'elle oppose à nos sentiments.

« Pourquoi pas la Fée aux Miettes, si cela me convient ? » répétai-je avec force, pendant que les caboteurs s'éloignaient en chantant *La Mandragore*, qui retentissait encore à mon oreille quand je m'endormis. — Et comme les rêves qui ont vivement occupé l'imagination se renouvellent plus facilement que les autres, surtout dans le sommeil du matin, mes yeux n'étaient pas clos que je pêchais encore des princesses plus belles que les anges, aux grèves du Mont-Saint-Michel.

Quelque chose de surprenant que je ne dois pas omettre, c'est qu'il n'y en avait pas une qui ne me rappelât plus ou moins les traits de la Fée aux Miettes, à part ses rides et ses longues dents.

X

Ce qu'était devenu l'oncle de Michel,
et de l'utilité des voyages lointains.

Je me levai tout disposé à me mettre en route pour Pontorson, mais je ne voulus pas partir sans chercher une dernière fois au port quelques renseignements sur la destinée de mes parents, dont je n'avais rien appris, et sans voir en même temps si mes amis avaient la mer favorable pour leur petite expédition. Nos caboteurs filaient lestement par un joli vent frais, et je prenais plaisir à les suivre du regard dans un horizon riant où il n'y avait pas l'apparence du moindre grain, quand je crus reconnaître à quelques pas de moi un honnête marin qui était parti comme pilote sur le bâtiment de mon oncle André.

« Est-ce bien vous, maître Mathieu, m'écriai-je, et quelles nouvelles m'apportez-vous?...

— Aucune qui soit bonne, me répondit-il tristement, et c'est ce qui me retenait de vous en faire part, quoique je fusse de retour à Granville depuis trois jours.

— Mon Dieu, ayez pitié de moi, dis-je les larmes aux yeux, mon pauvre oncle est mort!

— Rassurez-vous, bon Michel! votre oncle n'est pas mort, mais il vaudrait tout autant, car il est devenu fou, le cher homme, et si fou qu'on ne vit jamais folie pareille à la sienne!

— Expliquez-vous, Mathieu...

— Imaginez-vous, monsieur, qu'après dix-huit mois de voyages heureux et lucratifs, un jour que nous étions arrivés... — Mais je ne saurais vous dire en vérité à quelle hauteur nous nous trouvions...

— Épargnez-moi ces détails inutiles... Expliquez-vous, je le répète.

— Soit, monsieur. A peine avions-nous débarqué sur un beau sable, mêlé comme à dessein de petits coquillages de toutes les couleurs, dans une île dont aucun itinéraire n'a fait mention, je le certifie, depuis le jour où la navigation est en usage, que votre oncle s'enfonça, d'un air satisfait et délibéré, à travers des bois délicieux qui couronnent une des baies les plus magnifiques du monde...

— Et il ne revint pas ?...

— Il revint le soir, ingambe, joyeux, et comme rajeuni, si je ne me trompe, de quelques bonnes années ; et après nous avoir réunis : " J'ai trouvé ce que je cherchais, dit-il en se frottant les mains, et mon voyage est fini ; à cette heure, enfants, vous avez bonne aiguade et vivres frais qui dureront sans malencontre jusqu'aux eaux de la Manche, où le ciel vous conduise ; je donne à l'équipage le bâtiment avec ses gréements neufs et sa riche cargaison, moyennant que vous ayez regagné le port de Granville avant la Saint-Michel... "

— Prenez garde, Mathieu, je tremble de vous entendre ! Qu'avez-vous fait de votre capitaine ?

— Monsieur, repartit Mathieu d'un ton calme et sévère, je suis porteur de cette donation écrite en forme, et il convient si peu à l'équipage de s'en prévaloir, qu'il a décidé d'un commun accord de vous rendre une propriété que nous ne pouvons regarder comme la nôtre, quoique nous ayons rempli toutes les conditions qui nous étaient imposées pour l'acquérir ; mais j'ai commencé par vous dire que le capitaine était fou, et que ses actes nous paraissaient nuls en bonne justice.

— Qui vous le prouve, Mathieu ? repris-je avec force. Mon oncle était maître de sa fortune, et il ne pouvait mieux en disposer qu'en faveur de ses vieux camarades de mer. Ce qu'il vous a donné est à vous, et loin d'avoir fait en cela preuve de folie, il a très sagement agi, puisqu'il savait que l'éducation dont je suis redevable à ses bienfaits me met en état de me passer des ressources que son vaisseau m'aurait rendues, tandis qu'elles ne seront pas inutiles à soulager la vieillesse et les fatigues de vos camarades.

— C'est précisément ce qu'il nous dit, interrompit Mathieu, quand nous nous empressâmes de faire

valoir vos droits et l'incertitude de votre position.
" D'ailleurs, ajouta-t-il dans son délire, dont vous ne
douterez plus, mon neveu a usé de ses économies en
faveur de la Fée aux Miettes, et, s'il n'est pas content
de son sort, qu'il épouse la Fée aux Miettes ! " Après
quoi, il nous quitta en éclatant de rire.

— Voilà qui est extraordinaire, dis-je à mi-voix en
laissant retomber ma tête sur ma poitrine.

— C'est ce que nous avons pensé ; mais, quelque
chose de plus extraordinaire encore, c'est qu'en cherchant à pénétrer le mystère de sa folie, nous avons
appris que le bon vieillard se croit surintendant des
palais d'une princesse Belkiss, qui règne, suivant lui,
sur ces parages depuis je ne sais combien de milliers
d'années, et dont son frère cadet, votre père, feu
Robert, d'honorable mémoire, commande en chef
toutes les forces maritimes.

— Cela n'est pas possible, Mathieu ; et c'est vous
qui êtes fou d'oser soutenir des choses pareilles. La
princesse Belkiss, qui pourrait bien avoir en effet l'âge
que vous dites, se trouve à Granville de sa personne, et
je puis même attester qu'elle a passé la dernière nuit
sous le porche de l'église.

— Incompréhensible puissance de Dieu ! cria le
pilote en se couchant de sa longueur sur un vieux mât
vermoulu qui gisait là sur le port, et en étouffant de ses
deux mains un mélange de rires et de larmes, la .
princesse Belkiss sous le porche de l'église de Granville ! Pourquoi faut-il que la même infirmité ait frappé
en même temps toutes les dernières espérances d'une si
digne famille !

— Taisez-vous, Mathieu ; et, si vous m'aimez,
n'ébruitez pas ces paroles qui n'ont point de sens pour
vous, et qui, à vrai dire, ne me paraissent guère plus
raisonnables à moi-même. Passez seulement dans ma
chambre, où je confirmerai avec plaisir la donation de

mon oncle, afin de satisfaire aux inquiétudes de votre conscience, et ne tardez pas surtout, car il faut que j'arrive incessamment à Pontorson pour y chercher de l'ouvrage. »

Ma dix-neuvième et ma vingtième année furent donc employées comme les deux années qui les avaient précédées ; mais elles me furent plus profitables, parce que le travail tenait trop de place dans mes journées pour que j'eusse le temps de contracter de nouvelles amitiés, dont les douces obligations se seraient mal conciliées avec les petites habitudes de l'économie, devenues pour moi si nécessaires. Ce n'était pas qu'on s'occupât de toutes les nobles opérations dont la Fée aux Miettes m'avait offert la perspective, et qui flattaient délicieusement mon imagination, mais on travaillait partout ; et, comme elle me l'avait promis, je n'avais qu'à m'appuyer de son crédit chez un maître charpentier, pour y trouver sur-le-champ de la besogne à faire et de l'argent à gagner. A peine me restait-il une heure par jour pour feuilleter mes livres d'affection, dont je n'avais jamais eu le triste courage de me défaire ; encore fallait-il la prendre souvent sur mon sommeil. Les dimanches seulement, après l'office, je pouvais donner le reste de la journée à l'étude ; et, si c'était trop peu pour apprendre, c'était presque assez pour ne pas oublier. Je finissais au Havre ces années errantes, et cependant laborieuses, le propre jour de Saint-Michel, quand je fus averti du départ d'un bâtiment, nommé *La Reine de Saba,* dont le capitaine ne devait connaître sa destination qu'en mer, parce qu'il était chargé d'une mission fort secrète, mais où l'on recevait sans frais de passage les ouvriers de bonne volonté, ce qui me fit penser qu'il s'agissait probablement d'une entreprise de colonisation. Mon livret était si bien tenu que je fus reçu sans objection ; et je dois ajouter que le nom de la Fée aux Miettes qui se

retrouvait, je ne sais pourquoi, dans tous mes certificats, ne tombait jamais sous les yeux de personne sans
m'attirer des marques particulières de bienveillance,
tant l'esprit et la vertu ont de privilèges, même dans les
conditions les plus misérables de la vie humaine, et au
jugement des hommes que la pratique des affaires
dispose le moins à condescendre aux intercessions de
la pauvreté.

J'avais vingt louis d'épargne dans ma ceinture, et
j'étais sûr de vivre sans peine partout où le travail ne
serait pas compté pour rien ; mais ce qui me décidait
par-dessus toutes choses à tenter la fortune chanceuse
de ce bâtiment sans but et sans direction connue, c'est
que je me flattais que la Providence me ferait peut-être
aborder cette côte incertaine où elle avait relégué mon
oncle et mon père, et que ma jeunesse et mon zèle à les
servir ne leur seraient pas inutiles. Cette idée s'était
fixée dans mon esprit, à force d'y descendre, comme
une divine inspiration, à la fin de toutes mes prières.

XI

Qui contient le récit d'une tempête incroyable,
avec la rencontre de Michel
et de la Fée aux Miettes en pleine mer,
et ce qui en arriva.

Ce fut là, monsieur, un voyage extraordinaire, et
dont aucune aventure de mer ne vous donnerait l'idée.
Nous commençâmes à cingler, par un beau temps fixe,
avec une rapidité si incroyable, qu'il nous fallait filer
plus de nœuds par heure que jamais fin voilier de la
côte n'en avait compté dans un jour. Le matin du

lendemain, le temps se brouilla, et l'horizon devint si confus qu'il nous était impossible de déterminer la hauteur du soleil. Bientôt l'aiguille de la boussole se mit à tourner sur son pivot d'une manière extravagante, au point qu'elle s'effaçait à l'œil comme le rayon d'un char emporté par des chevaux effrayés. Tous les rhumbs de vent couraient les uns sur les autres, comme si l'atmosphère n'avait été qu'une trombe, et le vaisseau, avec ses voiles carguées, sifflait horriblement en roulant sur l'Océan comme une toupie gigantesque. Des oiseaux d'une figure épouvantable se prenaient dans les mailles de nos bastingues [1], des poissons monstrueux tombaient en bondissant sur le tillac, et le feu Saint-Elme jaillissait de toutes les pointes de nos mâts et de nos manœuvres en flammes si pressées qu'on aurait dit la gerbe épouvantable d'un volcan. Ce qui m'étonnait le plus dans ce spectacle, c'est que le capitaine fumait paisiblement sa pipe sur le pont, sans prendre garde aux phénomènes de la mer et du ciel, et que l'équipage dormait tranquille autour de lui, quand tout s'abîma.

Je fus un moment couvert par les flots, et quand je revins à la surface, je n'aperçus rien que le ciel qui me paraissait plus pur qu'à notre départ, et une côte peu éloignée qu'il n'était pas impossible de gagner à la nage. J'étais près d'y atteindre, lorsqu'il me sembla que je voyais flotter à quelque distance de moi une espèce de sac alternativement poussé et repoussé par les eaux, mais qui perdait progressivement de l'espace, et que la première vague devait infailliblement reporter en pleine mer. Je ne me serais pas détourné pour m'en saisir, si je n'y avais soupçonné que de vaines dépouilles de notre naufrage, car mes forces commençaient à s'affaiblir ; mais il me sembla qu'il avait un mouvement qui lui était propre, et qui manifestait la résistance et les efforts d'un être vivant. Je me confirmai dans cette pensée au moment de le saisir, tant il bondissait étrangement sur les flots, et je me hâtai de me glisser dessous, en le retenant fortement d'une main, pendant que je nageais de l'autre pour arriver à la plage, qui était par bonheur la plus accessible et la plus douce du monde. J'y fus déposé si mollement que je n'aurais pas choisi moi-même un lit plus commode où me reposer de mes fatigues, si je n'avais pensé avant tout à remercier Dieu de mon salut, et à rendre des soins qui pouvaient être pressants à la pauvre créature qu'il venait de me permettre de sauver. Vous jugerez de mon étonnement, monsieur, quand, après avoir ouvert le sac avec précaution, j'en vis sortir la Fée aux Miettes, qui, sans prendre garde à moi, se sécha de la tête aux pieds, en deux ou trois pirouettes au soleil, et vint s'asseoir ensuite à mes côtés, sur le sable où j'étais retombé en riant, mais plus blanche, plus proprement ajustée, et plus agaçante encore que de coutume.

« O Fée aux Miettes ! lui dis-je, que le ciel m'est favorable de me faire trouver partout où vous avez besoin de moi pour vous retirer des périls de la mer ! Vous en avez encore échappé une belle, cette fois ; mais aussi qu'aviez-vous affaire de retarder pendant deux ans votre voyage à Greenock ?

— C'est ainsi, répondit-elle, que parlent ceux qui n'aiment pas. Crois-tu qu'il soit si aisé de se séparer de l'être adoré auquel on a lié sa vie, et dont on attend son bonheur ? Que savais-je d'ailleurs si tu trouverais les ressources que je t'avais un peu légèrement promises, et si tu n'aurais pas plus d'une fois besoin de l'or dont ta générosité t'avait engagé à te dessaisir pour moi ? Je te suivais donc, sans me laisser voir, dans les villes que tu habitais, toujours prête à te secourir en cas de nécessité, car les aumônes que je recevais en chemin suffisaient abondamment à ma subsistance. Quand

j'appris enfin que tu étais muni d'assez bonnes économies, et que tu avais d'ailleurs ton passage franc pour
Greenock, où tu dois m'épouser dans un an, selon ta
promesse, à pareil jour qu'hier, touchée de cette
marque de ton souvenir et de ta fidélité, je me décidai à
faire route sur le même bâtiment que toi ; mais, pour
ne pas te tourmenter d'une poursuite importune, je me
cachai soigneusement à un coin de l'entrepont, dans le
sac qu'une heureuse inspiration t'a porté à sauver du
naufrage, afin que je te dusse encore une fois la vie.

— Permettez, Fée aux Miettes ! il y a ici quelque
chose qui m'embarrasse et qui fait trop d'honneur à
mon exactitude de fiancé pour que j'accepte vos éloges
sans explication. Je ne savais point que ce bâtiment fît
voile pour Greenock, et je pensais même que sa
destination était ignorée de tout l'équipage.

— Cela est possible, reprit la Fée aux Miettes, et je
ne répondrais pas moi-même qu'il ne fût entré quelque
erreur de sentiment dans les calculs de mon amour. Tu
comprendras un peu plus tard, mon cher Michel, ces
tendres surprises de la passion quand tu les auras
éprouvées !

— Je le crois, Fée aux Miettes, mais nous n'en
sommes pas encore là, puisque je n'ai que vingt ans,
qu'une année de plus peut vous apporter des réflexions
sérieuses, et que mon cœur n'est, grâce au ciel, pas
plus ouvert aux impressions de l'amour, sur cette rive
inconnue, qu'il ne l'était il y a deux ans sur les grèves
du Mont-Saint-Michel, où vous faillîtes vous englou-
tir, et où vous dansâtes si bien ! Mais vous qui savez
toutes choses, ne sauriez-vous pas, Fée aux Miettes, en
quel endroit nous sommes si aventureusement débar-
qués ?

— Si je me suis bien orientée, et tu ne saurais croire
combien cela est difficile dans un sac, nous devons être
tout à fait à l'est des îles Britanniques, à très peu de

distance d'une ville riche et bien peuplée, où tu ne manqueras pas de moyens d'existence pour réparer la perte de tes nippes et de ton argent. Quant à moi qui avais malheureusement payé d'avance les frais de mon passage, et qui m'estime à plus de cent cinquante lieues de ma petite maison de Greenock, il faut que je renonce à y rentrer jamais ! »

Cette horrible perspective contrista si horriblement la Fée aux Miettes, qu'elle fut obligée de presser sa lèvre inférieure de ses deux grandes dents, et de toutes les jolies petites dents qui les séparaient, pour ne pas laisser échapper un soupir.

« Voici qui tourne bien mieux que vous ne pouviez l'imaginer, dis-je gaiement à la Fée aux Miettes. Mes nippes, qui sont de peu de valeur, consistent en quelque linge que je porte dans ce havresac, et mon argent, auquel vous me faites penser, ne doit pas être sorti de cette ceinture. »

En parlant ainsi, je la déroulai sur le sable, et il en tomba une bourse de vingt louis d'or.

« Prenez donc hardiment, continuai-je, et retournez sans vous fatiguer, par des voitures commodes, à votre petite maison de Greenock, pour que le faible service que j'ai voulu vous rendre deux fois en ma vie ne reste pas imparfait. Puisque nous ne sommes pas loin d'une ville, je ne suis pas embarrassé de gagner honnêtement ce qu'il me faut pour ne pas mourir de faim, et je me flatte qu'il n'y a point de charpentier dans toute la Grande-Bretagne qui ne se trouve heureux de m'avoir à ce prix ; quant à cet argent qui ne représente dans mes mains que le triste besoin des jours de paresse, il me ferait horreur si vous m'obligiez de le garder comme un avare, pendant qu'une amie, dont les conseils m'ont été si utiles, en a besoin. Prenez, prenez, je vous le répète, et ne vous mettez en peine de rien que du devoir d'exécuter les volontés d'un fiancé qui sera

dans un an votre époux. C'est à cette marque d'obéis-
sance, ajoutai-je avec une gravité burlesque, c'est à elle
seule, Fée aux Miettes, que je puis mesurer la foi que
j'ai mise en vos engagements, et dans la promesse que
vous m'avez faite de vivre à notre ménage en femme
soumise et respectueuse.

— Souffre au moins, dit la Fée aux Miettes, qui
s'était relevée en ramassant ma bourse et qui sautillait
à l'ordinaire sur sa béquille, souffre, avant cette cruelle
et dernière séparation, que je te laisse un gage de ma
tendresse, dont la vue puisse adoucir ton impatience
amoureuse. C'est mon portrait, poursuivit-elle, en
tirant de son sein un médaillon suspendu à cette
chaîne [2]. Qu'il te souvienne seulement de ne jamais
l'offrir aux regards d'un homme, car je connais son
funeste effet sur les cœurs ; il trouble du premier abord
les raisons les plus éprouvées, et ce n'est que pour toi,
mon bien-aimé, qu'il est sans danger de contracter
cette folie, dont la prochaine possession de ma main te
guérira. »

J'avoue que l'heureuse confiance avec laquelle la
Fée aux Miettes débitait ces sornettes me jeta, comme
à l'ordinaire, en des transports de gaieté impossibles à
contenir, mais elle était si disposée à juger d'elle
avantageusement, qu'elle ne s'en aperçut que pour y
prendre part, dans la pensée, comme j'imagine, que
c'était la délicieuse perspective de notre union qui
commençait à me faire extravaguer.

« Regarde, regarde ce portrait, reprit-elle en me
montrant le ressort qui servait à le découvrir ; regarde,
je te prie, et ne t'afflige pas si la ressemblance en est un
peu altérée. Il était frappant quand il fut fait par un
artiste inimitable ; mais il est probable que le temps a
donné à mes traits une expression plus sérieuse ; et
peut-être, si je ne me trompe, un certain air de majesté
qui n'est pas moins séant à un beau visage que la grâce

coquette des jeunes filles. Cependant, je ne suis pas
fâchée que tu me voies telle que j'étais alors, et que tu
m'en dises ton avis. »

Je me taisais..., ou je laissais à peine échapper
quelques exclamations confuses, comme les balbutie-
ments d'un homme endormi qui se croit frappé d'une
apparition...

« O miracle du ciel ! m'écriai-je enfin, l'âme attachée tout entière à cette image, Dieu a plus fait en vous
produisant de sa parole, ange adorable entre tous les
anges, qu'en faisant éclore du chaos le reste de sa
création !... Prodige de grâce et de beauté, ravissante
Belkiss, où êtes-vous ?

— Elle est devant tes yeux, répondit la Fée aux
Miettes, et ne la reconnais-tu pas ?... »

Je détachai en effet mes regards du portrait magique
pour savoir si ce miracle ne s'était pas opéré ; mais je
ne vis que la Fée aux Miettes, qui prenait pour elle de
si bonne foi les éclats de mon admiration, qu'elle ne
pouvait plus résister à l'instinct pétulant de ses
inclinations dansantes, et qu'elle sautait sur elle-même
avec une élasticité incroyable, comme une balle sur la
raquette, mais en augmentant progressivement et
suivant une sorte d'ordre chromatique la portée de son
élan vertical, au point de me faire craindre encore
qu'elle finît par ne plus redescendre.

« Pour Dieu, Fée aux Miettes, lui dis-je, en imposant fermement mes deux mains sur ses épaules, afin
de la retenir au bond, ne vous obstinez donc pas à faire
des tours de force pareils, si vous ne voulez vous
estropier de manière à ne jamais vous trouver au
rendez-vous nuptial !

— Oh ! j'y serai, j'y serai, j'y serai, dit la Fée aux
Miettes, en me narguant de sa béquille. Tu verras
comme j'y serai !... »

Cependant, je ne l'écoutais plus, je ne la voyais plus.

Je ne voyais, je n'entendais que ce portrait de femme qui parlait pour la première fois à un sens de mon âme nouvellement révélé. Je ne sais comment cela se faisait, mais j'éprouvais que le sentiment même de ma vie venait de se transformer en quelque chose qui n'était plus moi et qui m'était plus cher que moi !... Ce n'était pas une femme comme je l'avais comprise ; ce n'était pas non plus une divinité comme je l'avais imaginée. C'était cette divinité revêtue d'un extérieur où elle daignait s'assortir à la faiblesse de mes organes, sous des apparences qui troublent sans faire tout à fait mourir. C'était cette femme radieuse d'une expression indéfinissable, et dont la vue comblait mon cœur d'une félicité plus achevée et plus parfaite que toutes les félicités fantastiques de l'imagination. Et je me perdais dans cette contemplation, comme le dévot extatique pour qui le ciel des mystères vient de s'ouvrir.

Tout à coup une de mes mains faisant tomber un peu d'ombre sur le médaillon, du côté d'où provenait la lumière du soleil, je m'aperçus que les pierres qui le bordaient jetaient une petite clarté qui leur était propre, et qui tremblait dans mes doigts, à la manière de ces lueurs phosphoriques dont on voit scintiller le feu bleuâtre sur les anneaux du ver luisant. Cela me rappela les escarboucles dont les anciens et les voyageurs ont si souvent parlé, et je m'avisai que ce médaillon devait être une chose fort précieuse, d'autant plus que je reconnus à l'instant qu'il était d'or pur. Cette idée me tira de la préoccupation passionnée où j'étais plongé, et ramena mon esprit à la Fée aux Miettes, sans distraire entièrement mes regards de l'image délicieuse de Belkiss.

« Sur ma foi de chrétien, Fée aux Miettes, pour une femme intelligente, savante, prudente, et en qui l'âge au moins n'a pas manqué à l'expérience, il faut que vous ayez été bien maladroitement chanceuse dans toutes vos aventures, puisque vous voilà pauvre et mendiante, depuis je ne sais combien d'années, avec un médaillon que le lapidaire du roi ne pourrait certainement pas payer, mais sur lequel il vous aurait fondé de belles rentes qui vous donneraient maison de ville, maison de campagne, un carrosse à quatre chevaux et huit laquais galonnés sur toutes les coutures. Hâtez-vous donc de me reprendre, non pas ce portrait, qui m'est plus gracieux que la vie, mais ce médaillon, qui vaut intrinsèquement mieux que votre maison de Greenock, même quand on vous rendrait l'arsenal et la ville avec ! »

La Fée aux Miettes ne répondant pas à cette allocution, je la cherchai des yeux à mes côtés, et je vis qu'elle était à plus de deux cents pas au détour que faisait la grève, tant j'avais été absorbé longtemps dans mes réflexions, ou tant la Fée aux Miettes allait vite quand elle était pressée. Je me pris sur-le-champ à courir de toutes mes forces, en l'appelant à grands cris, mais elle avait déjà disparu. Le besoin de me défaire le plus tôt possible d'un trésor dont elle ne connaissait pas le prix me donnait des ailes aux talons, et je ne doutais pas de la rejoindre à l'instant, lorsqu'en arrivant à un autre angle de la côte d'où l'on découvrait plus de demi-lieue d'étendue, je l'aperçus tout au sommet d'une petite montée qui fermait fort nettement l'horizon, et sur laquelle elle sautillait, la béquille en arrêt d'une main, l'autre bras étendu en balancier et la jupe arrondie au vent, comme vous avez vu, sur la corde des marionnettes, la gracieuse Pretty, l'objet des passions illégitimes de Master Punck [3]. J'aurais eu beau crier pour la retenir, mais je précipitai cette fois ma course avec tant d'impétuosité qu'un de nos bons chevaux de Normandie aurait eu peine à me suivre, et que je me réjouissais de tomber à ses côtés comme une bombe à la première descente, quand je me trouvai au-dessus d'une route d'une lieue en ligne droite qui était terminée au point où ses deux parallèles allaient se rejoindre, en vertu de la perspective et en dépit de la géométrie, par une petite figure toute blanche, si preste, si leste et si modeste qu'on n'en vit jamais de plus avenante, et qui ressemblait comme deux gouttes d'eau à la Fée aux Miettes, regardée par le grand verre d'une lorgnette d'Opéra.

Là je m'assis d'accablement, en calculant que, dans la même progression, la Fée aux Miettes se retrouverait nécessairement derrière moi avant que j'eusse parcouru la circonférence de la terre, et en me consolant, dans l'intérêt de cette pauvre femme, par la pensée qu'un bijou si rare, et si longtemps exposé à tant de hasards, fût au moins tombé dans des mains fidèles.

« Je ne suis pas en peine, dis-je, de lui faire parvenir sûrement ce médaillon à Greenock, avec une lettre où je lui en expliquerai la valeur, puisque ce genre de connaissances paraît être le seul qui ait échappé à l'immense étendue de son esprit.

« Quant au portrait qu'elle m'a donné, je le garderai si elle le permet !... — S'il faut y renoncer, ajoutai-je les yeux collés sur le cristal, les lèvres tremblantes, et le cœur gonflé, s'il faut y renoncer, je mourrai ! »

Je ne cessai de contempler le portrait de Belkiss jusqu'à la ville que la Fée aux Miettes m'avait annoncée, et comme elle m'avait appris que nous étions dans les îles Britanniques, je me proposais de m'informer en anglais, à la première personne qui se rencontrerait sur ma route, de l'endroit où j'arrivais. Ce fut une jolie petite fille, toute roulée, à cause du froid, dans un plaid quadrillé, et qui regagnait le pays sur des jambes aussi blanches qu'ivoire, en piétinant comme un oiseau de rivage.

« *By God,* me dit-elle en me frappant légèrement du

bout de son plaid, comme pour me punir d'une plaisanterie de mauvais goût, il faut, beau charpentier, que mistress Speaker n'ait pas mis aujourd'hui d'eau dans son vin, ou que l'honnête Finewood, votre maître, vous ait régalé lui-même d'un peu plus d'ale que de coutume, pour que vous ayez oublié le nom de votre petite Folly Girlfree [4].

— Ce n'est pas cela que je vous demandais, Folly, répondis-je en riant à cette méprise de ressemblance ; c'est le nom de cette ville où nous entrons ensemble, et que j'ai oublié, je ne sais comment, quoique je n'aie bu aujourd'hui ni le vin de mistress Speaker, ni l'ale de l'honnête Finewood, mais une eau maussade et salée qui m'a peut-être troublé la mémoire...

— Le nom de Greenock ! s'écria Folly en arrêtant sur moi ses deux yeux ronds et noirs. Vous êtes donc fou, mon ami !

— Greenock, dites-vous !... serait-ce là Greenock !... »

Et au chemin que la Fée aux Miettes m'avait fait faire, je me doutais bien que j'avais gagné beaucoup de terrain.

— Mais cent cinquante lieues, c'était un peu fort.

XII

Où il est traité pour la première fois
de la cérémonie du mariage chez les chiens [1].

Comme le soleil était déjà très bas quand j'arrivai à Greenock, je ne jugeai pas à propos de me présenter ce jour-là chez ce maître Finewood dont m'avait parlé

Folly, et j'allai demander un asile pour la nuit dans la première auberge qui se trouva sur mon chemin, car il me restait quelques petites pièces de monnaie qui n'étaient pas entrées dans le compte net de mes épargnes. Je tombai justement chez cette mistress Speaker dont je venais d'apprendre le nom, et qui, probablement trompée ainsi que Folly par une ressemblance singulière, m'accueillit d'une voix éclatante, avec de grandes, éloquentes et prolixes démonstrations d'amitié.

« Cependant, mon cher enfant, me dit-elle, je ne peux te rendre ce soir ni ta chambre, ni ton lit, la maison étant occupée de fond en comble par la noce du bailli de l'île de Man, et je ne saurais t'offrir que ce pailler où couchent ordinairement les deux dogues de la maison, qui sont aujourd'hui de fête. » — Comme j'étais plus pressé de me reposer que de soutenir conversation avec mistress Speaker, dont le flux de paroles menaçait de ne pas tarir, je me hâtai de rompre un morceau de pain, arrosé d'un verre de small-beer [2], et de gagner la couche coutumière de ces deux chiens de bonne humeur qui avaient eu la complaisance très grande de choisir le jour précis de mon arrivée à Greenock pour se mettre en frairie.

Mais, à peine étendu sur la paille, je m'aperçus, à mon grand déplaisir, que le lieu de la réunion où s'étaient rendus les principaux locataires de mon appartement ne pouvait pas être fort éloigné, tant mon oreille fut assourdie d'un mélange confus de hurlements, de jappements, d'abois, de grognements, de grondements, de piaulements, de murmures, pris dans toute l'échelle de la mélopée canine, depuis la basse ronflante du mâtin de basse-cour jusqu'à l'aigre fausset du roquet, et qui formait certainement le morceau d'ensemble le plus extraordinaire dont il ait jamais été question en musique.

Mes yeux n'ayant pu se fermer de la première moitié de la nuit, je ne fus réellement pas fâché d'être distrait de mon impatience et de mon insomnie par la noce du bailli de l'île de Man, qui passait solennellement de la salle du festin à la salle du bal, et qui traversait pour s'y rendre le vestibule sous lequel j'étais couché. Le tintamarre épouvantable qui m'avait incommodé jusque-là s'était changé d'ailleurs en une sorte de glapissement doux et presque mélodieux, qui n'était pas modulé sans coquetterie. Je m'assis sur ma paille pour considérer ce spectacle, et vous serez d'accord, monsieur, qu'il valait la peine d'être vu !... C'était, en vérité, une société élégante et choisie, mais composée de simples chiens, différents seulement de tailles et d'espèces, et remarquables à l'envi les uns des autres par la politesse recherchée de leurs manières et par le goût exquis de leur toilette, la crinière retapée dans le dernier genre, la moustache troussée et cirée à l'espagnole, l'épée horizontale, l'habit leste et pincé, le chapeau sous le bras gauche, et la main droite à leurs dames, avec toute la bienséance requise. Jamais je n'avais vu tant de rubans, de paillettes et de galons ! Il me sembla reconnaître même les deux dogues de mistress Speaker, au regard profondément dédaigneux qu'ils laissèrent tomber sur moi, en passant devant le chenil qu'ils avaient occupé la veille.

Quand le cortège eut défilé tout entier, je me recouchai en méditant sur les bizarreries de la nature, qui a répandu des variétés si incroyables dans l'œuvre de la création ; car, bien que j'eusse entendu souvent parler de cette race d'hommes cynocéphales dont il est fait mention dans Hérodote, Aristote, Ælien[3], Plutarque, Pline, Strabon, et une multitude d'autres auteurs dont la sagesse, l'expérience et la sincérité ne sauraient être révoquées en doute, je n'y avais pas eu trop de foi jusqu'à ce jour, et je n'aurais jamais soupçonné surtout qu'elle eût jeté, près de l'embouchure de la Clyde, une colonie douée d'une aptitude si soudaine aux perfectionnements les plus raffinés de la civilisation. Aussi avais-je peine à me persuader à mon réveil que je n'eusse pas fait un songe, et que ce ne fût pas la Fée aux Miettes qui se divertissait, dans je ne sais quel dessein, et au moyen peut-être de je ne sais quel secret qu'elle avait rapporté de ses voyages, à infatuer mon esprit de ces visions fantasques. Cette pensée m'absorba tellement que je commençai à douter de ce qui m'était arrivé depuis deux jours, et que j'eus peur de chercher inutilement sur mon sein le portrait enchanteur auquel j'avais dû la veille des extases si délicieuses.

« Hélas ! dis-je en moi-même, toute ma vie n'est que chimères et caprices, depuis que la Fée aux Miettes s'en mêle, probablement pour mon bien, et tout ce qui me survient d'impressions heureuses comme d'illusions grotesques n'est sans doute qu'un jeu de ses fantaisies. Je n'ai peut-être jamais vu le portrait de Belkiss ! »

Au même instant, je portai machinalement la main sur le médaillon ; le ressort s'ouvrit, je crois, sans que je l'eusse touché, et Belkiss m'apparut plus belle encore que la veille.

« Dieu soit loué ! m'écriai-je en me précipitant à genoux devant cette image vivante, car elle parlait à mon âme par une voix mystérieuse, et le céleste sourire de ses lèvres et de son regard répondait à ma pensée avec une expression si fidèle que j'aurais craint de le troubler par une émotion inquiète...

« Dieu soit loué, Belkiss ! je n'avais pas tout rêvé... »

XIII

Comme quoi Michel fut aimé d'une grisette
et amoureux d'un portrait en miniature.

Je ne manquai pas de me trouver à l'ouverture du chantier de maître Finewood ; et comme j'étais accoutumé à me présenter partout sous les auspices de la Fée aux Miettes, je crus que son nom me serait de meilleure recommandation que jamais dans un pays où elle devait être connue au moins par tradition.

« Qu'est-ce donc que la Fée aux Miettes, s'écria maître Finewood les mains sur les côtés, et où diable avez-vous été élevé, si vous êtes Écossais, comme je le pense, car vous parlez la langue du pays mieux qu'un Hume ou un Smollett ? Nous ne connaissons de fée à Greenock, au moins entre nous autres charpentiers, mon enfant, que l'industrie et la patience avec lesquelles on vient à bout de tout, moyennant la grâce de Dieu, notre souverain maître. Cependant, continua-t-il en parlant à sa femme et à ses filles, la figure de ce garçon me revient ; je ne sais où je l'ai rêvée, et pourquoi il m'est avis qu'il portera bonheur à ma maison. Il faudra le voir tantôt à la besogne, car c'est la véritable épreuve de l'ouvrier, et s'il est capable et laborieux, comme le témoignent ses certificats qui sont réellement des meilleurs que j'aie vus, nous ne serons pas arrêtés par quelques fantaisies joviales et folâtres qui sont de l'âge et de l'état. Allez donc vous essayer, monsieur le protégé des fées ! je vous retrouverai au travail. »

Là-dessus, il me serra cordialement la main, et mistress Finewood me sourit avec une expression de touchante bienveillance qui se reproduisit de la manière la plus gracieuse sur le joli visage des six charmantes filles dont elle était entourée.

Encouragé par cet accueil, je me mis donc de bon cœur à montrer mon savoir-faire aux maîtres ouvriers, qui jugèrent du premier abord que j'étais propre aux opérations les plus difficiles et les plus compliquées de la profession. « Il est probable, pensai-je intérieurement alors, en tirant mes lignes et en prenant mes mesures, que la Fée aux Miettes s'est effacée de la mémoire des habitants de Greenock, pendant le cours de sa longue absence, et qu'elle n'y a pas encore été remarquée depuis son retour, quoiqu'elle ait dû y arriver de bonne heure, au train qu'elle allait. »

J'avais été si âpre à mon ouvrage, que je ne m'aperçus qu'en finissant, que maître Finewood était là depuis longtemps à m'observer.

« Courage, mon brave, dit-il en me frappant sur l'épaule avec un air tout riant; vous avez fait montre aujourd'hui de tant de goût et d'habileté, qu'on imaginerait volontiers que vous avez quelque fée dans votre manche, s'il était vrai que les fées se mêlassent encore de nos affaires. » Puis, se retournant du côté des ouvriers : « Holà ! ho ! vous autres, éclaircissez-moi d'un doute ! Auriez-vous entendu parler à Greenock de la noble patronne de ce gentil compagnon, parmi les bonnes et notables dames du pays ? C'est, s'il faut l'en croire, une naine de deux pieds et demi, de quelques centaines d'années, et nommée la Fée aux Miettes, qui parle toutes les langues, qui professe toutes les sciences, et qui danse dans la dernière perfection. »

Pendant qu'il disait ceci, le mouvement de toutes les scies était suspendu, toutes les haches étaient restées immobiles, toutes les cognées muettes. Après un moment de silence, mes nombreux camarades répondirent par un éclat de rire tellement unanime qu'il était impossible d'y distinguer la moindre modulation ou la moindre dissonance. C'était le *tutti* le plus plein, le plus compact et le plus simultané qu'il soit possible d'ouïr ; et à dire vrai, j'en fus presque aussi assourdi que mortifié.

A compter de ce moment, je pris le ferme dessein de ne plus parler de la Fée aux Miettes, d'autant qu'il me semblait réellement assez difficile d'en donner une idée avantageuse aux gens qui ne la connaissaient pas ; mais j'avoue que cette expansion de gaieté m'inspira peu de penchant pour les ouvriers qui se l'étaient permise aux dépens de la seule amie que je me fusse connue au monde, et qu'elle jeta depuis dans mes rapports avec eux une sorte de froideur et de malaise qui ne fut pas favorable à la réputation de mon jugement et de mon esprit. Je les surprenais souvent à se frapper le front du doigt en me regardant, avec des signes d'une pitié dédaigneuse, comme pour se faire entendre les uns aux autres que maître Finewood ne s'était pas trompé, le jour de mon arrivée, en me croyant travaillé de quelque sotte manie.

Quoi qu'il en soit, je m'étais tellement distingué par mon assiduité et mon aptitude au travail dès les premières semaines, que maître Finewood m'avait plus en gré qu'aucun de ses autres ouvriers, et qu'il me tenait presque au même rang, dans son affection, que ses six garçons et ses six filles. Mon inclination à la solitude et à la méditation, lorsque je ne travaillais pas, ne lui paraissait plus qu'une disposition naturelle de mon caractère, et il ne s'en inquiétait point.

« Que voulez-vous ? disait-il, c'est son plaisir, à lui, d'être seul, et de rêver au bord de la mer, plutôt que de passer les jours de fête à faire sauter les bouchons d'ale, ou que de faire danser, dans le bal des charpentiers, Folly Girlfree et d'autres évaporées de la même espèce. Il n'y a peut-être pas grand mal à cela, car je suis bien trompé si un honnête homme n'apprend, dans la société des buveurs et dans celle des *grey gowns* [1], plus de mauvaises choses que de bonnes !... »

Je ne pensais guère à ces plaisirs ! Il n'y en avait plus qu'un pour mon cœur, celui de contempler ma chère Belkiss et de converser avec elle, car je vous ai dit qu'il s'était formé entre son portrait et moi une espèce d'intelligence merveilleuse qui suppléait à la parole, avec plus de mouvement, de rapidité, d'entraînement peut-être, comme si la plus légère des impressions de ma pensée allait se refléter, par je ne sais quelle puissance, dans ces linéaments immobiles, dans ces couleurs fixées par le pinceau, et mettre en jeu sur l'émail une âme qui m'entendait. — A peine étions-nous seuls, Belkiss et moi, que cette conversation imaginaire s'établissait entre nous, et durait pendant des heures délicieuses, variées par toutes ces alternatives de la crainte et de l'espérance qui font la douleur et la joie des amants. Si je paraissais épouvanté de la distance qui nous séparait, et de l'impossibilité de la franchir jamais, on aurait dit que Belkiss voulût me rassurer par un sourire. Si je désespérais de réaliser le bonheur que j'aspirais dans ses regards, on aurait dit qu'elle compatissait à mes souffrances par une larme ; et jamais je ne me séparais d'elle quand j'y étais forcé, que l'expression de sa physionomie tout entière ne me laissât un sentiment de consolation inexprimable, plus vif que toutes les extases de la vie. — Un jour, un seul jour, le désordre de ma passion m'avait emporté si loin, et Belkiss semblait y céder elle-même par une invincible sympathie, que mes lèvres se rapprochèrent en frémissant du médaillon, tandis qu'un prestige, dont le délire de l'amour peut seul expliquer le mystère, prêtait à l'image animée le mouvement et les proportions de la nature, et me la montrait émue,

agitée, palpitante, prête à s'élancer, pour joindre ses
lèvres aux miennes, hors de son cercle d'or et de son
auréole de diamants. Je sentis que la chaleur de son
baiser versait des torrents de flammes dans mes veines,
et que ma vie défaillait à ma félicité. Ma poitrine se
gonfla comme si elle était près d'éclater, ma vue se
voila d'un nuage de sang et de feu, mon âme se réfugia
sur ma bouche, et je perdis connaissance en prononçant, en balbutiant le nom de Belkiss.

Le hasard, ou une rencontre plus naturelle, faisait
que Folly Girlfree se trouvait là, au moment où ce nom
adoré expirait avec ma voix, avec ma dernière pensée,
avec le désir et le besoin de mourir dans cette volupté
suprême. Folly, qui valait qu'on l'aimât, parce qu'elle
était effectivement la plus gentille des petites *robes grises*
de Greenock, Folly, la bizarre Folly, s'était piquée de
se faire aimer de moi, sans doute parce que l'austérité
de mes mœurs solitaires avait agacé sa vanité de jeune
fille ; et il était rare que je me recueillisse dans un
endroit si écarté que Folly n'y vînt apparaître, comme
par hasard et sans être attendue, au creux de quelque
rocher fendu par le temps, ou au débouché d'un massif
de bouleaux, avec sa jolie toilette calédonienne, sa
tournure de sylphide, sa gentillesse fantastique, et sa
gaieté éveillée.

« Par l'honnête mère qui m'a engendrée, disait- elle
alors en levant les mains vers le ciel, c'est donc vous,
Michel, que je verrai partout ! Il faut que vous soyez
bien subtil à vous retrouver au-devant de mes pas, car
je vous évite, pour moi, avec autant de soin qu'une
pauvre colombe le milan qu'elle a vu tourner sur son
nid ! C'est une grande misère à une jeune femme de
bien qui n'a que son innocence, ajoutait-elle en portant
ses dix jolis doigts à ses yeux comme si elle avait
pleuré, de ne pouvoir jamais se dérober à la malice et
aux embûches des séducteurs !

— Hélas ! ma chère Folly, lui répondais-je d'ordinaire, je conviens que cette circonstance se renouvelle assez souvent pour vous causer quelque surprise, mais je puis attester sur vos beaux yeux noirs que ma volonté n'y est pour rien, et que je comprends au contraire assez le danger de vous voir pour me tenir loin de votre chemin, si je savais où vous devez passer, car mon cœur est engagé dans un lien qui m'est plus précieux que la vie, et qui lui défend d'être jamais à vous. »

Le jour dont je parle, mon émotion m'entraîna plus loin que ne le permettaient la discrétion et la prudence, et j'ajoutai dans le transport auquel j'obéissais encore : « Non, Folly ! jamais à vous, jamais à une autre qu'à la divine princesse Belkiss. »

Comme j'avais évité de tourner ma vue sur Folly, après lui avoir fait connaître d'une manière si positive l'obstacle invincible qui s'opposait au succès de ses vœux, et que son profond silence me faisait craindre qu'elle ne cédât tout à fait à son désespoir, je courus à elle pour lui donner quelque consolation, et je la trouvai en effet dans un état qui m'alarma au premier coup d'œil, mais sur lequel je fus bientôt tranquillisé à ma grande humiliation, quand je m'aperçus qu'elle se pâmait de rire. Cependant, cette convulsion de joie délirante et d'éclats étouffés menaçant réellement de la suffoquer, je m'empressais à lui porter du secours, lorsque étendant sa main vers moi, et reprenant un peu haleine :

« Assez, assez, me dit-elle ; je me remettrai toute seule, mais, pour Dieu ! Michel, ne me dites plus rien, si vous ne voulez que je meure ! »

Alors, je m'éloignai en me demandant à moi-même si je n'avais pas donné quelque juste prétexte à sa folie, et si la passion qui me dominait n'était pas mille fois plus insensée encore. Je ne me rassurai entièrement qu'en revenant au portrait de Belkiss, dont la douce et riante sérénité, plus pure que de coutume, éclaircissait tous mes soucis et calmait toutes mes douleurs.

Cette anecdote circula bientôt parmi les filles de Greenock, avec toutes les circonstances comiques que pouvait y ajouter la maligne jalousie de Folly, et passa rapidement des petites *robes grises* aux ouvriers de bon air qui étaient peu disposés à me vouloir du bien, parce qu'ils prenaient mal à propos ma timidité sauvage pour de l'insouciance ou du dédain. Quelques jours après, je ne passais plus dans les groupes joyeux des fêtes et des dimanches, quand le caprice de mes promenades errantes me faisait tomber au milieu d'eux, sans entendre murmurer à mes oreilles :

« Oh ! ne troublez pas les méditations de Michel, du plus sage et du plus savant des charpentiers du Renfrew ! Si vous le voyez ainsi refrogné[2] et absorbé dans ses pensées, c'est qu'il rêve incessamment à la princesse Belkiss dont il est le galant, et qu'il emporte suspendue à cette belle chaîne dans une boîte de laiton !

— La princesse Belkiss, disait une matoise plus impertinente que les autres, qui sortait de la bande, en frottant lestement l'index de sa main droite sur celui de sa main gauche en signe de mépris ; la princesse Belkiss, vraiment, n'est pas faite pour les charpentiers ! Il l'épousera, si Dieu permet, quand il aura trouvé le trèfle à quatre feuilles ou *la mandragore qui chante* ! »

Les hommes ne disaient rien, car ils savaient que je n'aurais pas subi une insulte ; mais ils riaient à leurs maîtresses, et je me hâtais de passer assez confus, parce que ces plaisanteries n'étaient pas au fond dépourvues de bon sens.

La nouvelle de ma passion arriva dans le chantier, mais j'y étais aimé, et l'on ne se serait pas avisé d'ailleurs d'y badiner à mes dépens. Un soir que

maître Finewood avait à se louer de quelque pièce de
travail que j'avais exécutée pour lui :

« O mon pauvre Michel, dit-il, en me prenant la tête
aux deux mains, tu es un si honnête jeune homme et
un si digne ouvrier, que je regretterai jusqu'à mon
dernier jour de n'avoir pu faire assez en ta faveur, et
que je me le reprocherais à l'égard des plus noires
ingratitudes, si ton esprit singulier ne s'était opposé à
mes bonnes intentions. Je t'aurais voulu pour gendre,
et pour le principal héritier de mon riche établissement ; et tu sais que j'ai six filles, dont trois sont plus
blanches que les lis, et trois plus vermeilles que les
roses. Il n'y a pas un laird d'Écosse qui n'eût été
enchanté de mener la moindre des six à l'autel, et je
t'aurais donné le choix. Pourquoi faut-il que tu sois
amoureux comme un vrai fou, pardonne-moi le mot,
d'une princesse Belkiss qui était, sans doute, une fort
honorable personne, puisqu'elle refusa la main du
grand roi Salomon, s'il ne commençait par répudier
ses sept cents femmes et ses trois cents concubines,
ainsi que le rapporte le Talmud, au témoignage de
mon voisin Jonathas, le changeur, mais qui, si elle
vivait encore et s'il lui restait des dents, en porterait de
telles, j'imagine, qu'elles dépasseraient d'un pouce au
moins la longueur de son menton...

— Croyez-vous, lui répondis-je, que c'est ainsi que
serait aujourd'hui Belkiss ?

— Et qui en doute ? répliqua gaiement maître
Finewood.

— Adorable Belkiss, m'écriai-je, en pressant le
médaillon sur mes lèvres sans l'ouvrir, vous m'êtes
témoin que rien ne peut effacer de mon cœur les
engagements que j'ai pris envers vous, et que j'ai
préféré le bonheur de vous appartenir sans espérance
aux avantages les plus doux et les plus séduisants qui
puissent flatter un homme de ma condition ! »

Maître Finewood était si consterné qu'il ne s'aperçut pas de mon départ, et je me retirai dans la pensée qu'il était temps de quitter Greenock, où mes extravagantes amours deviendraient de plus en plus un objet de douleur pour mes amis, et de dérision pour tout le monde.

XIV

Comment Michel
traduisait l'hébreu à la première vue,
et comment on fait des louis d'or avec des deniers,
pourvu qu'il y en ait assez ;
plus, la description d'un vaisseau
de nouvelle invention et des recherches curieuses
sur la civilisation des chiens danois.

Comme je rentrais chez moi, je vis la foule assemblée devant une grande affiche qui portait en guise de vignette l'image d'un vaisseau fort bizarre pour le gréement et la voilure, et qui était imprimée en lettres si extraordinaires que les plus savants n'avaient jamais rien vu de pareil. « Parbleu, maître Michel, vous qui n'ignorez de rien, me dit un des ouvriers que Folly Girlfree avait égayés à mes dépens les jours précédents, voici une belle occasion de nous montrer votre science ; et c'est affaire à vous de nous expliquer cet effroyable grimoire auquel tous les docteurs du pays perdent leur latin ! » — En parlant ainsi, on me poussait au pied du placard avec de mordantes railleries qui me faisaient réfléchir péniblement sur mon ignorance ; mais je me rassurai promptement en m'apercevant que ce n'était que de l'hébreu, dont la Fée aux Miettes m'avait fait prendre quelque connaissance, du temps où elle dirigeait mes études.

« " Par la grâce de Dieu tout-puissant qui s'assied au-dessus du soleil et de la lune, dis-je alors, car je lisais plus couramment cette langue que je ne m'en serais cru capable :

" A la garde de ses brillantes étoiles, et sous la protection des saints anges qui couvrent de leurs ailes le commerce de la mer, les mariniers, les charpentiers et les marchands de Greenock sont avertis du départ du grand vaisseau *La Reine de Saba,* qui fera voile après-demain, jour de saint Michel, prince de la lumière créée et bien-aimé du Seigneur souverain de toutes choses, hors de ce port d'élite et de salut, qui brille au front des îles de l'Océan comme une perle très choisie. "

— Le grand vaisseau *La Reine de Saba* vient en effet d'entrer dans le port, reprit l'ouvrier d'un air plus réfléchi.

— Mes amis, continuai-je en leur adressant la parole, il ne faut pas vous étonner que le capitaine de ce bâtiment s'adresse à vous dans sa langue, probable-ment parce qu'il ne sait pas la nôtre, comme cela pourrait nous arriver à tous si nous venions à mouiller dans un port inconnu ; ou bien, parce qu'en abordant sur des plages chrétiennes, il n'a pas supposé qu'elle fût ignorée des docteurs de notre sainte loi, que vous n'avez pas encore pris le temps de consulter. La langue dans laquelle cette affiche est écrite est celle de la divine Écriture.

— Est-il vrai ? » dirent les ouvriers, en se regardant les uns les autres, et en se croisant les bras.

Je poursuivis ma lecture :

« " *La Reine de Saba* est frétée pour l'île d'Arrachieh dans le grand désert libyque, où elle parviendra, si Dieu ne l'a autrement résolu dans les desseins impéné-trables de sa sagesse, devant laquelle l'univers entier est un faible atome, par les canaux souterrains qu'a ouverts à un petit nombre de navigateurs choisis la puissante main de la très sage Belkiss, souveraine de tous les royaumes inconnus de l'Orient et du Midi, héritière de l'anneau, du sceptre et de la couronne de Salomon, et l'unique diamant du monde. Que sa gloire soit éternelle, comme sa jeunesse et sa beauté ! "

— Belkiss ! dit une voix étouffée qui paraissait venir de loin.

— Belkiss ! répétai-je en moi-même avec surprise ; car il y avait dans le rapprochement de ce nom et de celui qui occupait ordinairement mes pensées je ne sais quel mystère sous lequel ma raison fut un moment anéantie.

— Belkiss ! s'écria enfin Folly Girlfree, qui avait réussi à se faire jour au travers des spectateurs, vous voyez bien que le malheureux retombe dans sa folie ! »

Au même instant se leva à mes pieds un vieux petit juif que je n'avais pas encore aperçu jusque-là, tant il était modestement accroupi dans ses haillons ; et, collant contre le tableau sa figure amincie et macérée par l'âge, et sa longue barbe d'un blanc d'argent, aiguisée en alène, comme si elle avait été affilée à la lime et au polissoir :

« Il y a Belkiss, répondit-il en allongeant sur le mot un doigt décharné, plus pâle que celui des squelettes blanchis qui sautillent, au branlement des armoires, sur leurs faux muscles de laiton, dans les cabinets d'anatomie :

« Il y a Belkiss vraiment, et ce jeune homme traduit l'hébreu aussi nettement qu'un massorète !... »

Je me retirai alors avec respect pour qu'il achevât.

« " Le trajet, dit-il, ne durera que trois jours, et les passagers ne payeront que vingt guinées. Fête perpétuelle au Seigneur dans les hauteurs de sa puissance ! "

— Un trajet de trois jours d'ici au grand désert libyque ! murmurait le peuple en se retirant ; — un

voyage de mer dans des canaux souterrains ! voyez-
vous ce charlatan de corsaire qui cherche à nous
soutirer vingt guinées, et à nous enlever nos ouvriers et
nos enfants !

— Qu'il a peut-être vendus d'avance aux chiens de
l'île de Man, grommelait une vieille femme toute
cassée. Maudit qui te donnerait vingt schellings [1],
damné de juif !...

— Pour naviguer sur un vaisseau de la princesse
Belkiss ? ajoutait Folly indignée...

— Belkiss, Belkiss ?... répétais-je intérieurement en
m'écartant, seul et pensif, de la cohue qui commençait
à se dissiper. — Cette ressemblance de noms n'a rien
d'extraordinaire. C'est ainsi qu'on appelait, en effet, la
reine de Saba ; et les Orientaux, plus fidèles que nous
aux traditions antiques, sont coutumiers de perpétuer
la mémoire des souverains sous lesquels ils ont joui de
quelque bonheur ou de quelque gloire. — Mais si cette
princesse Belkiss était celle qui a recueilli dans l'île
fantastique dont me parlait Mathieu l'oncle et le père
que je pleure, ne serait-ce pas un devoir sacré pour moi
de courir à leur recherche, tant que l'expérience d'une
nouvelle misère ne m'aurait pas détrompé ? — Oh ! si
j'avais seulement le temps de vendre mes livres, mes
collections, mes instruments de mathématiques ! mais
quand tout cela vaudrait vingt guinées, il me faudrait
six mois pour en retirer la moitié !... — Et c'est après-
demain ! »

Je mis la main dans ma poche, mais je n'avais
qu'une guinée en monnaie.

J'allai dormir, si je ne dormais, car pour dire la
vérité, monsieur, mes impressions de la veille et du
sommeil se sont quelquefois confondues, et je ne me
suis jamais fort inquiété de les démêler, parce que je ne
saurais décider au juste quelles sont les plus raisonna-

bles et les meilleures. J'imagine seulement qu'à la fin
cela revient à peu près au même.

Le lendemain, j'arrivai triste au chantier, soit que
l'idée de ce voyage me préoccupât, soit peut-être parce
que je n'avais jamais travaillé la veille de la fête de
mon patron, jour auquel commençait mon pèlerinage,
et qui ne revient guère comme aujourd'hui, sans me
rappeler ma pointe à coques, ma large résille, les
grèves inconstantes du Mont-Saint-Michel *dans le péril
de la mer,* et surtout les bons enseignements et les
conversations instructives de la Fée aux Miettes.

Ma mélancolie fut remarquée d'abord par maître
Finewood, dont j'étais aimé comme d'un autre oncle
ou d'un autre père. « Écoute, Michel, me dit-il, je ne
suppose pas que tu veuilles t'embarquer sur le vaisseau *La Reine de Saba,* qui doit te rappeler assez
désagréablement ton bâtiment de Granville, et un
horrible naufrage auquel tu es seul échappé, puisqu'on
n'a jamais pu retrouver la Fée aux Miettes, probablement rendue depuis longtemps à son peuple de sorciers
et de lutins. Ce voyage ne me promettrait rien de bon
pour toi, la princesse Belkiss, dont tu t'es amouraché,
je ne sais comment, ne me paraissant guère plus
capable que la Fée aux Miettes de te prêter une
protection assurée contre une nouvelle tempête ; mais
il en sera d'ailleurs ce que tu voudras, et l'intérêt que
j'ai à te conserver dans mon chantier ne me fera pas
mettre d'obstacle aux félicités que tu te promets. Ce
que je voulais te dire aujourd'hui, c'est qu'à ton refus,
mon enfant, je marie demain mes six filles, et que ta
vue me ferait du mal ce soir au festin de leurs noces,
parce que je me rappellerais en dépit de moi que
j'espérais t'y voir à un autre titre, car tu es aussi près
qu'elles-mêmes du cœur de maître Finewood. Pro-
mets-moi donc, Michel, d'aller passer la soirée chez
mistress Speaker à l'enseigne de *Calédonie,* et d'y

souper en mon honneur d'une bonne gélinotte à
l'estragon, et d'une fine bouteille de vin de Porto. Je
sais bien que tu ne dois pas avoir beaucoup d'argent,
car tu dépenses tes bénéfices en aumônes et en livres,
et tu ne demandes jamais. Viens donc que nous
comptions ensemble...

— Vous me devez, maître, lui dis-je en étendant la
main, plein tout cela de *plaks* ou de *bawbies*[2], c'est-à-
dire une vingtaine de ces pièces que nous appelons en
France des deniers[3], et que nous laissons tomber en
écartant nos doigts à plaisir, pour qu'il reste quelque
chose à ramasser aux pauvres. — Et si c'était aussi
bien des guinées, l'amitié fidèle et dévouée que je
ressens pour vous ne m'empêcherait pas de courir sur
le vaisseau de Belkiss à la recherche de mon père !... »

Pendant ce temps-là, maître Finewood alignait des
chiffres sur sa longue planche d'ardoise, et ce n'était
jamais que des *plaks* et des *bawbies*.

« Ceci est merveilleux ! dit-il ; de quelque côté que je
retourne cette malheureuse addition, j'y trouve toujours vingt guinées ! Ce n'est pas que le prix me
déplaise, car je t'en dois trois fois plus pour tes bons
services, mais on n'a jamais fait vingt guinées avec une
colonne de *plaks* et de *bawbies*, à moins qu'elle ne fût
aussi élevée que celle de maître Christophe Wren[4] !

— Cela n'est pas possible en effet ! m'écriai-je en
saisissant la craie pour vérifier son calcul, mais il était
parfaitement exact, sauf une petite erreur que je ne
voulus pas rectifier, parce qu'elle était, je crois, d'un
demi-*plak* à l'avantage de mon maître.

— Voilà tes vingt guinées, me dit maître Finewood
en m'embrassant ; et je devine trop l'usage que tu en
vas faire. Puisse au moins la bonté de Dieu ne
t'abandonner jamais dans tes entreprises ! »

Ensuite il s'éloigna en essuyant quelques larmes
auxquelles les miennes répondaient.

Une demi-heure après, j'étais au port, et j'avais payé mon passage sur le grand vaisseau *La Reine de Saba,* qui était, suivant la promesse de l'affiche, ce qu'on a vu de plus extraordinaire en construction pour l'usage de la mer. Vingt-quatre cheminées comme celles des *steam-boats,* mais d'une proportion incomparablement plus grande, garnissaient chacun des deux flancs de son immense carène, et semblaient destinées à faire mouvoir autant de paires de roues, qu'un mécanisme simple et ingénieux rendait propres à mordre en tout sens sur les flots. Ses vingt-quatre mâts d'un bois léger, mais incorruptible, et qu'on disait impossible à rompre, soutenaient des voiles découpées en ailes d'oiseau, et verguées d'un métal souple et obéissant, qui se déployaient, prenaient le vent, planaient comme un vautour, filaient comme une hirondelle, et se refermaient à volonté sous la main d'un enfant, au gré d'un simple cordage de fil d'or ; et ses hunes balançaient autour d'elles des centaines d'aérostats captifs, aussi propres à le soutenir au besoin dans les airs qu'à l'entraîner sur les eaux. Derrière la poupe, sur de hauts pliants[5] inclinés en spirale, qui fuyaient en s'élevant, reposait un vaste appareil suspendu comme le siège postérieur d'un landaw[6], devant lequel le vaisseau était tout entier retranché, et qui ouvrait sur tous les points de la voilure des bouches démesurées. On m'apprit que c'était de là qu'une troupe d'habiles physiciens distribuait tous les rhumbs, et poussait le bâtiment comme un projectile dans les routes de l'Océan. Je m'étonnai que la navigation eût fait tant de progrès dont on n'avait jamais entendu parler ; mais certainement, le fameux James Watt, le Stevinus de Greenock[7], n'aurait rien conçu de pareil en mille ans.

La physionomie du capitaine me frappa au premier regard, parce qu'elle me rappelait quelque chose de ce

marin peu soucieux qui avait vu périr son équipage et
sa cargaison, l'année précédente, à l'embouchure de la
Clyde, sans prendre le temps de secouer les cendres de
sa pipe, et de porter un coup d'œil au gouvernail ; mais
celui-ci mouillait pour la première fois dans les eaux de
l'Occident.

Je vous ai dit qu'il me restait une guinée, et que je
m'étais engagé envers maître Finewood à souper à
l'auberge de *Calédonie*. Quoique *La Reine de Saba* ne fît
voile qu'à midi du lendemain, j'étais peu tenté cependant d'une de ces soirées de bien-être et de ces nuits de
long sommeil dont la vie de l'ouvrier m'avait fait
perdre depuis plusieurs années l'habitude, et je ne
pensais guère à demander à mistress Speaker que deux
harengs du lac Long, arrosés d'une bouteille d'ale ou
de *small-beer,* quand elle vint à moi les bras ouverts, en
me criant de l'office : « Eh ! arrivez donc, sage Michel,
avant que votre gélinotte ne brûle, et que votre porto
ne s'échauffe ! Le digne maître Finewood a commandé
tout cela dès le matin, et un bon lit d'édredon avec ! il y
a une heure que nos filles s'égosillent à crier : " Que
fait donc monsieur Michel, qu'il laisse brunir au feu le
plus joli *ptarmigan* de montagne qu'on ait jamais plumé
au Bas-Pays ? Il faut qu'il s'égare au long de la côte à
déchiffrer quelque livre irlandais, ou qu'il rêve à la
princesse Belkiss dont il est, dit-on, le fiancé. " Ah ! j'ai
toujours prédit, Michel, que vous feriez un beau
chemin ! Et maître Finewood est bien fou, le cher
homme, de vous préférer ces six petits lairds qu'il
marie à ses six filles dont vous êtes bien mieux l'affaire,
surtout Annah, la blondine, qui ne vous nomme jamais
qu'avec de grosses larmes ! Hélas Michel ! je puis en
parler !... Annah est ma filleule : j'avais pour elle des
entrailles de mère ; et je disais souvent à maître
Finewood : " Que ne la donnez-vous à Michel, qui en
est aimé ? " Là-dessus, savez-vous ce qu'il faisait ? il

hochait la tête, et regardait de côté. " Il est vrai, lui disais-je, que Michel est bizarre, mais c'est d'ailleurs un garçon si discret, si honnête et si laborieux !... "

— C'est trop, c'est trop ! lui dis-je, en lui pressant la main, ne laissez pas brûler le plus joli *ptarmigan* de montagne qu'on ait jamais plumé au Bas-Pays !... »

Et j'allai m'asseoir à la salle à manger pour prendre le temps de regarder le portrait de Belkiss. Elle riait. Cette illusion que je me faisais sur l'expression de ses traits ne manquait jamais de régler comme je vous l'ai déjà dit, tous les mouvements de mon cœur. « Il est probable, pensai-je, que la joie de Belkiss a quelque motif secret qui me touche ; peut-être a-t-elle deviné que ce voyage aventureux va me réunir à mes bons parents. Qui sait si je ne suis pas réservé au bonheur de la voir elle-même, car il est impossible qu'un type si achevé de toutes les perfections soit le simple résultat du caprice de l'art ? Il faudrait pour cela que Dieu se fût dessaisi en faveur de l'homme du plus beau privilège de la création ! — Mais si ces traits avaient appartenu en effet à quelque princesse des temps anciens, comme le pense Maître Finewood — à cette Belkiss, qui fut autrefois reine de Saba, par exemple — ou à la Fée aux Miettes —, eh bien ! le bonheur que je dois à ce prestige n'est-il pas assez vif et assez pur pour me dédommager de quelques plaisirs empoisonnés par la jalousie, affaiblis par la possession, incessamment menacés dans leur objet par les progrès inévitables du temps ? Que m'importent à moi ces grâces fugitives de la vie que l'âge décolore et détruit, et qui effeuillent leurs roses passagères au courant de toutes les brises, et au midi de tous les soleils ?... A moi dont le cœur, dévoré du besoin d'une félicité éternelle, se briserait de désespoir à la moindre altération du modèle idéal de beauté, de constance et d'amour, qu'il s'est formé dans des songes mille fois plus doux que la vérité ? Ce

portrait seul pouvait le remplir, et le remplir à jamais !
Passent maintenant, sans que je m'en soucie, toutes les
belles que la terre admire pendant quelques printemps, puisque mon heureuse destinée m'a donné une
amante qui ne changera point ! »

En disant cela, j'appuyai mon front sur ma main,
obsédé d'idées vagues et confuses qui me saisissent
ordinairement à la suite de toutes les impressions
puissantes, et je suppose qu'il en est ainsi chez les
autres hommes que domine une pensée profonde et
passionnée.

Quelque mouvement qui se faisait auprès de moi
m'ayant forcé à ouvrir les yeux, je m'aperçus que
j'étais servi :

« Félicitez-vous, Michel, me dit mistress Speaker en
plaçant devant moi une paire de gélinottes à l'estragon
et deux bouteilles de porto. C'est monsieur le bailli de
l'île de Man, qui est venu à Greenock pour réaliser en
bank's notes les contributions de sa province, et qui vous
fait l'honneur de souper avec vous pour vous entretenir, parce qu'il a entendu parler de votre science et de
votre bonne conduite. »

Je me hâtai de me lever et de saluer le bailli de l'île
de Man, qui avait bien une des prestances les plus
honorables que vous puissiez imaginer, et qui joignait
aux apparences imposantes que donnent les hautes
fonctions les manières recherchées des meilleures com-
pagnies. Ce qui m'étonna plus que je ne saurais le dire,
c'est que ses épaules étaient surmontées d'une magnifique tête de chien danois [8], et que j'étais le seul, parmi
les nombreux pensionnaires de mistress Speaker, qui
parût en faire la remarque. Cette circonstance m'em-
barrassa, parce que je ne savais trop quelle langue lui
parler et que j'entendais d'abord assez difficilement la
sienne, qui consistait dans un petit aboiement fort
gravement modulé, et accompagné de gestes fort

expressifs. Ce qu'il y a de certain, c'est qu'il me comprit à merveille, et qu'au bout d'un quart d'heure de conversation je fus aussi surpris de la netteté de son langage et de la délicatesse exquise de ses jugements que je l'avais été au premier coup d'œil de la nouveauté de sa physionomie. On est vraiment confus de penser au temps que les hommes perdent à feuilleter les dictionnaires, quand on a eu le bonheur de causer quelque temps avec un chien danois bien élevé, comme le bailli de l'île de Man.

Nous nous séparâmes avec une effusion réciproque d'amitié qui ne me surprenait plus. Il y a au monde de si étranges sympathies ! Mais comme ce vin de Porto dont je n'avais jamais fait usage me disposait au sommeil, je me hâtai de gagner le bon lit d'édredon que maître Finewood m'avait fait préparer. J'y fis mes adieux du soir au portrait toujours riant de Belkiss, et je commençais à sommeiller quand j'entendis la voix de mistress Speaker s'introduire dans mon oreille comme un souffle.

« Pardon si je vous réveille, mon enfant, me dit-elle, mais c'est un si terrible embarras dans ma maison, avec tous ces voyageurs qui s'embarquent demain sur le grand vaisseau *La Reine de Saba,* que je ne sais où mettre tout le monde, et vous m'obligeriez beaucoup de partager votre lit avec ce respectable seigneur qui vous a tenu compagnie à souper.

— J'y consens volontiers, lui répondis-je, et c'est un inconvénient de si peu de conséquence pour un ouvrier que de coucher à deux dans un lit si large et si commode, qu'il ne valait pas la peine de m'en parler. »

Cependant, je me détournai un peu pour m'assurer que je ne me trompais pas sur la personne ; et je vis en effet le bailli de l'île de Man qui, après avoir revêtu à petit bruit un déshabillé fort rassurant pour la propreté la plus ombrageuse, et glissé sous l'oreiller un

gros portefeuille de maroquin à fermoir, s'insinuait
entre nos draps avec une modeste et silencieuse
discrétion, en conservant de lui à moi une distance
décente, sur laquelle j'avais pris soin d'avance de lui
donner toutes ses aises. Je m'apercevais seulement de
sa présence à la tiédeur de sa respiration qui m'échauf-
fait de loin sans m'importuner, car il est évident qu'un
chien danois ne peut dormir commodément que de
profil. Au bout de quelques minutes, il ronfla d'une
manière si harmonieuse et si cadencée, que je n'y pris
plus garde. — Et je m'endormis aussi.

XV

Dans lequel Michel soutient un combat à outrance
avec des animaux qui ne sont pas connus
à l'Académie des sciences.

Je rêvais peu dans ce temps-là, ou plutôt je croyais
sentir que la faculté de rêver s'était transformée en
moi. Il me semblait qu'elle avait passé des impressions
du sommeil dans celle de la vie réelle, et que c'est là
qu'elle se réfugiait avec ses illusions. Je ne rentrais, à
dire vrai, dans un monde bizarre et imaginaire que
lorsque je finissais de dormir, et ce regard d'étonnement et de dérision que nous jetons ordinairement au
réveil sur les songes de la nuit accomplie, je ne le
suspendais pas sans honte sur les songes de la journée
commencée, avant de m'y abandonner tout à fait
comme à une des nécessités irrésistibles de ma destinée. La nuit dont je vous parle fut cependant troublée
de songes étranges, ou de réalités plus étranges encore,
dont le souvenir ne se retrace jamais à ma pensée que

tous mes membres ne soient parcourus en même temps d'un frisson d'épouvante.

Cela commença par le bruit aigre d'une croisée qui roulait lentement sur ses gonds, et à travers laquelle je sentis poindre l'air pénétrant des brumes humides de septembre. « Oh ! oh ! dis-je à part moi, le vent a aussi beau jeu, si je ne me trompe, à l'hôtel de Calédonie que dans la mansarde de l'ouvrier ! » Et je ne m'en souciai point. — Un instant après, je crus entendre des mouvements confus, des murmures sinistres et articulés comme des chuchotements, une rumeur de paroles sourdes et de rires étouffés qui bourdonnaient dans mon oreille. « Voilà qui est bien, repris-je. L'ouragan va faire des siennes chez mistress Speaker ; mais grand sot qui s'en dérangerait sur un si bel édredon ! » — Et je me contentai de ramener la couverture sur mon compagnon et sur moi, et de me replonger dans le duvet, tant je craignais de perdre la douceur de ce repos voluptueux que je n'avais pas goûté depuis la maison de mon père, quand mon oncle André venait soigneusement avant de se coucher relever mes matelas entre les ais du châlit débordé, et me baiser sur le front.

« L'autre dort », dit une voix rauque, aussitôt couverte de quelques grognements inintelligibles.

Et pendant que je suspendais ma respiration pour écouter, le globe lumineux d'une lanterne dont je sentais presque la chaleur me perça de rayons ardents qui s'enfonçaient entre mes paupières comme des coins de feu ; car, dans l'agitation vague du sommeil à peine interrompu, je m'étais retourné machinalement vers l'intérieur de la chambre. — Je vis alors, chose horrible à penser, quatre têtes énormes qui s'élevaient au-dessus de la lanterne flamboyante, comme si elles étaient parties d'un même corps, et sur lesquelles sa clarté se reflétait avec autant d'éclat que si elle avait eu deux foyers opposés. C'étaient vraiment des figures extraordinaires et formidables ! — Une tête de chat sauvage qui grommelait avec un frôlement grave, lugubre et continu, à travers les rouges vapeurs du soupirail de la lampe, en arrêtant sur moi des regards plus éblouissants que le ventre bombé du cristal, mais qui, au lieu d'être circulaires, divergeaient minces, étroits, obliques et pointus, semblables à des boutonnières de flamme. — Une tête de dogue toute hérissée, tout écumante de sang, et qui avait des chairs informes, mais animées, palpitantes et gémissantes encore, pendues à ses crocs. — Une tête de cheval plus nettement dépouillée, plus effilée et plus blanche que celles qui se dessèchent dans les voiries, à demi calcinées par le soleil, et qui se balançait sur une espèce de col de chameau, en oscillant régulièrement comme le pendule d'une horloge, et en secouant çà et là de ses orbites creuses, à chaque vibration, quelques plumes que les corbeaux y avaient laissées. — Derrière ces trois têtes — et ceci était hideux —, se dressait une tête d'homme ou de quelque autre monstre, qui passait les autres de beaucoup, et dont les traits, disposés à l'inverse des nôtres, semblaient avoir changé entre eux d'attributions et d'organes comme de place, de sorte que ses yeux grinçaient à droite et à gauche des dents aussi stridentes qu'un fer réfractaire sous la lime du serrurier, et que sa bouche démesurée, dont les lèvres se tordaient en affreuses convulsions, à la manière des prunelles d'un épileptique, me menaçait d'œillades foudroyantes. Il me parut qu'elle était soutenue d'en bas par une large main qui s'était fortement nouée à ses cheveux et qui la brandissait comme un hochet épouvantable pour amuser une multitude furieuse attachée par les pieds aux lambris des plafonds qu'elle faisait crier sous ses trépignements, et qui battait vers nous ses milliers de mains pendantes en signe d'applaudissement et de joie.

A ce spectacle effrayant, je poussai brusquement le bailli de l'île de Man, mais il retomba sur moi comme un cadavre, parce qu'à force de me tapir au fond de mon lit pour ne pas l'incommoder, je m'y étais creusé un trou, et je ne vis plus ce qui se passait qu'au peu de jour que me laissait son museau allongé entre ses oreilles droites et menues. Cependant un levier musculeux, noir et velu, un bras peut-être qui fouillait sous notre oreiller, et qui effleura mon cou avec la froideur âpre et saisissante de la glace, m'avertit qu'on en voulait à son portefeuille. Je m'élançai, je me saisis du poignard que j'avais acheté le matin pour ma traversée, je me ruai au milieu des fantômes, je frappai partout, sur le chat, sur le dogue, sur le cheval, sur le monstre, à travers des hiboux qui battaient mon front de leurs ailes, des serpents qui me ceignaient de leurs plis en se roulant autour de mes membres et qui me mordaient les épaules, des salamandres noires et jaunes qui me mangeaient les orteils, et qui se disaient entre elles, pour s'encourager, que je tomberais bientôt. — J'arrachai enfin le trésor de mon ami, à qui ? — Je ne le sais ! — car mon poignard s'enfonçait dans leurs corps comme dans une nuée, — et puis je les vis se rapprocher, sursauter, bondir par la croisée ouverte, se confondre en peloton, tourner les uns sur les autres pêle-mêle, se diviser au choc d'une pierre, se réunir de nouveau à la pente de la jetée, tourner encore en fuyant toujours, et s'abîmer dans la mer avec le bruit d'une avalanche.

Je revins triomphant, et toutefois haletant de fatigue et de terreur, — cherchant toutes les portes, mais elles étaient murées, ou présentaient à peine des passages si étroits qu'une couleuvre n'aurait osé s'y introduire, — ébranlant le cordon de toutes les sonnettes, mais toutes les sonnettes frappaient en vain leurs limbes de liège d'un battail[1] de queue d'écureuil, — implorant à

grands cris une parole, une seule parole ; mais ces cris,
qui n'étaient entendus que de moi, ne pouvaient
s'échapper de ma poitrine prête à éclater, et venaient
expirer sur mes lèvres muettes comme l'écho d'un
souffle.

On me trouva le lendemain, couché à plat auprès de
mon lit, le portefeuille du bailli d'une main, et un
couteau de l'autre [2].

Je dormais.

XVI

Où l'on voit ce que c'est qu'une enquête judiciaire,
et autres choses divertissantes.

« Le crime est évident, dit un vieux robin qui
paraissait pérorer depuis quelque temps au chevet sur
lequel le bailli de l'île de Man reposait encore immobile, et attendre la réponse d'un autre homme si grave
et si empesé qu'on aurait imaginé, au premier coup
d'œil, qu'il pensait à quelque chose. — Quoique le
corps que voilà, et qui était de son vivant l'honorable
sir Jap Muzzleburn [1], de très gracieuse mémoire, ne
présente aucune trace de blessure, comme vous l'avez
admirablement démontré tout à l'heure, en termes
aussi savants que choisis, il est trop certain qu'il est
mort à n'en pas revenir, l'infortuné sir Jap, lui qui a
toujours eu le sommeil si léger, surtout le matin, qu'au
premier bruit de la poêle où l'huile bouillante frissonne
autour des harengs, ou de deux verres qui tintent
gaillardement comme des grelots aux doigts de l'hôtesse, il ne faisait qu'un saut du dormitoire à la salle à
manger, sans prendre le temps de passer sa main

blanche et agile derrière ses oreilles, et quelquefois, j'en suis témoin, sans avoir filé ses moustaches.

« Il m'est avis, continua-t-il avec autorité en me désignant du geste, que ce misérable l'a empoisonné hier au soir dans le vin de Porto qu'ils burent ensemble, si mieux vous n'aimez croire qu'il l'a fasciné de quelque sortilège, ou endormi au moyen de quelqu'une de ces mixtions diaboliques de mandragore, dont l'usage n'est que trop familier chez ces bandits d'outre-mer. Il ne se disposait probablement à l'égorger, quand nous sommes arrivés de façon si opportune, que dans la crainte de laisser son crime imparfait. »

Le docteur ne répondit pas ; mais je crus remarquer qu'il accueillait l'abominable conjecture du juge d'instruction de ce hochement de tête affirmatif et de ce bourdonnement complaisant, qui dispensent les ignorants d'approfondir et les faibles de contester.

« Eh quoi !... m'écriai-je indigné. L'assassin d'un inconnu que j'ai accueilli dans mon lit, malgré le peu de sympathie de nos espèces, et quoique son profil aigu occupât, sur le traversin hospitalier dont je lui ai cédé la moitié, plus d'espace qu'il n'en faudrait pour se bercer commodément à trois têtes aussi rondes et aussi joufflues que celle de M. le docteur ! moi, l'assassin d'un digne chien d'ailleurs, dont je n'ai eu qu'à me louer pour sa politesse et ses manières, et que j'ai protégé durant des heures plus longues que des siècles, contre je ne sais quels ennemis qu'il a le malheur de traîner à sa suite, qui glapissent, qui hurlent, qui miaulent, qui vagissent, qui font peur à entendre et à voir, et auxquels j'ai arraché ce portefeuille, objet de leur envie, pour le rendre intact à son maître !... — Ah ! c'est une calomnie si révoltante qu'elle ferait bouillonner la moelle dans les os d'un squelette !... »

Ce furent mes dernières paroles. Le juge et le médecin étaient partis pour déjeuner ; il ne resta autour de moi qu'une poignée de constables impassibles et sourds, qui me poussèrent brutalement dans un escalier long, étroit, tortueux, par où l'on descendait à la chambre de justice ; car elle était assemblée, par un hasard favorable qu'on me fit remarquer comme un témoignage particulier des bontés de la Providence.

« Il faut que ce misérable joue d'un grand bonheur, dit un de ces messieurs, dont le ton décidé annonçait quelque ascendant de grade ou de considération sur le reste de la bande. — Pris *in flagrante delicto* pendant les assises, et pendu entre deux soleils ! il y a des coquins prédestinés !

— Pendu entre deux soleils ! murmurai-je sourdement, parce qu'il a plu à mistress Speaker de me faire manger de la gélinotte à l'estragon avec un chien danois ; parce que j'ai eu la complaisance de céder la moitié de mon matelas d'édredon à ce pauvre et malencontreux animal, et parce que j'ai passé une nuit épouvantable à le défendre contre une ménagerie de démons dont le seul aspect aurait fait mourir de terreur toute cette valetaille insolente !... O mon père ! ô mon oncle !... que direz-vous si jamais l'*Adviser* du Renfrew [2] vous porte la nouvelle du crime dont on m'accuse, par le grand vaisseau de *La Reine de Saba,* ou par quelque autre voie inconnue, sans vous éclairer sur mon innocence ! Que direz-vous, Belkiss, si vous soupçonnez jamais ce cœur qui n'a battu que pour vous d'avoir conçu la pensée d'un attentat dont le seul récit épouvanterait les scélérats les plus endurcis ! »

Et tandis que je me confondais ainsi en inexprimables douleurs, je m'aperçus à je ne sais quelle pulsation impossible à décrire que le portrait de Belkiss ne m'avait pas quitté, car il palpitait contre mon cœur comme un autre cœur. — Mais je n'osai le regarder. La physionomie atroce de ces hommes de l'ordre public que la loi m'avait donnés pour gardiens me glaça d'effroi.

« En vérité, dis-je en frémissant, si les gens de justice voient cet or et ces bijoux, ils les voleront ! »

XVII [1]

Qui est le procès-verbal naïf des séances d'une cour d'assises.

La rumeur excitée par mon entrée dans la salle d'audience ne s'apaisa que lentement.

Et puis elle se renouvela sourde et confuse, au-dehors de la barrière que les curieux n'avaient pu franchir.

Honneur soit rendu à l'innocence du genre humain ! l'aspect d'un grand criminel a toujours quelque chose de nouveau pour lui. Cela est si rare !

Je me trouvai alors en face du tribunal, et je me hâtai à mon tour d'embrasser l'assemblée d'un regard large et effaré, pendant que ses regards fixes, aigus et pénétrants me criblaient comme des flèches, car c'était moi qui faisais ce jour-là les principaux honneurs du spectacle.

J'éprouvai peu à peu une impression singulière qui ne s'expliqua que successivement à mon esprit par l'habitude de celles qui tenaient mon attention et mes organes subjugués depuis la veille. Quoique toutes les figures qui m'entouraient fussent à peu près des figures humaines, il ne dépendait pas de moi de les entrevoir d'abord autrement qu'à travers de vagues ressemblances d'animaux [2], et la réflexion seule me les rendait l'une après l'autre sous leur type réel, c'est-à-dire aussi raisonnables que peut le comporter l'incroyable obligation d'envoyer mourir légalement, au milieu de la place publique, un être organisé comme nous, qui est notre égal, si plus ne passe, dans l'exercice de toutes nos facultés naturelles ; et cela pour l'instruction morale de ses compatriotes, de ses parents et de ses amis.

« N'est-il pas extraordinaire, dis-je intérieurement, si l'homme est, comme on l'assure, le plus parfait des ouvrages de Dieu, que ce grand artiste de la création, qui avait à sa disposition tous les moules d'une invention inépuisable, ait été réduit par impuissance, comme un ignoble fabricant de pastiches, ou se soit amusé par caprice, comme un peintre de caricatures, à composer son chef-d'œuvre des rognures de tous ses essais, et à reproduire sur le masque de ce triste quadrupède vertical toutes les formes plastiques des brutes ? Qui le forçait, par exemple, à imprimer au front de cette meute de juges, dont la moitié bâille en limiers endormis, et l'autre moitié en panthères affamées, le sceau caractéristique de la populace des êtres vivants ? — M. le président ne représenterait-il pas aussi dignement un Minos, un Æacus ou un Rhadamanthe, si ses bras, plus raccourcis et plus disproportionnés que les pattes antérieures des gerboises, avaient moins de peine à se rejoindre au-dessous d'un mufle de taureau, sur le ventre orbiculaire comme un turbot qui plastronne son buste d'hippopotame ? — Le formidable magistrat qui remplit le devoir, sans doute pénible, d'accuser les pauvres diables de mon espèce, et de les dépêcher à leurs frais vers le pilori ou la potence, ferait moins peur à voir, peut-être, mais il ne serait pas investi pour cela d'un caractère moins imposant, si la nature, dans la confusion de ses galbes capricieux, n'avait pas articulé à la base de son os frontal cet énorme bec de vautour qui lui sert de nez, et qu'elle s'est cruellement égayée, pour compléter la ressemblance, à enchâsser de tout côté entre des membranes rugueuses et livides qui n'ont jamais rougi, même de colère!... — Quant à mon avocat d'office, qui était tout à l'heure à l'extrémité de la banquette, qui est maintenant juché sur le dos de ma chaise, qui sera bientôt ailleurs, s'il plaît à Dieu, et dont tous les soubresauts menacent le parquet d'escalade, il aurait pu se passer sans inconvénient, dans l'exercice de sa noble profession, de son timbre éclatant de perroquet, et de son incommode agilité de sapajou...

« Il faut convenir, ajoutai-je à demi-voix, sans abandonner cette pensée, que le mystère du sixième jour de *La Genèse* est encore loin d'être éclairci, et qu'en réduisant l'homme dégradé par sa faute à l'état des animaux relevés jusqu'à son abaissement, le Seigneur aurait tiré une digne vengeance de l'orgueil insensé du père de notre race. — Et alors, ou je me trompe, les enfants d'Adam qui auraient conservé sans altération, pendant la nouvelle épreuve de la vie, le germe d'immortalité qui a été déposé en eux, pourraient espérer de retourner un jour à ce paradis de délices, œuvre facile de la toute-puissance, œuvre naturelle de la toute-bonté. Le reste retournerait d'où il vient : dans le foyer de la matière éternelle [3] !

— Que diable dit-il là ? cria mon avocat d'un ton de fausset à déchirer le tympan d'une statue de bronze, probablement parce que j'avais eu la maladresse de prononcer ces dernières paroles assez haut pour être entendu.

« Que dit-il là ? répéta-t-il. Je le tiens, je le tiens, messeigneurs. J'ai son critérium phrénologique *ad unguem*. Monomanie toute pure. *Insanus aut valde stolidus* [4]. C'est ce que je vais démontrer péremptoirement dans ma plaidoirie. — Je le tiens », reprit-il avec une explosion plus bruyante encore, en retombant d'un élan sur mes épaules.

Et il me tenait en effet, parcourant ce clavier moral que d'habiles philosophes ont découvert sur la boîte osseuse de notre cerveau, avec un doigté si brutal et si aigu, que j'imaginai qu'il ne se proposait rien moins que d'en extraire la substance médullaire du cerveau, pour la déployer devant le tribunal, à l'appui de son opinion, suivant l'admirable procédé du savant Spurzheim[5]...

« Au nom de Dieu, lui dis-je, en me débarrassant assez vivement de ses mains pour le forcer à exécuter une des plus belles virevoltes dont sa souplesse ait jamais étonné le barreau, abstenez-vous de me défendre par cet indigne moyen ! Quoiqu'il y ait dans tout ce qui m'arrive, surtout depuis hier, de quoi faire extravaguer les sept sages, et, comme disent les Italiens, *impazzare Virgilio*[6], je ne suis, grâce au ciel, pas plus stupide et pas plus fou que je ne suis coupable. Je suis innocent, et n'ai besoin pour me justifier que de mon innocence. Je prie seulement la cour de faire comparaître ici maître Finewood, le charpentier de l'arsenal, et mistress Speaker, l'hôtesse de *Calédonie*.

— *Mad, mad, very mad*[7], interrompit le petit avocat, en couvrant ma voix d'une note si élevée et si stridente qu'on parierait à coup sûr qu'elle manque à la mélopée des oiseaux.

« De quoi va-t-il parler, messeigneurs, je vous le demande ? Le charpentier de l'arsenal et l'hôtesse de *Calédonie* n'ont jamais été de votre juridiction ! »

Quoique je comprisse mal comment je pouvais être privé de leur témoignage, il ne me vint pas à l'esprit qu'on osât me condamner sur une simple apparence, et je continuai à me défendre avec autant de sang-froid que m'en permettaient les trémoussements tumultueux, les passes étourdissantes, les écarts et les estrapades gymnastiques[8] de mon avocat, et surtout les points d'orgue perçants, les sibilations[9] déchirantes, et les cadences à perte d'ouïe qu'il brodait avec une richesse impitoyable sur la basse solennelle du tribunal profondément ronflant. J'alléguai mes derniers, mes seuls témoins, les années peu nombreuses mais irrécusables d'une vie laborieuse et sans reproche, et je croyais toucher à une péroraison assez entraînante, car si l'éloquence n'avait plus d'interprète sur la terre, elle se réfugierait, peut-être, dans la parole de l'innocent opprimé, quand je fus interrompu par un râlement effrayant, comme ceux qui viennent quelquefois, après trois nuits muettes, éveiller le silence de la mort dans les ruines d'une ville saccagée, et je vis au même instant se fendre et béer, sous le bec de vautour de l'accusateur, je ne sais quel affreux *rictus* qui avait la profondeur d'un abîme et la couleur d'une fournaise !

Celui-là ne bondissait pas. Il vibrait seulement tout d'une pièce avec une majestueuse lenteur, sur ses jambes immobiles, en articulant, de la voix factice et pénible à entendre des automates parlants, quelques groupes de mots entremêlés d'interjections froides, mais qui avaient l'air de former un sens, et parmi lesquels un mot seul revenait dans un ordre de périodicité fort industrieux, avec une netteté sonore et emphatique. C'était LA MORT. Je conjecturai que le facteur de cette machine à réquisitoires tragiques devait en avoir ajusté les ressorts dans l'accès de quelque fantaisie atrabilaire ou de quelque fureur désespérée.

« Faut-il, dis-je en me recueillant, que le génie, aigri par le spectacle de nos misères, se livre à d'aussi déplorables caprices !... et de quelle erreur ne s'aveugle pas la multitude qui les reproche à la Providence !... »

Tout ce que je pus saisir de sa diatribe mécanique, à part le refrain trop intelligible dont elle était coupée en paragraphes assez réguliers, c'est qu'il opposait aux garanties que j'avais cru tirer de ma vie passée une objection foudroyante, fondée sur des crimes antérieurs que je ne connaissais pas. Mais je ne puis la faire passer dans mes paroles avec l'harmonie sauvage que prêtait aux siennes une sorte de clapement rauque et convulsif, tout à fait étranger au système de notre organisme vocal, qui les rompait par saccades, comme le criaillement d'un écrou mal graissé.

« Ah! vraiment, une jeunesse innocente et pure! — LA MORT! LA MORT! LA MORT! je ne sortirai pas de là! — Si l'on s'en rapportait à eux, on n'en pendrait jamais un; et à quoi servirait alors le code des peines? A quoi la justice? à quoi les tribunaux, à quoi LA MORT?

« Je prie messieurs de noter pour mémoire, avant de se rendormir, que j'ai conclu à LA MORT. — Quoique la rapidité de l'instruction ne nous ait pas permis d'enfler à notre contentement le dossier du condamné, je voulais dire du prévenu, mais c'est tout un, nous tenons assez de pièces probantes — ou probables — ou au moins suffisamment idoines à former la conviction de ce gracieux tribunal, pour démontrer qu'avant l'attentat énorme dont il est chargé, il était déjà coutumier d'actions détestables, damnables, et par conséquent pendables, dont la plus excusable est punissable de MORT. — LA MORT! LA MORT! LA MORT! s'il vous plaît, et qu'il n'en soit plus question. — Ce drôle est en effet véhémentement soupçonné, comme il appert — évidemment convaincu, je le répète, de séduction sous promesse de mariage, et de soustraction frauduleuse de portrait et joyaux précieux à une femme infortunée dont il a trompé la candeur, et qui lui a sacrifié son innocence! — Pour ne pas abuser des utiles moments de la cour, je me résume dans l'intérêt de l'humanité. — LA MORT ! »

Et les lèvres sanglantes du *rictus* homicide se resserrèrent lentement, comme les dents acérées d'une tenaille que la clef à vis rappelle de cran en cran à l'endroit où elles se mordent.

« O perversité de ce siècle de décadence, meugla le gros réjoui de président, en relevant ses petits bras de toute l'extensibilité dont ils étaient susceptibles jusque près de la soudure horizontale de sa toque judiciaire avec la partie de sa tête où aurait pu être soutenue sa cervelle, et que dépassait amplement des deux côtés le pavillon pourpré de ses larges oreilles. — Nous sommes donc arrivés aux temps calamiteux annoncés dans les prophéties ! Il était sans exemple dans notre jeunesse qu'on eût abusé par fausses et hallucinatoires pollicitations de la crédulité de ce sexe débile et fantasque, avant d'avoir atteint l'âge de majorité ! Encore cela n'était-il toléré qu'aux gens de race ! — Rapt ! furt [10] ! homicide commis dans le dessein de nuire ! Désolation des désolations ! — Cependant, comme il serait insolite, illicite, et d'ailleurs physiquement impossible de pendre trois fois l'individu ici présent — je ne me rappelle pas son nom —, j'opine pour qu'il soit pendu haut et court le plus incessamment possible, sauf à éclaircir les griefs douteux aux prochaines assises. Mais dépêchez, morbleu ! *non festina lente* [11] pour parfiler des périodes philanthropiques et sentimentales, monsieur du barreau, car voilà, si j'ai bien compté, vingt de ces garnements que nous expédions d'aujourd'hui ; et il m'est avis que nous siégeons, dans les fonctions de notre doux ministère de propitiation paternelle, *a diluculo primo,* comme parle Cicéron [12], c'est-à-dire, messieurs, depuis que la naissante aurore a ouvert de ses doigts de roses les portes de l'Orient. On a beau prendre plaisir à faire son devoir. Toujours pendre est insipide. »

J'avais compris vaguement qu'il s'agissait de la Fée aux Miettes. Je me levai.

« Il est bien vrai, messieurs, dis-je en pressant le médaillon de Belkiss sur mes lèvres, car je pressentais trop la nécessité de m'en séparer, que je suis fiancé à une digne femme de Greenock, que j'y ai cherchée inutilement ; mais le terme de cet engagement n'expire qu'aujourd'hui, et ce n'est pas ma faute si je n'en ai pas rempli les conditions, puisqu'on m'a fait prisonnier ce matin, et qu'il me restait un jour pour la découvrir, si elle existe encore quelque part, ce dont il est permis de douter à cause de son grand âge. Quant au portrait dont vous parlez, il le faut, et j'y renonce, quoique sa perte brise mon cœur. Mes malheurs m'ont privé du droit de le conserver ! J'avais remarqué aussi qu'il était entouré de brillants assez riches dont je connais mal le prix ; mais je prends Dieu à témoin que je n'ai pu le rendre à ma fiancée, dont la prestesse incroyable ne le cède pas même à celle de mon avocat d'office que voilà juché dans les attiques du prétoire, comme le mascaron d'un architecte hétéroclite. Je vous rends ce portrait que la Fée aux Miettes, ma prétendue, avait la simplicité de prendre pour le sien, quoiqu'il ne lui ressemble en aucune manière. Prenez-le, monseigneur, continuai-je en le mouillant de larmes, et prenez ma vie avec lui, car c'était par lui et pour lui que je vivais.

— Tudieu ! s'écria le président en saisissant le médaillon qui avait circulé de main en main jusqu'à son fauteuil, et en promenant un regard avide sur l'entourage avant de l'arrêter sur la figure, — tudieu ! le maraud a de quoi payer largement les frais du procès ! L'affaire est plus digne d'attention que je ne l'avais pensé d'abord, et mérite quelques éclaircissements. Attention au parquet ! Et vous, les gens de la cour, que l'on me fasse venir Jonathas le changeur, celui que l'on trouve toujours, le vieux coquin, *sedentem in telonio*[13]. — Mais que vois-je, grands Dieux ! Ce sont les traits vivants, c'est la peinture parlante de l'auguste reine des îles de l'Orient ! c'est notre souveraine en personne avec sa beauté dédaigneuse, son fier regard, et ses belles dents qu'elle semble toujours grincer quand elle me regarde. C'est la divine Belkiss !

— O prodige plus impénétrable à ma pensée que tout le reste des événements de ma vie, m'écriai-je à mon tour, ce sont les traits de la reine de Saba, aujourd'hui régnante, que vous reconnaissez dans cette image !

— Prodige, drôle ! reprit le juge en colère, et de quel prodige parles-tu ? Voilà-t-il pas un beau prodige qu'un homme de mon âge, de mon expérience et de mon savoir, qui a toujours passé, je le dis sans orgueil, pour être doué d'un sentiment très exquis des arts, et qui fait depuis quarante ans une étude spéciale de signalements et d'identités, reconnaisse au premier coup d'œil la toute ravissante Belkiss dans cette fidèle image que ta future, ou toi, vous avez volée je ne sais où ? Si tu entends par là que tu ne pensais pas que l'art pût atteindre à exprimer les perfections inimitables de l'original, je le concéderai pourtant volontiers, car je trouve moi-même dans cette peinture quelque chose de rébarbatif et de maussade qui rend mal la miraculeuse suavité de cette riante et céleste physionomie. Mais que peut le génie humain à l'expression de tant de charmes, et qu'y pourrait le pinceau même des anges et des archanges de Dieu, s'ils avaient le temps de s'occuper à cet exercice ?...

« Or çà, continua-t-il, en s'adressant à maître Jonathas qui venait d'entrer, tenez-vous ici à distance respectueuse de notre personne et pour cause, entre ces deux braves *gripers*[14] de notre bénévole justice, et dites-

nous aussi loyalement que faire se pourra ce que doit
valoir en monnaie royale le bijou qui est retenu à mes
doigts par cette chaîne d'or? Parlez surtout sans
ambiguïtés, maître Jonathas, car la cour est à jeun. »

Jonathas le batteur d'or — c'était le vieux juif que
j'avais vu deux jours auparavant au pied de la
pancarte hébraïque du capitaine — me parut cette fois
plus décharné, plus diaphane et plus misérable encore
que l'avant-veille. Son échine cassée, qui se pliait en
cerceau, soutenait avec peine à la hauteur de sa
poitrine une tête branlante, qui ne se soulevait sur
l'espèce de rameau fatigué auquel elle pendait comme
un fruit trop mûr qu'au tintement ou au nom de
quelque métal précieux. Tout exiguë que fût cette
apparence de corps, elle n'avait certainement pas pu
entrer sans un effort incroyable dans le juste étriqué de
serge autrefois noire qui la comprimait comme le
fourreau d'un mauvais parapluie tordu, et qui ne
descendait jusqu'au-dessus de ses genoux, avec une
somptuosité un peu prolixe, que pour dissimuler le
délabrement d'un caleçon de toile cirée que le temps
avait réduit à la plus simple expression de sa trame
grossière, en enlevant par larges écailles l'enduit solide
qui l'avait protégé pendant une moitié de siècle. Le
tissu de cet habit, blanchi par le frottement de ses
omoplates, et percé symétriquement par la saillie de
ses vertèbres, rappelait aux yeux le vent ou la nuée
textile dont parle Pétrone [15], tant les frêles réseaux qui
lui prêtaient encore une consistance fugitive semblaient près de se dissoudre au frottement flexible du
premier arbuste, ou au souffle espiègle du premier
passant; et vous les auriez confondus avec ceux de
l'araignée travailleuse qui avait tendu sur leur canevas
presque invisible une doublure de peu de valeur,
prudemment respectée par la brosse de Jonathas,
brosse innocente et vierge, si elle a réellement existé,

qui ne frotta jamais rien, de peur d'user quelque chose.

« *Sela, Sela*[16], dit le vieil Hébreu qui tournait en même temps sur tous les points de l'auditoire un œil aussi brillant que mes escarboucles, pour s'assurer qu'il ne s'y trouvait point d'autre acheteur, mais en évitant soigneusement d'intéresser la partie inférieure de son corps dans cette inspection circulaire, de crainte d'user la semelle de ses pantoufles. — *Sela, Sela!* ce médaillon vaut dix-neuf schellings comme un plak. — Attendez, attendez, monseigneur, et ne vous emportez pas comme à l'ordinaire contre votre pauvre serviteur Jonathas ! Est-ce dix-neuf guinées que j'ai dit ? Je voulais dire dix-neuf cents guinées, mon doux seigneur ! ce n'est pas la conscience qui manque à votre honnête client et sincère admirateur Jonathas, et vous pouvez le savoir, car je vous ai vu tout petit, déjà beau et bien proportionné comme vous voilà. — Mais la vieillesse et la pauvreté obscurcissent l'intelligence, comme les ténèbres le soleil. Ceci est dans le saint livre de Job[17]. — Hélas ! je suis si affaibli d'esprit que je ne saurais dire le verset ! — Cependant, si j'ai offert du premier mot quatorze cents guinées, je suis prêt à les envoyer tout de suite au greffe de M. le *recorder*[18] ! — *Sela, Sela,* je ne les porte pas dans mes poches, parce que cela pèse et que ce qui pèse troue ; et c'est beaucoup, par la dureté des temps qui courent, que de trouver la somme exorbitante de neuf cents guinées chez soi et chez ses amis.

— *Sela, Sela!* s'écria le président qui ne se contenait plus de colère. Voilà qui est bon quand il s'agit de l'argent d'autrui, et je t'en ai passé jusqu'ici de quoi faire figurer vingt synagogues aux fourches de Saint-Patrick[19] ; mais il s'agit de l'argent de la justice et de notre pécule magistral, et si tu me mens d'un seul grain de laiton faux, je te fais hisser avec ce vaurien, par le beau soleil du midi, à la plus haute potence de

Greenock dans une chemise de mailles de fer, pour
jouer par cet appât un tour mémorable aux corbeaux !
Tu n'auras jamais été vêtu aussi solidement.

— *Sela, Sela !* reprit Jonathas avec une inflexion de
voix doucereuse et caressante. Monseigneur a toujours
le mot pour rire ! Il était déjà comme cela tout enfant
quand je le vis la première fois, un enfant si joli, si
affable et si gracieux ! — Mais il me semblait que dix-
neuf mille guinées étaient un assez beau prix, et si j'ai
dit vingt mille neuf cents guinées, je tâcherai de
parfaire la somme avec mes pauvres hardes, pour
l'honneur de ma parole. Je prie cependant la cour de
considérer la misère du malheureux juif obligé de
mendier son pain depuis la ruine du temple de
Jérusalem, et qui n'a de fortune quand il est vieux que
son industrie et sa probité ! — Oh ! ne vous emportez
pas ainsi, monseigneur, car votre aimable physionomie
devient alors terrible à voir, comme disait la reine
Esther au roi Assuérus[20] ! — S'il ne tient qu'à une
charretée de méchants sacs de guinées pour acquérir
ce bijou, j'en donnerai deux cent mille pour mon
dernier mot. — Va donc pour deux cent mille guinées !

— Va pour deux cent mille cordes qui t'étranglent !
dit le président, pâle d'avarice et de fureur. — Deux
cent mille guinées d'un pareil trésor ! — Qu'on fasse
venir le shérif, et qu'on pende tout le monde ! »

Mon avocat sauta par la fenêtre.

« Ce n'est pas la crainte qui me touche, dit Jonathas
dont la tête pendait jusqu'à terre, et aurait balayé les
tapis de ses cheveux blancs, si la nature lui avait laissé
ce noble ornement d'une sage vieillesse. — En vérité,
ce n'est pas pour moi, mais pour la gloire de mon
peuple et la consolation d'Israël. — Mais quand je
devrais être pendu, je ne pourrais donner de ce
médaillon plus de deux millions de guinées. — Votre
grâce entend bien que je n'y comprends pas le portrait,

dont j'aurais peine à trouver le débit, car il menace les regardants de deux rangées de dents si effroyables, qu'il m'est avis qu'on ne verrait pas leurs pareilles dans toute la gendarmerie du bailli de l'île de Man. Je le céderai à l'amiable pour la dépouille du bandit, qui me paraît un peu plus soignée qu'il ne convient à cette espèce. »

Il tournait sur moi, au même instant, un petit monocle bordé de cuivre, pendu à une vieille ficelle. « Ma dépouille, maître Jonathas ! et mon cadavre dedans ! et vingt guinées que vous pourrez réclamer du capitaine de *La Reine de Saba*, si je ne suis pas au port à midi ! et vingt guinées plus ou moins que vaut la pacotille que j'y ai fait arrimer ! et tout ce qui me reste sur la terre de propriétés légitimes, par droit d'acquêts ou de successions, en titres, en créances, en espérances, en jouissance actuelle et à venir ! — Tout pour le portrait de Belkiss ! — Tout pour le toucher, tout pour le voir encore une fois !

— Bien, bien, dit le juif, c'est une affaire comme une autre, et qui me donne recours légitime sur tous vos débiteurs dont la liste est tombée de hasard entre mes mains, gens peu solvables, comme vous savez, parmi lesquels je vois comprise une misérable mendiante qui a élu pour domicile le porche de l'église de Granville. Qu'il vous plaise donc de me bailler cédule [21] de nos dites conventions avant le prononcé du jugement, vu que l'on ne peut plus contracter de marché valable en justice, une fois que l'on est pendu.

— Malédiction, Jonathas ! gardez le portrait de Belkiss ! j'aime mieux perdre cette image adorée que le repos de mon cœur, où je suis du moins sûr de la retrouver, tant qu'il battra dans ma poitrine. »

Pendant ce temps-là, les juges avaient conféré entre eux, et les deux millions de guinées de Jonathas leur faisaient aisément oublier les débats de ma procédure.

Ma condamnation n'était plus qu'un incident imperceptible dans une magnifique opération. Comme j'entendais parler de partage, il me sembla quelque temps que les voix se divisaient, et que mon innocence, protégée par le zèle équitable de deux ou trois hommes de bien, finirait par prévaloir ; mais je m'aperçus, en y prêtant un peu plus d'attention, que le partage qui était si vivement débattu par les souverains arbitres de ma vie, c'était le partage des diamants.

Cependant le débat se prolongeait, et il paraissait même qu'il eût changé de nature depuis qu'un des *tipstaffs*[22] de la cour, qui venait de pénétrer dans la salle d'audience, avait déposé ostensiblement devant le président une missive scellée de sept sceaux, dont l'ouverture et le dépouillement s'étaient accomplis avec toutes les formalités d'une respectueuse déférence.

Ce nouvel épisode me laissa le temps de réfléchir pendant quelques minutes.

« Étrange créature, dis-je, que la Fée aux Miettes, si brillante d'esprit et de savoir, si instruite d'étude et d'expérience, et qui a mendié deux cents ans, de pays en pays, avec un colifichet de cinquante millions à son cou ! »

XVIII

Comment Michel le charpentier était innocent, et comment il fut condamné à être pendu.

« Voici bien autre chose ! dit tout à coup le président en déployant sa dépêche sur la table du tribunal. *Rara avis in terris*[1] ! L'auguste Belkiss, qui ne s'occupe jamais de nous qu'à ses jours de récréation, pour nous faire quelques bénignes espiègleries, daigne intervenir comme partie civile dans la cause de ce garnement, et, usant à son égard de sa générosité ordinaire, elle entend et ordonne qu'il lui soit permis de choisir entre ce portrait et sa garniture, afin d'en jouir et disposer comme il lui conviendra jusqu'à son heure dernière. — Hélas ! cela ne sera pas long, et ma sensibilité naturelle s'en afflige.

Homo sum ; nihil humanum a me alienum puto[2].

« Donc si tu as ouï, Raphaël, Gabriel, ou comme on t'appelle — cela est écrit —, si ta naturelle ineptie t'a permis de pénétrer les suprêmes intentions de notre bien-aimée maîtresse, je t'enjoins en son nom de nous faire connaître ta résolution élective ou optative, qui ne me paraît pas difficile à prévoir.

« Mais, en vérité, continua-t-il à demi-voix en se retournant du côté des juges, n'était que notre adorable souveraine brille de tout l'éclat de son printemps et de sa beauté, j'aurais quelque velléité de croire que sa raison s'affaiblit, et qu'elle tombe dans l'état que les juristes ont appelé *pueritia mentis*[3].

— Je voudrais bien savoir, pensai-je en me rongeant les doigts, depuis quand et à quel propos on rend la justice à Greenock au nom de la reine de Saba ! Il faut que la peur ait un peu détraqué mon cerveau, ou que tous ces gens-là soient eux-mêmes devenus fous.

— Est-ce ainsi, reprit-il avec emportement, que tu accueilles cette marque de magnificence[4] haute et royale, et attends-tu que je prenne acte de ton silence insolent pour confisquer ce bijou au profit de justice ?

— Non pas, s'il vous plaît, monseigneur ! m'écriai-je à l'instant. Il me semblait seulement qu'un magistrat placé si haut dans la confiance de l'illustre Belkiss ne douterait pas de mon choix, et je croyais vous l'avoir entendu dire. — C'est le portrait que je veux, le portrait seul et dépouillé de tous ses ornements, qui n'appartiennent ni à la justice ni à moi, mais à la Fée aux Miettes. C'est le portrait de Belkiss! »

Une rumeur d'étonnement courut dans le tribunal et dans l'auditoire, mais j'y fis peu d'attention, parce qu'un huissier me rapportait en courant, pour ne pas me laisser le temps de me dédire, cette image consolante et chérie dont la possession comblait mes derniers vœux et rachetait toutes mes douleurs. Elle n'était plus revêtue que d'une capsule de métal d'un blanc terne qui paraissait aussi vil que le plomb, et qu'on n'aurait pu d'ailleurs en détacher sans la rompre, tant le ressort qui la faisait jouer y était artistement uni.

Je ne perdis pas un moment pour regarder Belkiss, dont la joie passait toute expression, tandis que le digne président, absorbé par un autre soin, faisait sauter deux à deux les plus belles escarboucles de la bordure d'or, pour payer sur leur produit les frais de la procédure, et que Jonathas, à demi désappointé, essuyait du revers de sa main de momie les seuls pleurs qu'il eût jamais versés. Ma satisfaction était si pure et si complète, que je craignis de m'en distraire en m'égayant aux détails de cette scène grotesque, et je restai plongé si longtemps dans la contemplation qui m'enivrait, que je n'avais changé ni de posture ni de pensée, quand la cour, revenue des opinions, me notifia ma sentence. J'étais condamné sans appel, et les termes du jugement ne m'accordaient aucun délai.

« Belkiss, chère Belkiss, dis-je en la regardant avec plus d'ardeur que jamais, comme pour accumuler sur mon cœur, dans l'espace de quelques minutes qui me restaient à la voir, toutes les impressions d'une longue et heureuse vie; chère et adorée Belkiss, il faudra donc bientôt vous quitter!... »

Et alors Belkiss, qui ne se contenait plus, rit à faire
éclater l'émail. Je me hâtai de refermer le médaillon et
de le replacer sur mon sein, de peur de compromettre
l'existence de mon trésor, pour le peu d'instants que
j'avais à le conserver, en laissant une trop libre carrière
à l'expansion de sa gaieté. Cependant, cette précaution
me coûta, je l'avoue, un léger mouvement de dépit.

« En vérité, murmurai-je avec une secrète amertume, je voudrais bien savoir ce qu'elle trouve de
plaisant dans tout cela, et de quoi elle s'amuse ! Il faut
convenir que les femmes ont des caprices bien singuliers ! »

Pendant que je me faisais cette allocution intérieure,
les constables s'étaient rangés en cercle autour de moi,
et le shérif m'avait touché de sa canne d'ébène en signe
de prise de possession.

Bientôt on marcha, et je marchai. Je descendis les
longs escaliers du palais. Je traversai lentement ses
vastes et froids vestibules entre deux lignes d'hommes
armés ; je parvins au guichet de la dernière porte, d'où
je devais gagner la place fatale. J'y passai presque en
rampant, et je me relevai à la lueur du soleil qui
arrivait au plus haut point de sa course, et que je
venais voir pour la dernière fois dans la splendeur de
son midi.

Jamais le jour n'avait été si beau. La nature ne porte
pas le deuil de l'innocent.

Mille voix qui ne formaient qu'une voix s'élevèrent
comme une bourrasque.

« Le voilà, le voilà ! » cria la foule, en agitant en l'air
des bras, des chapeaux, et des plaids.

Et elle s'ouvrit pour me laisser passer en répétant :
« *Le voilà !* »

XIX

Comment Michel fut conduit à la potence, et comment il se maria.

Je ne m'étais jamais exercé à la cruelle idée de mourir pour un crime sous les regards du peuple. Mes sens restèrent quelque temps confondus dans l'horreur de cette accusation qui me faisait oublier l'horreur du supplice, et toutes les voix de la multitude se perdirent à mon oreille dans je ne sais quel écho grave et menaçant dont le retentissement inexorable me poursuivait des noms de voleur et d'assassin. Tout à coup je me rappelai que Belkiss était assurée de mon innocence, puisqu'elle paraissait si contente ; j'avais lieu de croire qu'elle devait connaître mon oncle et mon père, et qu'elle ne manquerait pas de me justifier à leurs yeux s'ils existaient encore. Je récapitulai ma vie passée, qui me paraissait exempte de reproche, au moins selon le jugement de ma conscience, et j'en fis hommage à Dieu. Dès ce moment, je m'avançai plus paisible au rapide passage qui allait m'introduire, sans crainte et sans remords, dans les secrets de l'éternité, et je ne vis plus, dans l'étrange tableau qui se mouvait autour de moi comme une scène de vertige, qu'une espèce de spectacle.

Je craignais cependant, je l'avouerai, d'apercevoir, parmi les curieux qui se ruaient au-devant de mes pas, quelques-unes de ces figures connues dans lesquelles je n'étais accoutumé à lire qu'une bienveillance peut-être un peu inquiète, mais dont l'expression m'avait plus d'une fois pénétré d'attendrissement et de reconnaissance, parce qu'elle ressemblait à celle de l'amitié. En effet, je me croyais aimé des enfants mêmes de

Greenock, âge qui sait rarement aimer, et si je les avais
entendus se dire quelquefois en passant près de moi,
avec leur malice rieuse : « C'est lui, c'est le beau
charpentier de Granville qui est fiancé à la veuve de
Salomon », je me flattais au moins de leur avoir inspiré
quelque sentiment plus doux par mon empressement à
les aider dans leurs études, et à leur apprendre le nom
des fleurs et des papillons. Heureusement, je ne
rencontrai personne que j'eusse rencontré jamais, et
comme la population de Greenock n'est pas telle qu'on
ne puisse la passer en revue dans un an, je fus sur le
point d'imaginer qu'elle s'était renouvelée tout entière,
durant le cours de cette terrible nuit ; j'allai même
jusqu'à m'en féliciter dans mon cœur, parce qu'il
serait meilleur de mourir au milieu d'une génération à
laquelle on ne coûterait du moins point de larmes.

Je ne tardai pas à me détromper. J'ai dit qu'il était
midi, et c'était l'heure où *La Reine de Saba* devait
mettre à la voile. Comme le vent était contraire, je
supposai d'abord que le capitaine n'y penserait pas ;
mais j'aperçus, en arrivant, à la hauteur du port, le
bâtiment tout appareillé qui se berçait majestueuse-
ment sur sa quille, et qui donnait ses derniers signaux
de départ, avec une assurance si nouvelle, même pour
les fameux mariniers de Greenock, qu'elle partagea un
instant l'attention entre l'infortuné qui allait mourir et
le vaisseau qui allait voguer. Je finissais ma course, et
il commençait la sienne à travers des hasards aussi
aventureux que ceux de la vie, pour aborder comme
moi à quelque plage inconnue.

« *La Reine de Saba* ! dis-je en frissonnant, le vaisseau
triomphant de Belkiss qui devait me rendre à mes
parents ! C'était donc hier ! »

Une clameur s'éleva sur la rive, les câbles sifflaient,
et le navire, qui ne nous apparaissait plus que par sa
poupe, silla[1] si promptement à l'horizon de la mer,

qu'au bout d'une seconde ce n'était qu'un point noir, et qu'au bout d'une autre seconde ce n'était rien.

Le vaisseau parti, on revint à moi. De jolies petites filles au teint un peu hâlé et aux cheveux noirs et bouclés, comme la plupart des jolies petites filles de Greenock, me précédaient en distribuant au peuple, pour un plak, l'histoire lamentable du bailli Muzzleburn que j'avais égorgé à l'auberge de *Calédonie.* D'autres jeunes filles se disputaient la feuille tout humide d'impression, afin de la reporter plus vite à un amant ou à un père qui les soulevaient d'un bras caressant pour leur montrer un homme qu'on allait tuer au nom de la justice et des lois.

Nous allions à pas mesurés, soit à cause de la solennité qui s'attache parmi les peuples les plus sauvages à un sacrifice humain, soit pour satisfaire à loisir aux empressements de ce concours d'hommes, et surtout de femmes et d'enfants, palpitants de curiosité et de joie, qui composent le public ordinaire des exécutions. La lenteur de ce convoi vraiment funèbre, et qui ne diffère de l'autre que parce que le cadavre marche, me permettait de saisir à mes côtés quelques paroles des spectateurs.

« Qui ne s'y serait trompé ? disait une blonde, à l'œil triste et doux, qui s'était arrêtée là, son carton de modiste sous le bras. Voyez comme son regard est assuré sans être fier, et modeste sans être abattu ! Croirait-on qu'un coupable sût mourir ainsi ? Oh ! pour tout l'or du vieux Jonathas, je ne voudrais pas reposer ma tête la nuit prochaine sur le chevet de son juge.

— Il faut cependant, reprit une de ses compagnes, que ce soit un coupable bien convaincu, pour avoir été condamné, puisqu'on dit qu'il est riche à plus de cinquante millions ; et Dieu sait qu'il aurait eu meilleur marché de la conscience de toutes les cours souveraines, d'ici au royaume de Belkiss, si son crime avait pu s'excuser.

— Que dites-vous, de cinquante millions, mes belles dames? reprit un jeune homme qui cherchait à se mêler à leur conversation. Le seul collier de ce bandit valait infiniment davantage, et le banquier Jonathas vient de payer cent millions une seule des escarboucles qui en avaient été retirées pour les frais de justice.

— A quel propos alors, interrompit un vieillard assez morose, que le mouvement de la foule avait poussé dans ce groupe, à quel propos et dans quel intérêt aurait-il assassiné le pauvre sir Jap Muzzleburn, dont le revenu, contenu, dit-on, dans le portefeuille volé, ne passait pas, à mon avis, quelque cent mille malheureuses guinées?

— A quel propos, en effet? s'écria la petite modiste aux cheveux blonds. Il faudrait que ce malheureux fût fou.

— C'est que je crois qu'il l'est réellement, repartit le jeune homme en souriant. Imaginez-vous qu'on assure qu'il s'était proposé de rebâtir le temple de Salomon!... »

Là-dessus il mordit son bambou pour s'empêcher d'éclater, et je passai.

Les stations se ralentissaient cependant de plus en plus, au point de me permettre de presser de temps en temps sur mes lèvres le portrait de Belkiss, quand le shérif s'arrêta tout de bon pour réprimer l'impatience frénétique de la populace, en lui annonçant par un signe imposant que mon exécution était suspendue d'un moment; car la vie de l'homme est au bout du bâton d'un officier de justice, comme au bout du doigt de Dieu. Ces deux autorités, par bonheur, ne sont en partage que sur la terre.

Il s'agissait d'annoncer qu'en vertu d'un vieil usage d'Écosse, que je croyais depuis longtemps tombé en

désuétude, ma vie pouvait être rachetée par l'amour
d'une jeune fille qui me prendrait en mariage [2]. Cette
idée me fit hausser involontairement les épaules, et je
portai ma main avec force sur le portrait de Belkiss,
pour qu'elle n'eût pas le temps de douter de l'assurance de ma résolution ; mais je dois avouer que mon
indignation s'augmenta du déplaisir que me causait le
mauvais langage de cette proclamation légale, dans
une circonstance aussi sérieuse. « Hélas ! ces gens-ci,
me disais-je, ont raffiné la parole pour les plus puériles
frivolités de la vie, pour échanger des faux souhaits et
des compliments imposteurs, et la loi qui tue ou qui
sauve est encore écrite dans le jargon des sauvages.
Assassiner judiciairement un homme, c'est un crime
effroyable ! mais le plus grand des crimes, c'est de tuer
la langue d'une nation avec tout ce qu'elle renferme
d'espérance et de génie. Un homme est peu de chose
sur cette terre, qui regorge de vivants, et avec une
langue, on referait un monde [3]. »

La patience me manqua, et je crois que j'aurais
maudit le shérif et le patois barbare des lois, si je
pouvais maudire.

Mon émotion fut remarquée, car la petite blonde me
suivait toujours.

« Je croyais, dit-elle, qu'il irait jusqu'à la mort sans
montrer de colère.

— C'est qu'il comptait peut-être, pour échapper au
supplice qui l'attend, sur les impressions que vous
venez de trahir, dit le jeune homme en jetant le bras
autour de son cou, et je conviens qu'il vaudrait la peine
d'être sauvé sans la confiscation ; mais la confiscation
est de règle, et c'est même quelquefois pour cela qu'on
est pendu.

— Si j'ai bien compris le sentiment qui a rembruni
son visage, interrompit le vieillard, qui les suivait
encore, parce que la foule était trop pressée pour se

diviser en si peu de temps, je crois que les approches de la mort y ont moins de part que la sotte allocution du shérif. Vous ne sauriez croire, mademoiselle, combien il est fâcheux de monter à la potence, en dépit du bénéfice de *clergie*[4], pour satisfaire aux sanglantes conventions d'une société qui n'a pas encore mis à profit l'avantage de la parole. »

Je voulais sourire à ce bonhomme, et lui témoigner qu'il avait pénétré dans ma pensée ; mais il n'y était déjà plus, parce que la place élargie avait ouvert de libres issues aux curieux satisfaits. Quant à la jeune blonde et à son interlocuteur, je me doutai qu'ils s'étaient ménagé le plaisir de me voir passer plus loin, de la croisée d'un des cabinets particuliers de mistress Speaker.

Nous étions, en effet, parvenus à la place où s'exercent ces boucheries judiciaires qui maintiennent encore notre civilisation au niveau des lois et des mœurs des anthropophages. A l'extrémité s'élevait un échafaudage de mauvaise grâce dont les profils barbares n'avaient pu être dessinés que par quelque méchant manœuvre. L'appareil qui le surmontait n'était jamais tombé sous mes yeux, mais je n'eus pas de peine à en deviner l'usage. Ma vue s'en détourna, non de terreur, car j'aspirais à la mort comme au réveil d'un songe pénible, mais d'un mélange d'attendrissement et de dégoût dont je fus un moment à me rendre compte. On ne saurait comprendre ce qui entre de dédain ou de compassion pour le genre humain dans le cœur d'un innocent qui va mourir.

C'était l'endroit de la seconde station du shérif, et pendant qu'il reprenait sa détestable harangue, sans l'avoir émondée d'un solécisme, je cherchais à en distraire mon attention dans la solution d'un problème ou d'une étymologie, quand le son d'une voix connue vint vibrer au fond de mon sein.

« C'est moi, c'est moi qui le sauverai », criait Folly en se débarrassant avec violence des mains de ses compagnes, les petites *grey gowns* de Greenock, qui ne voulaient pas la laisser partir.

Je n'avais jamais eu d'amour pour Folly, dans le sens que j'attachais à cette passion inconnue. L'amour que je m'étais fait ne se composait que des sympathies les plus délicates de l'imagination et du sentiment. C'était toute une âme qu'il fallait à la mienne, une âme tendre, une âme sœur et cependant souveraine, qui m'enveloppât, qui me confondît et m'absorbât dans sa volonté, qui m'enlevât tout ce qui était moi pour le faire elle, qui fût autre chose que moi, un million de fois plus que moi, et qui cependant fût moi. Oh! cela ne peut pas se dire!

Cette joie immense, accablante, indéfinissable, qui me manquait, et qui manque probablement à la plupart des hommes, j'en avais amassé tous les rayons au portrait de Belkiss, comme dans la lentille du physicien qui fond l'or et brûle le diamant à travers un froid cristal, en concentrant les tièdes chaleurs d'un jeune soleil d'avril. Je savais bien que c'était là une illusion; mais je ne devinais pas de réalité qui valût mieux pour le bonheur.

Et cependant, monsieur, je concevais qu'un homme autrement organisé — je vous l'ai dit sans doute — pût être heureux de l'amour de Folly; car Folly était jeune, jolie, éveillée, pleine de grâce dans sa marche et surtout dans sa danse, aimable, fraîche, ravissante comme une rose qui s'épanouit, et qui ne demande qu'à être cueillie. Les heures de délices que Folly pouvait me donner, je les avais rêvées aussi. J'avais rêvé ses blanches dents, qui semblaient rire avec ses lèvres; j'avais rêvé son regard, non pas épanoui d'habitude sur sa large prunelle, mais jaillissant par traits de flamme entre tous les cils de ses yeux.

J'imaginais facilement ce que Folly émue, troublée, palpitante, se défendant pour se laisser vaincre, Folly pressée sur ma poitrine, les doigts dans mes cheveux et la bouche près de ma bouche, devait répandre de charmes sur quelques minutes, sur quelques journées de ma vie. Je m'étais fait peut-être une chimère plus délicieuse que la vérité des voluptés de cet amour-là ; je croyais qu'il valait mieux que mille existences : mais ce n'était pas mon amour !

Si vous vous rappelez qu'il restait à peine quelques toises à parcourir entre l'échafaud et moi, vous trouverez cette digression bien longue. Je l'ai reprise dans mes réflexions ; elle ne tient pas une minute dans mon histoire.

« Eh ! que m'importe qu'il soit fou ! disait Folly, je le sais aussi bien que vous ; que m'importe qu'il soit pauvre et sans ressource que son métier ! que m'importe même qu'il ait tué sir Jap Muzzleburn, qui n'était au fond que le roi des chiens ! n'est-ce pas Michel, mon cher Michel que j'ai tant aimé, et que j'aime plus que jamais ! — Non, non, continua-t-elle en tombant à mes pieds, en appuyant sur mes genoux sa tête échevelée, en les saisissant de ses mains tremblantes, non, tu ne mourras pas, tu vivras pour moi, pour ta petite Folly ! Je guérirai ton esprit égaré, je te réveillerai dans tes mauvais songes ; et tu seras heureux, parce que mon amour préviendra tous tes soucis, se jettera au-devant de tous tes chagrins, et fera passer ton imagination des folles erreurs qui la troublent dans un état constant de repos et de joie ! — Arrêtez, arrêtez, monsieur le shérif ! ajouta Folly, en renversant en arrière son front d'où flottaient ses beaux cheveux ; n'allez pas plus loin, monsieur le shérif !... annoncez que Michel de Granville est pris en mariage par Folly Girlfree, vous savez bien, la petite *mantua-maker*[5] ; j'ai travaillé pour madame ! »

— Hélas, chère Folly ! répondis-je les yeux mouillés de pleurs, le ciel m'est témoin qu'après ce qu'il m'a prescrit d'aimer, je n'aime rien mieux que toi, et que le dévouement que tu me prouves, pauvre enfant qui me crois coupable, surpasse toutes les idées que je me suis faites de la tendresse et de la vertu ; mais tu n'ignores pas qu'un engagement sacré m'empêche de profiter de ton sacrifice !

— Eh quoi ! dit-elle en se relevant furieuse, c'est donc là ma récompense ! moi qui ai refusé ce matin la main du riche Coll Seashop [6], le maître du calfat, le plus beau et le plus sage des mariniers de Greenock, tu me rebutes pour l'image d'une princesse d'Orient qui n'existe peut-être pas, qui n'aurait jamais rien été pour toi si elle existe, ou qui t'aurait repoussé avec mépris au rang de ses derniers esclaves ! Malédiction sur Belkiss !

— Tais-toi ! m'écriai-je en portant ma main avec respect sur le portrait de Belkiss, tu as blasphémé, Folly, parce que tu ne me comprenais pas, et je sens que Belkiss te le pardonne ! Mon amour pour ce portrait n'est en effet qu'une illusion, et mon esprit, si malade que tu le supposes, n'a jamais conçu l'orgueilleuse prétention d'un retour ! Ce que je voulais te dire, c'est que je ne pouvais contracter de nouvel engagement, parce que j'étais fiancé avec une autre femme, et que c'est aujourd'hui même qu'elle aurait eu droit de réclamer l'exécution de ma promesse. Je n'ai pas besoin de t'apprendre, chère Folly, que les devoirs d'un honnête homme lui sont plus sacrés que sa vie et que son bonheur.

— Cette défaite humiliante, il faudrait au moins l'expliquer ! reprit Folly.

— Oui, oui, répondis-je en souriant et en rapprochant sa main de mes lèvres. Je suis fiancé, et je te le jure dans ce moment imposant où le parjure me priverait pour l'éternité de la bénédiction de Dieu, je suis fiancé avec une vieille mendiante qui m'a communiqué tout ce que j'ai d'aptitude et de savoir au-dessus de la plupart des hommes, et qui a eu la même bonté pour tous les chefs de notre famille, en remontant jusqu'à mon septième aïeul. Cette bonne femme, qui est peut-être morte, mais qui ne m'a pas dégagé de mes obligations, s'appelle la Fée aux Miettes. »

A ces mots, Folly croisa les mains, les laissa retomber, et, secouant la tête avec une profonde expression de pitié :

« Va donc mourir, me dit-elle, pauvre infortuné, puisque rien ne peut te rendre à toi-même, et qu'il s'est trouvé des juges assez stupides et assez cruels pour te condamner. » — Puis elle resta immobile et les yeux attachés à la terre pendant que je suivais le cortège, qui s'était remis en marche sur les pas du shérif.

Un instant après, il avait gagné la partie supérieure de l'échafaud, d'où il jetait sa proclamation au peuple pour la troisième et dernière fois, et je prenais possession d'un pied ferme de ces fatals degrés que les condamnés ne redescendent jamais vivants, quand un brouhaha de l'espèce la plus extraordinaire en pareille circonstance vint distraire mon attention de l'idée sérieuse qui commençait à l'occuper. C'était une tempête d'éclats de rires frénétiques et à rendre les gens sourds, dont l'explosion venue de loin augmentait de force en approchant, comme si la foudre s'était déchaînée en tourbillons rivaux pour l'apporter à mon oreille. Je me retournai du côté du peuple, et vous pouvez juger de mon étonnement quand j'aperçus la Fée aux Miettes, la béquille étendue à l'horizon en signe de commandement, ainsi que je l'avais laissée quand je la perdis dans ces dunes de Greenock, où elle me fit faire tant de chemin. Ma première pensée fut qu'elle achevait son tour du monde par terre, depuis

que nous ne nous étions vus ; mais sa tournure
pétulante et sa toilette plus ambitieuse encore que
d'ordinaire n'avaient rien qui annonçât les rudes
fatigues du piéton. C'était un luxe de dentelles, de
rubans et de bouquets qui passait toutes les féeries de
l'Opéra.

« Grand Dieu ! lui dis-je en m'unissant de grand
cœur à la gaieté universelle, que vous voilà magnifi-
quement accoutrée, Fée aux Miettes, et que j'aurais
plaisir à vous voir de la sorte dans une meilleure
occasion ! Mais vous savez de quoi il s'agit ici pour
moi, et je suis désagréablement surpris, je vous
l'avouerai, qu'une digne femme qui voulait bien
m'aimer un peu, que j'ai connue si favorablement
disposée envers ma famille, et qui s'est toujours
distinguée par un tact si exquis des bienséances, ait
réservé l'étalage des plus brillantes galanteries de son
vestiaire pour le jour où son malheureux petit Michel
doit être pendu !

— Pendu ! reprit vivement la Fée aux Miettes, en
bondissant sur ses jolis souliers roses avec cette
élasticité ascensionnelle que vous lui connaissez depuis
longtemps ; — pendu ! et pourquoi seriez-vous pendu,
méchant, puisque j'arrive pour vous sauver ? Ne me
devez-vous pas merci d'amour et guerdon [7] de loyauté
au jour préfix où nous sommes, et ne venez-vous pas de
le dire vous-même à ma jolie *mantua-maker*, Folly
Girlfree ? Ce n'est pas, Michel, que je veuille abuser de
votre foi à des engagements que vous avez peut-être
pris trop légèrement ; je vous aime sans doute, et plus
que je ne puis le dire, mais mon cœur se briserait, mon
enfant, plutôt que de consentir à vous imposer un
regret. Folly est jeune et piquante, et je sens que je me
fais quelque peu vieille depuis notre dernière rencontre. Si vous trouvez votre bonheur à épouser Folly, je

suis toute prête à vous rendre votre liberté au prix des plus chères espérances de ma vie !

« Cela dépend de vous, continua-t-elle d'un son de voix qui s'était attristé de plus en plus, et l'argent que je vous dois a même assez profité dans mes mains pour vous assurer un bon établissement.

« L'honneur de mon caractère n'exige qu'une chose, ajouta la Fée aux Miettes en se redressant avec toute la dignité que pouvait comporter sa petite taille, c'est que vous me rendiez mon portrait.

— Le portrait de Belkiss, Fée aux Miettes ! ah ! vous en êtes la maîtresse ! »

Et, en disant cela, j'avais poussé machinalement le ressort de manière à entrouvrir assez le médaillon pour m'assurer que Belkiss pleurait.

« Voilà ce portrait qui a fait le bonheur d'une année de ma vie, et que je n'étais pas digne de posséder si longtemps ! Mais je ne vous le rends point à la condition que vous me proposez. J'aime dans Folly les agréments d'une jeune et bonne fille qui a pitié de moi, quoiqu'elle me croie insensé et coupable, parce que son âme, toute charmante d'ailleurs, ne vit pas dans la même région que la mienne. Les engagements qui m'attachent à vous, la protectrice et l'ange tutélaire de mes années d'écolier, pour être un peu plus bizarres au jugement du monde, ne m'en sont ni moins doux ni moins sacrés. Je les ai pris librement, et je les tiendrai sans effort, car mon cœur n'est lié d'aucun amour par les créatures de la terre. Vous êtes ma fiancée et mon épouse, Fée aux Miettes, et je vous donnerais ce titre aujourd'hui avec autant de plaisir que dans les grèves où je pêchais aux coques de Saint-Michel, si ce n'était pas à vous à le répudier. Vous ignorez sans doute ma fatale histoire, et vous ne savez pas que cette échelle sanglante où je monte, elle a été dressée pour un assassin !...

— Un assassin ! toi, mon enfant, dit brusquement la Fée aux Miettes ; eh ! mon Dieu, mon amour me trouble et m'étourdit tellement que j'ai oublié tout d'abord ce que j'avais à faire ici ! Personne à Greenock ne doute maintenant de la vérité. Sir Jap n'est pas mort, mon cher Michel ; il sait que tu as sauvé sa vie, sa fortune et les revenus de l'île de Man. La léthargie dans laquelle la terreur le fit tomber quand il te vit aux prises avec tant de mauvais sujets ne l'a pas empêché de comprendre les prodiges de valeur que tu as dû faire pour le défendre. Depuis qu'il est revenu à lui, ses émissaires n'ont cessé de parcourir les rues en proclamant ton innocence, et voilà que le shérif la proclame aussi. Entends plutôt le peuple qui bat des mains ! Sir Jap lui-même ne m'aurait pas laissé l'avantage de le précéder, si quelque reste de son indisposition ne l'avait retenu, ou s'il ne s'était arrêté, en passant, à déjeuner avec le juge instructeur et le médecin légal que j'ai laissés disposés à faire largement honneur aux frais de la vacation. Tu es innocent, Michel ; tu es libre et je n'aurais plus contre toi qu'une action civile, que je n'exercerai jamais, tu le sais bien ! Dispose donc à ton aise de ta main et de ton sort, et rends-moi mon portrait, si tu ne veux pas me tenir les promesses étourdies que tu m'as faites. »

J'étais libre en effet. Le shérif avait brisé sa baguette, les constables avaient disparu ; et Jonathas, que je venais de voir roulé au plus haut degré de l'échafaud dans le linceul où il espérait emporter mon cadavre, se retirait confus pour la seconde fois de la journée, en s'enveloppant dans son drap de mort.

« Votre portrait, je vous le rends, Fée aux Miettes, répondis-je en souriant, car mon extravagante passion pour une adorable princesse que je ne verrai jamais s'accorderait mal avec les sentiments sérieux d'un époux. Mes promesses, je les accomplis en pleine liberté d'esprit et de cœur : j'atteste Dieu et les hommes que je vous épouse, Fée aux Miettes, parce que je vous l'ai promis, parce que je vous respecte comme une digne et savante personne, et aussi parce que je vous aime. »

Je tremblais que la Fée aux Miettes ne prît à ces mots un de ces élans prodigieux qui m'avaient étonné si souvent, et par lesquels sa joie se manifestait presque toujours dans les grandes occasions. Je me trompais : mes yeux la retrouvèrent à sa place en se rabaissant sur elle, et je fus frappé du sentiment doux et passionné qui semblait alors humecter les siens...

« Non, non... reprit-elle en rattachant de toute l'agilité de ses jolis doigts d'ivoire le médaillon à la chaîne. Oh ! vraiment non ! tu le garderas toujours ! je ne me croirais pas assez aimée de toi, si je n'en étais aimée aussi sous les traits de ma jeunesse !... »

Je me penchai pour imposer sur son front le baiser solennel qui consacrait notre mariage, et je laissai tomber ma main à la hauteur de son petit bras, qui la ceignit fièrement à l'instant comme le bras d'une épousée.

« Merveille ! merveille ! crièrent les spectateurs, le fiancé de la veuve de Salomon qui épouse la Fée aux Miettes !

— Ne les écoute pas, reprit à voix basse la Fée aux Miettes. La veuve de Salomon, ce n'est pas la beauté, c'est la sagesse ; et tu n'es pas aussi trompé qu'ils l'imaginent, si je parviens à te procurer un peu de bonheur... »

Je lui fis entendre en pressant sa main que je n'avais rien à désirer, et que les risées stupides qui couraient sur notre passage n'humiliaient pas mon cœur. Je témoignai, au contraire, par mon assurance, que j'étais fier de l'amour de cette pauvre vieille femme ; et de quoi s'enorgueillerait-on, si ce n'est du plus parfait des sentiments éprouvés par la raison et par le temps ?...

A quelques pas de là, nous fûmes arrêtés au détour d'une rue étroite par le concours d'une autre multitude qui suivait la noce de Coll Seashop, le maître du calfat, et de Folly Girlfree, la plus jolie *mantua-maker* de Greenock ; et mon âme se dégagea du seul poids qui l'oppressait. Je jetai cependant un regard sur la mariée, et je la trouvai bien jolie !...

« N'as-tu point d'émotion que tu me caches ? me dit la Fée aux Miettes un peu troublée.

— Aucune, ma bonne amie, repris-je avec transport. Coll est un habile et honnête ouvrier, et je me réjouissais de penser que cette belle et tendre Folly pourrait être heureuse !

— Vraiment j'y compte bien aussi ! » répondit la Fée aux Miettes.

XX

Ce que c'était que la maison de la Fée aux Miettes,
et la topographie poétique de son parc,
dans le goût des jardins d'Aristonoüs
de M. de Fénelon [1].

Nous arrivâmes enfin à l'endroit des murs extérieurs de l'arsenal où devait être appuyée cette maisonnette dont la Fée aux Miettes me parlait quelques années auparavant. Je l'avais souvent cherchée depuis sans la découvrir, et je ne fus pas surpris qu'elle m'eût échappé jusque-là, quand la Fée aux Miettes me la montra dans un recoin fort caché, en la touchant du bout de sa baguette. Je restai un moment stupéfait, et je retins mes pensées suspendues à mes lèvres, dans la crainte d'humilier cette respectable femme par une observation inconvenante ; ce qu'il y a de plus bas au monde, c'est de mortifier la pauvreté ; mais c'est le comble de l'ingratitude et de la noirceur, quand la pauvreté nous donne un abri.

Je ne vous ai pas encore dit la cause de mon embarras. Vous avez infailliblement vu, monsieur, dans les jouets des enfants, et vous vous souvenez peut-être, car c'est la dernière chose qu'on oublie, d'avoir possédé parmi les vôtres une jolie petite maison de carton verni, aux murs de couleurs d'ocre badigeonnés en perfection à la laque et au bleu de Prusse, avec ses trois croisées immobiles, sa ferblanterie en papier d'argent, son toit où l'ardoise s'est arrondie en écailles sous un pinceau naïf qui se ferait scrupule de prêter à l'illusion par quelque artifice imposteur. Vous l'avez vu, cet édifice innocent qui n'a rien coûté aux veilles de l'architecte, aux fatigues du maçon et du charpentier, avec son modeste jardin composé de six arbres que l'artiste expéditif a taillés à côté de l'allumette, et dont la cime, insensible aux vicissitudes des saisons, se couronne de feuilles découpées en taffetas vert. Telle me parut au premier regard la maison de la Fée aux Miettes, et telle vous la trouveriez encore si la direction ou le hasard de vos voyages vous conduisait un jour à Greenock. Il me devint impossible de contenir mon étonnement.

« Par le ciel ! Fée aux Miettes, m'écriai-je, vous êtes-vous jamais mis dans l'esprit que nous puissions entrer là-dedans ? Le nain jaune lui-même, sur l'existence duquel les critiques ne sont pas d'accord, n'y trouverait où loger !

— Tu t'étonnes de tout, reprit gaiement la Fée aux Miettes, et c'est une mauvaise disposition pour vivre dans ce monde de l'imagination et du sentiment, qui est le seul où les âmes comme la tienne puissent respirer à leur aise. Laisse-toi conduire, car il n'y a que deux choses qui servent au bonheur : c'est de croire et d'aimer. »

En même temps, elle me saisit par la main, se baissa sous la porte d'entrée, et m'introduisit dans une pièce élégante et spacieuse qui excédait mille fois les bornes dans lesquelles ma première conjecture avait circonscrit notre domicile. Je la parcourus rapidement du regard, et je vis qu'elle ne contenait qu'un lit.

La Fée aux Miettes pénétra dans ma pensée, elle en avait l'habitude, et poussant du doigt le ressort d'une porte qui suivait, elle me montra sa chambre à coucher qui n'était ni moins commode, ni moins jolie que la mienne. Je ne revenais pas de ma surprise.

« Comme j'avais compté sur ta parole, dit-elle en entrant, et que je ne voulais pas t'engager dans un établissement peu sortable pour ton âge, sans t'y procurer au moins les dédommagements de l'édude et les plaisirs de l'esprit, je te disposais ici de mes petites épargnes une bibliothèque à ton goût. Si je me suis trompée sur les auteurs qui charmaient tes premières études, je crois que tous tes amis y seront. » — Et d'un nouveau mouvement, elle m'ouvrait un cabinet de quelques pieds carrés, où mes livres favoris rayonnaient de maroquin et d'or sur de gracieuses tablettes. « Attends, reprit-elle en faisant rouler sur ses gonds une troisième porte de bois de cyprès, voici tes outils de charpentier, d'un travail un peu plus soigné que ceux dont tu te sers aux chantiers de maître Finewood, et sur les gradins qui les surmontent, un assez bon assortiment d'instruments de mathématiques. S'ils deviennent insuffisants à mesure que tu te perfectionneras dans tes connaissances, nous serons en mesure d'y pourvoir, car les soixante louis que je te devais ont heureusement prospéré dans mes mains. — Ne m'interromps pas, continua-t-elle avec un sourire, par tes exclamations d'enfant à qui tout semble nouveau. Ce qui devait te surprendre, pauvre Michel, c'étaient les épreuves de l'innocence malheureuse, et tu les as subies sans murmure. Accoutume-toi aussi sans efforts à un sort humble mais doux, qui ne changera désormais pour toi que le jour où tu le voudras, mais dont tu resteras toujours le maître. Il y a de certains esprits, et je ne te confonds pas avec eux, pour qui la continuité d'un bien-être médiocre devient en peu de temps plus intolérable que les chances orageuses de l'ambition et de l'adversité. Si tu sais te contenter dans ton état, et te réjouir dans ton ouvrage, tu auras atteint à la suprême sagesse, et tu pourras te passer de moi qui ne dois pas te rester longtemps, à en juger par la longue mesure d'années que j'ai déjà remplie. — Tu t'attendris, mon ami, tu pleures, tu m'aimes donc!...

— Eh! Fée aux Miettes, qui pourrais-je aimer sur la terre, si ce n'est l'être généreux qui me comble de tant de bienfaits?...

— Ce mot est de trop entre nous, dit-elle d'un son de voix attendri; mais puisque tu n'as pas craint de blesser les sentiments les plus délicats de mon cœur, j'épuiserai avec toi sans retard la seule conversation triste que nous devions avoir de notre vie. L'idée qu'à vingt et un ans tu t'es formée du mariage a dû te faire comprendre un autre bonheur que celui qui t'est promis par notre union. Je le sens, et tu me démentirais en vain, parce que je lis dans ton âme tout aussi avant que toi-même. Conserve-toi pur pour ce bonheur que je te prépare peut-être; au moins es-tu en droit de l'attendre de ma prévoyance, qui ne s'est occupée que de toi depuis ton berceau. Aime ces traits de mon jeune âge, aime ce portrait, le seul charme qui me soit resté pour te plaire, et ne t'inquiète pas du reste de tes obligations envers moi. Oublie jusqu'aux fougues de ma vieillesse encore jeunette qui s'éprit

follement d'un joli enfant dans les écoles de Granville.
Mon affection pour toi est plus vive que l'affection
d'une mère, mais elle en a la chasteté. Des raisons que
tu connaîtras avant peu ont amorti dans mon sein la
dernière étincelle des passions que tu y avais rallu-
mées, et s'il m'en reste un désir, c'est que tu conçoives
un jour quelque bonheur à posséder l'âme de la Fée
aux Miettes sous les traits de Belkiss ; la nature est si
variée dans ses caprices que cela peut se rencontrer. »

　J'allais tomber à ses genoux ; elle me soutint, et
enlevant aussi une larme de ses yeux, du bord de sa
longue manchette : « Viens, viens ! dit-elle, tu me
faisais perdre de vue quelques ordres que j'ai à donner
pour notre repas de noces, quoique nous devions le
faire tête à tête, comme il convient à notre condition.
En attendant, continua-t-elle en soulevant une portière
de soie, promène-toi dans notre petit jardin. Il n'est
pas fort étendu, ainsi que tu as pu en juger du dehors,
mais il est si adroitement distribué que tu t'y promène-
rais tout un jour sans passer au même endroit. »

　La portière retomba sur moi, et je m'engageai en
rêvant dans le jardin de la Fée aux Miettes. J'étais si
préoccupé que je marchai longtemps en effet sans
prendre garde aux objets qui m'entouraient ; mais les
sentiers se multipliaient à tel point sur mon passage
que je commençai à concevoir tout de bon la crainte de
m'égarer, et que je cherchai à me faire, pour l'avenir,
une idée plus distincte des localités. Ce qui m'y frappa
d'abord, ce fut la douceur de la température et l'éclat
du ciel dont je n'avais jamais joui avec autant de
délices à Greenock, même dans les journées les plus
pures de l'été, car ce climat est froid, et le soleil n'y
brille de quelque splendeur que pendant un petit
nombre de semaines ; mais un phénomène encore plus
nouveau pour moi vint me faire oublier celui-là ; je ne
sais par quel heureux artifice, dont la Fée aux Miettes

devait sans doute le secret à sa longue expérience de toutes les sciences humaines, elle était parvenue à naturaliser dans ce jardin enchanté les plus rares merveilles de la végétation des tropiques et de l'Orient. C'étaient des lauriers-roses aux cymbales lavées d'un frais vermillon, des grenadiers chargés de bouquets de pourpre, des orangers dont les branches pliaient sous le poids de leurs fleurs d'argent et de leurs fruits d'or, des aloès dont la tige, élancée comme un mât gracieux, balançait à son sommet une riche couronne de girandoles, des palmiers dont la cime se déployait au souffle d'un vent parfumé comme un éventail de verdure. Entre les groupes de ces arbres élégants et de mille autres espèces que je connaissais à peine par leurs noms, coulaient sous le dais échevelé des saules de Babylone une multitude de jolis ruisseaux dont les rives étaient toutes brodées des plus riantes fleurettes de la nature. Ne vous imaginez pas que le sable sur lequel ils glissaient transparents comme une nappe de cristal, ou sur lequel ils bondissaient[2] à leur pente en cascade de diamants, fût emprunté à la blanche arène, formée de petits cailloux choisis, qui sert de repos aux nymphes. Ce n'était ni plus ni moins, je vous jure, que des opales à l'œil de feu, des améthystes limpides comme le ciel, et des escarboucles rayonnantes comme celles qui avaient entouré le portrait de Belkiss ; et je sentis alors pourquoi la Fée aux Miettes y attachait si peu d'importance ; mais il est tout naturel qu'on ne parvienne pas communément à cette idée, avant d'avoir parcouru les jardins de la Fée aux Miettes.

Permettez-moi de ne pas oublier un genre de ravissement moins familier à la plupart des hommes, et que l'habitude de mes premiers goûts et de mes premiers plaisirs me rendait peut-être plus sensible que les autres. L'attrait de ce perpétuel printemps avait fixé dans les jardins de la Fée aux Miettes les plus

élégantes et les plus aimables des créatures auxquelles
Dieu n'a pas encore daigné donner une âme, les
magnifiques papillons qui peuplent les solitudes et qui
caressent les fleurs des deux mondes. Je les connaissais
presque tous par les descriptions que j'en avais lues
bien jeune, ou par les images que les peintres en ont
faites ; mais je les voyais pour la première fois se
croiser, s'éviter, se poursuivre, planer, tournoyer dans
l'air, frémir en bourdonnant ou s'enfuir à peine
visibles, sur des ailes fraîches et vivantes, et rivaliser
d'éclat avec les corolles en coupes, en cloches, en
bassinets, en cornets, en roses, en étoiles, en soleils qui
pendaient, vermeilles, de tous les rameaux. Divine
munificence de la création ! Sublime enchantement des
yeux ! Spectacle digne d'embellir les rêves d'un homme
de bien qui s'est endormi sur une bonne pensée !

J'y aurais passé une journée entière sans distraction
et sans souvenir, si la voix de la Fée aux Miettes ne
m'avait appelé à notre petit festin ; et je ne m'attendais
guère à me retrouver si près de notre maison. Comme
la bonne vieille m'éclairait de la porte avec un
flambeau, je m'aperçus que le jour était tout à fait
baissé, et que mon imagination s'était entretenue
longtemps dans des impressions délicieuses qui ne
pouvaient plus lui être transmises par mes sens.

Je rentrai. Près d'une petite table servie simplement,
mais avec une appétissante propreté, flamboyait un
feu vif et pur, parce que, selon la Fée aux Miettes, la
soirée s'était refroidie.

« Que dites-vous du froid, ma bonne amie ?
m'écriai-je en revenant à moi. Jamais le printemps n'a
eu de plus douce chaleur et l'été plus de grâces !

— Oh ! répondit-elle, dans mon jardin on ne s'aperçoit de rien, quand on est amant ou poète ! »

La Fée au Miettes ne m'avait jamais laissé exprimer
sans l'éclaircir un doute léger dont la solution pût être

utile à mon instruction ou à mon bonheur ; et cependant, depuis notre dernière rencontre, elle avait affecté
plusieurs fois de se défendre de mes étonnements, et de
se dérober à mes questions.

« Voilà qui est bien, dis-je en moi-même. Ce vain
besoin de tout savoir et de tout expliquer qui me
tourmente ne serait-il pas une marque de la faiblesse
de notre intelligence et de la vanité de nos ambitions,
le seul motif peut-être qui nous empêche de goûter sur
terre la part légitime de félicité qui nous y est
dispensée ? Que m'importent les causes et les motifs du
bien dont je ressens les effets, et de quel droit irais-je
m'en informer avec une sotte et orgueilleuse curiosité,
quand tout m'avertit que je suis né pour jouir de ma
vie et de mon imagination, et pour en ignorer le
mystère ? Funeste instinct qui ouvrit à Ève les portes
de la mort, à Pandore la boîte où dormiraient encore
toutes les misères de l'humanité, et à je ne sais quelle
noble châtelaine, dont j'ai oublié le nom[3], le cabinet
sanglant de la *Barbe Bleue !* Ce que je ne sais pas, si
j'avais intérêt à le savoir, la Fée aux Miettes qui le sait
me l'aurait dit. C'est pour cela que mes interrogatoires
l'affligent, moins parce qu'elle craint d'y voir percer
l'apparence d'une défiance injurieuse, que du regret de
s'y confirmer dans l'idée qu'elle commence à se faire
de l'insuffisance et de la légèreté de mon esprit. »

Et depuis ce moment-là je n'interrogeai presque
plus. Je pris ma vie comme elle était.

XXI

Dans lequel on lira tout ce qui a été écrit
de plus raisonnable jusqu'à nos jours
sur la manière de se donner du bon temps
avec cent mille guinées de rente,
et même davantage.

Ah ! la conversation de la Fée aux Miettes avait des agréments si puissants que vous ne vous seriez jamais lassé de l'écouter ! Je remarquais seulement avec une sorte d'inquiétude que ses paroles, ses gestes, ses attitudes, avaient perdu cette vivacité folâtre et quelquefois bouffonne dont je m'étais si souvent réjoui au collège. Elle n'était devenue cependant ni sérieuse ni sévère, et la douce gravité de ses discours n'ôtait rien à leur aimable aménité, mais elle affectait de donner à nos entretiens un tour plus solennel et une direction plus élevée que dans les jours mémorables de la pêche aux coques et du naufrage sur les côtes d'Angleterre. Je supposai qu'elle croyait devoir cette réserve à la dignité de notre fête nuptiale, ou bien que l'âge de réflexion dans lequel j'étais entré ce jour-là imposait de lui-même une nouvelle forme à ses sages enseignements. Je cherchai en moi si notre vie morale ne se partageait pas, effectivement, entre les riantes déceptions de l'enfance, et les convictions austères que l'expérience apporte un jour à l'enfant qui s'est fait homme, et je me demandai si mon apprentissage était tout à fait fini.

J'en doutais, parce que les vicissitudes de ma jeunesse n'avaient pas été assez nombreuses et assez variées pour me fournir l'occasion d'embrasser sous tous les aspects toutes les chances d'une existence complète. Je regrettais de n'avoir éprouvé ni assez de malheurs, ni surtout assez de prospérités, pour être sûr de ma résolution dans tous les événements de la vie. Ce que je savais, c'est que le principal devoir qui me restât sur la terre, c'était de faire le bonheur de la Fée aux Miettes. Ce que je ne savais pas, c'est ce que je pouvais au bonheur de la Fée aux Miettes, mais mon cœur se serait brisé de l'idée qu'elle n'était pas heureuse.

J'ignore si elle me devina, mais elle me tira de ma préoccupation par un grand éclat de rire, et ses yeux vifs et brillants se fixèrent en même temps sur moi, humectés de ces larmes intérieures qui ne débordent pas la paupière, avec une si délicieuse expression d'attendrissement, de commisération et d'amour, que je ne pus résister au besoin de saisir sa jolie petite main d'un côté de la table à l'autre, et d'y imprimer un baiser.

Au même instant, un faible grondement, fort expressif et fort chromatique, se fit entendre à la porte.

« Ah! vraiment! dit la Fée aux Miettes, en s'élançant pour ouvrir avec son indevançable prestesse, je crois connaître cette voix harmonieuse, et je suis bien trompée si ce n'est pas l'élégant Master Blatt, le premier écuyer de notre ami sir Jap Muzzleburn! »

C'était Master Blatt, en effet, c'est-à-dire un barbet noir des plus propres et des plus mignons que l'on puisse imaginer, au poil frisé par larges anneaux, comme s'il avait été tourné par le fer d'un perruquier fashionable [1], aux bottines de maroquin jaune frappées d'un gland d'or flottant, et aux gants de buffle à la Crispin [2].

C'était Master Blatt lui-même, qui entrait en s'éventant, avec une grâce infinie, de sa toque empanachée.

Comme c'était à ma femme que s'adressait la commission de Master Blatt, et qu'il aboyait son petit discours dans cette langue canine de l'île de Man à

266   La Fée aux Miettes

laquelle je n'étais légèrement initié que depuis la veille, je n'essayai pas de le suivre dans les développements de sa harangue. Cela m'aurait été difficile, à la vérité, parce qu'il en précipitait le débit avec une si surprenante vélocité que jamais ni tironien ni sténographe[3] ne l'eût rattrapé à la course, et qu'il avait d'ailleurs un peu d'accent.

Quand il eut fini de parler, Master Blatt ramena devant lui sa patte droite, qu'il avait laissée jusque-là reposer sur sa hanche d'une manière pleine de dignité, et remit aux mains de la Fée aux Miettes un portefeuille dont la forme, la couleur, la dimension, le signalement tout entier étaient bien présents à ma mémoire ; le portefeuille du bailli de l'île de Man que j'avais défendu de si grands hasards, et qui faillit me coûter si cher.

Ensuite il s'inclina profondément devant elle, me salua d'une manière plus grave, et se retira peu à peu sans se détourner, comme un chien diplomate qui est accoutumé aux grandes affaires, et qui connaît le cérémonial d'une ambassade.

« Bien, bien, bien, dit la Fée aux Miettes, en se renversant sur sa chaise longue avec une expansion de gaieté qui me charmait. — Tes cruels malheurs d'une nuit nous auront du moins, comme tu le vois, servi à quelque chose !

— Je vous jure, Fée aux Miettes, lui répondis-je, que je n'en sais pas un mot !...

— Cher enfant, tu as raison, reprit-elle, et pardonne-moi ma distraction. Il faut que je t'explique cela. Ta triste aventure m'avait rappelé que l'île de Man appartenait de temps immémorial à une branche de ma famille dont l'héritage me revenait de droit par le fâcheux bénéfice d'une longue vie, et je t'avouerai que j'attachais peu d'importance à cette propriété, à cause du caractère maussade et hargneux des habi-

tants ; mais l'occasion me détermina, et comme j'étais
sûre d'arriver assez à temps pour t'empêcher d'être
pendu, je m'avisai d'expédier en passant mon homme
d'affaires au bailli pour faire reconnaître mes titres. Ils
étaient si authentiques et si clairs, que l'honnête sir
Jap n'a pas hésité un moment à remettre à ma
disposition les revenus de l'année, c'est-à-dire cent
mille livres sterling de bon papier, continua-t-elle tout
en feuilletant les traites et les billets, cent mille bonnes
guinées que tu as tirées des griffes des voleurs. »

Et là-dessus la Fée aux Miettes se reprit à rire
d'aussi bon cœur qu'autrefois.

Je penchai ma tête sur ses mains, et je restai quelque
temps sans répondre.

« Cent mille guinées, Fée aux Miettes ! dis-je enfin.
Cent mille guinées de revenu ! — Oh ! si vous aviez eu
cette fortune quand vous veniez racheter ma vie au
pied de l'échafaud, je n'y aurais pas consenti ! une si
riche héritière que la Fée aux Miettes ne peut pas être
la femme d'un ouvrier sans ressources et sans espérances ! »

La Fée aux Miettes me regarda d'un air chagrin et
se mordit les lèvres. « Tu n'as point dit cela, Michel,
dans l'intention de me blesser, répondit-elle avec un
son de voix ému, et j'oublierai ce qu'il pourrait y avoir
d'amer dans cette observation, si tu avais voulu en
faire un reproche. Non, non, le généreux enfant qui
m'a donné trois fois en sa vie tout ce qu'il possédait, et
qui m'a engagé jusqu'à sa liberté pour me forcer à
recevoir ses bienfaits, ne m'accuse pas dans son cœur
d'avoir manqué aux lois de la délicatesse quand j'ai
consenti à lui tout devoir. C'est cependant ce qu'il
ferait en hésitant à recevoir de moi cent fois moins qu'il
ne me sacrifiait en effet, quand il se dépouillait en ma
faveur des derniers débris de sa fortune. Mais ceci
même lui appartient, car je ne me serais jamais avisée

de réclamer mes droits sur une propriété inutile et
oubliée, sans l'événement presque miraculeux qui t'a
mis en possession de ce portefeuille comme d'une
propriété légitime. Il faut bien t'apprendre du reste,
continua-t-elle en reprenant une complète assurance,
que tes richesses n'ont rien à envier aux miennes, et
qu'elles les égalent si elles ne les excèdent pas. Encore
n'est-ce pas de tes espérances sur les biens de ton père
et de ton oncle que j'entends parler, quoique les
nouvelles qui m'en arrivent depuis longtemps me
fassent concevoir une grande idée de la prospérité de
leurs entreprises et de la magnificence de leurs établis-
sements.

— Ils vivent tous les deux ! m'écriai-je en pleurant
de joie. Dieu soit loué à jamais !

— Dieu soit loué en toutes choses, dit la Fée aux
Miettes. Ils vivent, et tu les reverras avant peu si mes
projets s'accomplissent. En attendant, rien ne manque
à ton opulence, puisqu'ils m'ont autorisée à fournir à
tous tes besoins aussitôt que je t'aurais retrouvé, et que
le seul produit de l'or dont tu m'avais si charitable-
ment confié le dépôt passe déjà ailleurs, si je ne me
trompe, la portée de tous les vœux que tu peux former
en ta vie. Il me suffira de te prévenir aujourd'hui que je
l'ai placé dans un commerce qui doit rapporter cent
mille pour un à chaque voyage du grand vaisseau sur
lequel tu te proposais de t'embarquer hier, et qui
mouillera toutes les semaines à Greenock. Tu vois par
là que tu seras en peu de jours le plus riche de nous
deux, car je n'ai aucune raison pour suivre les mêmes
chances, et la possession d'un or superflu ne tente pas
mon ambition. »

Je ne m'arrêtai pas d'abord aux sages paroles qui
terminaient ce discours singulier ; l'idée de cette fortune immense et inattendue que je n'avais jamais
rêvée, même dans le sommeil, exerça sur mon esprit

une espèce de fascination et d'étourdissement où ma raison cherchait en vain à se retrouver. Plus je m'efforçais de rattacher le fil de ma pensée à quelques-unes des combinaisons d'existence que je m'étais composées jusque-là, plus je me trouvais étranger à mon avenir, et incapable de m'y placer d'une manière assortie à mon organisation et à mon caractère. Je finis par penser tout haut. « En vérité, repris-je en balbutiant des mots confus comme mes réflexions, de semblables événements doivent nécessairement changer la position que nous tenons dans la société. Je m'en félicite pour vous, Fée aux Miettes, qu'ils appellent à jouir d'une destinée digne de votre naissance et de votre sagesse ; mais pour moi, je m'en étonne, et je ne me prépare pas sans un mélange d'inquiétude à cet état de splendeur où la Providence m'a tout à coup élevé. C'est à vous, qui avez acquis dans votre jeunesse l'expérience de la richesse et des grandeurs, à m'apprendre ce que nous devons faire de nos trésors, pour montrer à tout le monde que nous méritons de les posséder.

— Ceci est une grande question, mais j'essayerai de l'éclaircir puisque tu le veux, répondit la Fée aux Miettes en souriant assez tristement, autant que je pus m'en apercevoir, car j'osais à peine tourner mes regards sur elle. Il y a effectivement bien des partis différents à tirer d'une grande fortune, et je ne dois pas te le dissimuler, plus de pernicieux que d'utiles. La plupart des hommes regardent cet avantage inopiné du hasard comme une raison de se livrer doucement à l'oisiveté, de jouir des voluptés du luxe dans une tranquille paix, et d'étaler aux yeux de la multitude un faste qui lui impose, parce qu'elle estime les plaisirs qui y sont attachés au-dessus de toutes les faveurs de la nature. Si cette condition te convient, tu es maître de la choisir. Tu auras demain des palais somptueux, des

ameublements exquis, des voitures éblouissantes de
dorures et attelées de superbes chevaux pour te
transporter à travers tes vastes domaines ; les artistes
s'empresseront de te consacrer leurs travaux, les
poètes feront des vers à ta gloire, les grands t'accoutu-
meront, par leurs prévenances, à te regarder comme
leur égal, et tu ne pourras plus compter tes amis. Enfin
tu goûteras pour la première fois les charmes d'une
mollesse tout à fait inoccupée, et le profond contentement d'âme que procure la certitude de n'avoir rien à
faire.

— Rien à faire, Fée aux Miettes ! Ah ! ce n'est pas
dans cette pensée que peut résider un profond contentement de l'âme ! Le Dieu qui a daigné me former ne
m'a pas donné ces bras robustes et habiles au travail
pour que je les laisse indignement languir dans une
lâche inaction. Et s'il lui plaisait un jour de me retirer
ces faveurs dont il me comble aujourd'hui, que devien-
drais-je après avoir oublié l'exercice de mon métier, et
l'agréable habitude de ces labeurs de tous les jours qui
m'occupent, qui me fortifient, qui me plaisent, qui
m'ont fait quelquefois honneur et ne m'ont jamais
ennuyé ? Un objet de mépris pour les honnêtes gens et
de pitié pour les sages ! j'aimerais cent fois mieux me
désaccoutumer de l'espérance d'être riche, et l'effort ne
serait pas grand. Il n'y a pas longtemps qu'elle m'est
venue !

— A merveille, mon cher Michel ! s'écria joyeusement la Fée aux Miettes, en frappant d'aise ses
blanches mains l'une contre l'autre. Ajoute à cela que
le changement de la manière de vivre ne ferait illusion
qu'à toi, si tu étais assez stupide pour tomber dans un
pareil aveuglement. Tu aurais beau te cacher dans ton
faste, comme le ver dans son cocon de soie, et la
chenille dans sa chrysalide dorée, ceux qui t'ont connu
te reconnaîtraient, et l'envie qu'inspirerait ton agran-

dissement subit ne tarderait pas à se convertir en haine
secrète, sous de fausses apparences, au fond du cœur
de tes flatteurs les plus assidus. " A qui appartient,
dirait-on, ce carrosse aux panneaux resplendissants,
qui fait voler si haut la poussière sous ses roues ferrées
d'argent ?... — Eh quoi, répondraient les passants avec
un dédaigneux mouvement d'épaules, ne le savez-vous
pas encore ? C'est un des trois ou quatre cents
équipages, car il en change tous les jours, dans lesquels
le petit charpentier Michel promène cette vieille naine
dentue, difforme et ridicule, que tout Granville a vue
mendier pendant cent ans sous le porche de son église.
Ne voilà-t-il pas un beau couple pour écraser le pauvre
peuple, et n'a-t-on pas raison de dire qu'il n'est telle
vanité que de petites gens ? " Tu n'aurais fait à ce
compte qu'abdiquer la modeste réputation d'un honorable ouvrier pour gagner celle d'un sot riche ; et c'est
le souvenir le plus fâcheux qu'on puisse laisser sur la
terre après celui que laissent les méchants. — Mais si
la fortune ne sert qu'à rendre plus sensibles l'abrutissement des voluptueux et l'incapacité des oisifs, elle peut
prêter un relief éclatant aux qualités de l'esprit et aux
glorieuses ambitions du génie. Tous les travaux de
l'homme en société ne se réduisent pas aux œuvres
matérielles de la main. Il influe par son crédit et par
son habileté sur les développements de la richesse et de
la prospérité publiques. Il prend part à la création des
lois et à l'administration des États. Il tient les balances
de la justice dans les tribunaux, ou les rênes du
gouvernement dans le conseil des rois ; et pour arriver
aux grands emplois, l'or est dans tous les pays la
première de toutes les aptitudes. Pauvre, ton savoir et
ton éducation ne te promettaient qu'un petit nombre
de succès obscurs qui n'auraient jamais tiré ton nom
de l'oubli ; opulent, il n'est point de carrière qui ne te
soit largement ouverte, et au bout de laquelle tu n'aies

à recueillir, vivant, les faveurs de la popularité, mort,
les illustrations de l'histoire. La banque de Jonathas
restera bientôt sans chef, au régime sordide que son
avarice lui a fait adopter. Le président de justice est,
depuis dix ans, fou de sottise et d'orgueil, et on
n'attend qu'à le prendre sur quelque fausse application des lois qui aura coûté la vie à un bon nombre
d'innocents notables, pour lui donner un successeur. Il
y a des députés à élire et des ministres à disgracier.
Choisis. »

Je regardai fixement cette fois la Fée aux Miettes, et
je trouvai ses yeux arrêtés sur moi. Cette circonstance,
qui m'aurait intimidé un moment auparavant,
augmenta ma hardiesse, et me confirma dans la
détermination que j'avais prise pendant qu'elle
parlait, car toutes mes irrésolutions s'étaient dissipées.

« Mon choix est fait, lui répondis-je, et mon seul
regret est d'avoir pu hésiter ; je resterai charpentier. »

Elle contint sa joie, mais elle ne réussit pas à me la
dérober tout à fait. Je continuai.

« Écoutez, Fée aux Miettes, et pardonnez-moi si je
conteste une seule fois avec vous. Mes études ne m'ont
pas rendu propre aux emplois que vous me proposez,
et je suis trop sensé, grâce à Dieu, grâce aux leçons de
mes parents, grâce aux vôtres, pour mettre le sort d'un
pays en balance avec mon orgueil. Je ne cède pas, en
vous disant ceci, aux timidités de la modestie. J'imagine au contraire que je n'ai jamais conçu pour moi-
même une plus haute estime qu'en me rendant compte
des idées où cet entretien nous entraîne, et s'il est vrai
que la vanité se mêle à tous nos jugements, elle
pourrait bien jouer son rôle dans mon refus. Je crois
sincèrement que je pourrais apporter comme un autre
le tribut de mes facultés à l'œuvre de tous, si la
civilisation était, comme je la comprends, une doctrine
de foi, une législation d'amour et de charité, une

pratique de bienveillance réciproque et universelle ;
mais dans l'état où les siècles nous l'ont donnée, je n'ai
ni intelligence pour l'expliquer, ni disposition à la
servir. Je respecte les pouvoirs que les nations s'imposent ; je me range sans examen aux lois qu'elles
reconnaissent ; j'honore les esprits sublimes qui croient
y entendre quelque chose, et les citoyens généreux et
dévoués qui consacrent leur noble existence au soin de
les interpréter et de les défendre, mais c'est tout ce que
je puis. L'opinion que nous nous formons de l'importance de notre destination passagère est sans doute
flatteuse pour notre amour-propre. Elle est surtout
consolante pour notre misère, et je ne trouve pas
mauvais qu'on s'efforce d'en atteindre les résultats.
Quant à moi, je ne les cherche pas sur la terre, et cette
vie si occupée de perfectionnements ne me montre en
réalité que de vaines agitations qui aboutissent à la
mort pour les peuples comme pour l'homme. L'affaire
de la vie, c'est de vivre et d'espérer, car elle ne bâtit
rien de durable et d'infaillible que le tombeau. Si le
travail des mains a moins d'éclat et de grandeur que
celui de la pensée, et j'y consens avec vous, il est donc à
mon sens plus raisonnable et plus utile, et j'aurais
peine à m'ôter de l'esprit que tout homme qui a planté
un arbre, ensemencé un guéret, ou construit une
maison solide, aérée, spacieuse et bien distribuée, a
rendu un service plus essentiel à ses semblables que les
économistes, les philosophes et les hommes d'État [4]
avec leurs utopies de vieux enfants, si malheureuses en
pratique. Voilà pourquoi je resterai décidément charpentier, si vous l'avez pour agréable, ma volonté vous
étant d'ailleurs soumise en tout point. — Mais ce que
je vous demandais, Fée aux Miettes, ce n'est pas non
plus comment un usage absurde de la fortune peut
couvrir celui qu'elle possède, et qui croit la posséder,
de ridicule et de honte. Ce n'est pas comment, dans

une société que je plains et que je suis près de mépriser, les habiles parviennent à faire servir la fortune aux triomphes de cette folle passion de pouvoir et de renommée que vous appelez en vous jouant une ambition glorieuse, et qui ne me tente guère. C'est à quoi elle est bonne pour être heureux, si elle est du moins bonne à cela, et je commence à craindre qu'il n'en soit rien.

— Il faudrait d'abord savoir ce que tu entends par le bonheur, répliqua la Fée aux Miettes.

— Ma foi, ma bonne amie, repris-je gaiement, je n'y ai jamais beaucoup réfléchi, mais je suis presque sûr que le mien ne peut pas se réaliser en barres et en billets. Le bonheur, c'est d'être le premier dans le cœur de ce qu'on aime. Le bonheur, c'est de faire du bien selon sa puissance, quand l'occasion s'en présente. Le bonheur, c'est de n'avoir rien à se reprocher. Le bonheur, c'est de se coucher en joie dans un lit propre et bien bordé, déjà content du travail de la semaine, et rêvant aux moyens de l'améliorer encore. Le bonheur, c'est de repasser dans sa mémoire les doux souvenirs d'un âge insouciant et de pureté, en suivant le cours de quelque rivière limpide, sur la lisière d'une prairie tout émaillée de fraisiers et de marguerites, aux rayons d'un soleil sans âpreté, à la chaleur d'un petit vent de sud chargé de parfums, et de s'arrêter à une jolie tonnelle de lilas où la Fée aux Miettes a préparé, en m'attendant, sous la feuillée, une jatte de lait écumeux et frais, une corbeille de fruits mûrs, couverts de leur fleur veloutée, et un peu de vin généreux. Combien croyez-vous qu'il y ait de bonheurs comme ceux-là dans cent mille guinées?

— Il y en a plus que tu ne crois, répondit la Fée aux Miettes, mais écoute plutôt! Je suppose qu'il te souvient encore de tes premiers amis de collège?

— Pourriez-vous en douter, Fée aux Miettes? Je

n'oublie aucun de mes sentiments, et les amitiés de collège ne s'oublient pas.

— Jacques Pellevey, continua-t-elle, n'a pas été aussi sage que toi. De curé qu'il était, il a voulu devenir évêque, et la calomnie, irritée par son ambition, lui a fait perdre jusqu'à sa cure. Le malheur a produit sur lui l'effet qu'il produit d'ordinaire sur les belles âmes ; il l'a rendu meilleur. Jacques, éclairé par ses fautes, s'est retiré dans un village où l'instruction n'avait jamais pénétré, pour y former gratuitement à la religion et aux bonnes études les enfants des pauvres familles ; son établissement a prospéré d'une manière si éclatante et si rapide qu'il ne regrette aujourd'hui que de ne pouvoir l'étendre à tous les villages voisins ; mais ton ami Jacques est pauvre lui-même, et il se consume dans les rêves de sa charité impuissante. Ne penses-tu pas qu'il serait bon d'envoyer un millier de guinées à Jacques Pellevey pour le seconder dans ses louables projets, dont j'ai la certitude qu'il ne sera maintenant détourné par aucun changement de fortune ? car l'adversité agit sur le cœur de l'homme comme certaines tempêtes sur les fruits de la terre. Elle hâte sa maturité.

— Mille guinées, c'est bien peu, dis-je à la Fée aux Miettes ; mais nous y reviendrons souvent.

— Didier Orry s'était richement marié, comme tu sais ; mais la destinée a d'étranges retours. Son beau-père l'a engagé dans des spéculations aventureuses qui les ont ruinés tous les deux. Il ne lui restait plus qu'une maison assez modeste et des grangeages[5] médiocrement garnis, que le feu du ciel a dévorés l'an passé. Il est allé frapper à ta porte, avec deux enfants dans ses bras, et suivi de sa femme enceinte et malade. Quand la malheureuse famille fut instruite de ton départ, ils s'assirent tous sur le seuil et se prirent à pleurer, le père et la mère, parce que tu étais leur seule espérance, et les enfants parce que leur père et leur mère pleuraient. Tous seraient morts de misère et de désespoir, si Jacques Pellevey, qui passait par là, ne les avait recueillis ; mais Jacques a déjà tant de charges qu'il ne suffit à celle-ci qu'en prenant sur ses propres besoins. Nous pourrions rétablir la fortune de Didier Orry, mais il nous en coûterait cher, parce qu'il a joui longtemps des douceurs de l'aisance, et que l'habitude est une seconde nature. C'est une affaire de huit mille guinées.

— Vous ne faites pas entrer dans votre compte, bonne amie, la compensation des maux qu'il a soufferts. Il faut lui en envoyer dix mille.

— Tu ne sais pas ce qu'est devenu Nabot ? Le pauvre diable a eu le malheur de recueillir de grands héritages, et tu devines aisément ce qu'il en a fait : le jeu a tout emporté. Ce qu'il y a de pis, c'est que son luxe éphémère lui avait donné du crédit, et que le jour où il s'aperçut qu'il ne lui restait rien, il devait beaucoup plus qu'il n'eût jamais possédé. Ses créanciers ont obtenu prise de corps contre lui, et je ne doute pas qu'il ne meure en prison si tu ne l'en tires. Cependant je ne te le recommanderais point, car c'est se rendre complice d'une honteuse frénésie que de lui prodiguer des secours qui sont dus à tant de respectables infortunes, si cette dernière épreuve ne l'avait décidément corrigé. Il a reconnu, dès le premier mois de sa captivité, que la privation n'était qu'un heureux apprentissage, et le vice qu'une mauvaise habitude. Il n'y retombera plus. Ses études mal ébauchées lui sont revenues en mémoire, et il les a recommencées avec ce zèle amoureux qui rend les progrès si faciles. Tous les pas qu'il a faits dans cette nouvelle carrière ont été marqués par des jouissances qu'il met infiniment au-dessus de celles du monde, et son caractère, autrefois inquiet et soupçonneux, s'est ressenti du perfectionnement de son esprit. L'avantage le plus inappréciable du travail, et il en a beaucoup d'autres, c'est de distraire l'âme de ses passions sans lui rien enlever de son ardeur, mais en dirigeant ces puissances exaltées d'une intelligence et d'une sensibilité de jeune homme vers le seul but qui soit digne d'elles. J'ai lieu de croire que Nabot te ferait un jour honneur par sa conduite, s'il n'y avait pas tant à payer pour le délivrer de ses dettes. La Providence mesure les adversités qu'elle nous dispense. L'homme ne mesure pas celles qu'il se donne. J'ai entendu dire qu'il était écroué pour près de quatorze mille guinées.

— Sur quinze mille guinées, répondis-je, il lui en restera mille pour recommencer sa vie. C'est assez s'il est guéri, et surtout s'il ne l'est pas.

— Tes camarades les caboteurs avaient d'abord prospéré dans leur commerce, mais ils l'ont étendu imprudemment, et la Méditerranée leur a repris ce que l'Océan leur avait donné. Leur beau bâtiment *La Mandragore,* qui contenait en cargaison le produit de toutes leurs courses, a été capturé par des pirates barbaresques, et l'équipage entier est prisonnier en Alger. On n'estime pas à moins de douze mille guinées le prix de leur rançon.

— C'est racheter à trop bas prix, Fée aux Miettes, ces honnêtes et loyaux compagnons qui décimèrent leur faible pécule afin de me soulager dans ma détresse et de m'associer à leurs espérances. Douze mille guinées aux Algériens pour leur rendre la liberté ; douze mille guinées aux caboteurs pour recommencer leur trafic ! — Mais à quoi bon, je vous en prie, cette énumération dont j'aurais tout au plus besoin si je ne vous avais pas comprise ? Donnez, donnez, Fée aux Miettes, versez de l'or aux mains de nos amis qui souffrent ; et puisque notre fortune, si exorbitante qu'elle soit, ne peut suffire à secourir toutes les misères, augmentez-la, pour donner encore ; multipliez nos trésors pour multiplier vos bienfaits ; nous n'aurons jamais trop, puisque nous ne garderons rien, et que ces biens immenses dont la toute-puissante bonté nous a faits dépositaires pour les répandre ne seront pas payés, comme je le craignais, de notre repos, de notre indépendance et de notre obscurité. C'est ainsi seulement, vous venez de me l'apprendre, que l'opulence peut contribuer au bonheur ; c'est ainsi que je conçois la possibilité de n'avoir pas quelque jour à regretter d'être riche.

— Tes intentions seront remplies en ce qui te concerne, reprit la Fée aux Miettes ; mais, ajouta-t-elle d'un air un peu composé, j'ai aussi de nombreux amis auxquels je dois aide et protection, et que je ne saurais favoriser de tes présents si tu ne m'y autorises, puisque je suis en puissance de mari. Ne conviendra-t-il pas que je t'en soumette la liste, comme à mon souverain seigneur et maître ?

— Eh vraiment non ! repartis-je vivement en rougissant de sa déférence. Tout ce qui nous appartient n'appartient qu'à vous, ma toute bonne, et vous pouvez en faire l'usage qui vous conviendra le mieux. Pourvu que le charpentier ait en poche une poignée de demi-schellings à distribuer de temps en temps aux pauvres *beggars*[6] du port, ou tout au plus une guinée par semaine pour faire emplette de quelque bon auteur grec de Foulis ou de Balfour à la *Classic Library* du vieux Macdonald[7], il n'a rien à envier en richesse à tous les rois de la terre. Je me croirais bien réellement indigent si j'éprouvais jamais la nécessité de posséder davantage.

— Je n'ai donc rien à désirer ! s'écria-t-elle. Me voilà en état de porter la prospérité dans cette multitude de chaumières ou j'ai reçu l'aumône pendant tant d'années que j'ai mendié aux côtes de

France! Hélas! il n'y a que les pauvres gens qui
donnent, parce que l'habitude du besoin leur a enseigné la pitié. — Et mes quatre-vingt-dix-neuf sœurs qui
ont coutume de me visiter tous les ans, le lendemain de
la Saint-Michel, quand j'habite ma maisonnette de
Greenock, tu me laisses maîtresse, n'est-il pas vrai, de
leur donner à chacune soixante guinées en commémo-
ration de celles qui m'ont assuré de si beaux jours?
Cette douceur leur viendra fort à propos, et je les sais
capables d'en tirer bon parti pour leur établissement,
car elles rivalisent toutes entre elles d'esprit et de
gentillesse.

— Je vous laisse maîtresse de tout, Fée aux Miettes,
et je trouve seulement cette libéralité trop parcimo-
nieuse pour un présent de noces; mais comment se
fait-il que vous ne m'ayez jamais parlé de votre
nombreuse famille?

— C'est qu'au temps de nos anciens entretiens, dit
la Fée aux Miettes, et dans l'incertitude où j'étais de te
fixer, je n'avais pas la force de m'occuper d'autre chose
que de toi. »

Peu à peu notre conversation se ralentit, mais
l'impression s'en prolongea en moi-même avec un
charme inexprimable. J'éprouvais ce contentement de
cœur, cette saine et pure allégresse de la pensée, cette
satisfaction vague mais profonde, qu'on goûte sans la
définir, et qui fait que l'on est bien sans savoir
pourquoi. J'avais oublié le monde entier et ma propre
existence avec lui, quand je sentis la Fée aux Miettes se
suspendre à ma main et la presser contre sa bouche, en
la mouillant de quelques larmes d'émotion et de
saisissement.

« Sais-tu maintenant ce que c'est que le bonheur?
dit-elle.

— Oui, oui, je le sais! le bonheur est de vivre près
de la Fée aux Miettes, et d'en être aimé. »

Et je m'élançai inutilement pour l'embrasser ; elle avait déjà disparu derrière la porte de son appartement qui s'était fermée sur ses pas. Ma première idée fut de la suivre pour la voir encore un moment ; mais cette porte était si bien sertie dans le panneau de la cloison qu'il me fut impossible d'en trouver les joints. C'était un merveilleux ouvrage.

Au bout d'un moment de méditation, et avant de m'abandonner au sommeil, je me mis en tête de savoir ce que Belkiss pensait de ma nouvelle position. La Fée aux Miettes m'avait non seulement permis de regarder quelquefois son portrait, elle l'avait même exigé positivement. Je me hâtai donc de faire jouer le ressort du médaillon.

Belkiss dormait.

XXII

Où l'on enseigne la seule manière honnête
de passer la première nuit de ses noces
avec une jeune et jolie femme,
quand on vient d'en épouser une vieille,
et beaucoup d'autres matières
instructives et profitables.

Que cette nuit fut différente de celle qui l'avait précédée ! Le sommeil ne me retira pas ses prestiges ; mais de quelles riantes couleurs il avait chargé sa palette ! que d'agréables caprices, que de délicieuses fantaisies il jetait à plaisir sur la toile magique des songes ! A peine eut-il lié mes paupières que la décoration élégante, mais simple, de la maisonnette, fit place aux colonnades magnifiques d'un palais éclairé

de milles flambeaux qui brûlaient dans des candélabres d'or, et dont l'éclat se multipliait mille fois dans le
cristal des miroirs, sur le relief poli des marbres
orientaux, ou à travers la limpide épaisseur de l'albâtre, de l'agate et de la porcelaine. Bientôt la lumière
diminua par degrés, jusqu'à ne verser sur les objets
indécis qu'un jour tendre et délicat, semblable à celui
de l'aube quand les profils de l'horizon commencent à
se découper sur son manteau rougissant. Je vis alors
Belkiss, c'était elle, s'avancer modestement, enveloppée dans ses voiles comme une jeune mariée, et
appuyer sur mon lit ses mains pudiques et son genou
de lis, comme pour s'y introduire à mes côtés.

« Hélas ! Belkiss, m'écriai-je en la repoussant doucement, que faites-vous, et qui vous amène ici ? Je suis le
mari de la Fée aux Miettes.

— Moi, je suis la Fée aux Miettes », répondit
Belkiss en se précipitant dans mes bras.

Tout s'éteignit, et je ne me réveillai pas.

« La Fée aux Miettes ! repris-je en tressaillant d'un
étrange frisson, car tout mon sang s'était réfugié à mon
cœur. Belkiss est incapable de me tromper, et cependant je sens que vous êtes presque aussi grande que
moi !

— Oh ! que cela ne t'étonne pas, dit-elle, c'est que
je me déploie.

— Cette chevelure aux longs anneaux qui flotte sur
vos épaules, Belkiss, la Fée aux Miettes ne l'a point !

— Oh ! que cela ne t'étonne pas, dit-elle, c'est que
je ne la montre qu'à mon mari.

— Ces deux grandes dents de la Fée aux Miettes,
Belkiss, je ne les retrouve pas entre vos lèvres fraîches
et parfumées !

— Oh ! que cela ne t'étonne pas, dit-elle, c'est que
c'est une parure de luxe qui ne convient qu'à la
vieillesse.

— Ce trouble voluptueux, ces délices presque mortelles qui me saisissent auprès de vous, Belkiss, je ne
les connaissais pas auprès de la Fée aux Miettes!

— Oh! que cela ne t'étonne pas, dit-elle, c'est que
la nuit tous les chats sont gris. »

Je craignais, je l'avouerai, que cette illusion enchanteresse ne m'échappât trop vite, mais je ne la perdis
pas un moment; elle me fut fidèle au point de me faire
penser que je m'endormais le front caché sous les longs
cheveux de Belkiss; et quand la cloche du chantier
m'appela au travail, quand Belkiss s'enfuit de mes
bras comme une ombre à travers les ténèbres mal
éclaircies du matin, il me sembla que je sentais encore
à mon réveil ma joue échauffée de la moiteur suave de
son haleine.

« Belkiss! criai-je en sortant à demi de mon lit pour
la retenir.

— J'y suis, mon ami, répondit la Fée aux Miettes,
et voilà ton déjeuner préparé. »

Elle y était en effet, la bonne vieille, et je la vis, à la
lueur de sa lampe, accroupie devant la bouilloire.

« Eh! pourquoi, Fée aux Miettes, vous lever si
grand matin? ne puis-je me servir moi-même?

— Tu n'en serais pas en peine, reprit-elle, mais je
ne cède pas mes plaisirs, et celui de te rendre la vie
facile et agréable est le plus doux qui reste à mon âge.
Il ne m'en coûte rien d'ailleurs de me mettre avant le
point du jour à ces petits soins de ménage. C'est ma
coutume et mon goût, et ma santé s'en trouve mieux,
surtout quand j'ai passé une bonne nuit. Mais à
propos, Michel, comment as-tu dormi toi-même?

— J'ose à peine vous le dire, ma chère amie,
répliquai-je en balbutiant; mes rêves ont été si délicieux que j'ai peur qu'ils ne soient coupables!

— Rassure-toi, digne Michel; on n'en fait point
d'autres dans ma maisonnette : et ce qui ajoute à leur

prix, c'est qu'ils se renouvelleront toutes les nuits tant que tu me seras fidèle. Tu peux donc t'y livrer sans scrupule aussi longtemps que tu me garderas l'amitié que tu m'as promise, et ne crains pas que j'en sois jalouse. Les miens valent bien les tiens. »

Je partis après avoir imprimé un large baiser sur son front, et j'arrivai au chantier avant qu'aucun autre ouvrier fût en chemin pour s'y rendre. J'y avais été précédé par quelqu'un cependant, par maître Fine-wood, qui était là tristement assis sur une solive, et la tête appuyée sur ses mains dans l'attitude d'un homme qui pleure. Averti par le bruit de mes pas, il se leva subitement, me reconnut, et se jeta sur mon sein.

« Est-ce bien toi, Michel ? s'écria-t-il en me pressant à plusieurs reprises ; est-ce toi que la sainte Providence me renvoie pour le salut de ma maison, qui a été accablée de malheurs depuis ton départ ? car il me semble que tu étais pour nous comme un ange tutélaire du Seigneur. As-tu renoncé, mon garçon, à voyager avec ce mécréant de Libyen qui promettait de te rendre à si bon marché aux terres inconnues ?

— J'ai été obligé d'y renoncer, mon cher maître, et je m'en félicite, puisque mon retour peut vous faire espérer des consolations dans le chagrin qui vous accable ; mais ne m'en apprendrez-vous pas la cause ?

— Hélas ! il le faut bien à ma honte, et je crois que cet aveu me soulagera. Tu sais que je mariais hier mes six filles à six jeunes lairds des rives de la Clyde, étourdis et débauchés à ce qu'on m'a dit quelquefois depuis cet arrangement ; mais ce n'en était pas moins un grand honneur pour un simple maître charpentier. J'avais consacré à l'établissement de ces pauvres innocentes, qui me sont plus chères que ma propre vie, tout le produit de mes longues épargnes, trente mille guinées, Michel, qui m'ont coûté plus de coups de maillet et plus de traits de scie qu'il n'entrait de plaks

dans le trésor de cette reine de Saba dont je t'ai vu si
entiché. Que te dirai-je, mon ami ? j'avais envoyé les
six dots en si beaux sacs de *marocco*[1] à mes six gendres
futurs, qui s'étaient abstenus jusque-là de me visiter, et
j'attendais patiemment, au déclin du soleil, comme un
maladroit vieillard sans intelligence et sans esprit,
l'arrivée de leurs seigneuries pour conduire ma famille
à cette cérémonie dont je faisais ma gloire et ma joie,
quand on est venu m'apprendre qu'ils disparaissaient
à pleines voiles avec mon argent sur un vaisseau de
malédiction qui les porte au continent. J'en mourrais,
j'imagine, si je n'espérais que le ciel s'est chargé de ma
vengeance, et que les traîtres n'ont pas échappé à
l'horrible tempête de cette nuit.

— Que dites-vous de tempête, maître Finewood ? je
crois que le ciel n'a jamais été plus pur.

— À d'autres, Michel ! Vous avez le sommeil dur,
mon garçon, si celle-là ne vous a pas réveillé ; mais
n'auriez-vous point trouvé, par hasard, d'autres
réflexions à faire sur le récit de ma cruelle infortune ?

— Pardonnez-moi, répondis-je en lui prenant affec-
tueusement la main et en la rapprochant de mon
cœur ; je vous prie de croire à toute la joie que j'en
ressens, et de recevoir mes félicitations.

— Dieu tout-puissant, dit maître Finewood, il ne
me manquait plus que cette douleur ! Vous ne me le
ramenez, Seigneur, que pour me le prendre, et vous
percez la main du pêcheur avec le dernier roseau sur
lequel elle s'est appuyée ! — N'importe, pauvre
Michel, je ne t'abandonnerai pas dans la misère de ton
esprit faible et malade ; et tant qu'il restera un
morceau de pain à gagner au chantier, je le romprai
avec toi. Va travailler, mon fils, car j'ai remarqué que
le travail te distrait des fantaisies qui t'offusquent, et
rend le calme à ta raison troublée par de mauvais
songes. Va travailler, Michel, et ne te fatigue pas !

— J'y vais, maître, j'y vais, repris-je en riant ; mais ne refusez pas d'écouter quelques mots encore. Je comprends que mes paroles ne vous paraissent pas sensées, et je serais fort étonné du contraire. C'est pourtant dans la sincérité de mon âme que je vous félicitais tout à l'heure ; et si c'est là une énigme à vos yeux, comme je n'en doute pas, soyez sûr qu'elle ne tardera guère à se débrouiller. Oui, maître, je vous trouve très favorisé de la divine Providence d'être débarrassé, au prix de trente mille malheureuses guinées, de six aventuriers titrés qui auraient fait le malheur de vos filles et la honte de votre respectable maison. L'avantage que vous retirez de cet événement est incalculable, et la perte est si peu de chose que je me porterais garant qu'elle sera réparée en vingt-quatre heures. Je m'attendais bien à vous voir ainsi hocher la tête en signe d'incrédulité ; mais ce que je vous promets ne s'en exécutera pas moins. Il n'y a pas longtemps que les *plaks* et les *bawbies* se convertissaient en guinées sous la main de la charité. Qui sait ce que peuvent devenir les guinées sous celle de la reconnaissance ! Maintenant permettez-moi de vous parler avec une franchise que mon dévouement filial autorise, et qui n'a pas semblé vous déplaire dans d'autres occasions. Vous avez pris souvent un intérêt trop vif, et qui me touche beaucoup plus qu'il ne me mortifie, à ce que vous appeliez les aberrations de mon esprit. Eh bien ! maître, je ne puis me contenir de vous déclarer qu'il est une action, une seule action à la vérité, mais une action capitale de votre noble vie, qui enchérit mille fois sur toutes les lubies que l'on me reproche. La colombe des rochers ne s'allie point avec l'épervier des tourelles, et c'est un digne mari qu'un charpentier pour la fille d'un charpentier. Pourquoi n'avoir pas donné vos six filles en mariage au grand John d'Inverness ; à Dick le trapu, qui est si robuste à l'ouvrage ; au blondin

Peterson, qui entend si bien le toisé[2] des bâtiments ; à
ce gros joufflu de Jack, qui rit toujours, et dont la seule
figure vous réjouit quand il entre au chantier ; à ce
pauvre Edwin, que sa douceur fait aimer de tout le
monde, et qui a pris tant de soin de ses vieux parents ?
Elles les aimaient, je le sais, et jamais gendres mieux
assortis à leurs excellentes femmes ne pouvaient prendre place à votre banquet de famille, car ce sont des
ouvriers aussi honnêtes qu'habiles, et ceux-là n'auraient fait banqueroute ni à votre fortune ni à votre
honneur. N'est-ce pas pour vous un vrai motif de
satisfaction, maître, que de pouvoir réparer aujour-
d'hui votre erreur et votre injustice, et que d'acheter de
ces trente mille guinées, qui ne sont d'ailleurs pas
perdues, les bénédictions perpétuelles de vos douze
enfants heureux ?

— Assez, assez, dit maître Finewood en passant ses
bras autour de mon cou. Non seulement je ne t'en veux
pas, Michel, de m'avoir ouvert librement ton cœur,
mais je t'en remercie, parce que tu ne m'as rien dit qui
ne fût souverainement raisonnable, si ce n'est pourtant
ce qui a rapport à mes trente mille guinées. Plût à Dieu
que je les eusse encore, et que ton esprit, dégagé de ses
étranges chimères, te permît d'épouser mon Annah, et
de recevoir avec sa main la direction de toutes mes
affaires ! J'ai remarqué que tu l'avais oubliée dans ton
plan, auquel je souscris volontiers, et je tirerais un bon
augure de ta retenue, si j'avais, comme hier, une dot
pour elle à t'offrir !

— Ah ! maître Finewood, ne me faites pas l'injure
de supposer que votre fortune puisse entrer pour
quelque chose dans ma détermination ! J'aime Annah
comme une sœur, et je crois que c'est comme un frère
aussi qu'elle m'aime. Si Annah n'était pas aussi riche
qu'elle le fut jamais, si Annah était plus pauvre encore
que vous ne le pensez aujourd'hui, j'aurais au

contraire une puissante raison de plus pour lier ma vie
à la sienne ; mais j'ai cru m'apercevoir qu'elle éprou-
vait quelque penchant pour Patrick, le régisseur des
chantiers, qui est un beau jeune homme de bonnes
mœurs et de noble caractère, bien versé dans les lettres
et dans les sciences. Patrick en est, de son côté,
passionnément amoureux, et la sévérité seule de ses
principes l'a empêché de vous la demander, car tout ce
qu'il possède se réduit aux revenus de son petit emploi.
Quant à moi, toutes les prétentions me sont interdites,
et il faut que vous sachiez pourquoi. Je suis marié.

— Tu es marié, Michel, et avec qui donc, mon
enfant ?

— Avec la Fée aux Miettes. »

Pendant que mes paupières s'abaissaient sous le
poids de je ne sais quelle lâche pudeur qui me fait
redouter le ridicule, quoiqu'il n'y ait rien de plus
méprisable que la dérision des ignorants, le bon maître
Finewood laissait tomber ses bras à l'abandon, en
exhalant par bouffées d'énormes et lamentables soupirs, suivi d'un long et triste silence.

« Avec la Fée aux Miettes ! reprit-il enfin. Que la
reine des fées en soit louée, et le roi des génies aussi, et
toute la brigade chimérique des *arabian nights*[3] ! C'est
un mariage comme un autre, et je te prie de présenter
mes baise-mains à ton épouse, quand tu la retrouveras.
— Va travailler, mon cher Michel, continua-t-il ; va
travailler, car nous avons besoin de travailler pour
rétablir nos affaires ; — et ne travaille pas cependant
jusqu'à te faire du mal. »

Maître Finewood ne m'avait rien dit de mes malheurs et de mes dangers de la veille, que je croyais
généralement connus à Greenock, où de pareils événements ne sont pas ordinaires ; mais j'attribuais cet
oubli aux préoccupations de sa propre mésaventure.
Mes camarades, qui m'accueillirent avec la même

bienveillance que de coutume, ne m'en parlèrent pas
davantage, ce qui me fit supposer qu'on était convenu
de cette réserve pour ne pas ramener ma pensée sur
des souvenirs humiliants et douloureux, et ce procédé
touchant enflamma tellement mon zèle à la besogne
que je fis la journée de dix compagnons.

Comme je me disposais à quitter le chantier, pensif à
mon habitude et peu soucieux des allants et des
venants qui se croisaient sur mon chemin, je me sentis
tout à coup saisi par maître Finewood, qui m'embras-
sait encore plus tendrement que le matin, suspendant
à peine par courts intervalles ses caresses énergiques
pour donner l'essor à des exclamations de joie mêlées
confusément de phrases sans liaison, dans lesquelles il
était impossible de trouver le moindre sens, à moins
d'avoir le secret d'Œdipe ou de Tirésias.

« Remettez-vous un peu, maître, lui dis-je, et faites-
moi part des nouveaux événements qui vous ont rendu
tant de gaieté, de manière à me procurer le plaisir d'y
prendre part avec connaissance de cause.

— Eh ! qui aurait le droit, s'écria maître Finewood,
d'en jouir à meilleur titre que toi, qui es, ainsi que je le
disais tantôt, la providence visible de ma maison ?
Apprends donc, mon fils, que tout ce que tu m'avais
annoncé dans une de ces illuminations soudaines où tu
débites souvent, passe-moi l'expression, d'assez singulières rêveries, s'est réalisé à la lettre comme par
enchantement. D'abord, tu n'avais pas fait vingt pas
que ce jeune Patrick dont il a été question entre nous,
instruit de la fugue de mes gendres et de la catastrophe
de mes guinées, est venu me demander la main
d'Annah, en m'assurant du consentement de ma fille.
Je ne lui ai pas fait attendre le mien, et tu seras demain
de six noces à la fois, car je me montrerais ingrat en me
dirigeant à l'avenir autrement que par tes conseils. Les
préparatifs sont tous faits d'ailleurs, et il n'y a que six

noms à changer aux contrats. Je voudrais bien inviter ton épouse aussi, et sa prudence nous ferait certainement grand honneur ; mais elle est d'une espèce par trop fugitive, et j'ai entendu dire que les fées ne se rencontraient pas facilement à domicile.

— Mes vœux pour votre famille sont comblés, répondis-je sans prendre trop garde à cette ironie que le bonhomme n'avait aucune intention de rendre offensante. Le reste est de peu de conséquence, et il me suffit de vous voir rentré dans la voie du parfait bonheur.

— Le reste est de peu de conséquence, dis-tu ? On voit bien, mon ami, que tu n'as jamais eu trente mille guinées, et surtout que tu ne les as jamais perdues, car c'est dans ces occasions-là qu'on en connaît tout le prix ; mais si tu veux me prêter encore un moment d'attention, tu vas entendre merveille. Aussitôt après que Patrick m'eut quitté, j'allai me promener sur le port pour rasséréner mes sens agités à la fraîche brise du matin. La jetée était comble de spectateurs attirés par une triste curiosité, qui contemplaient les débris amoncelés sur le rivage par cette effroyable tempête dont les hurlements, capables de réveiller les morts, n'ont pas troublé ton repos. J'appris alors que le souhait qu'il m'était arrivé de proférer sans réflexion un quart d'heure auparavant n'avait été que trop exaucé, et j'en sentis quelque regret. Le vaisseau de mes insignes voleurs, battu toute la nuit par l'orage, venait de couler à fond à la vue de la rade, et depuis ce temps-là nos agiles mariniers et nos hardis plongeurs s'étaient épuisés en efforts inutiles pour porter du secours à l'équipage : tout avait péri. Comme je méditais, les pieds presque baignés par la lame, sur ces cruelles calamités de la nature, juge de mon étonnement quand je vis un barbet noir de la plus jolie espèce aborder à mes pieds, y déposer, en secouant au vent ses oreilles humides, un de mes sacs de *marocco*, et se remettre à la nage avec tant de rapidité que tu aurais pris son sillage pour celui d'une murène. Je n'étais pas encore revenu de ma surprise qu'il était revenu, lui, de son second voyage avec un autre sac, et je te jure qu'il n'a pas repris haleine avant de me les avoir rapportés tous six du fond de la mer. Comme je me mettais en frais de gestes et de démonstrations pour lui faire comprendre qu'il ne me manquait plus rien et lui épargner de nouvelles fatigues, il m'a montré les talons en gagnant pays [4] à la course, car je pense en vérité qu'il le connaissait aussi bien que moi ; et regarde plutôt, le voilà qui galope encore vers *Renfrew's Mounty*, ni plus ni moins que s'il avait entrepris de forcer un chevreuil des Grampians [5] !

— Je m'en doutais, dis-je en le suivant des yeux. C'est le digne Master Blatt, la perle des pages bien appris.

— Le connaîtrais-tu en effet ? Je regrette davantage que tu n'aies pas été près de moi pour le retenir, car je lui devais au moins la politesse d'une tranche de *roastbeef* ou d'un bon relief de pâté.

— Ne vous y trompez pas, maître Finewood ! Master Blatt a les sentiments placés trop haut pour se laisser aller aux mièvreries des chiens du commun, et il trouve dans sa satisfaction intérieure le prix d'une action honnête.

— Merci de moi, mon homme est reparti, reprit le maître. Où diable va-t-il chercher les sentiments et la satisfaction intérieure d'un chien barbet ? »

Là-dessus nous nous séparâmes, le vieux charpentier plus convaincu que jamais de ma folie, et moi réfléchissant à l'aveugle suffisance du vulgaire, qui se croit le droit de mépriser tout ce que sa faible intelligence n'explique pas.

XXIII

Comment Michel fut introduit
dans un bal de poupées vivantes,
et prit plaisir à les voir danser.

J'arrivai ainsi aux murs de la maisonnette, qui me
parut un peu plus accessible que la veille, car il en est
de nos habitudes comme de nos études, et un esprit
patient et résolu se forme à tout par accoutumance. Je
m'arrêtai cependant avant d'entrer au bruit extraordinaire qui partait de l'intérieur. Ce n'était rien moins
qu'un concert vocal, dans lequel il fallait une oreille
exercée pour distinguer une multitude de voix, tant
leur unisson était parfait et leur accord harmonieux.
J'avais déjà reconnu cette chanson si familière à mes
souvenirs, dont le refrain se présentait souvent à mon
esprit :

> *C'est moi, c'est moi, c'est moi,*
> *Je suis la mandragore,*
> *La fille des beaux jours qui s'éveille à l'aurore,*
> *Et qui chante pour toi !*

Mais j'étais doublement empêché à concevoir que ce
thème fantasque des écoliers de Granville fût parvenu
si loin, et que la Fée aux Miettes reçût une si
nombreuse société, quand je me rappelai qu'elle
attendait ce jour-là quatre-vingt-dix-neuf visites.

« Ce sont mes sœurs, cria-t-elle du plus loin qu'elle
m'aperçut, qui n'ont pas voulu partir sans te remercier
de tes munificences [1]. »

Et je vis en effet au même instant les quatre-vingt-
dix-neuf petites vieilles s'humilier jusqu'à terre en
révérences cérémonieuses et méthodiques, avec tant de

régularité qu'on aurait cru qu'elles obéissaient au jeu d'un ressort commun à toute l'assemblée. J'ai assisté en ma vie à des spectacles bien extraordinaires, mais je ne m'en rappelle aucun qui m'ait jamais frappé autant que celui-là.

Il n'y avait pas une de ces aimables petites femmes qui ne ressemblât trait pour trait à la mienne de physionomie et d'ajustements, de manière qu'il aurait été malaisé d'en faire la différence, à cela près qu'elle les surpassait toutes par la noblesse de sa prestance et par l'élévation de sa taille, ce qui lui donnait un air surprenant de bonne grâce et de majesté. Quand elles furent relevées sur leurs petits pieds du milieu de leurs robes bouffantes, où j'avais craint un moment de les voir disparaître, je m'aperçus, à parcourir des yeux la longue ligne sur laquelle elles étaient rangées, comme les tuyaux d'un orgue ou les pipeaux de la flûte de Pan, que cet avantage relatif les distinguait également les unes des autres, depuis la première à la dernière, dans un ordre de décroissement insensible, mais je ne saurais vous en donner une idée qu'en supposant une machine d'optique où l'on ferait passer devant vous la même personne vue à travers cent lentilles artistement graduées, depuis la proportion naturelle jusqu'au dernier point perceptible de réduction. La quatre-vingt-dix-neuvième de mes belles-sœurs aurait certainement pu être offerte comme un jouet charmant à la fille cadette du roi de Lilliput, si la dignité de sa condition l'avait permis.

Après les politesses d'usage et la conversation animée sans confusion d'un cercle de femmes bien nées, on reprit la musique, où je remarquai que leurs voix parcouraient, selon leurs tailles et dans les mêmes rapports, l'échelle la plus étendue des dégradations toniques qu'il soit possible d'imaginer, sans que la délicieuse unité du chœur en fût dérangée le moins du

monde, et je crois que nos savants théoriciens seraient
fort embarrassés de se rendre compte d'une symphonie
à cent parties exécutée avec autant d'ensemble et de
méthode. La soirée fut terminée par un bal, et la
famille de ma femme, qui était douée en toutes choses,
se surpassait dans la danse. Je ne me sentais pas du
plaisir de voir se croiser en entrechats élégants, à la
hauteur de ma tête, les coins roses de leurs bas de soie
blancs ; et ces élans prodigieux, qui mettraient en
défaut la souple légèreté de nos bayadères, ne se
seraient probablement pas effectués sans désordre,
dans un espace aussi étroit, si la puissance d'élasticité
verticale dont elles semblaient recevoir l'impulsion ne
les avait pas ramenées à leur place avec une précision
merveilleuse, comme la poupée des *fantoccini*[2] qu'un fil
caché appelle aux frises du théâtre, et laisse retomber
perpendiculairement sur sa planchette.

Elles se retirèrent ensuite, après de tendres adieux,
sous les pavillons que la Fée aux Miettes leur avait
fait préparer dans le jardin, et je ne les ai pas vues
depuis. — Mais il est certain qu'elles reviendront
demain à Greenock.

Notre souper se passa, comme la veille, en tendres et
utiles entretiens, et le sentiment de ce bien-être
nouveau, qui se faisait connaître à moi sous tant de
formes gracieuses, me plongea peu à peu, comme la
veille, dans une espèce d'extase où tout autre sentiment s'anéantit. Je ne savais plus de ma vie que ce
qu'il en fallait pour me trouver heureux.

« Sais-tu maintenant ce que c'est que le bonheur ?
dit la Fée aux Miettes en collant ses lèvres sur ma
main.

— Oui, oui, je le sais ! le bonheur est de vivre près
de la Fée aux Miettes, et d'en être aimé ! »

Et je me mis à sa poursuite comme la veille, sans
être plus habile à la rejoindre.

Je me couchai, je m'endormis ; l'espace se rouvrit à ma vue, les voûtes se creusèrent au-dessus de moi comme si elles avaient voulu se perdre dans les profondeurs du ciel ; les colonnes de marbre et de porphyre germèrent du sein des pavés pour aller les chercher et les soutenir dans les airs ; tous les flambeaux s'allumèrent à la fois, et Belkiss parut.

Elle n'y manqua jamais depuis.

XXIV

Ce que Michel faisait pour se dédommager quand il fut riche.

Le soleil, qui commence à descendre vers l'occident, et qui n'a guère plus d'une heure maintenant à occuper le ciel, m'avertit trop bien de la nécessité de mettre des bornes à mon récit pour que j'abuse plus longtemps, monsieur, de la patience avec laquelle vous avez daigné m'écouter, en prolongeant l'histoire, d'ailleurs assez monotone, comme toutes les histoires heureuses, des beaux jours dont celui de mon mariage avec la Fée aux Miettes fut suivi. Je ne vous arrêterai donc, parmi les événements de ma vie qui se rattachent à cette époque de douce félicité, qu'à ceux dont la connaissance est nécessaire pour l'éclaircissement du reste.

Après l'établissement des six filles de maître Finewood, je continuai à travailler dans son chantier dont il me donna la direction, du consentement et presque du choix de tous mes camarades. Je plaçai même dans ses entreprises quelques fonds que ma femme avait mis en réserve pour cet usage, et dont il attribua l'origine, sans doute, à un héritage inattendu. Ce déploiement de capitaux fut si heureusement favorisé par les circonstances, que la fortune du maître se doubla dans le courant de l'automne ; et comme il pensait, depuis plusieurs années, à jouir sans sollicitude, au terme de son honorable vie, du fruit de ses longs travaux, il se décida bientôt, d'après les instances de sa famille, à faire passer sous mon nom, mais dans l'intérêt de notre nombreuse communauté, l'administration de la maison Finewood et compagnie. Je ne vous ai pas dit que, dès le premier mois, j'avais obtenu son consentement au mariage de ses six garçons avec six jeunes filles pauvres, mais belles, sages, pieuses, et pleines d'amour pour le travail, qui en étaient adorées. Ce fut là une belle fête, car la Fée aux Miettes, qui était de moitié dans tous mes secrets et qui me dirigeait dans toutes mes actions, eut l'art de doter les six brus, au moment de la signature du contrat, par des voies si imprévues et cependant si naturelles, que personne ne s'avisa que j'y fusse pour quelque chose. La première se trouva un oncle mort millionnaire en Amérique, et qui n'avait pas plus de vingt héritiers. Le père de la seconde retourna un trésor dans son pré en déplaçant une borne, et il lui resta quelque chose quand le fisc eut pris sa part. Il en fut ainsi des autres, et les moyens dont je ne vous parle pas foisonnent en apparence dans les romans et les comédies ; mais l'imagination de la Fée aux Miettes avait plus de ressources que les comédies et les romans, d'abord parce qu'elle avait beaucoup plus d'esprit que les gens qui en font, et puis, parce qu'une bonté active et inépuisable est plus ingénieuse que l'esprit.

De mon côté, ma fortune s'était si prodigieusement agrandie qu'elle serait devenue un tourment pour moi, si la Fée aux Miettes n'avait pas consenti de bonne heure à ne m'en plus parler. Le vaisseau *La Reine de Saba* revenait tous les huit jours, comme il l'avait promis, mais il jetait l'ancre hors de l'horizon des vigies, et ne communiquait qu'avec la Fée aux Miettes, car le peuple ne savait plus rien de ses voyages, ou n'en parlait que par manière de risée en disant, pour exprimer l'incertitude ou l'erreur d'une fausse espérance : « *Quand le vaisseau de la Reine de Saba reviendra !* » Cependant il naviguait, chargé au départ des inutiles escarboucles de nos ruisseaux, et au retour des cèdres et des cyprès, — trésor plus précieux au charpentier, — que je façonnais dans mes ateliers pour la construction du palais d'Arrachieh. Tout ce que je savais de l'emploi de mes richesses et tout ce que j'avais besoin d'en savoir, c'est qu'il y avait peu d'infortunes à la portée de nos soins qui ne fussent promptement soulagées ; c'est que des hôpitaux s'ouvraient de toutes parts pour les malades, et des hospices pour les pauvres ; c'est que des villes incendiées se relevaient de leurs ruines, et reflorissaient riantes aux yeux de leurs habitants consolés ; c'est que la Fée aux Miettes me répétait chaque soir : « Sais-tu maintenant ce que c'est que le bonheur ? » — et que chaque soir je pouvais lui répondre : « Oui, Fée aux Miettes, je le sais. »

Le reste de nos conversations, qui étaient presque toujours fort longues, surtout les jours de dimanche et de fête, où je n'étais pas obligé de paraître au chantier, roulait sur d'importantes questions de morale, sur des faits curieux de l'histoire, et plus particulièrement sur l'étude des langues dont j'avais toujours fait mon plaisir. La Fée aux Miettes regardait cette science comme le premier des liens matériels qui unissent l'homme à l'homme dans l'état de société, et elle avait formé pour me les enseigner des méthodes si claires et si bien ordonnées, qu'il n'y en avait point dont les principes généraux me coûtassent plus de quelques heures d'étude, au bout desquelles tous les mots venaient se ranger comme d'eux-mêmes sous les perceptions du sens intelligent que ses leçons avaient développé en moi ; de sorte que j'étais souvent disposé à croire qu'apprendre une langue, c'est s'en souvenir, et je ne serais pas étonné que Dieu, qui a créé les hommes pour s'entendre et se servir réciproquement, eût caché ce mystère parmi ceux de notre organisation.

Mais entre tous les sujets sur lesquels j'avais coutume de ramener la Fée aux Miettes, il y en avait un qui se reproduisait en dépit de moi à tous les événements extraordinaires de ma fortune, et vous avez pu voir jusqu'ici, monsieur, que les occasions ne me manquaient pas.

« Ne serait-il pas possible, en effet, Belkiss, lui disais-je quelquefois, que vous fussiez une véritable fée ?

— Bon, bon, me répondait-elle en riant, un esprit de la trempe du tien aurait-il foi à des contes auxquels les enfants même ne croient plus ? Jamais fée n'a paru sur terre depuis le temps de la reine Mab.

— Vous parlez sagement, continuais-je en secouant la tête comme un homme qui n'ose avouer tout à fait que sa conviction n'est pas complète, mais je ne puis me persuader que ma vie soit conforme au train ordinaire des choses, et qu'il n'y ait pas un peu de surnaturel dans vos aventures et dans les miennes. J'avais résolu d'abord de ne plus vous interroger sur ce chapitre, et je vous prie de croire que je ne le ferais point si cette idée ne me poursuivait parfois de manière à me faire craindre pour ma raison.

— J'ai des remèdes sûrs, reprenait-elle alors sans rien perdre de sa gaieté, pour guérir plus tôt que tu ne crois tes inquiétudes d'esprit. Tu peux donc te livrer sans danger à tes illusions, tant qu'elles ne seront

qu'heureuses, et je ne sais si le secret de la philosophie
n'est pas là. Quel grand mal y aurait-il de t'imaginer
que je suis réellement une intelligence favorisée de
quelque supériorité sur ton espèce, qui s'est attachée à
toi par estime pour tes bonnes qualités, par reconnaissance pour tes bienfaits, et peut-être même par ce
penchant invincible de l'amour dont il paraît, au
témoignage des livres saints, que les anges du ciel ne
sont pas exempts ? Ces alliances sympathiques de deux
natures inégales sont possibles, puisque la religion les
reconnaît, et que la raison purement humaine, qui
discute tout, parce qu'elle ne discerne rien clairement,
ne saurait en contester quelques exemples fort rares à
la vérité, mais qui se sont établis dans nos créances,
sur la foi des hommes les plus éclairés et les plus
vertueux. Pourquoi cette amitié supérieure n'aurait-
elle pas multiplié autour de toi quelques faits appa-
rents dont le résultat bien réel devait être d'éprouver ta
patience et ton courage, plier ta vie par un exercice
continuel à la pratique de la vertu, et de te rendre
graduellement digne de parvenir à une destinée plus
élevée dans la vaste hiérarchie des créatures ? N'as-tu
pas remarqué que les vaines sagesses de l'homme le
conduisent quelquefois à la folie ? et qui empêche que
cet état indéfinissable de l'esprit, que l'ignorance
appelle folie, ne le conduise à son tour à la suprême
sagesse par quelque route inconnue qui n'est pas
encore marquée dans la carte grossière de vos sciences
imparfaites ? Il y a des énigmes dans ta vie ; mais
qu'est-ce que la vie elle-même si ce n'est une énigme ?
et on ne voit pas que personne soit bien pressé d'en
chercher le mot. Je te réponds que l'explication de ces
difficultés t'arrivera un jour, si Dieu le permet ; et si ce
dessein n'entrait pas dans les vues de son éternelle
prudence, tu aurais beau t'efforcer de les débrouiller
sans lui. Ne t'alarme donc plus de celles de ces

impressions que tu ne peux comprendre ; accepte avec reconnaissance et goûte avec modération ce qu'elles ont d'agréable ; remets au temps, plus savant que toi, l'interprétation des difficultés qui t'embarrassent, et attends dans la sincérité d'un cœur simple que le mystère s'en éclaircisse. »

Quand elle avait parlé ainsi, nous nous mettions ordinairement à la prière, et, de préférence, à cette prière d'effusion et de sentiment que les langages impuissants de l'homme essaieraient inutilement d'exprimer par des mots, communication vive, affectueuse et puissante avec le monde invisible, épanchement de résignation et de confiance dont l'humilité nous exalte au-dessus de toutes les grandeurs du siècle, révélation intime d'une âme qui se cherche, qui s'étudie, qui se connaît, et qui pressent d'une conviction inaltérable son infaillible immortalité.

D'autres fois la Fée aux Miettes prenait la Bible, ou quelque belle production de la philosophie et de la poésie antiques, et m'en lisait des passages dans la magnificence naïve de leurs langues originales, en les développant, tantôt dans ces langues mêmes, tantôt dans celles des modernes, car les faciles travaux auxquels elle n'avait cessé d'accoutumer agréablement mon esprit ne tardèrent pas à me mettre en état de les entendre aussi distinctement que la mienne.

Et lorsqu'elle avait fini, je me disais en moi-même : « Il est incontestable que la Fée aux Miettes est une de ces intelligences supérieures dont elle vient de me parler, et dont il n'est pas permis de mettre l'existence en doute, à moins de contester outrageusement au Créateur la puissance de faire quelque chose qui vaille mieux que l'homme ; elle n'est certainement pas du nombre de celles que Dieu a maudites, car toutes ses actions et tous ses enseignements semblent n'avoir pour objet que de le faire aimer davantage. Il n'y a pas d'ailleurs de plus savante, de plus digne et de meilleure femme. C'est seulement grand dommage qu'elle soit si vieille et qu'elle ait de si grandes dents. — Mais, reprenais-je aussitôt, on n'a pas à se plaindre de sa destinée quand on passe les nuits à vivre d'amour avec Belkiss, et les jours à étudier la sagesse avec la Fée aux Miettes. »

XXV

Comment la Fée aux Miettes envoya Michel
à la recherche de la mandragore qui chante,
et comment il finit de l'épouser.

Six mois entiers s'écoulèrent dans cet enchantement sans qu'il perdît rien de son ivresse. Un soir pourtant la physionomie de la Fée aux Miettes exprimait un sentiment de mélancolie dont j'avais cru suivre depuis quelques jours les développements, et qui mêlait dès lors un léger trouble à mon bonheur, quoique j'eusse commencé par l'attribuer à quelque savante préoccupation ; mais il n'y avait plus moyen de s'y tromper. Elle souffrait, et je pensai même, à l'abattement de ses yeux rougis, qu'elle devait avoir pleuré.

« Ma bonne amie, lui dis-je au moment où elle se disposait à me quitter, je n'ai jamais usé du droit de commandement que le mariage me donne sur vous, et que vous prenez la peine de me rappeler souvent. J'espère donc que vous me pardonnerez de le faire valoir aujourd'hui pour l'unique fois de ma vie. Quoique je sois moins exercé que vous à lire dans les cœurs, le vôtre a peu de replis où je ne me sois fait une douce étude de pénétrer pour y surprendre vos désirs ou vos chagrins, et je sais aujourd'hui positivement qu'il me cache un secret amer. Ce secret, j'avais quelque titre peut-être à l'obtenir de votre tendresse ; et puisqu'elle me l'a refusé jusqu'ici, je l'exige de votre soumission.

— Tu m'as deviné, dit-elle en me tendant la main, et tu sauras ce que tu me demandes, puisque telle est ta volonté, quoiqu'il en coûte à mon amitié de tourmenter la tienne d'une émotion inutile. Apprends, mon pauvre Michel, qu'il me reste peu de temps à passer près de toi, et que toute la sagesse dont tu me crois armée contre le malheur n'a pu résister à la cruelle idée de notre séparation. Voilà mon secret.

— Notre séparation, Fée aux Miettes ! Ah ! je n'y survivrais pas ! Mais qui pourrait nous séparer ?

— La mort, Michel ! Un horoscope fatal m'a menacée au berceau de n'être heureuse que pendant un an de l'affection d'un époux, et le sixième de ces mois, qui ont fui comme des jours, vient d'expirer aujourd'hui.

— Les horoscopes sont menteurs, et votre âme se trouble sans raison.

— Les horoscopes de ma famille n'ont jamais menti.

— Celui-là mentira, s'il a dit que la mort fût capable de nous désunir, car je ne vous quitterai pas. Toute ma vie est en vous, Fée aux Miettes, et votre seule compassion pour ma solitude et pour ma misère m'a forcé à la supporter sans découragement et sans dégoût. Que ferais-je après vous dans ce monde qui m'est étranger, au milieu des hommes qui ne me comprennent pas, et dont les tristes sciences m'ont rebuté de tous les bonheurs dans lesquels vous n'entrez pas pour quelque chose ? Je vivrais parmi eux comme le proscrit auquel l'eau et le feu sont interdits par des lois féroces, et qui n'a pas même un cœur ami où épancher le sien. — Au nom de Dieu, Fée aux Miettes, vous qui connaissez tous les secrets de la terre, et si je ne m'abuse, une partie de ceux du ciel, trouvez un moyen de déjouer cet oracle cruel, ou du moins de m'en faire partager la rigueur, sans réduire mon désespoir à une extrémité qui nous séparerait pour toujours !...

— Un moyen ! mon ami, dit la Fée aux Miettes vivement émue, il y en a un peut-être ! Mais comment prescrire à ton âge sensible et passionné, surtout quand on a le mien, une pareille obligation ? Ne t'impatiente pas, Michel, et laisse-moi parler. L'horoscope disait encore que si mon mari m'aimait assez pour achever cette année d'épreuve sans que son cœur battît de l'amour d'une autre femme, et qu'il conçût un autre bien que d'être à moi, l'homme qui m'appartiendrait ainsi par la plus vive et la plus fidèle des sympathies ne manquerait pas de trouver, avant que l'année s'accomplît, le spécifique admirable qui prolongerait mon existence en me rendant ma jeunesse. — Et je redeviendrais Belkiss ! »

Je me renversai sur ma chaise en couvrant mes yeux de mes mains.

« Oh ! ma bonne amie, qu'avez-vous dit... et qu'avez-vous fait ?... C'est Belkiss qui nous a perdus !...

— Que parles-tu de Belkiss, insensé ? Belkiss, c'est moi !...

— Hélas ! le sommeil m'en a donné une autre, et j'ai inutilement cherché dans votre science un préservatif contre les délices de cette illusion ! Absorbée dans les souvenirs de votre jeunesse, vous n'avez pas voulu comprendre le crime de mon bonheur. La Belkiss de ce funeste portrait m'a inspiré un amour adultère qui me rend indigne de vous sauver.

— Est-ce tout ? dit la Fée aux Miettes en souriant, et n'ai-je point d'autres rivales ?

— Une rivale à Belkiss, grand Dieu ! Belkiss elle-même n'est pas la vôtre, car je ne suis pas complice du démon de mes songes, n'est-il pas vrai?... — Et ce n'est pas ma faute si elle revient toujours, toujours! quand je me suis défendu depuis six mois de regarder son portrait!

— Calme donc ton cœur, Michel, car, je te le répète encore, l'amour que tu ressens pour Belkiss est un sentiment dont je ne jouis pas moins que de ton ancienne et constante amitié pour la vieille Fée aux Miettes; et bien loin d'en être jalouse, comme tu le crains, je m'en trouve doublement heureuse. Ainsi rien ne s'oppose au succès de mes espérances, mon cher enfant, si tu te sens capable d'arriver au coucher du soleil de la Saint-Michel prochaine, sans ouvrir ton âme à une autre passion, et sans y laisser pénétrer le moindre regret des engagements qui m'ont soumis ta vie.

— Exigez de moi, Fée aux Miettes, une promesse en apparence plus difficile à tenir, et qui ne me coûtera pas davantage! Ce que vous me demandez pour six mois, je vous le jure pour toujours!

— J'en fais mon affaire une fois que ce premier terme sera passé, répondit la Fée aux Miettes; mais je crains qu'il ne te mette à des épreuves plus dangereuses que tu ne le supposes. Il faut aller chercher ce spécifique au loin, puisque j'ignore moi-même en quel lieu la sagesse de Dieu l'a placé; tu es jeune et bien jeune; ta figure et ton air feraient honneur à un prince; le costume de voyage que je t'ai fait préparer annonce tout autre chose qu'un simple charpentier; et quoique tu n'aies pas vu le monde, tu t'y feras remarquer toutes les fois que tu y paraîtras parce que tu as deux qualités précieuses dont le meilleur ton possible n'est que l'expression convenue, une bienveillance universelle et une parfaite modestie. Les pays que tu vas parcourir sont remplis de femmes aimables et belles dont l'accueil exigera de toi, si tu ne veux passer pour rustique et grossier, un juste retour de politesse et même de sensibilité. Tu seras aimé, Michel, et l'amour demande l'amour. Il l'impose quelquefois. Ajoute à cela, mon ami, que je ne t'accompagne pas, et que ces entretiens graves et tendres, où j'ai de temps en temps raffermi ton âme dans ses incertitudes, manqueront à tes soirées solitaires. Bien plus, pendant tout ce temps-là tu ne reverras pas Belkiss, dont les visites nocturnes ne s'égarent jamais loin du toit conjugal, et tu n'auras pour te consoler que la conversation muette de son portrait.

— Je n'en ai pas même besoin, répliquai-je vivement. Ses traits et les vôtres sont assez empreints dans mon cœur pour ne s'en effacer jamais. Les dangers dont vous pensiez m'effrayer m'alarment si peu d'ailleurs que je croirais commencer à être coupable si je pensais à me prémunir contre eux. Vous garderez le portrait de Belkiss, ajoutai-je en lui présentant le médaillon ; et si vous voulez jeter quelque charme sur notre séparation passagère, c'est le vôtre que vous me donnerez.

— Tu les conserveras tous les deux, s'écria la Fée aux Miettes, et ce sera trop de bonheur pour moi qu'un regard de toi tous les jours sous la forme disgracieuse que les ans m'ont donnée ! Mais tu n'as donc pas remarqué qu'en faisant jouer le ressort dans le sens opposé on découvrait l'autre face de ce médaillon ? — Vois plutôt ! »

C'était effectivement le portrait de la Fée aux Miettes, et j'y appliquai mes lèvres avec ardeur.

« Enfant ! reprit-elle, pauvre, mais digne créature qu'une méprise de l'intelligence qui préside à la distinction des espèces a malheureusement laissé tomber pour un petit nombre de jours dans le limon de l'homme, ne te révolte pas contre l'erreur de ta destinée ! je te reconduirai à ta place ! »

Et puis, comme si ces paroles lui étaient échappées par distraction, elle revint au sujet de mon entreprise et aux dispositions de mon voyage.

« Il n'y a pas de temps à perdre, dit-elle, car je sens que l'horrible crainte de te perdre pour jamais achevait déjà de miner mes organes affaiblis. Les heures me vieillissent plus depuis quelque temps que ne faisaient les années, et je ne serais pas surprise d'avoir donné carrière devant toi à quelques idées privées de sens, comme les vagues rêveries des vieillards.

— Il n'en est rien, ma bonne amie, mais je suis prêt à vous obéir, et je crois que je serais déjà parti, quoique l'heure soit peu favorable sans doute aux recherches que vous avez à m'ordonner, si vous m'aviez fait connaître le spécifique dont vous attendez votre guérison. Il faudra qu'il soit bien difficile à conquérir s'il m'échappe !

— Eh ! serait-il vrai, Michel, que j'eusse oublié de te le nommer ? C'est la mandragore qui chante !

— La mandragore qui chante, dites-vous ! Pensez-vous, Fée aux Miettes, qu'il y ait des mandragores qui chantent, ailleurs que dans les folles ballades des écoliers et des compagnons de Granville ?

— Une seule, mon cher Michel, une seule, et son histoire, que je te raconterai un jour, est une des plus belles de l'Orient, puisqu'elle se lit dans un des livres secrets de Salomon [1]. C'est celle-là qu'il faut trouver.

— Bonté inépuisable du ciel ! m'écriai-je, daignez me secourir dans cette déplorable extrémité ! Comment trouver en six mois la mandragore qui chante, dont la Fée aux Miettes disait tout à l'heure qu'elle ne savait pas elle-même en quel lieu la sagesse de Dieu l'avait placée, et qu'on cherche inutilement depuis le règne de Salomon !

— Ne t'épouvante pas de cette difficulté ! La mandragore qui chante se présentera d'elle-même à la main qui est faite pour la cueillir, et tu serais arrivé sans succès au dernier moment de ton généreux exil, le dernier rayon du soleil de Saint-Michel serait près de s'éteindre dans le crépuscule, à l'horizon du monde le plus reculé où tes voyages puissent te conduire, jusque dans ces glaces du pôle où jamais une fleur ne s'est ouverte aux clartés des cieux, que la mandragore qui chante s'épanouirait fraîche et vermeille sous tes doigts, si tu n'as cessé de m'aimer, et te répéterait sur un mode inconnu de la terre ce refrain de ton enfance :

> *C'est moi, c'est moi, c'est moi,*
> *Je suis la mandragore,*
> *La fille des beaux jours qui s'éveille à l'aurore,*
> *Et qui chante pour toi.*

Alors tu n'auras plus à te soucier, notre destinée sera complète, et nous ne tarderons pas à nous revoir.

— Attendez, dis-je à la Fée aux Miettes, qui se disposait à gagner son appartement, selon l'usage, après cette allocution ; je ne vous ai jamais contrariée sur les petits arrangements de notre ménage, depuis que vous nous séparez tous les soirs par une porte si hermétiquement close que je ne croirais pas perdre au change en donnant l'île de Man pour enrichir mes ateliers de l'ouvrier qui l'a faite. Aujourd'hui c'est autre chose. Je vous quitte pour longtemps peut-être, et je vous quitte abattue et souffrante : c'est vous qui me l'avez dit. L'heure de mon départ sonnera long-temps avant votre réveil, et je partirais malheureux si je m'éloignais de vous inquiet de votre santé, sans avoir reçu votre baiser d'adieu et votre bénédiction. Ne fermez pas cette porte, Fée aux Miettes ; j'ai besoin de vous entendre respirer, et de m'endormir, assuré du calme de votre sommeil. »

La porte resta ouverte et bien m'en prit, car l'inquiétude qui m'obsédait m'empêcha de m'assou-

pir. Peu de minutes s'écoulaient que je ne descendisse
de mon lit pour venir, d'un pied furtif, prêter l'oreille
au souffle de la Fée aux Miettes ; à mesure que mes
incursions me ramenaient plus près d'elle il me
paraissait plus irrégulier et plus agité. Je crus même
entendre une faible plainte et deviner le mouvement
d'un frisson. Je me dis :

« Si elle avait froid ! — La draperie qui la couvre est
si légère », ajoutai-je en la soulevant ; et elle retomba
sur nous deux.

La Fée aux Miettes se réveilla.

« Que se passe-t-il donc de nouveau dans votre
esprit, Michel ? dit-elle en me repoussant avec plus de
force que je n'en attendais de ses petites mains. Je ne
serais pas plus étonnée d'apprendre que l'innocente
colombe s'est métamorphosée en pie effrontée ! Avez-
vous oublié les conditions de notre mariage et les
réserves que j'y ai mises, ou vous imaginez-vous qu'il
puisse arriver un temps où les princesses de ma maison
dérogeront jusqu'aux brutales amours de la populace
humaine ? Rendez grâce à la nuit qui vous dérobe la
rougeur que votre audace vient de faire monter à mon
front, car il m'est avis qu'elle vous forcerait à mourir
de repentir et de honte !...

— Eh ! mon Dieu, Fée aux Miettes !... Excusez ma
témérité en faveur de son motif ! C'est seulement que
j'ai pensé que vous aviez froid, en vous entendant
grelotter sous votre couverture comme un jeune oiseau
qui n'a pas encore poussé ses premières plumes, quand
une brise du matin court en sifflant sur son nid,
pendant que sa mère est allée à la picorée dans les
halliers. Si vous n'aimez pas assez votre pauvre Michel
pour dormir sans défiance à côté de lui, je suis prêt à
vous quitter ; mais ne m'expliquerez-vous pas auparavant comment il se fait que vous soyez dans votre lit
presque aussi grande que moi ?

— Oh! que cela ne t'étonne pas, dit-elle; c'est que je me déploie.

— Cette chevelure aux longs anneaux qui flotte sur vos épaules, Fée aux Miettes, vous l'avez jusqu'ici cachée à tous les yeux!

— Oh! que cela ne t'étonne pas, dit-elle; c'est que je ne voulais la laisser voir qu'à mon mari.

— Ces deux grandes dents qui vous déparent un peu au jour, Fée aux Miettes, je ne les retrouve pas entre vos lèvres fraîches et parfumées.

— Oh! que cela ne t'étonne pas, dit-elle; c'est que c'est une parure de luxe qui ne convient qu'à la vieillesse.

— Ce trouble voluptueux, ces délices presque mortelles qui me saisissent auprès de vous, Fée aux Miettes, je ne les avais jamais éprouvées avec votre permission que dans les bras de Belkiss!

— Oh! que cela ne t'étonne pas, dit-elle; c'est que la nuit tous les chats sont gris.

— Ces explications, Fée aux Miettes, je les avais rêvées une autre fois, ou je les rêve maintenant.

— Oh! que cela ne t'étonne pas, dit-elle; tout est vérité, tout est mensonge. »

La Fée aux Miettes ne me repoussait plus, et je m'endormis le front caché sous ses longs cheveux, comme il me semblait m'endormir dans mes songes des nuits précédentes sous les longs cheveux de Belkiss.

Je ne me réveillai qu'au bruit de la cloche du chantier qui m'annonçait ce jour-là l'heure de mon départ pour un long voyage, et ma vieille femme était accroupie déjà auprès de la bouilloire à terminer les préparatifs d'un déjeuner plus substantiel qu'à l'ordinaire.

Un moment après, je l'embrassai tendrement, et je gagnai les hauteurs de la montagne pour me mettre à la recherche de la mandragore qui chante.

XXVI

Le dernier et le plus court de la narration de Michel,
qui est par conséquent le meilleur du livre.

« Si mon *Iliade* vous a coûté beaucoup d'ennui,
monsieur, ne craignez pas que je mette votre patience
à une nouvelle épreuve par la longue narration de mon
Odyssée. Ce n'est pas qu'elle n'ait été féconde en
aventures extraordinaires dont la connaissance pourrait servir en temps et lieu à l'instruction des hommes
de bonne foi ; mais il faudrait pour cela qu'elle fût
racontée dans une langue plus naïve et moins spirituelle que la nôtre, chez un peuple qui jouisse encore
de son imagination et de ses croyances, et je me
propose bien de le faire un jour, si je découvre ce soir la
mandragore qui chante. Vous voyez maintenant qu'il
me reste peu de temps à m'assurer de son existence,
qui est la condition nécessaire de la mienne.

« Il me suffira de vous dire que j'erre depuis six mois
à travers les plaines de mandragores, qui relèvent
toutes de quelque châtellenie peuplée des plus jolies
femmes de la terre, et que je n'ai trouvé nulle part ni
une mandragore qui chantât, ni une femme qui me fît
oublier l'amour de la Fée aux Miettes.

« Une semaine s'est à peine écoulée que je me
retrouvai aux portes de Glasgow, mêlé à un couple
d'*herbalistes**** qui cherchaient des simples.

« " Monsieur, dis-je en m'adressant à celui de ces

---

* Il est probable que Michel se sert ici de ce vocable anglais,
parce qu'il sait que le mot français *herboriste* est un horrible
barbarisme. (*Note de l'Éditeur.*) [1]

curieux dont l'air rogue et suffisant annonçait le mieux un savant profès, oserais-je vous demander si vous savez où je pourrais me procurer la mandragore qui chante ?

« — Mon ami, me répondit-il en me tâtant le pouls, elle est infailliblement, si elle existe quelque part, à l'hospice des lunatiques, où ce garçon va vous conduire. "

« Et c'est depuis ce jour qu'on m'y retient prisonnier sans contrarier mon projet, puisque les mandragores n'y manquent pas...

« Mais je vous le demande, monsieur, n'avez-vous rien entendu, et ne vous semble-t-il pas qu'une harmonie exquise court en murmurant sur ces fleurs mourantes, avec le dernier rayon du soleil horizontal ? Adieu, monsieur, adieu ! »

Et Michel m'échappa pour courir à ses mandragores.

« Dieu me préserve, infortuné, dis-je en me frappant le front de la main, et en m'élançant dans l'avenue sans regarder derrière moi, Dieu me préserve d'être témoin de ton désespoir quand le dernier de tes prestiges s'évanouira ! »

CONCLUSION

Qui n'explique rien
et qu'on peut se dispenser de lire.

J'atteignais à ce portique élégant qui s'ouvre sur le quai de la Clyde, quand un homme roide et sévère, habillé de noir de la tête aux pieds, me retint par le bras avec un mélange de politesse et d'autorité. Je le saluai ; il me répondit d'une faible inclinaison de tête, et reprit sa pose inflexible en cillant un œil solennel, et puisant largement du tabac d'Espagne dans sa tabatière d'or.

« Monsieur est probablement philanthrope ? dit-il.

— Je ne sais pas ce que c'est, monsieur, lui répondis-je, mais je suis homme. »

Il prit lentement sa prise de tabac pour se dispenser d'une explication dont il ne me croyait plus digne.

— J'ai supposé que monsieur appartenait à la profession, reprit-il, parce que je l'ai vu s'entretenir longtemps avec un misérable monomane qu'on nous amena ces jours derniers, et qui est travaillé d'un *diable bleu*[1] fort étrange. Il a pour lubie spéciale de s'enquérir à tout venant d'une *mandragore qui chante*. Or, monsieur n'est pas sans savoir que cette plante, qui est l'*atropa mandragora* de Linné, est dénuée, comme tous les végétaux, des organes qui servent à la vocalisation. C'est une solanée somnifère et vénéneuse, comme un grand nombre de ses congénères, dont les propriétés narcotiques, anodines, réfrigérantes et hypnotiques étaient déjà connues du temps d'Hippocrate. On l'emploie utilement contre la mélancolie, les convulsions et la goutte, et je l'ai vue héroïque résolutive en cataplasmes dans les engorgements, les squirres et les scrofules. Ce que je puis assurer, c'est que le suc de sa racine et de sa partie corticale est un éméto-cathartique puissant, mais dont on ne fait guère usage qu'avec des malades de peu d'importance, parce qu'il occasionne plus souvent la mort que la guérison.

— En vérité ! m'écriai-je en croisant les bras, pendant qu'il me retenait fermement par un des boutons de mon habit.

— Ce qui a occasionné, ajouta-t-il en souriant avec

une dignité dédaigneuse, l'erreur de ce pauvre garçon, c'est une sotte superstition de ces ignorants d'anciens, qui s'est perpétuée à travers les ténèbres du Moyen Age, et dont le bas peuple n'est pas encore entièrement désabusé. On croyait, avant les progrès immenses qu'a faits de nos jours la médecine philosophique et rationnelle, que la mandragore formait des cris plaintifs quand on l'arrachait de la terre, et c'est pour cela qu'il était recommandé à ceux qui tentaient cette périlleuse opération de se boucher exactement les oreilles pour n'être pas attendris ; ce qui semblerait indiquer à la vérité que ces cris passaient pour être modulés selon les règles de l'harmonie [2]. Nous tenons ceci pour une aberration capitale, en faveur de laquelle on s'appuierait en vain de l'opinion d'Aristote, de Dioscoride [3], d'Aldrovande [4], de Geoffroi Linacer [5], de Columna [6], de Gessner [7], de Lobelius [8], de Duret [9], d'une foule d'autres grands hommes, depuis que nous avons reconnu qu'il n'y avait point d'absurde folie dont on ne pût trouver l'origine écrite dans un livre de science.

— Voilà, par exemple, un fait, répliquai-je, dont je suis parfaitement convaincu.

— Je m'en doutais à l'attention que vous portez à mon discours, continua-t-il en me serrant le bouton d'une manière irrésistible. En effet, monsieur, comment la mandragore chanterait-elle, puisque nous savons que la fonction mécanique du chant s'exécute virtuellement par l'office de la membrane crico-thyroïdienne [10], ou, pour m'expliquer avec beaucoup plus de précision et de clarté, dans l'espace qui est compris entre les ligaments thyro-aryténoïdiens [11], retenez bien cela, je vous prie, de sorte que Galien assimilait la glotte, qui est une ouverture supérieure du larynx, à un instrument à vent, bien qu'elle ne présente pas exactement toutes les conditions que réclame la composition d'une flûte à bec, et moins encore celles d'un instru-

ments à embouchure. Le savant M. Ferrein [12], qui est
si célèbre dans le monde, a voulu y voir un instrument
à cordes, mais cette opinion est abandonnée depuis les
découvertes des physiologistes modernes, qui en ont
fait définitivement un instrument à anche. M. Geof-
froy-Saint-Hilaire, que vous pouvez connaître, démon-
tre même fort agréablement que cet instrument est à
deux fins, et qu'il fait très bien tour à tour, moyennant
les dispositions requises, la partie de clarinette et celle
de flûte traversière ; d'où il a tiré l'heureuse distinction
des voix anchées et des voix flûtées, qui est maintenant
la seule reçue dans les cours d'anatomie et dans les
chœurs de l'Opéra [13]. Le grammairien Court de Gébelin, pédant frotté de racines et d'étymologies, mais
fort peu versé d'ailleurs dans les sciences médicales, est
le seul qui ait défini la voix un instrument à touches
dont le clavier est dans la bouche de l'animal, et
auquel le larynx sert de tuyau, et le poumon de
soufflet [14] ; ce qui est assez satisfaisant pour l'articula-
tion, mais ce qui n'explique nullement, comme vous
voyez, le phénomène phonoïque. Les ignorants se
mettent encore plus à leur aise, en prétendant que la
voix est tout bonnement un instrument *sui generis*, dont
les effets se produisent comme il plaît à Dieu. C'est un
système qui fait pitié. Or il est inutile de vous rappeler,
monsieur, que l'analyse la plus scrupuleuse n'a jamais
fait découvrir, ni dans le calice monophylle [15] et
turbiné, ni dans la corolle pentapétale et campanuli-
forme de la mandragore, l'ombre d'une glotte et d'un
larynx, et qu'elle manque essentiellement de membrane crico-thyroïdienne et de ligaments thyro-aryténoïdiens...

— C'est probablement pour cela, dis-je, que la
mandragore est muette ?

— Il n'y a pas de doute. Comme le sujet actuel est
flegmatique, doux et malléable d'inclinations, et inepte

de nature, il est difficile de juger de la méthode curative qu'on pourra lui appliquer avant de l'avoir vu dans le paroxysme qui va succéder à ses hallucinations. Le plus sûr sera d'y procéder graduellement, en commençant par les affusions d'eau glaciale sur l'occiput et l'épigastre, et en passant de là aux sinapismes, aux épispastiques [16] et aux moxas, sans négliger, comme de raison, un fréquent usage de la phlébotomie jusqu'à syncope. Si l'éréthisme persiste, nous avons l'usage des ceps [17], des poucettes, du gilet de force et du maillot...

— Ne me retiens pas, bourreau, m'écriai-je en laissant mon bouton dans ses mains de cannibale, et en franchissant les grilles aussi brusquement que si j'avais eu tous les chiens de l'île de Man à mes trousses. — Il faut que vous soyez bien mal avisé, continuai-je en parlant au concierge presque sans m'arrêter, pour ne pas exercer une surveillance plus attentive sur les plus dangereux de vos prisonniers! L'égalité, si vainement cherchée par les hommes, serait-elle une chimère aussi à la maison des fous?

— De qui parle monsieur? répondit gravement le concierge.

— De qui, maître Cramp? de qui? pouvez-vous le demander? de cet horrible homme noir dont je ne me suis délivré que par miracle! Ne voyez-vous pas qu'il sortirait s'il le voulait?

— Cela ne dépend que de lui, reprit maître Cramp. C'est un fameux médecin de Londres qui est venu faire des observations philanthropiques dans notre maison de Glasgow, pour les appliquer au perfectionnement de la science et à l'amélioration du sort de tous les malades des trois royaumes. »

. . . .

O le plus sage des hommes, ô Tobie, qui me rendra la sibilation plaintive de votre *lila burello* [18]?

. . . .
. . . .

« Oui, monsieur, il n'y a rien de plus vrai, me disait le lendemain Daniel Cameron, tandis que je l'écoutais la tête appuyée sur ma main et le coude appuyé sur mon oreiller ; le lunatique avec lequel monsieur a bien voulu s'entretenir hier si longtemps a disparu quelques minutes après, et tous les gardiens ont passé la nuit à sa recherche.

— Il se sera évadé, Daniel, et j'en remercie le ciel. Le voilà quitte, le pauvre Michel, du gilet de force, du maillot, des ceps, des poucettes, de la phlébotomie, des moxas, des épispastiques, de sinapismes, des affusions d'eau glacée, et des éméto-cathartiques !

— Évadé, monsieur ? et comment s'évaderait-on de la maison des lunatiques, à moins de s'évader par l'air, comme le disent ses camarades, qui prétendent l'avoir vu se balancer un moment à la hauteur des tourelles de l'église catholique, avec une fleur à la main, et chantant d'une manière si douce qu'on ne savait si ces chants provenaient de la fleur ou de lui ?

— C'était de la fleur, Daniel, ne t'y trompe pas, quoique je comprenne à merveille que tu tombasses dans cette méprise, en te souvenant que les fleurs n'ont point de ligaments thyro-aryténoïdiens, si tu l'avais jamais su par hasard. — Mais écoute, ajoutai-je pendant que j'achevais de jeter quelques mots sur mes tablettes ; écoute, Daniel, tu sais lire, et ce funeste avantage de l'éducation ne t'a fait perdre aucun de ceux de ton intelligence naturelle. Va au port de Clyde, mon garçon ; prends une bonne place pour Greenock sur le *Caledonian,* ou sur l'*Ayr,* ou sur le *Fingal ;* salue de ma part en passant le vieux rocher de Balclutha où Wallace planta son drapeau [19], et rapporte-moi demain les informations que tu auras recueillies sur ces notes que j'ai rédigées de façon à ne pas embarrasser ton esprit. — Écoute encore, Daniel, prends de l'or, et ne manque pas de finir tes courses chez mistress Speaker, et d'y souper d'un bon *ptarmigan* de montagne, arrosé de vin de Porto. Quant à moi, je t'attendrai en dormant, parce que c'est la meilleure de toutes les manières de passer sa vie dans une grande ville. »

Je m'éveillais à peine en effet, quand Daniel s'arrêta le lendemain au pied de mon lit, à la même heure et dans la même position, en tournant dans ses mains son bonnet de loutre.

« C'est toi, Daniel ! assieds-toi, lui dis-je, et procédons par ordre. Michel est-il arrivé à Greenock ?

— Il n'y a pas d'apparence, monsieur, à moins que les fées auxquelles les bonnes gens de Glasgow attribuent sa délivrance ne l'aient rendu invisible. Il n'y a personne à Greenock qui ne s'en souvienne, personne qui ne le regrette, qui ne le plaigne et qui ne l'aime ; et personne ne l'a revu. Tout ce qu'on sait de lui, c'est qu'il est parti de Greenock il y a six mois, en laissant la direction et les profits de ses chantiers à la famille de maître Finewood, et qu'il n'a donné depuis aucune de ses nouvelles. On craint qu'il ne soit mort, et on pleure.

— Tu as fait sagement, Daniel, de ne pas affliger les Finewood de l'idée humiliante de sa détention à la maison des lunatiques. Le souvenir d'une honte non méritée qui s'attache au nom d'un ami nous est quelquefois plus pénible encore que sa perte. Mais tu ne m'as rien dit de l'intérieur de cette république de charpentiers ?

— C'est un charme que de la voir. Ils m'ont fait asseoir à leur table, monsieur, et je vous jure qu'il n'a jamais rien existé de pareil, même dans nos clans des *Highlands,* depuis le temps des patriarches. Représentez-vous le père Finewood et sa femme entourés de leurs six filles, de leurs six gendres, de leurs six fils, de leurs six brus et de leurs douze petits-enfants pendus à la mamelle de leur mère, car toutes les filles de maître Finewood ont eu le même jour, au bout de neuf mois, un petit garçon qui s'est appelé Michel, et tous ses fils, un mois plus tard, une petite fille qui s'est appelée Michelette ; mais ce qui peut passer pour un véritable miracle de nature, c'est qu'il n'y a pas un des marmots qui ne porte sur le sein gauche une jolie fleur des bois, si vivement enluminée en sa couleur, que la main s'étend involontairement pour la cueillir. Il faut que ce soit un phénomène bien rare, puisque le même signe ne se retrouve que sur un autre enfant de Greenock, et peut-être de toute la Grande-Bretagne. C'est aussi un garçon, né, dit-on, au même instant que les autres, et qui est le fils d'une certaine Folly Girlfree et du maître du calfat.

— Ce qui m'étonnerait, Daniel, c'est que, familier comme tu l'es avec les plantes de mon herbier dont je t'ai souvent confié le soin, à ma grande satisfaction, tu n'eusses pas trouvé moyen de comparer cette fleur à quelque fleur qui t'est connue, si ces caractères étaient aussi bien déterminés que tu le dis.

— Ma foi, monsieur, je vous dirai qu'elle m'a fait le juste effet d'une mandragore !

— Après, Daniel, après ? N'aurais-tu pas perdu trop de temps à t'égayer chez le charpentier, pour arriver de bonne heure sous les murs de l'arsenal, quoique bien averti que la maison de la Fée aux Miettes n'était pas facile à trouver ?...

— Oh ! que je l'aurais bien trouvée si elle y était, monsieur, fût-elle aussi petite que la cage aux claies de bois où siffle la linote du savetier, car j'ai l'œil plus fin qu'un chatpard ; mais âme qui vive à Greenock n'a ouï parler de la Fée aux Miettes ; et quant à sa maison de l'Arsenal[20], il faut que ces messieurs du génie l'aient fait démolir.

— Tu as au moins soupé chez mistress Speaker, comme je l'avais exigé?

— D'un excellent *ptarmigan* de montagne et d'une bouteille de vin de Porto.

— A la bonne heure. Il est impossible que tu n'y aies pas appris quelque chose?

— Comment, monsieur! si j'y ai appris quelque chose!... Le *ptarmigan* est certainement, de tous les oiseaux de la terre et du ciel, celui dont les sucs se marient le mieux avec l'assaisonnement mordant et aromatique — je crois que c'est le mot — d'une sauce à l'estragon.

— Ce n'est pas de cela qu'il s'agit, Daniel. Mistress Speaker peut-elle avoir oublié Michel?...

— Oublié Michel, la digne femme! oh! ne l'en accusez pas! Si j'avais voulu l'écouter sur ses louanges, il y en avait pour huit jours, quoiqu'elle n'ait pas une grande estime pour son jugement; mais aussitôt que j'eus entrepris de lui toucher un mot de cet homme à la tête de chien danois dont il est parlé dans votre pancarte, elle faillit m'arracher les yeux. " C'est bien à moi, dit-elle, miss Babyle Babbing, veuve Speaker, qu'on vient débiter de pareilles bourdes! Il faut que vous ayez le front de votre mère, Niel, pour vous évertuer ainsi en folâtreries avec une femme respectable, et je ne sais ce qui me tient de vous faire harceler par les deux maîtres dogues qui couchent dans ce pailler ". — Là-dessus je n'insistai pas.

— Et tu fis sagement, Daniel! — Mais t'es-tu informé de Jonathas?

— Jonathas est plus mort que vivant, monsieur, mais il n'est pas mort tout à fait.

— Je le crois bien, vraiment! Le traître aura placé de l'argent à fonds perdu.

— Monsieur n'a-t-il plus rien à me commander ?
reprit Daniel après un moment de silence.

— Eh quoi donc, Daniel ? des chevaux, des chevaux, et le monde entre l'Écosse et nous ! »

....
....

Pendant que je me reposais à Venise des fatigues
d'un long voyage, et que j'oubliais, dans l'agitation
sans but des *Casini* et du *Ridotto*[21], les émotions plus
profondes que j'avais ressenties en quelques heures à
Glasgow, je fis connaissance au café *Quadri* d'un
personnage sérieux et concentré dont les habitudes
méditatives m'avaient désarmé des préventions
contraires que m'inspirait sa physionomie. C'était un
homme sec, étroit, anguleux, à l'œil pointu, aux
regards coniques — et après les regards directs, je ne
fais cas que des regards divergents —, à la parole
haute, claire, brève et décidée, aux mouvements
isochrones et à l'inflexible perpendicularité. L'espèce
de soliloque intérieur auquel il paraissait incessamment livré ne pouvait avoir d'objet, selon moi, qu'une
contemplation rêveuse et austère de quelque haute
vérité morale. Au bout de quelques entretiens de
bienséance qui ne duraient jamais longtemps, à cause
des profondes préoccupations qui absorbaient ce
grand homme, j'appris par un mot échappé à sa
distraction pensive, et qu'il s'empressa de racheter,
j'en dois convenir, par les formules les plus humbles de
la modestie, tant il appréciait à sa juste valeur la
lourde responsabilité d'une telle gloire, j'appris donc
qu'il faisait partie de l'académie des *lunatici* de Sienne,
et qu'il était venu à Venise pour y chercher des
auxiliaires à son opinion, dans la double querelle qui
divisait, à forces exactement égales, les membres de
cette illustre assemblée.

« Les *lunatici* de Sienne ! m'écriai-je en l'entraînant

brusquement sur la place Saint-Marc, où le soleil
brillait de toute sa splendeur vénitienne par une belle
matinée de dimanche. — Les *lunatici* de Sienne, dites-
vous ? La raison expérimentale de l'espèce fait-elle
enfin de jour en jour des progrès plus rapides ? le
sentiment et la fantaisie reprennent-ils partout la place
qu'ils n'auraient jamais dû perdre, parmi les plus
saines occupations de l'esprit ? Oh ! monsieur, votre
académie des *lunatici* aura bientôt des succursales sur
toute la terre — je ne lui parlai cependant pas des
lunatiques de Glasgow —; mais apprenez-moi, de
grâce, continuai-je, quelles sont les questions ardues
qui ont trouvé si peu d'harmonie dans un conseil si
judicieux ? Je brûle de les connaître.

— La première, me répondit-il avec une affabilité
composée, n'est pas d'une nature aussi grave que vous
pourriez le croire ; mais plus elle sort du cercle des
études vulgaires, plus elle est propre, comme vous
savez, à exercer les utiles loisirs des académies. C'est
de savoir si, quand Diogène fricassait les congres
qui lui attirèrent un si méchant sarcasme de la
part d'Aristippe[22], il les fricassait à l'huile ou au
beurre.

— Par le soleil qui nous éclaire ! dis-je en le
regardant en face pour m'assurer qu'il ne se moquait
pas, si je m'en rapporte aux usages naturels du pays, et
à la dernière mercuriale d'Athènes antique, ce devait
être de l'huile ; mais je ne donnerais pas une tranche de
zucca[23] pour le savoir.

— La seconde, reprit-il avec un air un peu refrogné, parce qu'il jugeait que j'avais traité trop lestement une question de cette importance —, la seconde,
monsieur, touche aux intérêts moraux les plus profonds, j'ose même dire métaphoriquement, aux entrailles maternelles de notre belle Italie.

— Ah ! voilà des questions ! et celles-là méritent, en

effet, d'être débattues avec chaleur entre des hommes éclairés et sensibles !

— Que pensez-vous, monsieur, poursuivit le lunatique de Sienne, qu'il fût arrivé des destinées éventuelles du pays, si Pompée, à la bataille de Pharsale, au lieu de disposer en échelons sa cavalerie, qui manqua par là l'occasion d'envelopper l'aile gauche de l'ennemi, l'avait établie en potence sur une verticale immédiatement appuyée à la première horizontale de son front de guerre ?

— Je pense, monsieur, que je m'occuperais davantage et plus utilement, avec le poète Villon, de ce que deviennent les neiges d'antan et les vieilles lunes, et que si telles sont les occupations et les disputes de votre académie des *lunatici,* elle a indécemment usurpé le nom des hommes les plus intéressants, et, selon toute apparence, les plus raisonnables de la terre ! »

Je m'inquiétai peu de sa réponse, car du temps que je lui parlais, mon oreille avait été délicieusement avertie par ce cri qui a toujours éveillé en moi une vive sympathie :

« Voilà, voilà, messieurs, la véritable bibliothèque merveilleuse, tout ce qu'il y a de plus extraordinaire et de plus nouveau : *La Malice des femmes, La Patience de Griselidis, Les Amours de la fée Paribanou et du génie Eblis, L'Histoire pitoyable du prince Érastus, Les Prouesses des deux Tristans;* les voilà, messieurs, les voilà, pour la bagatelle d'une *demi-lire*[24]. »

Et, pendant que je courais, je voyais flotter au vent les banderoles multicolores du crieur enroué, qui continuait à brandir fièrement, devant la foule, ses petits livrets bigarrés de jaune et de bleu, et qui reprenait sa litanie de plus belle à l'arrivée de chaque acheteur :

« Voilà, voilà, messieurs, les superbes aventures de *La Fée aux Miettes,* et comment Michel le charpentier a été enlevé de sa prison par la princesse Mandragore ; comment il a épousé la reine de Saba, et comment il est devenu empereur des sept planètes [25], les voici avec la figure !

— Donne, donne », m'écriai-je en lançant fièrement une *lire* au travers de son échoppe ambulante, et en saisissant la brochure au vol.

Quand je m'arrêtai pour y jeter un regard, je trouvai mon académicien à mes côtés. Ses traits portaient l'empreinte d'un mélange de consternation et de colère.

« Que vous proposez-vous de faire de cela ? me dit-il rudement.

— La dernière et la plus douce de mes études, lui répondis-je en passant, car le livre que vous voyez renferme plus de choses affectueuses, raisonnables et d'un profitable usage pour le genre humain, qu'il n'en entrerait en mille ans dans les mémoires de l'académie des *lunatiques* de Sienne.

« Et je le tiens pour plus moral et même pour plus sensé, continuai-je en marchant toujours, que tout ce que les savants ont écrit depuis que l'art d'écrire est un vil métier, et la science une sèche, rebutante et sacrilège anatomie des divins mystères de la nature.

« Et j'avance hautement que de pareils livres influeraient d'une manière bien plus essentielle sur le perfectionnement moral de l'éducation d'un peuple intelligent et sensible, que toutes les babioles pédantesques de quelques méchants philosophastres brevetés, patentés et appointés, pour instruire les nations ! »

J'aurais mieux fait que de l'avancer. Je l'aurais prouvé par raison démonstrative, si le volume ne m'avait été pris avec tout mon bagage par une bande de *Zingari,* pendant que je dormais comme un enfant, plongé dans un doux rêve au fond de ma calèche, sur les bords du lac de Côme.

« Heureusement, Daniel, dis-je en me réveillant, que ces pauvres *Zingari* s'en trouveront bien.

— Je le crois comme vous, répondit Daniel... s'ils le lisent. »

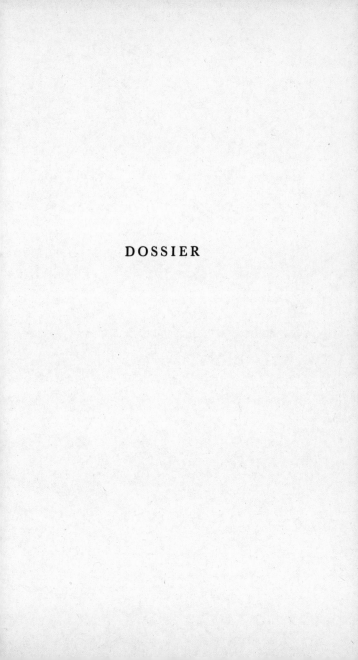

DOSSIER

CHRONOLOGIE

1780 29 avril : naissance à Besançon de Jean-*Charles*-Emmanuel, déclaré fils de Suzanne Paris et de père inconnu.

1791 12 septembre : mariage d'Antoine-Melchior Nodier, avocat, 53 ans, et de Suzanne Paris ; Charles Nodier est ainsi légitimé. 22 décembre : Charles prononce un discours patriotique devant le club révolutionnaire local, les Amis de la Constitution.

1792 Nodier est membre de la Société des Jacobins de Besançon.

1793 Leçons de botanique, d'entomologie et de minéralogie auprès d'un ancien officier du génie, le chevalier Justin Girod de Chantrans (1750-1841).

1794 Au début de l'année, bref séjour à Strasbourg auprès de l'helléniste Euloge Schneider, accusateur public du Bas-Rhin, qui est décapité sur ordre de Saint-Just le 1er avril. Après la chute de Robespierre, Nodier retourne à Novilars chez Girod de Chantrans et y séjourne plus d'un an.

1796 Élève de l'École Centrale de Besançon.

1797 Fonde la société secrète des Philadelphes.

1798 *Dissertation sur l'usage des antennes dans les insectes et sur l'organe de l'ouïe dans ces mêmes animaux,* en coll. avec Luczot de La Thébaudais, l'un des Philadelphes. 31 octobre : Nodier est nommé bibliothécaire adjoint de l'École Centrale de Besançon.

1799 Commence à rédiger *Moi-même* (roman autobiographique, publ. 1921). 12 août : s'enfuit de Besançon après la représentation, par les Philadelphes, d'une parodie des réunions des Jacobins, et perd son poste de bibliothécaire.

1800 Publie quelques brochures, et trois poèmes dans un recueil qu'éditent les Philadelphes, *Essais littéraires par une société de jeunes gens.* Octobre-décembre : collabore à l'éphémère *Bulletin politique et littéraire du Doubs.* Décembre : part pour un premier séjour à Paris.

1801 Mars ou avril : revient de Paris et reprend son poste de bibliothécaire. Publie des *Pensées de Shakespeare* tirées à 12 exemplaires. Octobre : repart pour Paris où il écrit son premier roman, *Stella ou les Proscrits.*

1802 Publie *Stella.* Écrit *La Napoléone,* ode contre le Premier Consul (publiée à Londres, puis à Paris, sous l'anonymat). Se lie avec Lucile Franque, jeune femme peintre, et avec plusieurs autres jeunes artistes membres de la secte des Méditateurs. Revient à Besançon en mars.

1803 Ressent douloureusement la mort de Lucile Franque. Séjourne à Paris toute l'année. Collabore à *La Décade philosophique.* Publie, sans succès, *Le Dernier Chapitre de mon roman* et *Le Peintre de Salzbourg.* 23 décembre : Nodier s'étant dénoncé lui-même comme auteur de *La Napoléone* dans une lettre à Bonaparte, il est incarcéré pour 36 jours.

1804 26 janvier : Nodier, libéré de prison, retourne à Besançon en résidence surveillée. Écrit les *Essais d'un jeune barde.*

1806 *Les Tristes ou Mélanges tirés des tablettes d'un suicidé* contiennent le premier conte fantastique de Nodier, *Une heure ou la Vision.*

1808 Nodier publie un *Dictionnaire raisonné des onomatopées françaises.* 4 juillet : commence, grâce à la protection du préfet Jean de Bry, un cours de philosophie, de littérature, de grammaire et d'histoire naturelle à Dole. 31 août : Nodier épouse Liberté-Constitution-Désirée Charve, âgée de 22 ans. 9 octobre : mort du père de l'écrivain.

1809 Août : entre en relations avec l'Anglais Herbert Croft, installé à Amiens, et dont il devient le secrétaire le 3 septembre, pour des travaux fastidieux de copie littéraire et de correction d'épreuves.

1810 Juin : la ruine de Croft libère Nodier. Le ménage quitte Amiens pour Quintigny, où habitent les parents Charve.

1811 26 avril : naissance, à Quintigny, de Marie Nodier.

1812 Nodier publie les *Questions de littérature légale.* 20 septembre : Napoléon nomme Nodier bibliothécaire à Laibach (auj. Ljubljana), où il sera aussi directeur du *Télégraphe illyrien.* Décembre : les Nodier gagnent la Dalmatie par les Alpes.

1813 6 janvier-début septembre : séjour en Illyrie, interrompu par l'évacuation des troupes françaises. Les Nodier reviennent à Quintigny. 29 novembre : Nodier devient collaborateur du *Journal de l'Empire.*

1814 Installation à Paris, 17 rue des Trois-Frères (auj. rue Tait-bout, entre la rue Saint-Lazare et la rue de la Victoire). Naissance d'un garçon, Térence. 4 avril : le *Journal de l'Empire* reprend son ancien titre de *Journal des débats*. 25 septembre : Nodier est décoré de l'ordre du Lys par Louis XVIII.

1815 Pendant les Cent-Jours, Nodier est l'hôte du duc de Caylus en son château de Buhy, près de Magny-en-Vexin. Revient au *Journal des débats* après la seconde Restauration et y donne plus de 200 articles jusqu'en novembre 1823. Publie *Histoire des sociétés secrètes de l'armée.*

1816 Commence *Thérèse Aubert*. Mort de son fils Térence.

1818 Nodier publie *Jean Sbogar*, commencé en Illyrie en 1813. Prévoit de partir pour Odessa où on lui propose une chaire d'économie politique et la direction d'un journal ; l'affaire ne se fait pas.

1819 Nodier s'installe 1, rue de Choiseul (au coin de la rue des Petits-Champs, dans l'actuel IIe arr.). Publie *Thérèse Aubert.* Juin : commence à collaborer au *Drapeau blanc* (26 articles jusqu'en février 1821).

1820 Publie *Adèle, Mélanges de littérature et de critique, Lord Ruthwen ou les Vampires.* 13 juin : création, au théâtre de la Porte-Saint-Martin, du *Vampire*, mélodrame d'après Polidori signé Nodier, Carmouche et Jouffroy. Nodier collabore aux royalistes *Archives* (puis *Annales*) *de la littérature et des arts* (28 articles jusqu'en 1822).

1821 15 janvier : premier article de Nodier dans *La Quotidienne* (environ 70 articles jusqu'au 10 juillet 1830). Naissance d'un deuxième fils, Amédée, qui meurt à la fin de l'année. 10 mai : premier article dans *La Foudre* (15 articles jusqu'au 20 août 1823). 13 juin : départ pour l'Écosse, d'où il rapporte *Promenade de Dieppe aux montagnes d'Ecosse*, publié en novembre. Septembre : publication de *Smarra.*

1822 S'installe 4, rue de Provence (actuel IXe arr.). Publie un recueil d'*Infernaliana* et préface une réédition de la traduction Galland des *Mille et Une Nuits*. Juillet : publication de *Trilby.*

1823 Collabore à plusieurs petits journaux royalistes. 12 mars : article élogieux de Nodier sur *Han d'Islande* de Hugo dans *La Quotidienne*. Publie un *Dictionnaire universel de la langue française*, en collaboration avec V. Verger, et un *Essai critique sur le gaz hydrogène*, avec Amédée Pichot.

1824 3 janvier : Nodier est nommé bibliothécaire du comte d'Artois à l'Arsenal. (C'est en 1785 que le futur Charles X avait racheté la bibliothèque fondée par le Grand Maître de l'Artillerie, le marquis de Paulmy d'Argenson, dont l'Arsenal était le logement de fonction.) 27 janvier-10 mars : Nodier donne huit articles à *L'Oriflamme*. 8 mars : article élogieux sur les *Nouvelles Odes* de Hugo dans *La Quotidienne*. 14 avril : installation des Nodier dans les appartements de l'Arsenal.

1825 Voyage avec Hugo, pour le sacre de Charles X à Reims (29
     mai), puis en Suisse et en Savoie ; ils sont reçus au passage à
     Saint-Point par Lamartine.

1827 Publie un recueil de *Poésies diverses*. Voyage à Barcelone, d'où il
     rapporte l'idée d'*Inès de las Sierras*.

1828 Publie un important *Examen critique des dictionnaires de la langue
     française*.

1829 Publie l'ensemble de ses *Poésies*, chez Delangle, et des *Mélanges
     tirés d'une petite bibliothèque*. 26 février : article hostile sur *Le
     Dernier Jour d'un condamné*, dans le *Journal des débats*. Avril :
     fondation de la *Revue de Paris* par Véron ; Nodier y donne,
     jusqu'à sa mort, presque toute son œuvre en prépublication.
     1er novembre : allusion venimeuse aux *Orientales* dans *La
     Quotidienne*, au sein d'un article sur Byron (on attribue cette
     brouille à l'amertume, chez Nodier, de se voir supplanté par
     Hugo dans la direction du Cénacle romantique).

1830 Janvier : parution de l'*Histoire du roi de Bohême et de ses sept
     châteaux*. Réconciliation précaire avec Victor Hugo. Février :
     Marie Nodier épouse Jules Mennessier ; elle a 18 ans, lui 28.
     Le jeune ménage s'installe à l'Arsenal, mais pour Nodier c'est
     tout de même une cassure terrible. 22 juillet : Polignac
     révoque Nodier. 9 août : l'ancienne bibliothèque de Charles X
     détrôné retournant à l'État, le nouveau roi Louis-Philippe prie
     Nodier de reprendre son poste. 1er et 15 novembre : la *Revue de
     Paris* publie les essais *De la perfectibilité de l'homme et de l'influence
     de l'imprimerie sur la civilisation* et *Du fantastique en littérature*.

1831 Nodier publie de nombreux textes dont l'essai *De quelques
     phénomènes du sommeil* (*Revue de Paris*, février) et le récit *Le
     Bibliomane*, inclus dans le t. I du *Livre des Cent-et-Un*. Nodier
     commence à collaborer au journal *Le Temps* (76 articles
     jusqu'en 1837).

1832 Nodier publie chez Renduel les six premiers tomes de ses
     Œuvres complètes ; le t. IV contient l'édition originale de *La Fée
     aux Miettes*. Parmi les nombreux autres textes publiés par
     Nodier, citons *Histoire d'Hélène Gillet*, *Mademoiselle de Marsan*,
     L'Amour et le Grimoire et *Le Songe d'or* (*Revue de Paris*, février,
     juin-juillet, octobre et novembre), et surtout l'important essai
     De la palingénésie humaine et de la résurrection, également dans la
     Revue de Paris (août). 10 octobre : naissance de Berthe
     Mennessier, fille aînée de Marie.

1833 Tomes VII et VIII des *Œuvres*, contenant *Le Dernier Banquet des
     Girondins* et les *Souvenirs et portraits*. Publication de *Baptiste
     Montauban* (dans *Le Conteur*), *La Combe de l'homme mort* (dans le
     t. XI du *Salmigondis*), *Trésor des Fèves et Fleur des pois* (dans le t. II
     du *Livre des Conteurs*), *Jean-François les Bas-Bleus* (dans le t. I des

Cent-et-Une Nouvelles Nouvelles des Cent-et-Un): Mars-septembre :
Nodier donne sept articles à *L'Europe littéraire* dont « Le dessin
de Piranèse » (26 juin) qui, augmenté, sera repris en 1836 sous
un titre modifié dans le t. XI des *Œuvres.* 17 octobre : après
deux échecs (dont le second contre Thiers, élu le 20 juin),
Nodier est élu à l'Académie française, où il consacrera dès lors
une large part de son énergie à la révision du *Dictionnaire*

1834 Publie les t. X (*Souvenirs de jeunesse*) et XII (*Notions élémentaires de
linguistique*) de ses *Œuvres.* Fonde avec le libraire Techener le
Bulletin du bibliophile auquel il donnera régulièrement des
notices jusqu'en 1843.

1835 Année de moindre production ; à signaler, dans *Le Temps* du 24
février, l'article *Comment les patois furent détruits en France.*

1836 6 janvier : naissance d'Emmanuel Mennessier. La *Revue de
Paris* publie *Paul ou la ressemblance* (juin, sous le titre *Un
domestique de M. de Louvois*) et *M. Cazotte* (décembre). Novembre : parution du t. XI des *Œuvres,* contenant les contes parus
depuis 1832 et notamment *Piranèse, contes psychologiques, à propos
de la monomanie réflective.*

1837 La *Revue de Paris* publie *Inès de las Sierras* (mai-juin) et *La
Légende de Sœur Béatrix* (octobre).

1838 La *Revue de Paris* donne *Les Quatre Talismans* (janvier-février) et
La Neuvaine de la Chandeleur (juillet-août). 18 octobre : naissance de Marie-Thècle Mennessier.

1839 La *Revue de Paris* donne *Lydie ou la résurrection*(avril). Nodier
cesse peu à peu d'écrire ; sa santé se délabre rapide-
ment.

1840 1er mai : Sainte-Beuve consacre à Nodier son article de la *Revue
des Deux Mondes.*

1841 Parution tardive du t. IX des *Œuvres* chez Renduel (*Souvenirs et
portraits*, vol. 2).

1842 11 février : naissance d'un quatrième enfant chez les Mennessier, Marie-Victoire.

1843 *Nouveaux mélanges tirés d'une petite bibliothèque*, dans le *Bulletin du
bibliophile.* Le 1er juillet, Nodier publie ses *Stances à M. Alfred de
Musset* dans la *Revue des Deux Mondes.*

1844 27 janvier : Nodier meurt à l'Arsenal. Il est enterré au Père-
Lachaise. Parution posthume de *Franciscus Columna.*

1856 10 juillet : Mme Nodier s'éteint à l'Arsenal.

1877 6 mars : mort de Jules Mennessier.

1893 1er novembre : mort de Marie Mennessier-Nodier, âgée de 82
ans.

1896 24 mars : mort d'Emmanuel, seul fils de Marie ; c'est de lui
que descend la branche actuelle des Mennessier-Nodier.

NOTICE

L'édition originale de *Smarra*, dont on ne connaît pas de manuscrit, fut publiée chez Ponthieu, aux Galeries de Bois du Palais-Royal, en juillet ou en août 1821, sous le titre *Smarra ou Les Démons de la nuit, songes romantiques, traduit de l'esclavon du comte Maxime Odin par Ch. Nodier.* Le volume est enregistré à la *Bibliographie de la France* le 7 septembre 1821. Ce fut un cruel échec commercial, et l'édition fut vendue au poids. Nodier voulut pourtant faire figurer un texte auquel il tenait beaucoup dans les *Œuvres* prétendument *complètes* que Renduel commençait à faire paraître en 1832. *Smarra* figure au t. III, p. 5-117 (volume enregistré à la *Bibliographie de la France* le 19 mai 1832) ; le sous-titre « songes romantiques,[...] » a disparu. Pour le reste, le texte est le même qu'en 1821, mais Nodier a ajouté une importante « Préface nouvelle ». Il n'y eut pas d'autre édition de *Smarra* du vivant de Nodier. Nous suivons donc dans le présent volume le texte de 1832, corrigé de quelques coquilles.

Trilby ou Le Lutin d'Argail, nouvelle écossaise, dont un manuscrit partiel sans variantes notables est aux mains de la famille Mennessier-Nodier, est jumelé dans la production de Nodier avec la *Promenade de Dieppe aux montagnes d'Écosse,* qu'inspira le voyage de l'été 1821. De nombreux souvenirs topographiques occupent une place importante dans *Trilby,* dont l'édition originale parut chez Ladvocat en juillet 1822 (*Bibliographie de la France* du 27 juillet). Le succès fut beaucoup plus franc que pour *Smarra,* notamment auprès de la critique traditionaliste, qui crut le texte moins audacieux. Une « deuxième édition », qui reproduit le texte de la première, coquilles comprises, et qui n'est donc probablement qu'un « rhabillage » d'exemplaires du premier tirage, est enregistrée à la *Bibliographie de la France* dès le 17 août. La popularité s'empare de l'œuvre sous la forme de la mode (il se vendit beaucoup, l'hiver suivant, d'écharpes

en gaze baptisées « Trilby ») et du vaudeville. En dix jours, pas
moins de trois pièces imitées de Nodier sont créées dans les petits
théâtres. Scribe et Carmouche donnent, le 13 mars 1823 au
Gymnase-Dramatique, *Trilby ou Le Lutin d'Argail,* où Trilby (rôle
travesti) s'avère n'être autre que le fils du seigneur écossais voisin, et
à la fin épouse l'orpheline Jeannie, fiancée au précepteur dudit
Trilby — quant à Dougal, il s'est transformé en une mère Dougal (!), marraine de l'orpheline. Le 20 mars, Dumersan, de Courci
et Rousseau font jouer un *Trilby ou La Batelière d'Argail* au théâtre
du Vaudeville ; l'œuvre y est défigurée d'une autre façon : Trilby (joué
par Lucie Ronald) est bien aussi un jeune « dragueur » qui convoite
Jeannie, mais à la fin il part sagement finir ses études à Londres,
tandis que la jeune fille épouse Dougal, malgré l'éprouvant parler
« paysan » (?) dont l'ont affligé les auteurs. Le bouquet revient à
Théaulon, Lafontaine et Jouslin qui, le 24 mars, font jouer aux
Variétés *Trilby ou Le Lutin du foyer.* Un effort est fait pour conserver
un important élément du texte de Nodier, à savoir l'exorcisme. Mais
l'exorciseur Bisbeth est un charlatan incapable, et le coffre où se
cache Trilby ne sert ici qu'à envoyer au bain forcé le prétendant de
Jeannie, Léperlan, joué par l'acteur farcesque Odry. Trilby, page du
seigneur de Staffa, a les traits charmants de Jenny Vertpré, l'actrice-
vedette de la troupe ; à la fin, Jeannie se découvre héritière des Mac-
Farlane et épouse le beau page, délaissant le malheureux Dougal qui
n'intéresse décidément pas grand monde. Les limites de cette notice
ne permettent pas de rendre mieux compte de la sottise de ces trois
comédies en un acte [1].

La « troisième » édition de *Trilby* est, comme pour *Smarra,* le t. III
des *Œuvres complètes,* où il occupe les p. 173-285 ; le texte, là non plus,
n'a subi aucune modification par rapport à 1822, sauf l'adjonction
d'une « Préface nouvelle ». Nous adoptons également l'édition de
1832 pour l'établissement, sans problèmes majeurs, de notre propre
texte.

La Fée aux Miettes, œuvre plus vaste à tous égards, peut avoir
occupé Nodier à partir de 1829 ; il semble en effet improbable qu'il
ait songé dès 1822 à une autre œuvre écossaise, et P.-G. Castex a
montré que la localisation géographique d'une partie du récit, si elle
doit évidemment aux propres souvenirs de Nodier, lui a été
beaucoup plus directement suggérée, en mai 1829, par un reportage
de la *Revue de Paris,* dont il était lui-même collaborateur, sur l'asile
psychiatrique de Glasgow (« Lettre à M. le docteur A... sur
l'hospice des fous de Glascow par M. le duc de Lévis »). Révolté par

---

1. On peut les lire à la Bibliothèque nationale où leurs cotes se suivent (8°
Yth. 17523-24-25).

l'autosatisfaction et l'inconscience brutale étalées dans cet article, où se trouvaient louées les pires méthodes coercitives de surveillance et de thérapie des aliénés, Nodier choisit d'enfermer à Glasgow son double Michel le charpentier, et n'eut dès lors qu'à puiser dans sa mémoire pour préciser Greenock et quelques paysages, qui restent d'ailleurs beaucoup plus flous que dans *Trilby*. L'essentiel de la rédaction peut avoir pris entre le printemps 1831 et le printemps 1832, puisque deux épisodes du roman sont inspirés de *Notre-Dame de Paris* de Hugo, paru en mars 1831, et de *L'Auberge rouge* de Balzac, publiée en août de la même année (voir les n. 2 du chap. XIX et 2 du chap. XV).

Il existe un manuscrit complet de *La Fée aux Miettes,* aux mains d'un collectionneur particulier. Dans les *Mélanges d'histoire littéraire et de bibliographie offerts à Jean Bonnerot* (Nizet, 1954, p. 365-371), Jean Richer en a relevé très succinctement les principales variantes, dont un très petit nombre seulement sont intéressantes (nous les avons signalées en notes).

L'édition originale de *La Fée aux Miettes* constitue à elle seule le t. IV des *Œuvres complètes* publiées par Renduel; le volume est enregistré à la *Bibliographie de la France* le 14 juillet 1832. Son succès fut assez grand pour que cette œuvre, à son tour, soit la victime des adaptateurs. Dans *La Fée aux Miettes ou les camarades de classe, roman imaginaire*[2] *mêlé de couplets* créé au théâtre du Palais-Royal le 17 octobre 1832, Gabriel et Langlé ne conservent de l'intrigue que la « vieille de Granville », dont la baguette magique permet à un groupe de potaches devenus adultes de se retrouver au Palais-Royal pour un banquet du souvenir. On ne retiendra de cette triste pochade que l'air chanté par la Fée à la scène III, et qui est au fond le seul reste réel du volume original

SCÈNE III.

LES MÊMES, LA FÉE AUX MIETTES,
costume de vieille Normande de Granville.

LA FÉE, *entrant.*

AIR *nouveau* de M. Amédée Beauplan.

Devant le portail de l'église,
De janvier jusqu'à la Noël,
Quelle est la vieille femme assise
Sous l'image de saint Michel ?

---

2. *La Fée aux Miettes* était sous-titrée « roman imaginaire » sur le dos de la couverture des éditions de 1832 puis 1835 donnant la table des volumes des *Œuvres complètes.*

Des enfans la troupe légère
Accourt folâtrer sous ses yeux,
Nommez-moi cette bonne mère
Qui veille et se mêle à leurs jeux?..

Écoliers, c'est la fée aux miettes
Qui vient le soir tendre la main
Et conter des historiettes
Pour un petit morceau de pain.

CHŒUR.

Écoliers, etc.

LA FÉE.

Qui toujours eut le privilège
De venir, sans jamais frapper,
Devant la porte du collège
Chercher les restes du souper?
Qui dit, à l'enfant qui lui donne :
Dieu vous bénira, mon cher fils!
Et vous donnera la couronne
Lorsque luira le jour des prix!

CHŒUR.

Écoliers, etc.

LA FÉE.

Qui vous charme à la promenade
De ses récits, de ses leçons?
Près du lit d'un jeune malade
Qui porte ses soins, ses chansons?
Quand pour vous se ferme la classe,
Et quand le monde va s'ouvrir,
A la porte qui vous embrasse
En priant pour votre avenir?

CHŒUR.

Écoliers, etc.

Une autre édition du roman de Nodier parut en 1835, augmentée d'une dédicace au maire de Besançon[3] et de très nombreuses coquilles : mots omis, confusions typographiques, etc. qui font de ce

3. Voir le texte complet de cette dédicace à la n. 1 de *La Fée aux Miettes*, p. 381.

texte, visiblement à peine revu par l'auteur, une base beaucoup moins fiable que la première édition. C'est donc, comme pour *Smarra* et *Trilby*, et malgré l'usage, le texte de 1832 que nous avons pris comme base, préférant constituer de la sorte un volume homogène et aussi bien contrôlé que possible. Nous avons en particulier tenu à restituer fidèlement la typographie hachée de tirets à laquelle Nodier recourt dans les passages dramatiques, et que les éditions courantes ne respectent que partiellement; nous avons conservé également la disposition en paragraphes telle que l'a demandée l'auteur, nous contentant de clarifier la répartition du texte entre les différentes voix narratives par un usage des guillemets moins illogique que le sien.

DOCUMENTS

Nous proposons au lecteur un certain nombre de documents indispensables à quiconque veut compléter le difficile portrait du multiforme Nodier, seulement esquissé dans la préface de ce volume.

I. Les préfaces de Smarra, Trilby et La Fée aux Miettes

Smarra et Trilby ont deux préfaces : celle de leur édition originale, en 1821 et 1822, et la « Préface nouvelle » composée par Nodier pour leur reprise au t. III de ses Œuvres complètes, en 1832. Smarra s'augmente en outre d'une « Note sur le rhombus », annoncée dans le texte par Nodier (voir p. 46), et que l'on trouvera ci-après p. 339.

1. Préface de Smarra (1821)

L'ouvrage singulier dont j'offre la traduction au public est moderne et même récent. On l'attribue généralement en Illyrie à un noble Ragusain qui a caché son nom sous celui du comte Maxime Odin[1], à la tête de plusieurs poèmes du même genre. Celui-ci dont je vois la communication à l'amitié de M. le chevalier Fedorovich Albinoni[2], n'était point imprimé lors de mon séjour dans ces provinces. Il l'a probablement été depuis.

Smarra est le nom primitif du mauvais esprit auquel les anciens rapportaient le triste phénomène du *cochemar*[3]. Le même mot exprime encore la même idée dans la plupart des dialectes slaves, chez les peuples de la terre qui sont le plus sujets à cette affreuse maladie. Il y a peu de familles morlaques[4] où quelqu'un n'en soit tourmenté. Ainsi, la Providence a placé aux deux extrémités de la vaste chaîne des Alpes de Suisse et d'Italie les deux infirmités les plus contrastées de l'homme ; dans la Dalmatie, les délires d'une imagination exaltée qui a transporté l'exercice de toutes ses facultés sur un ordre purement intellectuel d'idées ; dans la Savoie et le Valais, l'absence presque totale des perceptions qui distinguent l'homme de la brute : ce sont, d'un côté, les frénésies d'Ariel, et de l'autre, la stupeur farouche de Caliban[5].

Pour entrer avec intérêt dans le secret de la composition de *Smarra*, il faut peut-être avoir éprouvé les illusions du *cochemar* dont ce poème est l'histoire fidèle, et c'est payer un peu cher l'insipide plaisir de lire une mauvaise traduction. Toutefois, il y a si peu de personnes qui n'aient jamais été poursuivies dans leur sommeil de quelque rêve fâcheux, ou éblouies des prestiges de quelque rêve enchanteur qui a fini trop tôt, que j'ai pensé que cet ouvrage aurait au moins pour le grand nombre le mérite de rappeler des sensations connues qui, comme le dit l'auteur, n'ont encore été décrites en aucune langue, et dont il est même rare qu'on se rende compte à soi-même en se réveillant. L'artifice le plus difficile du poète est d'avoir enfermé le récit d'une anecdote assez soutenue, qui a son exposition, son nœud, sa péripétie et son dénouement, dans une succession de songes bizarres dont la transition n'est souvent déterminée que par un mot. En ce point même, cependant, il n'a fait que se conformer au caprice piquant de la nature, qui se joue à nous faire parcourir dans la durée d'un seul rêve, plusieurs fois interrompu par des épisodes étrangers à son objet, tous les développements d'une action régulière, complète et plus ou moins vraisemblable.

Les personnes qui ont lu Apulée s'apercevront facilement que la fable du premier livre de *L'Ane d'Or* de cet ingénieux conteur a beaucoup de rapport avec celle-ci[6], et qu'elles se ressemblent par le fond presque autant qu'elles diffèrent par la forme. L'auteur paraît même avoir affecté de solliciter ce rapprochement en conservant à son principal personnage le nom de *Lucius*. Le récit du philosophe de Madaure et celui du prêtre dalmate, cité par Fortis, tome II, page 65[7], ont en effet une origine commune dans les chants traditionnels d'une contrée qu'Apulée avait curieusement visitée, mais dont il a dédaigné de retracer le caractère, ce qui n'empêche pas qu'Apulée ne soit un des écrivains les plus romantiques des temps anciens. Il florissait à l'époque même qui sépare les âges du goût des âges de l'imagination.

Je dois avouer en finissant que si j'avais apprécié les difficultés de cette traduction avant de l'entreprendre, je ne m'en serais jamais occupé. Séduit par l'effet général du poème sans me rendre compte des combinaisons qui le produisaient, j'en avais attribué le mérite à la composition, qui est cependant tout à fait nulle, et dont le faible intérêt ne soutiendrait pas longtemps l'attention, si l'auteur ne l'avait relevé par l'emploi des prestiges d'une imagination qui étonne, et surtout par la hardiesse incroyable d'un style qui ne cesse jamais cependant d'être élevé, pittoresque, harmonieux. Voilà précisément ce qu'il ne m'était pas donné de reproduire, et ce que je n'aurais pu essayer de faire passer dans notre langue sans une présomption ridicule. Certain que les lecteurs qui connaissent l'ouvrage original ne verront dans cette faible copie qu'une tentative impuissante, j'avais du moins à cœur qu'ils ne crussent pas y voir l'effort trompé d'une vanité malheureuse. J'ai en littérature des juges si sévèrement inflexibles et des amis si religieusement impartiaux, que je suis persuadé d'avance que cette explication ne sera pas inutile pour les uns et pour les autres.

2. *Note sur le* rhombus

Ce mot, fort mal expliqué par les lexicographes et les commentateurs, a occasionné tant de singulières méprises, qu'on me pardonnera peut-être d'en épargner de nouvelles aux traducteurs à venir. M. Noël lui-même, dont la saine érudition est rarement en défaut, n'y voit qu'*une sorte de roue en usage dans les opérations magiques*[1] ; plus heureux toutefois dans cette rencontre que son estimable homonyme, l'auteur de l'*Histoire des pêches*[2] qui, trompé par une conformité de nom fondée sur une conformité de figure, a regardé le *rhombus* comme un poisson, et qui fait honneur au turbot des merveilles de cet instrument de Sicile et de Thessalie[3]. Lucien, cependant, qui parle d'un *rhombos* d'airain, témoigne assez qu'il est question d'autre chose que d'un poisson. Perrot d'Ablancourt a traduit un « miroir d'airain », parce qu'il y avait en effet des miroirs faits en rhombe, et que la forme se prend quelquefois pour la chose dans le style figuré[4]. Belin de Ballu a rectifié cette erreur pour tomber dans une autre[5]. Théocrite fait dire à une de ses bergères : « Comme le *rhombos* tourne rapidement au gré de mes désirs, ordonne, Vénus, que mon amant revienne à ma porte avec la même vitesse. » Le traducteur latin de l'inappréciable édition de Libert approche beaucoup de la vérité :

> *Utque volvitur hic æneus orbis, ope Veneris,*
> *Sic ille volvatur ante nostras fores*[6].

Un *globe d'airain* n'a rien de commun avec un miroir. Il est fait aussi mention du *rhombus* dans la seconde élégie du livre second de Properce[7], et dans la trentième épigramme du neuvième livre de Martial, sauf erreur[8]. Il est presque décrit dans la huitième élégie du livre premier des *Amours,* où Ovide passe en revue les secrets de la magicienne qui instruit sa fille aux mystères exécrables de son art ; et je dois le secret d'une découverte, d'ailleurs bien insignifiante, à cette réminiscence :

> *Scit bene* [Saga] *quid gramen, quid torto concita rhombo*
> *Licia, quid valeat,* etc. [9]

Concita licia, torto rhombo, indiquent assez clairement un instrument arrondi chassé par des lanières, et qu'on ne saurait confondre avec le *turbo*** des enfants de Rome, qui n'a jamais été d'airain, et qui ne ressemble pas plus à un miroir qu'à un poisson ; les poètes n'auraient d'ailleurs pas cherché pour le désigner le terme inusité de *rhombus,* puisque *turbo* figurait assez honorablement dans la langue poétique. Virgile a dit : « *Versare turbinem* », et Horace :

> *Citamque retro solve turbinem* [11].

Je ne suis toutefois pas éloigné de croire que, dans ce dernier exemple où Horace parle des enchantements des sorcières, il fait allusion au *rhombos* de Thessalie et de Sicile, dont le nom latinisé n'a été employé qu'après lui.

On me demandera probablement ce que c'est que le *rhombus* si on a pris la peine de lire cette note qui n'est pas destinée aux dames et qui de fort peu d'intérêt pour tout le monde. Tout s'accorde à prouver que le *rhombus* n'est autre chose que ce jouet d'enfant dont la projection et le bruit ont effectivement quelque chose d'effrayant et de magique, et qui, par une singulière analogie d'impression, a été renouvelé de nos jours sous le nom de DIABLE [12].

> *(Note du Traducteur.)*

3. *Préface nouvelle de* Smarra *(1832)*

> *Sur des sujets nouveaux faisons des vers antiques,*

a dit André Chénier. Cette idée me préoccupait singulièrement dans ma jeunesse ; et il faut dire, pour expliquer mes inductions et pour les excuser, que j'étais seul, dans ma jeunesse, à pressentir l'infaillible avènement d'une littérature nouvelle. Pour le génie, ce pouvait être une révélation. Pour moi, ce n'était qu'un tourment.

Je savais bien que les sujets n'étaient pas épuisés, et qu'il restait encore des domaines immenses à exploiter à l'imagination ; mais je le savais obscurément, à la manière des hommes médiocres, et je

---

* *Turbo* signifiait ce que nous appelons une toupie, un cône lancé par un fouet et qui roule sur sa pointe. En Bourgogne, le *turbo* s'appelle encore un *trebi* :

> *Ai ne fau qu'éne chaiterie.*
> *Vou qu'un sublò, vous qu'un trebi.*
>
> NOËL DE LA MONNOYE [10].

louvoyais de loin sur les parages de l'Amérique, sans m'apercevoir
qu'il y avait là un monde. J'attendais qu'une voix aimée criât :
« TERRE ! »

Une chose m'avait frappé. C'est qu'à la fin de toutes les
littératures, l'invention semblait s'enrichir en proportion des pertes
du goût, et que les écrivains en qui elle surgissait toute neuve et toute
brillante, retenus par quelque étrange pudeur, n'avaient jamais osé
la livrer à la multitude que sous un masque de cynisme et de
dérision, comme la Folie des joies populaires ou la Ménade des
bacchanales. Ceci est le signalement distinctif des génies trigémeaux
de Lucien, d'Apulée et de Voltaire.

Si on cherche maintenant quelle était l'âme de cette création des
temps achevés, on la trouvera dans la fantaisie. Les grands hommes
des vieux peuples retournent comme les vieillards aux jeux des petits
enfants, en affectant de les dédaigner devant les sages : mais c'est là
qu'ils laissent déborder en riant tout ce que la nature leur avait
donné de puissance. Apulée, philosophe platonicien, et Voltaire,
poète épique, sont des nains à faire pitié. L'auteur de *L'Ane d'or,*
celui de *La Pucelle* et de *Zadig,* voilà des géants !

Je m'avisai un jour que la voie du fantastique, pris au sérieux,
serait tout à fait nouvelle, autant que l'idée de nouveauté peut se
présenter sous une acception absolue dans une civilisation usée.
L'*Odyssée* d'Homère est du fantastique sérieux, mais elle a un
caractère qui est propre aux conceptions des premiers âges, celui de
la naïveté. Il ne me restait plus, pour satisfaire à cet instinct curieux
et inutile de mon faible esprit, que de découvrir dans l'homme la
source d'un fantastique vraisemblable ou vrai, qui ne résulterait que
d'impressions naturelles ou de croyances répandues, même parmi
les hauts esprits de notre siècle incrédule, si profondément déchu de
la naïveté antique. Ce que je cherchais, plusieurs hommes l'ont
trouvé depuis ; Walter Scott et Victor Hugo, dans des types
extraordinaires mais *possibles*[1], circonstance aujourd'hui essentielle
qui manque à la réalité poétique de Circé et de Polyphème ;
Hoffmann, dans la frénésie nerveuse de l'artiste enthousiaste[2], ou
dans les phénomènes plus ou moins démontrés du magnétisme[3].
Schiller, qui se jouait de toutes les difficultés, avait déjà fait jaillir des
émotions graves et terribles d'une combinaison encore plus commune dans ses moyens, de la collusion de deux charlatans de place,
experts en fantasmagorie[4].

Le mauvais succès de *Smarra* ne m'a pas prouvé que je me fusse
entièrement trompé sur un autre ressort du fantastique moderne,
plus merveilleux, selon moi, que les autres. Ce qu'il m'aurait prouvé,
c'est que je manquais de puissance pour m'en servir, et je n'avais pas
besoin de l'apprendre. Je le savais.

La vie d'un homme organisé poétiquement se divise en deux séries de sensations à peu près égales, même en valeur, l'une qui résulte des illusions de la vie éveillée, l'autre qui se forme des illusions du sommeil. Je ne disputerai pas sur l'avantage relatif de l'une ou de l'autre de ces deux manières de percevoir le monde imaginaire, mais je suis souverainement convaincu qu'elles n'ont rien à s'envier réciproquement à l'heure de la mort. Le songeur n'aurait rien à gagner à se donner pour le poète, ni le poète pour le songeur.

Ce qui m'étonne, c'est que le poète éveillé ait si rarement profité dans ses œuvres des fantaisies du poète endormi, ou du moins qu'il ait si rarement avoué son emprunt, car la réalité de cet emprunt dans les conceptions les plus audacieuses du génie est une chose qu'on ne peut pas contester. La descente d'Ulysse aux enfers est un rêve. Ce partage de facultés alternatives était probablement compris par les écrivains primitifs. Les songes tiennent une grande place dans l'Écriture. L'idée même de leur influence sur les développements de la pensée, dans son action extérieure, s'est conservée par une singulière tradition, à travers toutes les circonspections de l'école classique. Il n'y a pas vingt ans que le songe était de rigueur, quand on composait une tragédie ; j'en ai entendu cinquante, et malheureusement il semblait à les entendre que leurs auteurs n'eussent jamais rêvé.

À force de m'étonner que la moitié, et la plus forte moitié sans doute des imaginations de l'esprit, ne fussent jamais devenues le sujet d'une fable idéale si propre à la poésie, je pensai à l'essayer pour moi seul, car je n'aspirais guère à jamais occuper les autres de mes livres et de mes préfaces, dont ils ne s'occupent pas beaucoup. Un accident assez vulgaire d'organisation qui m'a livré toute ma vie à ces féeries du sommeil, cent fois plus lucides pour moi que mes amours, mes intérêts et mes ambitions, m'entraînait vers ce sujet. Une seule chose m'en rebutait presque invinciblement, et il faut que je la dise. J'étais admirateur passionné des classiques, les seuls auteurs que j'eusse lus sous les yeux de mon père, et j'aurais renoncé à mon projet si je n'avais trouvé à l'exécuter dans la paraphrase poétique du premier livre d'Apulée, auquel je devais tant de rêves étranges qui avaient fini par préoccuper mes jours du souvenir de mes nuits.

Cependant ce n'était pas tout. J'avais besoin aussi pour moi (cela est bien entendu) de l'expression vive et cependant élégante et harmonieuse de ces caprices du rêve qui n'avaient jamais été écrits, et dont le conte de fées d'Apulée n'était que le canevas. Comme le cadre de cette étude ne paraissait pas encore illimité à ma jeune et vigoureuse patience, je m'exerçai intrépidement à traduire et à retraduire toutes les phrases presque intraduisibles des classiques qui se rapportaient à mon plan, à les fondre, à les malléer [5], à les assouplir à la forme du premier auteur, comme je l'avais appris de Klopstock, ou comme je l'avais appris d'Horace :

Et male tornatos incudi reddere versus[6].

Tout ceci serait fort ridicule à l'occasion de *Smarra,* s'il n'en sortait une leçon assez utile pour les jeunes gens qui se forment à écrire la langue littéraire, et qui ne l'écriront jamais bien, si je ne me trompe, sans cette élaboration consciencieuse de la phrase bien faite et de l'expression bien trouvée. Je souhaite qu'elle leur soit plus favorable qu'à moi.

Un jour ma vie changea, et passa de l'âge délicieux de l'espérance à l'âge impérieux de la nécessité. Je ne rêvais plus mes livres à venir, et je vendais mes rêves aux libraires. C'est ainsi que parut *Smarra,* qui n'aurait jamais paru sous cette forme si j'avais été libre de lui en donner une autre.

Tel qu'il est, je crois que *Smarra,* qui n'est qu'une étude, et je ne saurais trop le répéter, ne sera pas une étude inutile pour les grammairiens un peu philologues, et c'est peut-être une raison qui m'excuse de le reproduire. Ils verront que j'ai cherché à y épuiser toutes les formes de la phraséologie française, en luttant de toute ma puissance d'écolier contre les difficultés de la construction grecque et latine, travail immense et minutieux comme celui de cet homme qui faisait passer des grains de mil par le trou d'une aiguille, mais qui mériterait peut-être un boisseau de mil chez les peuples civilisés.

Le reste ne me regarde point. J'ai dit de qui était la fable : sauf quelques phrases de transition, tout appartient à Homère, à Théocrite, à Virgile, à Catulle, à Stace, à Lucien, à Dante, à Shakespeare, à Milton. Je ne lisais pas autre chose. Le défaut criant de *Smarra* était donc de paraître ce qu'il était réellement, une étude, un centon, un pastiche des classiques, le plus mauvais *volumen* de l'école d'Alexandrie échappé à l'incendie de la bibliothèque des Ptolémées. Personne ne s'en avisa.

Devineriez-vous ce qu'on fit de *Smarra,* de cette fiction d'Apulée, peut-être gauchement parfumée des roses d'Anacréon ? Oh ! le livre studieux, livre méticuleux, livre d'innocence et de pudeur scolaire, livre écrit sous l'inspiration de l'Antiquité la plus pure ! on en fit un livre *romantique*[7] ! et Henri Estienne, Scapula et Schrevelius[8] ne se levèrent pas de leurs tombeaux pour les démentir ! Pauvres gens ! — Ce n'est pas de Schrevelius, de Scapula et d'Henri Estienne que je parle.

J'avais alors quelques amis illustres dans les lettres, qui répugnaient à m'abandonner sous le poids d'une accusation aussi capitale. Ils auraient bien fait quelques concessions, mais *romantique* était un peu fort. Ils avaient tenu bon longtemps. Quand on leur parla de *Smarra,* ils lâchèrent pied. La Thessalie sonnait plus

rudement à leurs oreilles que le *Scotland.* « Larisse et le Pénée, où
diable a-t-il pris cela ? » disait ce bon Lemontey [9] (Dieu l'ait en sa
sainte garde). — C'étaient de rudes classiques, je vous en réponds !

Ce qu'il y a de particulier et de risible dans ce jugement, c'est
qu'on ne fit grâce tout au plus qu'à certaines parties du style, et
c'était à ma honte la seule chose qui fût de moi dans le livre. Des
conceptions fantastiques de l'esprit le plus éminent de la décadence,
de l'image homérique, du tour virgilien, de ces figures de construction si laborieusement, et quelquefois si artistement calquées, il n'en
fut pas question. On leur accorda d'être écrites, et c'était tout.
Imaginez, je vous prie, une statue comme l'Apollon ou l'Antinoüs
sur laquelle un méchant manœuvre a jeté en passant, pour s'en
débarrasser, quelque pan de haillon, et que l'Académie des beaux-
arts trouve mauvaise, mais assez proprement drapée !...

Mon travail sur *Smarra* n'est donc qu'un travail verbal, l'œuvre
d'un écolier attentif ; il vaut tout au plus un prix de composition au
collège, mais il ne valait pas tant de mépris ; j'adressai quelques
jours après à mon malheureux ami Auger un exemplaire de *Smarra*
avec les renvois aux classiques [10], et je pense qu'il peut s'être trouvé
dans sa bibliothèque. Le lendemain, M. Ponthieu, mon libraire [11],
me fit la grâce de m'annoncer qu'il avait vendu l'édition au poids.

J'avais tellement redouté de me mesurer avec la haute puissance
d'expression qui caractérise l'Antiquité, que je m'étais caché sous le
rôle obscur de traducteur. Les pièces qui suivaient *Smarra* favori-
saient cette supposition, que mon séjour assez long dans des
provinces esclavones rendait d'ailleurs vraisemblable. C'étaient
d'autres études que j'avais faites, jeune encore, sur une langue
primitive, ou au moins autochtone, qui a pourtant son Iliade, la
belle *Osmanide* de Gondola [12] ; mais je ne pensais pas que cette
précaution mal entendue fût précisément ce qui soulèverait contre
moi, à la seule inspection du titre de mon livre, l'indignation des
littérateurs de ce temps-là, hommes d'une érudition modeste et
tempérée dont les sages études n'avaient jamais passé la portée du
père Pomey dans l'investigation des histoires mythologiques [13], et
celle de M. l'abbé Valart dans l'analyse philosophique des langues [14]. Le nom sauvage de l'Esclavonie les prévint contre tout ce qui
pouvait arriver d'une contrée de barbares. On ne savait pas encore
en France, mais aujourd'hui on le sait même à l'Institut, que Raguse
est le dernier temple des muses grecques et latines ; que les
Boscovich, les Stay, les Bernard de Zamagna, les Urbain Appendini,
les Sorgo [15], ont brillé à son horizon comme une constellation
classique, du temps même où Paris se pâmait à la prose de
M. Louvet et aux vers de M. Demoustier [16] ; et que les savants
esclavons, fort réservés d'ailleurs dans leurs prétentions, se permettent quelquefois de sourire assez malignement quand on leur parle

des nôtres. Ce pays est le dernier, dit-on, qui ait conservé le culte d'Esculape, et on croirait qu'Apollon reconnaissant a trouvé quelque charme à exhaler les derniers sons de sa lyre aux lieux où l'on aimait encore le souvenir de son fils.

Un autre que moi aurait gardé pour sa péroraison la phrase que vous venez de lire, et qui exciterait un murmure extrêmement flatteur à la fin d'un discours d'apparat, mais je ne suis pas si fier, et il me reste quelque chose à dire ; c'est que j'ai précisément oublié jusqu'ici la critique la plus sévère qu'ait essuyée ce malheureux *Smarra*. On a jugé que la fable n'en était pas claire ; qu'elle ne laissait à la fin de la lecture qu'une idée vague et presque inextricable ; que l'esprit du narrateur, continuellement distrait par les détails les plus fugitifs, se perdait à tout propos dans des digressions sans objet ; que les transitions du récit n'étaient jamais déterminées par la liaison naturelle des pensées, *junctura mixturaque*[17], mais paraissaient abandonnées au caprice de la parole comme une chance du jeu de dés ; qu'il était impossible enfin d'y discerner un plan rationnel et une intention écrite.

J'ai dit que ces observations avaient été faites sous une forme qui n'était pas celle de l'éloge ; *on pourrait aisément s'y tromper ;* car c'est l'éloge que j'aurais voulu. Ces caractères sont précisément ceux du rêve ; et quiconque s'est résigné à lire *Smarra* d'un bout à l'autre, sans s'apercevoir qu'il lisait un rêve, a pris une peine inutile.

4. *Préface de* Trilby *(1822)*

Le sujet de cette nouvelle est tiré d'une préface ou d'une note des romans de sir Walter Scott, je ne sais pas lequel. Comme toutes les traditions populaires, celle-ci a fait le tour du monde et se trouve partout. C'est le *Diable amoureux*[1] de toutes les mythologies. Cependant le plaisir de parler d'un pays que j'aime, et de peindre des sentiments que je n'ai pas oubliés ; le charme d'une superstition qui est, peut-être, la plus jolie fantaisie de l'imagination des modernes ; je ne sais quel mélange de mélancolie douce et de gaieté naïve que présente la fable originale, et qui n'a pas pu passer entièrement dans cette imitation : tout cela m'a séduit au point de ne me laisser ni le temps, ni la faculté de réfléchir sur le fond trop vulgaire d'une espèce de composition dans laquelle il est naturel de chercher avant tout l'attrait de la nouveauté. J'écrivais, au reste, en sûreté de conscience, puisque je n'ai lu aucune des nombreuses histoires dont celle de mon lutin a pu donner l'idée, et je me promettais d'ailleurs que mon récit, qui diffère nécessairement des contes du même genre, par tous les détails de mœurs et de localités, aurait encore, en cela, un peu de cet intérêt qui s'attache aux choses nouvelles. Je l'abandonne, quoi qu'il en soit, aux lecteurs accoutumés des écrits frivoles, avec cette déclaration faite dans l'intérêt de ma conscience beaucoup plus que dans celui de mes succès. Il n'est pas de la destinée de mes ouvrages d'être jamais l'objet d'une controverse littéraire.

Quand j'ai logé le lutin d'Argail dans les pierres du foyer, et que je l'ai fait converser avec une fileuse qui s'endort, je connaissais depuis longtemps une jolie composition de M. de Latouche[2], où cette charmante tradition était racontée en vers enchanteurs ; et comme ce poète est, selon moi, dans notre littérature, l'Hésiode des esprits et des fées, je me suis enchaîné à ses inventions avec le respect qu'un homme qui s'est fait auteur doit aux classiques de son école. Je serai bien fier s'il résulte pour quelqu'un de cette petite explication que j'étais l'ami de M. de Latouche[3], car j'ai aussi des prétentions à ma part de gloire et d'immortalité.

C'est ici que cet avertissement devait finir, et il pourrait même paraître long, si l'on n'avait égard qu'à l'importance du sujet ; mais j'éprouve la nécessité de répondre à quelques objections qui se sont élevées d'avance contre la forme de mon faible ouvrage, pendant que je m'amusais à l'écrire, et que j'aurais mauvaise grâce de braver ouvertement. Quand il y a déjà tant de chances probables contre un bien modeste succès, il est au moins prudent de ne pas laisser prendre à la critique des avantages trop injustes, ou des droits trop rigoureux. Ainsi, c'est avec raison, peut-être, qu'on s'élève contre la monotonie d'un choix de localité que la multiplicité des excellents romans de sir Walter Scott a rendu populaire jusqu'à la trivialité, et j'avouerai volontiers que ce n'est maintenant ni un grand effort d'imagination, ni un grand ressort de nouveauté, que de placer en Écosse la scène d'un poème ou d'un roman. Cependant, quoique sir Walter Scott ait produit, je crois, dix ou douze volumes depuis que j'ai tracé les premières lignes de celui-ci, distraction rare et souvent négligée de différents travaux plus sérieux, je ne choisirais pas autrement le lieu et les accessoires de la scène, si j'avais à recommencer. Ce n'est toutefois pas la manie à la mode qui m'a assujetti, comme tant d'autres, à cette cosmographie un peu barbare, dont la nomenclature inharmonique épouvante l'oreille et tourmente la prononciation de nos dames. C'est l'affection particu- lière d'un voyageur pour une contrée qui a rendu à son cœur, dans une suite charmante d'impressions vives et nouvelles, quelques-unes des illusions du jeune âge[4] ; c'est le besoin si naturel à tous les hommes de se *rebercer,* comme dit Schiller, *dans les rêves de leur printemps*[5]. Il y a une époque de la vie où la pensée recherche avec un amour exclusif les souvenirs et les images du berceau. Je n'y suis pas encore parvenu. Il y a une époque de la vie où l'âme déjà fatiguée se rajeunit encore dans d'agréables conquêtes sur l'espace et sur le temps. C'est celle-là dont j'ai voulu fixer en courant les sensations prêtes à s'effacer. Que signifieraient, au reste, dans l'état de nos mœurs et au milieu de l'éblouissante profusion de nos lumières, l'histoire crédule des rêveries d'un peuple enfant, appropriée à notre siècle et à notre pays ? Nous sommes trop perfectionnés pour jouir de ces mensonges délicieux, et nos hameaux sont trop savants pour qu'il soit possible d'y placer avec vraisemblance aujourd'hui les traditions d'une superstition intéressante. Il faut courir au bout de l'Europe, affronter les mers du Nord et les glaces du pôle, et découvrir dans quelques huttes à demi sauvages une tribu tout à fait isolée du reste des hommes, pour pouvoir s'attendrir sur de touchantes erreurs, seul reste des âges d'ignorance et de sensibilité.

Une autre objection dont j'avais à parler, et qui est beaucoup moins naturelle, mais qui vient de plus haut, et qui offrait des consolations trop douces à la médiocrité didactique et à l'impuissance ambitieuse pour n'en être pas accueillie avec empressement, est celle qui s'est nouvellement développée dans des considérations d'ailleurs fort spirituelles *sur les usurpations réciproques de la poésie et de la peinture*[6], et dont le genre qu'on appelle *romantique* a été le prétexte. Personne n'est plus disposé que moi à convenir que le genre *romantique* est un fort mauvais genre, surtout tant qu'il ne sera pas défini, et que tout ce qui est essentiellement détestable appartiendra, comme par une nécessité invincible, au genre romantique ; mais c'est pousser la proscription un peu loin que de l'étendre au style descriptif ; et je tremble de penser que si on enlève ces dernières ressources, empruntées d'une nature physique invariable, aux nations avancées chez lesquelles les plus précieuses ressources de l'inspiration morale n'existent plus, il faudra bientôt renoncer aux arts et à la poésie. Il est généralement vrai que la poésie descriptive est la dernière qui vienne à briller chez les peuples, mais c'est que chez les peuples vieillis il n'y a plus rien à décrire que la nature, qui ne vieillit jamais. C'est de là que résulte à la fin de toutes les sociétés le triomphe inévitable des talents d'imitation sur les arts d'imagination, sur l'invention et le génie. La démonstration rigoureuse de ce principe serait, du reste, fort déplacée ici.

Je conviens d'ailleurs que cette question ne vient pas jusqu'à moi, dont les essais n'appartiennent à aucun genre avoué. Et que m'importe ce qu'on en pensera dans mon intérêt ? C'est pour un autre Chateaubriand, pour un Bernardin de Saint-Pierre à venir, qu'il faut décider si le style descriptif est une usurpation ambitieuse sur l'art de peindre la pensée, comme certains tableaux de David, de Gérard et de Girodet sur l'art de l'écrire ; et si l'inspiration circonscrite dans un cercle qu'il ne lui est plus permis de franchir n'aura jamais le droit de s'égarer sous le *frigus opacum* et à travers les *gelidæ fontium perennitates*[7] des poètes paysagistes, qui ont trouvé ces heureuses expressions sans la permission de l'Académie.

N.-B. L'orthographe propre des sites écossais, qui doit être inviolable dans un ouvrage de relation, me paraissant fort indifférente dans un ouvrage d'imagination qui n'est pas plus destiné à fournir des autorités en cosmographie qu'en littérature, je me suis permis de l'altérer en quelques endroits, pour éviter de ridicules équivoques de prononciation, ou des consonances désagréables. Ainsi, j'ai écrit *Argail* pour *Argyle*[8], et *Balva* pour *Balvaïg*, exemples qui seraient au moins justifiés, le premier par celui de l'Arioste et de ses traducteurs, le second par celui de Macpherson et de ses copistes, mais qui peuvent heureusement se passer de leur appui aux yeux du public sagement économe de son temps qui ne lit pas les préfaces.

5. *Préface nouvelle de* Trilby *(1832)*

Ce qui m'a procuré le plus de plaisir dans mes petites compositions littéraires, c'est l'occasion qu'elles me fournissaient de lier une fable fort simple à des souvenirs de localités dont je ne saurais exprimer les délices. Je n'y aime rien autant que mes réminiscences de voyage, et on me permettra de dire en passant qu'elles sont aussi exactes que le permet la nature un peu exagérée de mes expressions ordinaires. Gleizes disait en parlant de ses *Nuits élyséennes*, rêverie merveilleuse dont on ne se souvient guère : « *Elles sont assez bonnes si elles rappellent l'ombre de la montagne noire, et le bruit du vent marin*[1]. » C'est ce que j'ai cherché partout, parce que mes meilleures sympathies sont pour cette matière muette qui ne peut pas me contester le droit de l'aimer. Les autres créatures de Dieu sont fières, ombrageuses et jalouses. Celles-là survivent de si bonne grâce à l'amour qu'elles inspirent ! Aussi je voyage volontiers seul, sans m'inspirer des préventions et de la science des autres, et c'est comme cela que j'ai vu l'Écosse, dont j'ai parlé comme un ignorant, au jugement de la *Revue d'Édimbourg*[2], et à ma grande satisfaction. Je n'y cherchais, moi, que les délicieux mensonges à la place desquels ils ont mis leur érudition et leur esprit, qui ne leur donneront jamais des joies comparables aux miennes. Quiconque descendra la Clyde, et remontera ensuite le lac Long vers le Cobler, avec *Trilby* à la main, par quelque beau jour d'été, pourra s'assurer de la sincérité de mes descriptions. Elles lui paraîtront seulement moins poétiques que la nature ; ceci, c'est ma faute.

Je savais une partie de l'histoire de mon lutin d'Écosse, avant d'en avoir cherché les traditions dans ses magnifiques montagnes. J'ai dit cela dans mon ancienne préface, en parlant de cette ballade exquise de *La Fileuse* de De Latouche, écrite comme il écrit, et en vers comme il les fait ; car je recevais alors les confidences de cette muse, sœur privilégiée de la mienne, mais un peu inquiète, et injustement défiante d'elle-même, qui semblait n'amasser de secrets trésors que pour me les donner. Je me serais bien gardé d'opposer les pauvretés de ma prose aux richesses de sa poésie, et j'allai cherchant aux pieds des *Bens* et au bord des *Lochs* le complément de la vieille fable gallique, effacée depuis longtemps de la mémoire des guides, des chasseurs et des batelières. Je ne le retrouvai qu'à Paris, le jour même où mon roman était vaguement composé dans ma tête, comme le siège de l'abbé de Vertot[3].

Mon excellent ami Amédée Pichot qui voyage plus savamment que moi, et qui laisse rarement quelque chose à explorer dans un pays qu'il a parcouru, n'ignorait rien des ballades de l'Écosse et de l'histoire de ses lutins. Il me raconta celle de *Trilby*[4], qui est cent fois plus jolie que celle-ci, et que je raconterais volontiers à mon tour, si je ne craignais de la défleurir, car il m'avait laissé le droit d'en user à ma manière. Je me mis au travail avec la ferme intention de suivre en tout point la leçon charmante que je venais d'apprendre; mais elle était, il faut l'avouer, trop naïve, trop riante et trop gracieuse, pour un cœur encore follement préoccupé des illusions d'un âge qui commençait cependant à s'évanouir. Je n'avais pas écrit quelques pages sans retomber dans les allures sentimentales du roman passionné, et j'ai grand-peur que cette malheureuse disposition de mon esprit ne m'empêche de m'élever jamais à la hauteur du conte de fées, non sur la trace de Perrault (mon orgueil ne va pas si loin), mais sur celle de mademoiselle de Lubert[5] et de madame d'Aulnoy. Je prends le ciel à témoin que je n'ai pas de plus fière ambition.

Il me reste à dire quelques mots pour ceux qui m'écoutent, et pendant que je cause. Le talent du style est une faculté précieuse et rare à laquelle je ne prétends pas, dans l'acception où je l'entends, car je ne crois pas qu'il y ait plus de trois ou quatre hommes qui la possèdent dans un siècle, mais je me flatte d'avoir poussé aussi loin que personne le respect de la langue, et si je l'ai violée quelque part, c'est par inadvertance et non par système. Je sais que cette erreur est plus grave et plus condamnable dans un homme qui a consacré la première partie de sa vie littéraire à l'exercice du professorat[6], à l'étude des langues et à l'analyse critique des dictionnaires, que dans un autre écrivain; mais j'attends encore ce reproche, et je comprends mal que *Trilby* m'ait valu, comme *Smarra,* un anathème académique dans le manifeste d'ailleurs extrêmement ingénieux de M. Quatremère de Quincy[7] contre ces hérésiarques de la parole que l'école classique a si puissamment foudroyés. C'est depuis ce temps-là qu'on ne parle plus de Byron et de Victor Hugo.

En y regardant de près, j'ai trouvé qu'il y avait dans *Trilby* quelques noms de localités qui ne sont ni dans Horace, ni dans Quintilien, ni dans Boileau, ni dans M. de La Harpe. Quand l'Institut publiera, comme il doit nécessairement le faire un jour, une édition définitive de nos meilleurs textes littéraires, je l'engage à ne pas laisser passer sans corrections la fable des *Deux Amis* de La Fontaine, où il est parlé du Monomotapa...

6. *Préface de* La Fée aux Miettes *(1832)*

Intitulées, avec un mélange d'ironie et de fatalisme, « Au lecteur qui lit les préfaces », les pages qui suivent sont la seule préface écrite pour la Fée, publiée directement dans les Œuvres complètes ; elle n'a subi aucune modification notable dans l'édition de 1835 et nous suivons donc le texte de 1832, comme pour le roman lui-même.

Je vous déclare, mon ami, et, qui que vous soyez, je vous donne ce nom, selon toute apparence, avec une affection plus sincère et plus désintéressée qu'aucun homme dont vous l'ayez jamais reçu ; je vous déclare, dis-je, qu'après le plaisir de faire quelque chose qui vous soit agréable, je n'en ai point ressenti d'aussi vif que celui d'entendre raconter ou de raconter moi-même une histoire fantastique.

C'est donc à mon grand regret que je me suis aperçu depuis longtemps qu'une histoire fantastique manquait de la meilleure partie de son charme quand elle se bornait à égayer l'esprit, comme un feu d'artifice, de quelques émotions passagères, sans rien laisser au cœur. Il me semblait que la meilleure partie de son effet était dans l'âme, et comme c'est là, en vérité, l'idée dont je me suis le plus sérieusement occupé toute ma vie, il s'en va sans dire qu'elle devait infailliblement me conduire à faire une sottise, parce que c'est un résultat auquel je n'échappe jamais quand je raisonne.

La sottise dont il est question cette fois-ci est intitulée : *La Fée aux Miettes.*

Je vais vous dire maintenant pourquoi *La Fée aux Miettes* est une sottise, afin de vous épargner trois ennuis assez fâcheux : celui de me le dire vous-même après l'avoir lue ; celui de chercher les raisons de votre mauvaise humeur dans un journal ; et jusqu'à celui de feuilleter le livre au lieu de le jeter au vieux papier, pour votre honneur et pour le mien, à côté du *Roi de Bohême*, avant d'avoir attenté du tranchant de votre couteau d'ébène à la pureté de ses marges toujours vierges.

Notez bien toutefois que je vous engage à ne pas commencer et non à ne pas finir, ce qui serait une précaution de luxe, à moins que votre mauvaise destinée ne vous ait condamné comme moi à l'intolérable métier de lire des épreuves, ou au métier plus intolérable encore d'analyser des romans !

Allez maintenant ! et prenez pitié de moi, refrain de litanies qui n'est pas commun dans les préfaces.

J'ai dit souvent que je détestais le vrai dans les arts, et il m'est avis que j'aurais peine à changer d'avis, mais je n'ai jamais porté le même jugement du vraisemblable et du possible, qui me paraissent de première nécessité dans toutes les compositions de l'esprit. Je consens à être étonné ; je ne demande pas mieux que d'être étonné, et je crois volontiers ce qui m'étonne le plus, mais je ne veux pas que l'on se moque de ma crédulité, parce que ma vanité entre alors en jeu dans mon impression, et que notre vanité est, entre nous, le plus sévère des critiques. Je n'ai pas douté un instant, sur la foi d'Homère, de la difforme réalité de son Polyphème, type éternel de tous les ogres, et je conçois à merveille le loup doctrinaire d'Ésope, qui l'emportait, au moins en naïveté diplomatique, sur les fins politiques de nos cabinets, du temps où les bêtes parlaient, ce qui ne leur arrive plus quand elles ne sont pas éligibles. M. Dacier [1] et le bon La Fontaine y croyaient comme moi, et je n'ai pas de raisons pour être plus difficile qu'eux en hypothèses historiques. Mais si l'on rapproche l'événement des jours où j'ai vécu, et qu'on n'en affronte d'un ton railleur à travers de brillantes théories d'artiste, de poète et de philosophe, je m'imagine tout d'abord qu'on imagine ce qu'on me raconte, et me voilà malgré moi en garde contre la séduction de mes croyances. A compter de ce moment-là, je ne m'amuse qu'à contre-cœur, et je deviens ce que vous êtes peut-être déjà pour moi, un lecteur défiant, maussade et mal intentionné, vu que je ne sais pas à quoi sert la lecture, si ce n'est à amuser ceux qui lisent. Ce n'est probablement pas à les instruire ou à les rendre meilleurs. Regardez plutôt.

Permettez-moi, mon ami, de vous présenter cette pensée sous un aspect plus sensible, dans un exemple. Quand je courais doucement ma vingt-cinquième année entre les romans et les papillons, l'amour et la poésie, dans un pauvre et joli village du Jura, que je n'aurais jamais dû quitter, il y avait peu de soirées que je n'allasse passer avec délices chez le patriarche de mon cher Quintigny, bon et vénérable nonagénaire qui s'appelait Joseph Poisson [2]. Dieu ait cette belle âme en sa digne garde ! Après l'avoir salué d'un serrement de main filial, je m'asseyais au coin de l'âtre sur un petit bahut assez délabré qui faisait face à sa grande chaise de paille ; j'ôtais mes sabots, selon le cérémonial du lieu, et je chauffais mes pieds au feu clair et brillant d'une bonne bourrée de genévrier qui pétillait dans le sapin. Je lui disais les nouvelles du mois précédent qui m'étaient arrivées par une lettre de la ville, ou que j'avais recueillies en passant de la bouche de quelque mercier forain, et il me rendait en échange, avec un charme d'élocution contre lequel je n'ai jamais essayé de lutter, les dernières nouvelles du sabbat dont il était toujours instruit le premier, quoiqu'il ne fût certainement pas initié à ses mystères criminels. Par quelle mission particulière du ciel il était parvenu à les surprendre, c'est ce que je ne me suis pas encore suffisamment expliqué ; mais il n'y manquait pas la plus légère circonstance, et j'atteste, dans la sincérité de mon cœur, que je n'ai de ma vie élevé le moindre soupçon sur l'exactitude de ses récits. Joseph Poisson était convaincu, et sa conviction devenait la mienne, parce que Joseph Poisson était incapable de mentir.

Les veillées rustiques de l'excellent vieillard acquirent de la célébrité à cent cinquante pas à la ronde. Elles devinrent des soirées auxquelles les gens lettrés du hameau ne dédaignèrent pas de se faire présenter. J'y ai vu le maire, sa femme et leurs neuf jolies filles, le percepteur du canton, le médecin vétérinaire, qui était un profond philosophe, et même le desservant de la chapelle, qui était un digne prêtre. Bientôt on exploita le thème commun de nos historiettes à l'envi les uns des autres, et il ne se trouva personne, au bout de quelques semaines, qui n'eût à raconter quelque événement du monde merveilleux, depuis les lamentables aventures d'une noble châtelaine des environs qui se changeait naguère en loup-garou pour dévorer les enfants des bûcherons, jusqu'aux espiègleries du plus mince lutin qui eût jamais grêlé sur le persil ; mais mon impression allait déjà en diminuant, ou plutôt elle avait changé de nature. A mesure que la foi s'affaiblissait dans l'historien, elle s'évanouissait dans l'auditoire, et je crois me rappeler qu'à la longue nous n'attachâmes guère plus d'importance aux légendes et aux traditions fantastiques, que je n'en aurais accordé pour ma part à quelque beau conte moral de M. de Marmontel.

L'induction que je veux tirer de là se présente assez naturellement, si elle est vraie. C'est que, pour intéresser dans le conte fantastique, il faut d'abord se faire croire, et qu'une condition indispensable pour se faire croire, c'est de croire. Cette condition une fois donnée, on peut aller hardiment et dire tout ce que l'on veut.

J'en avais conclu — et cette idée bonne ou mauvaise qui m'appartient vaut bien la peine que je lui imprime le sceau de ma propriété dans une préface, à défaut de brevet d'invention — j'en avais conclu, dis-je, que la bonne et véritable histoire fantastique d'une époque sans croyances ne pouvait être placée convenablement que dans la bouche d'un fou, sauf à le choisir parmi ces fous ingénieux qui sont organisés pour tout ce qu'il y a de bien, mais préoccupés de quelque étrange roman dont les combinaisons ont absorbé toutes leurs facultés imaginatives et rationnelles. Je voulais qu'il eût pour intermédiaire avec le public un autre fou moins heureux, un homme sensible et triste qui n'est dénué ni d'esprit ni de génie, mais qu'une expérience amère des sottes vanités du monde a lentement dégoûté de tout le positif de la vie réelle, et qui se console volontiers de ses illusions perdues dans les illusions de la vie imaginaire ; espèce équivoque entre le sage et l'insensé, supérieur au second par la raison, au premier par le sentiment ; être inerte et inutile, mais poétique, puissant et passionné dans toutes les applications de sa pensée qui ne se rapportent plus au monde social ; créature de rebut ou d'élection, comme vous ou comme moi, qui vit d'invention, de caprice, de fantaisie et d'amour, dans les plus pures régions de l'intelligence, heureux de rapporter de ces champs inconnus quelques fleurs bizarres qui n'ont jamais parfumé la terre. Il me semblait qu'à travers ces deux degrés de narration l'histoire fantastique pouvait acquérir presque toute la vraisemblance requise... pour une histoire fantastique.

Je me trompais cependant, et voilà, mon ami, ce que vous dira votre journal. Un fou n'intéresse que par le malheur de sa folie et n'intéresse pas longtemps. Shakespeare, Richardson et Goethe ne l'ont trouvé bon qu'à remplir une scène ou un chapitre, et ils ont eu raison. Quand son histoire est longue et mal écrite, elle ennuie presque autant que celle d'un homme raisonnable, qui est, comme vous savez, la chose la plus insipide que l'on puisse imaginer, et si je refaisais jamais une histoire fantastique, je la ferais autrement. Je la ferais seulement pour les gens qui ont l'inappréciable bonheur de croire, les honnêtes paysans de mon village, les aimables et sages enfants qui n'ont pas profité de l'enseignement mutuel, et les poètes de pensée et de cœur qui ne sont pas de l'Académie.

Ce que votre journal ne vous dira pas, c'est que cette idée m'aurait rebuté de mon livre, si je n'y avais vu qu'un conte de fées, mais que, par une grâce d'état qui est propre à nous autres auteurs, j'en avais peu à peu élargi la conception dans ma pensée, en la rapportant à de hautes idées de psychologie où l'on pénètre sans trop de difficulté quand on a bien voulu en ramasser la clef. C'est que j'avais essayé d'y déployer, sans l'expliquer, mais de manière peut-être à intéresser un physiologiste et un philosophe, le mystère de l'influence des illusions du sommeil sur la vie solitaire, et celui de quelques monomanies fort extraordinaires pour nous, qui n'en sont pas moins fort intelligibles, selon toute apparence, dans le monde des esprits. Ce n'est ni de l'Académie des sciences, ni de la Société de médecine que je parle.

Ce que votre journal vous dira, c'est que le style de *La Fée aux Miettes* est singulièrement commun, et je vous avouerai que j'aurai bien voulu qu'il le fût davantage, comme je l'aurais fait si je m'étais avisé plus tôt du mérite du simple et des grâces du naturel, et qu'une éducation littéraire mieux dirigée n'eût jamais placé sous mes yeux que deux modèles achevés de sentiment et de vérité, le *Catéchisme historique* de M. Fleury[3] et les *Contes* de M. Galland[4] ; mais si l'on était obligé d'arriver à ce degré de perfection pour écrire, l'art d'écrire serait encore un art sublime, et la presse périrait d'inaction.

Ce que votre journal ne vous dira pas, c'est que j'ai adopté cette manière dans la ferme intention de prendre une avance de quelques mois sur l'époque prochaine et infaillible où il n'y aura plus rien de rare en littérature que le commun, d'extraordinaire que le simple, et de neuf que l'ancien.

Ce que votre journal vous dira enfin, c'est que le sujet de *La Fée aux Miettes* rappelle par le fond, autant qu'il s'en éloigne par la forme, un badinage délicieux qu'il n'est pas permis de paraphraser sous peine d'un ridicule éternel[5], et que j'avais mille fois moins en vue en écrivant que *Riquet à la Houppe* et *La Belle au bois dormant*; mais si on voulait se prescrire, après quatre ou cinq mille ans de littérature écrite, la bizarre obligation de ne ressembler à rien, on finirait par ne ressembler qu'au mauvais, et c'est une extrémité dans laquelle on tombe assez facilement sans cela, quand on est réduit à écrire beaucoup par une sotte passion ou par une fâcheuse nécessité.

Si ce dernier reproche vous inquiétait, cependant, sur l'originalité de mon invention, je vous tirerais bientôt, mon ami, de cette crainte bénévole, en déclarant avec candeur que l'idée première de cette histoire doit nécessairement se trouver quelque part. Quant à *La Fée Urgèle*[6], je vous dirai au besoin où l'auteur l'a prise et où l'avait prise avant lui le conteur de fabliaux chez lequel il l'a prise, en remontant ainsi jusqu'à Salomon[7], qui reconnut dans sa sagesse qu'il n'y avait rien de nouveau sous le soleil.

Salomon vivait pourtant bien des siècles avant l'âge des romans; il avait peu de dispositions à en faire, et c'est probablement pour cela qu'il a été surnommé LE SAGE.

II. *Textes sur le fantastique et le rêve*

1. *Du fantastique en littérature*

Il nous est impossible de donner en entier cette riche étude, parue dans la Revue de Paris *en décembre 1830; mais en voici d'abord tout le début, qui aidera notamment à la mise en perspective de* Smarra.

Si l'on cherche comment dut procéder l'imagination de l'homme dans le choix de ses premières jouissances, on arrivera naturellement à croire que la première littérature, esthétique par nécessité plutôt que par choix, se renferma longtemps dans l'expression naïve de la sensation. Elle compara un peu plus tard les sensations entre elles, elle se plut à développer les descriptions, à saisir les côtés caractéristiques des choses, à suppléer aux mots par les figures. Tel est l'objet de la poésie primitive. Quand ce genre d'impression fut modifié et presque usé par une longue habitude, la pensée s'éleva du connu à l'inconnu. Elle approfondit les lois occultes de la société, elle étudia les ressorts secrets de l'organisation universelle; elle écouta, dans le silence des nuits, l'harmonie merveilleuse des sphères, elle inventa les sciences contemplatives et les religions. Ce ministère imposant fut l'initiation du poète au grand ouvrage de la législation. Il se trouva, par le fait de cette puissance qui s'était révélée en lui, magistrat et pontife, et s'institua au-dessus de toutes les sociétés humaines un sanctuaire sacré duquel il ne communiqua plus avec la terre que par des instructions solennelles, du fond du buisson ardent, du sommet du Sinaï, des hauteurs de l'Olympe et du Parnasse, des profondeurs de l'antre de la Sibylle, à travers les ombrages des chênes prophétiques de Dodone ou des bosquets d'Égérie. La littérature purement humaine se trouva réduite aux choses ordinaires de la vie positive, mais elle n'avait pas perdu l'élément inspirateur qui la divinisa dans le premier âge. Seulement, comme ses créations essentielles étaient faites, et que le genre humain les avait reçues au nom de la vérité, elle s'égara à dessein dans une région idéale moins imposante, mais non moins riche en séductions ; et, pour tout dire, elle inventa le mensonge. Ce fut une brillante et incommensurable carrière où, abandonnée à toutes les illusions d'une crédulité docile, parce qu'elle était volontaire, aux prestiges ardents de l'enthousiasme, si naturel aux peuples jeunes, aux hallucinations passionnées des sentiments que l'expérience n'a pas encore désabusés, aux vagues perceptions des terreurs nocturnes, de la fièvre et des songes, aux rêveries mystiques d'un spiritualisme tendre jusqu'à l'abnégation ou emporté jusqu'au fanatisme, elle augmenta rapidement son domaine de découvertes immenses et merveilleuses, bien plus frappantes et bien plus multipliées que celles que lui avait fourni [*sic*] le monde plastique. Bientôt toutes ses celle du génie divinement inspiré qui avait deviné le monde spirituel, tranchante et spéciale, toutes ces individualités une harmonie, et le monde intermédiaire fut trouvé. De ces trois opérations successives, celle de l'intelligence inexplicable qui avait fondé le monde matériel, celle du génie divinement inspiré qui avait deviné le monde spirituel, celle de l'imagination qui avait créé le monde fantastique, se composa le vaste empire de la pensée humaine. Les langues ont fidèlement conservé les traces de cette génération progressive. Le point culminant de son essor se perd dans le sein de Dieu, qui est la sublime science. Nous appelons encore *superstitions*, ou science des choses élevées, ces conquêtes secondaires de l'esprit, sur lesquelles la science même de Dieu s'appuie dans toutes les religions, et dont le nom indique dans ses éléments qu'elles sont encore placées au-delà de toutes les portées vulgaires. L'homme purement rationnel est au dernier degré. C'est au second, c'est-à-dire à la région moyenne du fantastique et de l'idéal, qu'il faudrait placer le poète, dans une bonne classification philosophique du genre humain.

J'ai dit que la science de Dieu elle-même s'était appuyée sur le monde fantastique ou *superstant,* et c'est une des ces choses qu'il est à peu près inutile de démontrer. Je ne considère ici que les emprunts qu'elle a faits à l'invention fantastique chez toutes les nations, et les bornes étroites que je me suis prescrites ne me permettent pas de multiplier les exemples qui se présentent aisément d'ailleurs à tous les esprits. Qui ne se rappelle au premier abord les amours si mystérieux des anges, à peine nommés dans l'Écriture, avec les filles des hommes, l'évocation de l'ombre de Samuel par la vieille pythonisse d'Endor [1], cette autre vision sans forme et sans nom, qui se manifestait à peine comme une vapeur confuse, et dont la voix ressemblait à un petit souffle, cette main gigantesque et menaçante qui écrivit une prophétie de mort, au milieu des festins, sur les murs du palais de Balthazar, et surtout cette incomparable épopée de l'Apocalypse, conception grave, terrible, accablante pour l'âme comme son sujet, comme le dernier jugement des races humaines, jeté sous les yeux des jeunes églises par un génie de prévision qui semble avoir anticipé sur tout l'avenir, et s'inspirer de l'expérience de l'éternité !

Le fantastique religieux, s'il est permis de s'exprimer ainsi, fut nécessairement solennel et sombre, parce qu'il ne devait agir sur la vie positive que par des impressions sérieuses. La fantaisie purement poétique se revêtit au contraire de toutes les grâces de l'imagination. Elle n'eut pour objet que de présenter sous un jour hyperbolique toutes les séductions du monde positif. Mère des génies et des fées, elle sut emprunter elle-même aux fées les attributs de leur puissance et les miracles de leur baguette. Sous son prisme prestigieux, la terre ne sembla s'ouvrir que pour découvrir des rubis aux feux ondoyants, des saphirs plus purs que l'azur du ciel ; la mer ne roula que du corail, de l'ambre et des perles sur ses rivages ; toutes les fleurs devinrent des roses dans le jardin de Sadi, toutes les vierges des houris dans le paradis de Mahomet. C'est ainsi que prirent naissance, au pays le plus favorisé de la nature, ces contes orientaux, resplendissante galerie des prodiges les plus rares de la création et des rêves les plus délicieux de la pensée, trésor inépuisable de bijoux et de parfums qui fascine les sens et divinise la vie. L'homme qui cherche inutilement une compensation passagère à l'amer ennui de sa réalité n'a probablement pas lu encore *Les Mille et une Nuits*.

De l'Inde, cette muse capricieuse, à la riante parure, aux voiles embaumés, aux chants magiques, aux éblouissantes apparitions, arrêta son premier vol sur la Grèce naissante. Le premier âge de la poésie finissait avec ses inventions mystiques. Le ciel mythologique était peuplé par Orphée, par Linus [2], par Hésiode. L'*Iliade* avait complété cette chaîne merveilleuse du monde sublime en rattachant à son dernier anneau les héros et les demi-dieux, dans une histoire sans modèle jusque-là, où l'Olympe communiquait pour la première fois avec la terre, par des sentiments, des passions, des alliances et des combats. L'*Odyssée*, seconde partie de cette grande bilogie poétique, et il ne me faut point d'autre preuve qu'elle fut conçue par le génie sans rival qui avait conçu la première, nous montra l'homme en rapport avec le monde imaginaire et le monde positif, dans les voyages aventureux et fantastiques d'Ulysse. Là, tout se ressent du système d'invention des Orientaux, tout manifeste l'exubérance de ce principe créateur qui venait d'enfanter les théogonies, et qui répandait abondamment le superflu de sa polygénésie féconde sur le vaste champ de la poésie, semblable à l'habile sculpteur qui, des restes de l'argile dont il a formé la statue d'un Jupiter ou d'un Apollon, se délasse à pétrir sous ses doigts les formes bizarres, mais naïves et caractéristiques d'un grotesque, et qui improvise, sous les traits difformes de Polyphème, la caricature classique d'Hercule. Quelle prosopopée plus naturelle et plus hardie à la fois que l'histoire de Charybde et de Scylla? N'est-ce pas ainsi que les anciens navigateurs ont dû se représenter ces deux monstres de la mer, et l'effroyable tribut qu'ils imposent au vaisseau inexpérimenté qui ose tenter leurs écueils, et l'aboiement des vagues qui hurlent en bondissant dans leurs rochers? Si vous n'avez pas entendu parler encore des mélodies insidieuses de la Syrène, des enchantements plus séducteurs d'une sorcière amoureuse qui vous captive par des liens de fleurs, de la métamorphose du curieux téméraire qui se trouve tout à coup saisi, dans une île inconnue aux voyageurs, des formes et des instincts d'une bête sauvage, demandez-en des nouvelles au peuple ou à Homère. La descente du roi d'Itaque aux enfers rappelle, sous des proportions gigantesques et admirablement idéalisées, les goules [3] et les vampires des fables levantines, que la savante critique des modernes reproche à notre nouvelle école ; tant les pieux sectateurs de l'antiquité homérique, auxquels est si risiblement confiée chez nous la garde des bonnes doctrines, sont loin de comprendre Homère ou se souviennent mal de l'avoir lu !

Le fantastique demande à la vérité une virginité d'imagination et de croyances qui manque aux littératures secondaires, et qui ne se reproduit chez elle qu'à la suite de ces révolutions dont le passage renouvelle tout ; mais alors, et quand les religions elles-mêmes, ébranlées jusque dans leurs fondements, ne parlent plus à l'imagination, ou ne lui portent que des notions confuses, de jour en jour obscurcies par un scepticisme inquiet, il faut bien que cette faculté de produire le merveilleux dont la nature l'a douée s'exerce sur un genre de création plus vulgaire et mieux approprié aux besoins d'une intelligence matérialisée. L'apparition des fables recommence au moment où finit l'empire de ces vérités réelles ou convenues qui prêtent un reste d'âme au mécanisme usé de la civilisation. Voilà ce qui a rendu le fantastique si populaire en Europe depuis quelques années, et ce qui en fait la seule littérature essentielle de l'âge de

décadence ou de transition où nous sommes parvenus. Nous devons
même reconnaître en cela un bienfait spontané de notre organisation ; car si l'esprit humain ne se complaisait encore dans de vives et
brillantes chimères, quand il a touché à nu toutes les repoussantes
réalités du monde vrai, cette époque de désabusement serait en proie
au plus violent désespoir, et la société offrirait la révélation
effrayante d'un besoin unanime de dissolution et de suicide. Il ne
faut donc pas tant crier contre le romantique et contre le fantastique.
Ces innovations prétendues sont l'expression inévitable des périodes
extrêmes de la vie politique des nations, et sans elles, je sais à peine
ce qui nous resterait aujourd'hui de l'instinct moral et intellectuel de
l'humanité.

Ainsi, à la chute du premier ordre de choses social dont nous
ayons conservé la mémoire, celui de l'esclavage et de la mythologie,
la littérature fantastique surgit, comme le songe d'un moribond, au
milieu des ruines du paganisme, dans les écrits des derniers
classiques grecs et latins, de Lucien et d'Apulée. Elle était alors en
oubli depuis Homère ; et Virgile même, qu'une imagination tendre
et mélancolique transportait aisément dans les régions de l'idéal,
n'avait pas osé emprunter aux muses primitives les couleurs vagues
et terribles de l'enfer d'Ulysse. Peu de temps après lui, Sénèque, plus
positif encore, alla jusqu'à déposséder l'avenir de son impénétrable
mystère dans les chœurs de *La Troade*[4] ; et alors expira, étouffée sous
sa main philosophique, la dernière étincelle du dernier flambeau de
la poésie. La muse ne se réveilla plus qu'un moment, fantasque,
désordonnée, frénétique, animée d'une vie d'emprunt, se jouant avec
des amulettes enchantées, des touffes d'herbes vénéneuses et des os
de morts, aux lueurs de la torche des sorcières de Thessalie, dans
L'Ane de Lucius[5]. Tout ce qui est resté d'elle depuis, jusqu'à la
renaissance des lettres, c'est ce murmure confus d'une vibration qui
s'éteint de plus en plus dans le vide, et qui attend une impulsion
nouvelle pour recommencer. Ce qui est arrivé des Grecs et des
Latins devait arriver pour nous. Le fantastique prend les nations
dans leurs langes, comme le roi des aulnes, si redouté des enfants, ou
vient les assister à leur chevet funèbre, comme l'esprit familier de
César ; et quand ses chants finissent, tout finit.

---

*Suivent, malheureusement trop longs pour pouvoir être reproduits, des
développements sur les romans médiévaux, sur Dante, l'Arioste, et sur
Shakespeare, « qui comprenait les prodiges du royaume du soleil comme s'il y
eût été promené en songe dans les bras d'une fée ». Dans les pages sur le
fantastique français, dont Nodier déplore ensuite la pauvreté, nous retiendrons
ces pages émues sur Perrault, si souvent invoqué comme inspirateur et comme
modèle.*

Cette production digne de faire époque dans les plus beaux âges littéraires, ce chef-d'œuvre ingénu de naturel et d'imagination qui fera longtemps le charme de nos descendants, et qui survivra sans aucun doute avec Molière, La Fontaine, et quelques belles scènes de Corneille, à tous les monuments du règne de Louis XIV, ce livre sans modèle que les imitations les plus heureuses ont laissé inimitable à jamais, ce sont les *Contes des Fées*, de Perrault. La composition n'en est pas exactement conforme aux règles d'Aristote, et le style peu figuré n'a pas offert, que je sache, aux compilateurs de nos rhétoriques beaucoup de riches exemples de descriptions, d'amplifications, de métaphores et de prosopopées ; on aurait même quelque peine, et je le dis à la honte de nos dictionnaires, à trouver dans ces amples archives de notre langue des renseignements positifs sur certaines locutions inaccoutumées, qui, du moins pour les étrangers, y attendent encore les soins de l'étymologiste et du commentateur ; je ne disconviens pas qu'il en est dans le nombre, comme : *Tirez la cordelette et la bobinette cherra*, qui pourraient donner de graves soucis aux Saumaise[6] futurs ; mais ce qu'il y a de certain, c'est que leurs innombrables lecteurs les comprennent à merveille, et il est visible que l'auteur a eu la modeste bonhomie de ne pas travailler pour la postérité. Quel vif attrait d'ailleurs dans les moindres détails de ces charmantes bagatelles, quelle vérité dans les caractères, quelle originalité ingénieuse et inattendue dans les péripéties ! quelle verve franche et saisissante dans les dialogues ! Aussi, je ne crains pas de l'affirmer, tant qu'il restera sur notre hémisphère un peuple, une tribu, une bourgade, une tente où la civilisation trouve à se réfugier contre les invasions progressives de la barbarie, il sera parlé aux lueurs du foyer solitaire de l'Odyssée aventureuse du *Petit Poucet*, des vengeances conjugales de la *Barbe Bleue*, des savantes manœuvres du *Chat Botté* ; et l'Ulysse, l'Othello, le Figaro des enfants vivront aussi longtemps que les autres. S'il y a quelque chose à mettre en comparaison avec la perfection sans taches de ces épopées en miniature, si l'on peut opposer quelques idéalités plus fraîches encore aux charmes innocents du Chaperon, aux grâces espiègles de Finette et à la touchante résignation de Griselidis[7], c'est chez le peuple lui-même qu'il faut chercher ces poèmes inaperçus, délices traditionnelles des veillées du village, et dans lesquels Perrault a judicieusement puisé ses récits. Je ne disconviens pas qu'on a savamment disserté de nos jours sur les *Contes des Fées*, qu'on a voulu en trouver l'origine bien loin, et qu'il ne tient qu'à nous de croire sur la foi des érudits que *Peau d'Âne* est une importation de l'Arabie, que *Riquet à la Houppe* n'exerçait pas le droit de fief sur ses vieux domaines, sans un titre d'investiture timbré au nom de l'Orient, et que la galette et le pot à beurre, malgré leur fausse apparence de localité, nous furent apportés un beau matin par

quelque autre Sindbâd, sur les épaules d'un afrite[8], du pays des
Mille et une Nuits. On nous a tellement accoutumés à l'imitation,
depuis l'établissement de cette dynastie aristotélique dont nous
sommes encore gouvernés du haut de l'Institut, qu'il est à peu près
reçu en dogme littéraire qu'on n'invente rien en France, et il est
probable que l'Institut ne manque pas de bonnes raisons pour nous
engager à le croire. Ma soumission à ses arrêts ne saurait aller
jusque là. Nos fées bienfaisantes à la baguette de fer ou de coudrier,
nos fées rébarbatives et hargneuses à l'attelage de chauve-souris, nos
princesses tout aimables et toutes gracieuses, nos princes avenants et
lutins, nos ogres stupides et féroces, nos pourfendeurs de géants, les
charmantes métamorphoses de l'Oiseau bleu, les miracles du
Rameau d'or[9], appartiennent à notre vieille Gaule comme son ciel,
ses mœurs et ses monuments trop longtemps méconnus. C'est porter
bien loin le mépris d'une nation spirituelle qui s'est élancée si avant
de son propre mouvement dans toutes les routes de la civilisation,
que de lui contester le mérite d'invention nécessaire pour mettre en
scène les héros de la bibliothèque bleue[10]. Si le fantastique n'avait
jamais existé chez nous, de sa nature propre et inventive, abstraction
faite de toute autre littérature ancienne ou exotique, nous n'aurions
pas eu de société, car il n'y a jamais eu de société qui n'eût le sien.
Les excursions des voyageurs ne leur ont pas montré une famille
sauvage qui ne racontât quelques étranges histoires, et qui ne plaçât,
dans les nuages de son atmosphère ou dans les fumées de sa hutte, je
ne sais quels mystères, surpris au monde intermédiaire par l'intelligence des vieillards, la sensibilité des femmes et la crédulité des
enfants. Que ne se sont-ils assis quelquefois, les orientalistes
passionnés qui nous dérobent les fables de nos nourrices pour en
faire hommage aux coryphées des almées et des bayadères, sous le
chaume du paysan, ou près de la baraque nomade du bûcheron, ou à
la veillée parlière des teilleuses, ou dans la joyeuse écraigne[11] des
vendangeurs ! loin d'accuser Perrault de plagiat, ils se plaindraient
peut-être de la parcimonie avare avec laquelle il a distribué à nos
aïeux ces surprenantes chroniques des âges qui n'ont pas été et qui
ne seront jamais, si actuelles et si vivantes encore dans la mémoire
de nos trouvères de hameaux ! Que de belles narrations ils auraient
entendues, empreintes, avec tant de vivacité, des coutumes, des
mœurs et des noms du pays, que l'étymologiste le plus intrépide est
obligé, en les écoutant, de s'arrêter pour la première fois à la source
incontestable des inventions et des choses, et qu'il ne lui est jamais
arrivé d'en demander compte dans sa pensée à une autre nature et à
une autre société ! Depuis la vieille femme sentimentale, rêveuse et
peut-être un peu sorcière, qui s'est avisée la première d'improviser
ces fabliaux poétiques, aux clartés flambantes d'une bourrée de
genévrier sec, pour endormir l'impatience et les douleurs d'un

pauvre petit enfant malade, ils se sont répétés fidèlement, de génération en génération, dans les longues soirées des fileuses, au bruit monotone des rouets, à peine varié par le tintement du fer crochu qui fourgonne la braise, et ils se répéteront à jamais, sans qu'un nouveau peuple s'avise de nous les disputer ; car chaque peuple a ses histoires, et la faculté créatrice du conteur est assez féconde en tout pays pour qu'il n'ait pas besoin d'aller chercher au loin ce qu'il possède en lui-même, aussi bien que les guiriots et les calenders [12]. Le penchant pour le merveilleux, et la faculté de le modifier, suivant certaines circonstances naturelles ou fortuites, est inné dans l'homme. Il est l'instrument essentiel de sa vie imaginative, et peut-être même est-il la seule compensation vraiment providentielle des misères inséparables de sa vie sociale.

Nodier évoque ensuite, à propos de l'Allemagne, la renaissance du fantastique européen à l'époque révolutionnaire ; il montre que la vieille littérature « était celle d'une civilisation usée », qui devait céder puisque « l'immense unité du monde social se rompait de toutes parts ». Après un bref salut à Tieck et Hoffmann, dont la lecture « produit sur une âme fatiguée [...] l'effet d'un sommeil serein, peuplé de songes attrayants qui la bercent et la délassent », Nodier termine son essai par une adresse aux critiques « positifs » et à toute la classe politique arrivée au pouvoir en juillet.

En France, où le fantastique est aujourd'hui si décrié par les arbitres suprêmes du goût littéraire, il n'était peut-être pas inutile de chercher quelle avait été son origine, de marquer en passant ses principales époques, et de fixer à des noms assez glorieusement consacrés les titres culminants de sa généalogie ; mais je n'ai tracé que de faibles linéaments de son histoire, et je me garderai bien d'entreprendre son apologie contre les esprits doctement prévenus qui ont abdiqué les premières impressions de leur enfance pour se retrancher dans un ordre d'idées exclusif. Les questions sur le fantastique sont elles-mêmes du domaine de la fantaisie. Dieu me garde de réveiller, à leur sujet, les misérables disputes des scolastiques des derniers siècles, et de transporter une querelle théologique sur le terrain de la littérature, dans l'intérêt de la grâce des féeries et du libre arbitre de l'esprit ! Ce que j'ose croire, c'est que si la liberté dont on nous parle n'est pas, comme je l'ai craint quelquefois, une déception de jongleurs, ses deux principaux sanctuaires sont dans la croyance de l'homme religieux et dans l'imagination du poète. Quelle autre compensation promettrez-vous à une âme profondément navrée de l'expérience de la vie, quel autre avenir pourra-t-elle se préparer désormais dans l'angoisse de tant d'espérances déchues, que les révolutions emportent avec elles, je le demande à vous, hommes libres qui vendez aux maçons le cloître du cénobite, et qui portez la sape sous l'ermitage du solitaire, où il s'était réfugié à côté du nid de l'aigle ? Avez-vous des joies à rendre aux frères que vous repoussez, qui puissent les dédommager de la perte d'une seule erreur consolante, et vous croyez-vous assez sûr des vérités que vous faites payer si cher aux nations, pour estimer leur aride amertume aux prix de la douce et inoffensive rêverie du malheureux qui se rendort sur un songe heureux ? Cependant tout jouit chez vous, il faut le dire, d'une liberté sans limites, si ce n'est la conscience et le génie. Et vous ne savez pas que votre marche triomphante à travers les idées d'une génération vaincue n'a toutefois pas tellement enveloppé le genre humain qu'il ne reste autour de vous quelques hommes qui ont besoin de s'occuper d'autre chose que de vos théories, d'exercer leur pensée sur une progression imaginaire, sans doute, mais qui ne l'est peut-être pas plus que votre progression matérielle, et dont la prévision n'est pas moins placée que celle des tentatives de votre perfectionnement social sous la protection des libertés que vous invoquez ! Vous oubliez que tout le monde a reçu comme vous, dans l'Europe vivante, l'éducation d'Achille, et que vous n'êtes pas les seuls qui ayez rompu l'os et les veines du lion pour en sucer la moelle et pour en boire le sang ! Que le monde positif vous appartienne irrévocablement, c'est un fait, et sans doute un bien ; mais brisez, brisez cette chaîne honteuse du monde intellectuel, dont vous vous obstinez à garrotter la pensée du poète. Il y a longtemps que nous avons eu, chacun à notre tour, notre bataille de Philippes ; et plusieurs ne l'ont pas attendue, je vous jure, pour se convaincre que la vérité n'était qu'un sophisme, et que la vertu n'était qu'un nom. Il faut à ceux-là une région inaccessible aux mouvements tumultueux de la foule pour y placer leur avenir. Cette région, c'est la foi pour ceux qui croient, l'idéal pour ceux qui songent, et qui aiment mieux, à tout compenser, l'illusion que le doute. Et puis, il faudrait bien, après tout, que le fantastique nous revînt, quelques efforts qu'on fasse pour le proscrire. Ce qu'on déracine le plus difficilement chez un peuple, ce ne sont pas les fictions qui le conservent : ce sont les mensonges qui l'amusent.

2. *De quelques phénomènes du sommeil*

Tout aussi capital que le précédent, cet essai, paru dans la Revue de Paris *en février 1831, est lui aussi trop long pour être reproduit en entier. En voici l'entrée en matière.*

Je ne suis ni médecin, ni physiologiste, ni philosophe ; et tout ce que je sais de ces hautes sciences peut se réduire à quelques impressions communes qui ne valent pas la peine d'être assujetties à une méthode. Je n'attache pas à celles-ci plus d'importance que n'en mérite le sujet ; et comme c'est matière de rêves, je ne les donne que pour des rêves. Or si ces rêves tiennent quelque place dans la série logique de nos idées, c'est évidemment la dernière. — Ce qu'il y a d'effrayant pour la sagesse de l'homme, c'est que le jour où les rêves les plus fantasques de l'imagination seront pesés dans une sûre balance avec les solutions les plus avérées de la raison, il n'y aura, si elle ne reste égale, qu'un pouvoir incompréhensible et inconnu qui puisse la faire pencher.

Il peut paraître extraordinaire, mais il est certain que le sommeil est non seulement l'état le plus puissant, mais encore le plus lucide de la pensée, sinon dans les illusions passagères dont il l'enveloppe, du moins dans les perceptions qui en dérivent, et qu'il fait jaillir à son gré de la trame confuse des songes. Les anciens, qui avaient, je crois, peu de choses à nous envier en philosophie expérimentale, figuraient spirituellement ce mystère sous l'emblème de la porte transparente qui donne entrée aux songes du matin [1], et la sagesse unanime des peuples l'a exprimé d'une manière plus vive encore dans ces locutions significatives de toutes les langues : *J'y rêverai, j'y songerai, il faut que je dorme là-dessus, la nuit porte conseil*. Il semble que l'esprit, offusqué des ténèbres de la vie extérieure, ne s'en affranchit jamais avec plus de facilité que sous le doux empire de cette mort intermittente, où il lui est permis de reposer dans sa propre essence, et à l'abri de toutes les influences de la personnalité de convention que la société nous a faite. La première perception qui se fait jour à travers le vague inexplicable du rêve, est limpide comme le premier rayon du soleil qui dissipe un nuage, et l'intelligence, un moment suspendue entre les deux états qui partagent notre vie, s'illumine rapidement comme l'éclair qui court, éblouissant, des tempêtes du ciel aux tempêtes de la terre. C'est là que jaillit la conception immortelle de l'artiste et du poète ; c'est là qu'Hésiode s'éveille, les lèvres parfumées du miel des muses ; Homère, les yeux dessillés par les nymphes du Mélès [2] ; et Milton, le cœur ravi par le dernier regard d'une beauté qu'il n'a jamais retrouvée. Hélas ! où retrouverait-on les amours et les beautés du sommeil ! — Otez au génie les visions du monde merveilleux, et vous lui ôterez ses ailes. La carte de l'univers imaginable n'est tracée que dans les songes. L'univers sensible est infiniment petit.

Le cauchemar, que les Dalmates appellent *Smarra*, est un des phénomènes les plus communs du sommeil, et il y a peu de personnes qui ne l'aient éprouvé. Il devient habituel en raison de l'inoccupation de la vie positive et de l'intensité de la vie imaginative, particulièrement chez les enfants, chez les jeunes gens passionnés, parmi les peuplades oisives qui se contentent de peu, et dans les états inertes et stationnaires qui ne demandent qu'une attention vague et rêveuse, comme celui du berger. C'est, selon moi, de cette disposition physiologique, placée dans les conditions qui la développent, qu'est sorti le merveilleux de tous les pays.

On s'imagine mal à propos que le cauchemar ne s'exerce que sur des fantaisies lugubres et repoussantes. Dans une imagination riche et animée, que nourrissent la libre circulation d'un sang pur et la vitalité robuste d'une belle organisation, il a des visions qui accablent la pensée de l'homme endormi par leurs enchantements, comme les autres par leurs épouvantes. Il sème des soleils dans le ciel; il bâtit pour en approcher des villes plus hautes que la Jérusalem céleste; il dresse pour y atteindre des avenues resplendissantes aux degrés de feu, et il peuple leurs bords d'anges à la harpe divine, dont les inexprimables harmonies ne peuvent se comparer à rien de ce qui a été entendu sur la terre. Il prête au vieillard le vol de l'oiseau pour traverser les mers et les montagnes; et auprès de ces montagnes, les Alpes du monde connu disparaissent comme des grains de sable; et dans ces mers, nos océans se noient comme des gouttes d'eau. — Voilà tout le mythisme d'une religion, révélé depuis l'échelle de Jacob jusqu'au char d'Élie, et jusqu'aux miracles futurs de l'Apocalypse.

Pour opposer à ceci une théorie plus vraisemblable, il faudrait d'abord établir que la perception, éteinte par le réveil, ne peut ni se prolonger ni se propager dans la pâle et froide atmosphère du monde réel. C'est la véritable place de la question.

Eh bien! cela serait démontré dans l'état de rationalisme étroit et positif auquel le long désenchantement de la vie sociale nous a réduits, que cet argument ne vaudrait rien contre l'impression toute naïve des premières sociétés, qui ont toujours regardé le sommeil comme une modification privilégiée de la vie intelligente; et d'où procède le merveilleux, je vous prie, si ce n'est de la créance des premières sociétés?

La Bible, qui est le seul livre qu'on soit tenu de croire vrai, n'appuie ses plus précieuses traditions que sur les révélations du sommeil. Adam lui-même dormait *d'un sommeil envoyé de Dieu*[3], quand Dieu lui donna une femme.

Numa, Socrate et Brutus, qui sont les plus hauts types des vertus antiques, ces deux-ci surtout qui n'ont jamais eu besoin de tromper les peuples, parce qu'ils n'étaient ni législateurs ni rois, ont rapporté toute leur sagesse instinctive aux inspirations du sommeil. Marc Aurèle, qui date d'hier dans l'histoire philosophique de la société, Marc Aurèle témoigne qu'il a dû trois fois à ses songes le salut de sa vie[4], et le salut de Marc Aurèle était celui du genre humain.

Si la perception du sommeil s'est prolongée à ce point dans les intelligences les plus puissantes d'un âge intermédiaire, quelle immense sympathie ne dut-elle pas émouvoir au berceau du monde, sous la tente du patriarche révéré, qui racontait, en se levant de sa natte, les merveilles de la création et les grandes œuvres de Dieu, comme elles lui avaient été montrées dans le mystère du sommeil ?

Aujourd'hui même, la perception du sommeil vibre encore assez longtemps dans les facultés de l'homme éveillé pour que nous puissions comprendre sans effort comment elle a dû se prolonger autrefois dans l'homme primitif, qui n'était pas éclairé du flambeau des sciences, et qui vivait presque entièrement par son imagination.

Dans le fil de ce développement, Nodier cherche à prouver l'origine onirique de toutes les religions non chrétiennes. Puis il distingue trois états de la vie de l'homme endormi : le somnambulisme, la somniloquie (parler en dormant) et le cauchemar ; pour lui, ces trois aspects sont très communément réunis chez le même individu, dont il dresse un portrait où l'on reconnaîtra des obsessions de Smarra *et de* La Fée aux Miettes.

Le voilà, cet être ignorant, crédule, impressionnable, pensif, le voilà qui marche et qui agit, parce qu'il est somnambule ; qui parle, qui gémit, et qui pleure, et qui crie, parce qu'il est somniloque ; et qui voit des choses inconnues du reste de ses semblables, marchants et parlants, parce qu'il a le cauchemar. Le voilà qui se réveille aux fraîcheurs d'une rosée pénétrante, aux premiers rayons du soleil qui perce le brouillard, à deux lieues de l'endroit où il s'est couché pour dormir ; c'est, si vous voulez, dans une clairière de bois que pressent entre leurs rameaux trois grands arbres souvent frappés de la foudre, et qui balancent encore les ossements sonores de quelques malfaiteurs. — Au moment où il ouvre les yeux, la perception qui s'enfuit laisse retentir à son oreille quelques rires épouvantables ; un sillon de flamme ou de fumée qui ne s'efface que peu à peu, marque à sa vue effrayée la trace du char du démon ; l'herbe foulée en rond autour de lui conserve l'empreinte de ses danses nocturnes. Où voulez-vous qu'il ait passé cette nuit de terreur, si ce n'est au sabbat ? On le surprend, la figure renversée, les dents claquetantes, les membres transis de froid et moulus de courbature ; on le traîne devant le juge, on l'interroge il vient du sabbat ; il y a vu ses voisins, ses parents, ses amis, s'il en a ; le diable y assistait en personne, sous la forme d'un bouc, mais d'un bouc géant aux yeux de feu, dont les cornes rayonnent d'éclairs, et qui parle une langue humaine, parce que c'est ainsi que sont faits les animaux du cauchemar. Le tribunal prononce ; la flamme consume l'infortuné qui a confessé son crime sans le comprendre, et on jette ses cendres au vent. Vous avez vu les phénomènes du sommeil vous ouvrir le ciel ; maintenant ils vous ouvrent l'enfer. Si vous convenez que l'histoire de la sorcellerie est là-dedans, vous n'êtes pas loin de penser avec moi que celle des religions y est aussi.

Document.

Nouveau développement sur ce thème déjà abordé; puis Nodier cherche à généraliser, et aboutit à une tentative de définition de

la plupart des monomanies, qui ne sont probablement que la perception prolongée d'une sensation acquise dans cette vie fantastique dont se compose la moitié de la nôtre, la vie de l'homme endormi.

Que si, par hasard, le monomane rentrait, en s'endormant, dans les réalités de sa vie matérielle, comme je ne suis pas éloigné de le croire, car toutes nos fonctions tendent perpétuellement à s'équilibrer, il serait, relativement à l'exercice de sa pensée, aussi *raisonnable* que le médecin qui le soigne, si celui-ci rêve toutes les nuits. Ce qui me confirmerait dans cette idée, c'est que je n'ai jamais vu de monomane éveillé subitement dont la première impression ne fût parfaitement lucide. Sa perception s'obscurcit en s'étendant, comme la nôtre s'éclaircit. — Qui sondera jamais, grand Dieu ! ces mystères impénétrables de l'âme, dont la profondeur donne le vertige à la raison la plus assurée ?

Suit l'anecdote affreuse, présentée par Nodier comme un souvenir personnel, de cet homme rêvant toutes les nuits qu'il déterre sa fiancée morte pour la dévorer; par enchaînement naturel, Nodier en vient au vampirisme morlaque, évoqué jadis dans Smarra, *et dont cette nouvelle évocation sera utilement rapprochée de la première préface dudit* Smarra.

Les sorcières ou les *ujèstize* du pays, plus raffinées que les *vukodlacks*[5] dans leurs abominables festins, cherchent à se repaître du cœur des jeunes gens qui commencent à aimer, et à le manger rôti sur une braise ardente. Un fiancé de vingt ans qu'elles entouraient de leurs embûches, et qui s'était souvent réveillé à propos, au moment où elles commençaient à sonder sa poitrine du regard et de la main, s'avisa, pour leur échapper, d'assister son sommeil de la compagnie d'un vieux prêtre, qui n'avait jamais entendu parler de ces redoutables mystères, et qui ne pensait pas que Dieu permît de semblables forfaits aux ennemis de l'homme. Celui-ci s'endormit donc paisible, après quelques exorcismes dans la chambre du malade qu'il avait mission de défendre contre le démon; mais le sommeil était à peine descendu sur ses paupières qu'il crut voir les *ujèstize* planer sur l'oreiller de son ami, s'ébattre et s'accroupir autour de lui avec un rire féroce, fouiller dans son sein déchiré, en arracher leur proie et la dévorer avec avidité, après s'être disputé ses lambeaux sur des réchauds flamboyants. Pour lui, des liens impossibles à rompre le retenaient immobile sur sa couche, et il s'efforçait en vain de pousser des cris d'horreur qui expiraient sur ses lèvres, pendant que les sorcières continuaient à le fasciner d'un œil affreux, en essuyant de leurs cheveux blancs leurs bouches toutes sanglantes. Lorsqu'il s'éveilla, il n'aperçut plus que son compagnon, qui descendit du lit en chancelant, essaya quelques pas mal assurés, et vint tomber froid, pâle et mort à ses pieds, parce qu'il n'avait plus de cœur. Ces deux hommes avaient fait le même rêve, à la suite d'une perception prolongée dans leurs entretiens, et ce qui tuait l'un, l'autre l'avait vu. Voilà ce qui en est de notre raison abandonnée aux idées du sommeil.

Il n'y a personne en lisant cela, si on le lit, et après l'avoir vérifié aux pages 64 et 65 du *Voyage* de Fortis, dans l'édition italienne, qui ne se rappelle que la même histoire fait le sujet du premier livre d'Apulée [6], qui n'était probablement connu ni du pauvre Morlaque, ni du vieux prêtre. Ce n'est pas tout : cette histoire d'Apulée, qui ressemble à certaines histoires d'Homère, est rapportée dans Pline comme particulière aux peuples de la Basse-Mysie et aux Esclavons, dont je parle ; et Pline s'appuie, à son sujet, du témoignage d'Isigone. Le fameux voyageur Pietro della Valle l'a retrouvée aux frontières orientales de la Perse ; elle a fait le tour du globe et des siècles [7].

L'impression de cette vie de l'homme que le sommeil usurpe sur sa vie positive, comme pour lui révéler une autre existence et d'autres facultés, est donc essentiellement susceptible de se prolonger sur elle-même et de se propager dans les autres ; et comme la vie du sommeil est bien plus solennelle que l'autre, c'est celle-là dont l'influence a dû prédominer d'abord sur toutes les organisations d'un certain ordre ; c'est celle-là qui a dû enfanter toutes les hautes pensées de la création sociale, et initier les peuples aux seules idées qui les ont rendus imposants devant l'histoire. Sans l'action toute-puissante de cette force imaginative, dont le sommeil est l'unique foyer, l'amour n'est que l'instinct d'une brute, et la liberté que la frénésie d'un sauvage. Sans elle, la civilisation des hommes ne peut soutenir de comparaison avec celle qui règle la sage police des castors et de la prévoyante industrie des fourmis, parce qu'elle est privée de l'invariable instinct qu' en maintient le mécanisme sublime[...].

Comme il y a deux puissances dans l'homme ou, si l'on peut s'exprimer ainsi, deux âmes qui régissent, comme l'homme, les peuples dont il est l'expression unitaire, et cela suivant l'état d'accroissement ou de décadence des facultés qui caractérisent l'individu ou l'espèce, il y a aussi deux sociétés, dont l'une appartient au principe imaginatif, et l'autre au principe matériel de la vie humaine — La lutte de ces forces, presque égales à l'origine, mais qui se débordent tour à tour, est le secret éternel de toutes les révolutions sous quelque aspect qu'elles se présentent.

L'alternative fréquente et convulsive de ces deux états est

inévitable dans la vie des vieux peuples, et il faut la subir dans tous les sens quand le temps en est venu.

Les paysans de nos villages qui lisaient, il y a cent ans, la légende et les contes des fées, et qui y croyaient, lisent maintenant les gazettes et les proclamations, et ils y croient.

Ils étaient insensés, ils sont devenus sots : voilà le progrès [8].

Quel est le meilleur de ces deux états? Le décidera qui pourra.

Si j'osais en dire mon avis, comme l'homme ne peut échapper par une tangente inconnue à l'obligation d'accepter et de remplir les conditions de sa double nature, ils sont tous les deux impossibles dans une application exclusive.

Le meilleur, c'est celui qui tiendrait de l'un et de l'autre, ainsi que l'homme, et tel à peu près que le christianisme nous l'avait donné. Quand la possibilité d'une pareille combinaison n'existera plus, tout sera dit.

Dans un pays où le principe imaginatif deviendrait absolu, il n'y aurait point de civilisation positive, et la civilisation ne peut se passer de son élément positif

Dans un pays où le principe positif entreprend de s'asseoir exclusivement au-dessus de toutes les opinions, et même au-dessus de toutes les erreurs — s'il est une opinion au monde qui ne soit pas une erreur —, il n'y a plus qu'un parti à prendre, c'est de se dépouiller du nom d'homme, et de gagner les forêts avec un éclat de rire universel; car une semblable société ne mérite pas un autre adieu.

BIBLIOGRAPHIE

I. Outils de travail.

La bibliographie des textes *de* Nodier se base sur trois travaux essentiels :
— Jean LARAT, *Bibliographie critique des œuvres de Charles Nodier,* Champion, 1923 ;
— Edmund J. BENDER, *Bibliographie : Charles Nodier 1923-1967,* Lafayette, USA, 1969, qui présente dans une première partie une mise à jour du travail de Larat et une tentative de répertoire des articles de Nodier ;
— Raymond SETBON, « Le dossier Nodier », *Romantisme,* n° 15, [avril] 1977, p. 92-107, qui recense les lacunes des précédents travaux et constitue un exemplaire « état de la question ».

La bibliographie des textes *sur* Nodier, ébauchée par Larat et Bender, a été complétée par :
— Sarah Fore BELL, *Charles Nodier, his life and works, a critical bibliography (1923-1967),* University of North Caroline Press, 1971.

Il n'existe d'édition critique pour aucune des trois œuvres de Nodier contenues dans le présent volume. Elles figurent toutes les trois dans l'édition collective des *Contes* par Pierre-Georges Castex (Classiques Garnier, 1961), et dans l'anthologie de Jean-Luc Steinmetz (coll. Garnier-Flammarion, 1980). Mais il faut signaler tout particulièrement, car elle est introuvable dans le commerce, la remarquable édition annotée de *La Fée aux Miettes* par Auguste Viatte (Signorelli, Rome, 1962).
Notons enfin que l'édition collective en douze volumes, par Eugène Renduel, des *Œuvres complètes* de Nodier (il manque en fait des centaines d'articles, et plusieurs essais importants parus en

volumes), a été reproduite en 1968 par la maison genevoise Slatkine Reprints. *Smarra* et *Trilby* sont au t. III, *La Fée aux Miettes* au t. IV, *Du fantastique en littérature* et *De quelques phénomènes du sommeil* au t. V.

II. *Souvenirs et témoignages. Études biographiques*

— Marie MENNESSIER-NODIER, *Charles Nodier, épisodes et souvenirs de sa vie*, Didier, 1867;
— Michel SALOMON, *Charles Nodier et le groupe romantique*, Perrin, 1908;
— Léonce PINGAUD, *La Jeunesse de Charles Nodier. Les Philadelphes*, Besançon, 1914; Paris, Champion, 1919; Genève, Slatkine Reprints, 1977;
— Jean LARAT, *La Tradition et l'exotisme dans l'œuvre de Charles Nodier*, Champion, 1923;
— Edmund Irving DUBAN, *Charles Nodier : les années de jeunesse et de formation (1780-1803)*, thèse, Sorbonne, 1952, 798 pages (cet ouvrage fondamental n'a jamais été imprimé);
— R. MAIXNER, *Charles Nodier et l'Illyrie*, Didier, 1960 ;
— Hubert JUIN, *Charles Nodier*, Seghers, 1970.

III. *Études critiques générales.*

— Auguste VIATTE, « Charles Nodier », *Les Sources occultes du romantisme*, Champion, 1928, 2e éd., 1965, t. II, p. 145-167;
— Edmond JALOUX, « Préface à Charles Nodier », *Perspectives et personnages*, Plon, 1931, p. 79-92;
— Albert BÉGUIN, « Nodier et Nerval », *Labyrinthe*, n° 1, octobre 1944; « Charles Nodier ou l'enfance retrouvée », *Cahiers du Sud*, n° 304, 1950, p. 352-357;
— Pierre-Georges CASTEX, « Nodier et ses rêves », *Le Conte fantastique en France de Nodier à Maupassant*, Corti, 1951, p. 121-167; « Balzac et Charles Nodier », *L'Année balzacienne 1962*, Garnier p. 197-212;
— Albert KIES, « Imitation et pastiche dans l'œuvre de Charles Nodier », *Cahiers de l'Association Internationale des Études françaises*, XII, 1960, p. 67-77;
— René JASINSKI, « Charles Nodier précurseur du surréalisme », *Bulletin de la Société des professeurs français en Amérique*, 1961, p. 23-59; repris dans *A travers le XIXe siècle*, Minard, 1975, p. 65-73;
— Brian JUDEN, *Traditions orphiques et tendances mystiques dans le romantisme français (1800-1855)*, Klincksieck, 1971;

— Miriam HAMENACHEM, *Charles Nodier, essai sur l'imagination mythique*, Nizet, 1972;

— Jean DECOTTIGNIES, *Essai sur la poétique du cauchemar en France à l'époque romantique*, thèse, Lille, 1973; refondu en librairie sous le titre *Prélude à Maldoror*, Armand Colin, 1973;

— Anne-Marie ROUX, « Nodier et l'âge d'or », *Littérature*, n° 25, février 1977, p. 100-113; « L'âge d'or dans l'œuvre de Nodier », *Romantisme*, n° 16, [septembre] 1977, p. 20-33 (N. B. : il s'agit bien de deux articles différents).

— Brian G. ROGERS, « Le monde onirique de Charles Nodier », *French Studies in South Africa*, n° 7, 1978, p. 19-33.

IV. Études critiques particulières sur les œuvres de ce volume.

— Jules VODOZ, « *La Fée aux Miettes* » : *essai sur le rôle du subconscient dans l'œuvre de Charles Nodier*, Champion, 1925 (interprétation psychanalytique);

— Albert BÉGUIN, « Provinces de France, II », *L'Âme romantique et le rêve*, Corti, 2ᵉ éd., 1939, p. 336-345 (sur *Trilby* et *La Fée aux Miettes*);

— Pierre-Georges CASTEX, « Une source de *La Fée aux Miettes* », *Revue des Sciences humaines*, juillet-septembre 1950, p. 205-208;

— Max MILNER, « Les débuts du " genre frénétique " », *Le Diable dans la littérature française de Gazotte à Baudelaire*, Corti, 1960, t. t. I, p. 269-281 (sur *Smarra*);

— André LEBOIS, *Un bréviaire du compagnonnage : La Fée aux Miettes*, Minard, 1961 (interprétation ésotérique);

— Antoine FONGARO, « A-t-on lu *La Fée aux Miettes*? », *Revue des sciences humaines*, avril-juin 1962, p. 439-452;

— D. J. H. VAN ELDEN, « Imagination et poésie dans *Trilby* », *Het Franse Boek*, Amsterdam, avril 1968;

— Robert J. B. MAPLES, « Individuation in Nodier's *La Fée aux Miettes* », *Studies in romanticism*, autumn 1968, p. 43-64;

— Ellsworth Dean PENCE, *Nodier's « Smarra » and a focus of french romanticism*, University of Wisconsin, 1971 (*Smarra* comme produit d'époque et comme écrit prophétique);

— Laurence M. PORTER, « Psycho-analytical interpretation of *Smarra* », *Symposium*, winter 1972, p. 331-348; « Sources of Nodier's *La Fée aux Miettes* », *Romance Notes*, spring 1979, p. 341-344;

— Raymond SETBON, *Libertés d'une écriture critique : Charles Nodier*, Slatkine, 1979, p. 214-219 (sur *Smarra* et *Trilby*);

— Lucienne FRAPPIER-MAZUR, « Les fous de Charles Nodier », *French Forum*, janvier 1979, p. 32-54;

— Jean-Jacques HAMM, « Cohérence et incohérence : une lecture des signifiants de *La Fée aux Miettes* », *Romantisme*, nº 24, [mars] 1979, p. 89-99;

— Brian G. ROGERS, « Nodier et la monomanie réflective », *Romantisme*, nº 27, [mars] 1980, p. 15-29 (étude sur *Piranèse*);

— Anne-Marie ROUX, « Nodier et l'effet de folie », *ibid.*, p. 31-46.

V. *Numéros spéciaux.*

Deux volumes récents se signalent par leur importance :

1º Le numéro spécial Nodier de la revue *Europe*, juin-juillet 1980, dans lequel on retiendra :

— Marie-Claude AMBLARD, « Nodier et Shakespeare », p. 110-116;

— Roger BOZZETTO, « Nodier et la théorie du fantastique », p. 70-78;

— Albert KIES, « Bateaux ivres et navigations aériennes chez Nodier », p. 102-110;

— Jean-Luc STEINMETZ, « Aventures du regard : système de la représentation dans quelques contes », p. 11-27 (sur *Trilby* et *La Fée aux Miettes*);

2º Les *Actes du colloque Nodier* publiés en juin 1981 par les *Annales littéraires de l'Université de Besançon;* ce volume reprend les communications d'un colloque qui s'est déroulé les 28, 29 et 30 mai 1980. On y retiendra notamment :

— Pierre-Georges CASTEX, « Nodier et l'école du désenchantement ».

— Hubert JUIN, « Le " je " chez Nodier ».

— Albert KIES, « La bibliothèque de Nodier ».

— D. LIGOU, « La vision de la maçonnerie dans l'œuvre de Nodier ».

— A. MONTANDON, « Sur *Smarra* ».

— G. SETBON, « Nodier et Jean-Jacques Rousseau ».

— Jean-Luc STEINMETZ, « La fée en Miettes ».

— Yves VADÉ, « L'imaginaire magique chez Nodier ».

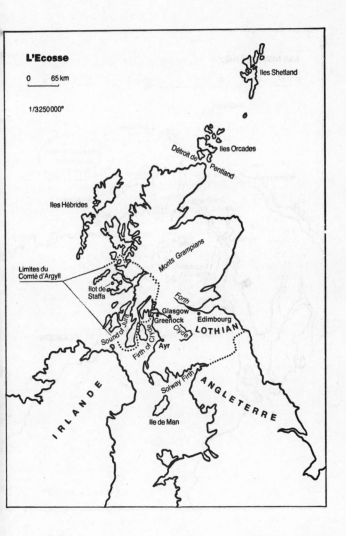

L'Ecosse

0   65 km

1/3250000°

Iles Shetland

Iles Orcades

Détroit de
Pentland

Iles Hébrides

Monts Grampians

Limites du
Comté d'Argyll

Ilot de
Staffa

Forth

Glasgow
Greenock
Edimbourg

LOTHIAN

Clyde

Ayr

Firth of Clyde

IRLANDE

ANGLETERRE

Solway Firth

Ile de Man

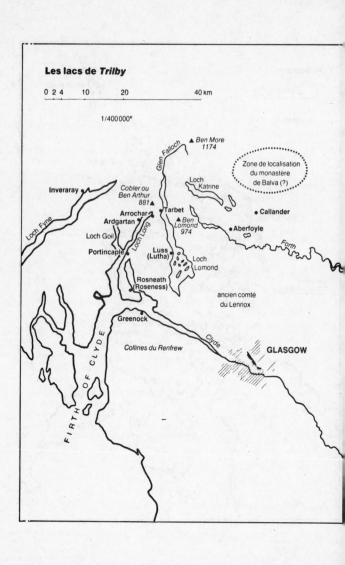

Les lacs de *Trilby*

0 2 4   10   20   40 km

1/400 000ᵉ

Ben More
1174

Zone de localisation
du monastère
de Balva (?)

Glen Falloch

Loch
Katrine

Inveraray

Loch Fyne

Cobler ou
Ben Arthur
881

Tarbet

Callander

Arrochar

Ben
Lomond
974

Ardgartan

Aberfoyle

Loch Goil

Loch Long

Forth

Portincaple

Luss
(Lutha)

Loch
Lomond

Rosneath
(Roseness)

ancien comté
du Lennox

Greenock

Clyde

GLASGOW

Collines du Renfrew

FIRTH OF CLYDE

NOTES

SMARRA

LE PROLOGUE

Page 21.

1. Nodier cite les v. 7-8 de la IVᵉ Élégie de Lygdamus, attribuée à son époque à Tibulle (et non à Catulle) : « Les songes téméraires s'ébattent à la faveur de la nuit trompeuse, et contraignent les esprits peureux à s'effrayer d'illusions. »

2. En faisant précéder chaque partie de *Smarra* d'une citation de Shakespeare, Nodier avoue un parrainage dont Marie-Claude Amblard a montré la réalité (« Nodier et Shakespeare », *Europe*, juin-juillet 1980, p. 110-116). Toutes les phrases traduites proviennent de *La Tempête* (successivement II, 3 ; II, 2 ; I, 2 et III, 2), sauf à l'épilogue dont l'épigraphe est empruntée au *Songe d'une nuit d'été* (V, 1).

3. Le décor initial nous place au bord du lac Majeur, comme l'indiquent un peu plus loin l'évocation de « l'île Belle » (Isola Bella) et, à la fin, l'allusion à la statue de Charles Borromée (voir la n. 20).

LE RÉCIT

Page 25.

4. Citation tirée de la Vᵉ Épode d'Horace (v. 49-53), qui raconte une horrible histoire d'enfant enterré vivant par une magicienne ·

« O confidentes si fidèles de mes œuvres, Nuit, et toi, Diane, qui règnes sur le silence à l'heure où s'accomplissent les rites secrets, maintenant, maintenant assistez-moi » (trad. Villeneuve, coll. Budé).

Page 33.

5. Le plus important des sièges dont Corinthe fut la victime dans l'Antiquité eut lieu en 244 av. J.-C., lorsque la Ligue achéenne enleva la ville au roi de Macédoine Antigone Gonatas.

Page 35.

6. Lamie : monstre mythologique à la tête de femme et au corps de serpent. Lamie aurait été une reine de Phrygie qui, rendue furieuse par la mort de ses enfants que Junon jalouse avait fait périr, se serait dès lors emparée des nourrissons pour les dévorer ; aussi les nourrices grecques et romaines menaçaient-elles des lamies les enfants désobéissants, comme on fit chez nous du croquemitaine.

Page 36.

7. « L'ancienne Corcyre », c'est Corfou. Curzola est le nom italien de Korčula, île yougoslave située entre Split et Dubrovnik. Le « traducteur » renvoie, rappelons-le, à la fiction entretenue par Nodier (voir la préface de *Smarra* dans les « Documents », p. 337).

Page 39.

8. Cette note renvoie à la traduction par Nodier d'une idylle d'Ignazio Giorgi, *La Luciole,* qui figure dans le même volume que *Smarra,* aussi bien dans l'édition originale que dans le t. III de l'édition Renduel.

L'ÉPISODE

Page 42.

9. L'épisode désigne la partie de dialogue qui séparait deux chœurs, dans la tragédie grecque ; mais ici il a aussi son sens plus moderne de digression rattachée par un léger fil au sujet principal.

10. Cette fois la citation est bien de Tibulle (voir la n. 1). Ce sont les v. 43-46 et 49-50 de la IIe Élégie du premier livre : « Cette femme, je l'ai vue de mes yeux attirer les astres du ciel ; elle détourne par ses incantations le cours d'un fleuve rapide. Sa voix fait s'entr'ouvrir le sol, sortir les mânes des tombeaux, descendre les ossements du bûcher tiède [...] Quand elle veut, elle dissipe les nuages qui attristent le ciel ; quand elle veut, elle fait tomber la neige dans un ciel d'été » (trad. Max Ponchont, coll. Budé).

Page 44.

11. Voir *La Tempête*, acte II, scène 2.

Page 46.

12. Dans l'édition originale, *Smarra* était suivi d'une « Note sur le *rhombus* », maintenue en appendice dans l'édition Renduel, et que l'on trouvera ici reproduite dans les « Documents », p. 339-340.

13. Nodier fait un nom propre du mot latin signifiant sorcière.

Page 52.

14. En octobre 1825, le jeune disciple enthousiaste de Nodier qu'était alors Hugo composa pour les *Odes et Ballades* une « Ronde du sabbat » où Satan convoque, comme ici Méroé, « Psylles aux corps grêles,/Aspioles frêles » et tous les « oiseaux fauves/Dont les ailes chauves/Aux ciels des alcôves/Suspendent Smarra » (éd. Massin, Club Français du Livre, t. II, p. 761-762). On peut encore citer, composée dès le printemps 1823, l'ode « Le sylphe » où Hugo mêle au souvenir de *Smarra* celui de *Trilby*; il y évoquait en passant « l'ardente salamandre » (éd. Massin, vol. cité, p. 510).

Les Aspioles — le mot est inventé par Nodier — font partie de l'attirail frénétique; on n'en connaît pas d'autre « description » que celle de cette page de *Smarra*.

D'après le *Trésor de la langue française* (t. I, p. 532-533), le mot achrone serait un « hapax », créé pour cette page par Nodier. Le rédacteur remonte à un mot du vocabulaire d'Eschyle, ἄκρυν᾽, mutilation de l'extrémité des membres, et pense que Nodier a orthographié *achr-* par assimilation à *chronos* (χρόνος), le temps, mot beaucoup plus commun; mais ces êtres n'ayant, d'après Nodier lui-même, « point d'âge », l'étymologie banale par *chronos* conviendrait, il me semble, aussi bien.

Selon Pline (*Histoire naturelle*, VII, 13-14), les Psylles étaient une peuplade lybienne dont certains membres « inspirés » passaient pour ne point craindre les morsures de serpent, qu'ils savaient guérir; Nodier mêle à cette tradition ancienne l'autre sens du mot psylle qui ne pouvait manquer d'évoquer, pour le passionné d'entomologie qu'il était, ces insectes assez semblables aux pucerons, et qui se nourrissent en pompant le suc des végétaux.

Enfin les Morphoses, citées au début de la phrase suivante, pourraient se rattacher au grec tardif *morphosis* (μόρφωσ᾽ς) qu'utilise par exemple l'apôtre Paul pour désigner des apparences extérieures trompeuses, ici des sortes de spectres (voir *Épître aux Romains*, II, 20 ou *Deuxième Épître à Timothée*, III, 5).

Page 53.

15. On admet que le mot goule (variété de vampire nécrophage) vient de l'arabe *gŭl, ghŭl* ou *ghoŭl,* démon du désert, souvent femelle, et qui dévore les hommes ; de cette page de *Smarra* semble dater la première apparition du mot en français.

L'ÉPODE

Page 54.

16. Comme l'épisode, l'épode était une partie de la tragédie grecque, précisément la troisième section d'un chœur, chantée après la strophe et l'antistrophe.

17. Vers 739-742 du chant VI de l'*Énéide,* celui de l'évocation des morts. Il s'agit des âmes encore chargées de vices : « C'est pourquoi elles sont soumises à des châtiments, et expient dans des supplices ces maux invétérés. Les unes, suspendues en l'air, sont exposées aux souffles légers des vents ; d'autres lavent leur souillure au fond d'un vaste gouffre ; d'autres se purifient dans le feu » (d'après trad. Bellessort, coll. Budé).

Page 57.

18. Une demi-brasse représente 81 centimètres

L'ÉPILOGUE

Page 63

19. « Ici l'on entend les gémissements lamentables des âmes qui volent avec un sifflement léger, les paysans voient passer les spectres blêmes et les fantômes des morts. » Mais je n'ai pu retrouver la référence, à supposer que la citation soit bien de Claudien...

Page 65.

20. L'archevêque de Milan Charles Borromée (1538-1584) était né à Arona : il fut canonisé en 1610, et c'est près d'Arona qu'on érigea en son honneur, en 1697, une statue colossale en bronze de plus de 23 mètres de haut. qui existe toujours

TRILBY

Page 69.

1. *Drows* : nains de la mythologie écossaise. L'orthographe *elf* est anglaise ; nous écrivons le mot avec un *e* final.

Page 70.

2. Pour tous les noms de lieux écossais, on se reportera à la carte, p. 373-374. La précision géographique de *Trilby* vient, rappelons-le, du voyage que venait de faire Nodier et dont il avait rapporté *Promenade de Dieppe aux montagnes d'Écosse.*

3. Nodier explique dans sa préface (voir « Documents », p. 348) pourquoi il orthographie ainsi le nom du comté d'Argyll. Le Lennox était une région administrative au nord de la Clyde, du temps des Stuarts.

4. *Claymore :* grande épée écossaise. *Laird* est un mot écossais désignant un propriétaire terrien (voir encore, dans *La Fée aux Miettes,* p. 206).

5. Le lac Beau francise le loch Fyne écossais. Quant au prénom de l'héroïne, il vient de Jenny Deans, dans *La Prison d'Édimbourg* de Walter Scott, et ses traits physiques sont ceux d'une batelière que Nodier raconte avoir vue sur le lac Kattrine (*Promenade de Dieppe* [...], Barba, 1821 chap. XXV, p. 248-257).

Page 71.

6. Dunstan, évêque de Cantorbéry (v. 909-988), évangélisateur de l'Écosse et grand réformateur monastique. On n'a pu retrouver ni son « cantique », ni le revenant d'Aberfoïl (c'est ainsi que Nodier orthographie Aberfoyle, localité proche des sources de la Forth).

Page 72.

7. Mêmes termes pour décrire, dans la *Promenade* (chap. XXVII, p 277-278), ces « petits poissons bleus qui [...] réfléchissent sur leurs écailles dorsales frappées du soleil les nuances d'un azur incomparable » — mais rien, alors, sur leur hypothétique origine japonaise...

Page 73.

8. Aucun dictionnaire anglais ne semble connaître ce mot, peut-être déformé par Nodier, et qui semble dériver du verbe *to hop* (sautiller) et de *clover* (le trèfle) ; dans la *Promenade* (éd. cit p. 292-293), Nodier risque une traduction douteuse : « Ce joli petit oiseau à tête jaune, comme les fleurs de renoncules et de genêts parmi

lesquelles il aime à se plonger, et qu'on appelle dans le pays *hope-clover* (l'espérance de la luzerne), sautillait d'une branche à l'autre avec effroi [...]. »

Page 74.

9. *La Clavicule ou petite clef de la magie,* ouvrage ésotérique attribué à Salomon. Voir encore p. 77 et dans *La Fée aux Miettes,* p. 305.

Page 77.

10. Ces « noires colonnes » sont les orgues basaltiques de la célèbre grotte de Fingal, située dans l'îlot de Staffa (archipel des Hébrides). Une autre grotte de Fingal était réputée se trouver sur un îlot du loch Lomond, ce qui explique la phrase de Nodier. La pointe de Firkin est une avancée rocheuse sur la rive ouest du loch Lomond. Elle est constituée de schistes « dont les écailles d'un blanc nacré imitent de loin l'écume des eaux agitées par le vent et blanchies par les brisants de la côte » (*Promenade,* éd. cit., p. 206).

Page 78.

11. *Ptarmigan* est le nom anglais de la perdrix des neiges ou lagopède. Voir encore, dans *La Fée aux Miettes,* p. 214 et suiv.

Page 79.

12. Les Mac-Farlane, clan écossais réel, étaient originaires d'Ar-roqhar cité plus loin p. 101 ; le Cobler est l'autre nom du Ben Arthur cité p. 100.

Page 80.

13. On appelait chatpard le carnassier d'Afrique australe également nommé chat-tigre ou serval.

Page 82.

14. C'est le célèbre Colomban, moine irlandais du VIe siècle, grand fondateur de monastères ; mais sa parenté avec les Mac-Farlane semble bien une invention de Nodier.

Page 83.

15. Confidence personnelle, car dans la *Promenade* (chap. XXI), Nodier a parlé avec enthousiasme du souvenir que lui ont laissé Tarbet et son auberge.

Page 98.

16. Les syrtes, nom commun, désignent des bancs de sables mouvants.

Page 102.

17. Dans la *Promenade* (éd. cit., p. 228), Nodier évoque aussi cet Arthur, « géant des temps fabuleux qui aimait probablement à se reposer au sommet des montagnes sur un trône de basalte » ; rien de précis, en revanche, sur Balva, ce qui s'explique par le fait que Nodier n'a pas poussé plus loin que le lac Kattrine même.

Page 104.

18. Sauf si Nodier connaît une légende précise, que je n'ai pu identifier, il pourrait bien s'agir du même genre de facilité qu'aux chap. XII et XV de *La Fée aux Miettes,* à partir du sens de *man* (homme, en anglais).

Page 106.

19. Fergus fut un des premiers rois d'Écosse, au milieu du IVe siècle de notre ère.

Page 107.

20. On ne sait pas grand-chose des Shoupeltins, mystérieux habitants des îles Shetland.

LA FÉE AUX MIETTES

Page 123.

1. La deuxième édition du roman (Renduel, 1835) comporte la dédicace suivante :

« À M. FLAVIEN DE MAGNONCOURT, *membre de la chambre des députés, maire de Besançon.*

« *Cher Flavien,*

« *Je n'ai jamais dédié mes livres qu'à mes amis. Recevez celui-ci, qui n'est peut-être pas le moindre, puisqu'il a été deux fois imprimé, deux fois contrefait, deux fois traduit, et que les journaux n'en ont rien dit.*

« *Et puis, ne le lisez pas ; mais aimez-le pour l'amour de moi.*

« *Charles Nodier, de Besançon.* »

CHAPITRE I

Page 125.

2. Tite-Live était né à Padoue. Le « bibliomane » Nodier possédait de nombreux livres reliés par Antoine-Michel Padeloup (1685-

1758), et était imbattable sur les elzévirs ; voir son étonnante « Théorie des éditions Elzéviriennes, avec tous les renseignements nécessaires pour les discerner », qui constitue le premier chapitre de ses *Mélanges tirés d'une petite bibliothèque* (Crapelet, 1829).

Page 126.

3. Le Normand Eudes de Mézeray (1610-1683) avait publié avec l'approbation de Richelieu une *Histoire de France* qui lui valut d'entrer à l'Académie française (1649), mais dont les contemporains critiquaient déjà la partialité et le manque d'information.

4. L'*Histoire byzantine*, en 37 livres, est l'œuvre principale de Nicéphore Grégoras (1295-1360) ; il s'agit surtout d'un exposé des querelles religieuses qui agitèrent Constantinople au XIIIe siècle, mais il semble que l'importance documentaire de l'ouvrage ne puisse être minimisée au point de l'assimiler à un conte comme le fait le narrateur.

5. Il s'agit de la « Maisonnette de la Vierge », que l'on peut voir à l'intérieur de l'église de la Madone à Loreto, près d'Ancône. Ce bâtiment de brique recouvert de marbre est le lieu d'un pèlerinage, à cause de la légende qui assure qu'il fut transporté miraculeusement, à la fin du XIIIe siècle, de Nazareth en Dalmatie, puis dans la forêt de Lorette.

6. Ce *voyageur aérien* est le héros d'une suite d'histoires merveilleuses dont les personnages sont affublés d'une sorte de voilure de chauve-souris (*Les Hommes volants ou les aventures de Pierre Wilkins*, de Robert Paltock, traduit en français en 1763) ; ces volumes avaient été plusieurs fois réédités.

7. L'âne ou plutôt l'ânesse de Balaam anime un passage célèbre de la Bible (*Nombres,* chap. XXII), mais je n'ai rien découvert sur « le pigeon de Mahomet »...

8. Nodier cite deux érudits et polygraphes du XVIIIe siècle, Nicolas Fréret (1688-1749) et Nicolas Boulanger (1722-1759) ; je n'ai pu trouver dans laquelle ou lesquelles de leurs nombreuses œuvres ils ont éventuellement parlé de Perrault.

Page 127.

9. Urganda est une magicienne, dans le célèbre roman de chevalerie espagnol *Amadis de Gaule.*

10. *Rédivives* est un « hapax » de Nodier, calqué sur le latin *redivivus,* qui se reproduit, en parlant des plantes. L'exemple du polype vient du naturaliste et philosophe suisse Charles Bonnet (1720-1793), qui l'utilise constamment comme type de démonstration dans ses théories de l'évolution (voir *Corps organisés,* 1762, chap. IV, XI et XII du t. I et chap. II du t. II, et *Contemplation de la nature,* 1764, chap. XV).

11. Le pongo est l'orang-outang de Bornéo. Dans tout ce paragraphe Nodier résume la thèse évolutionniste qu'il développe au même moment dans son article « De la palingénésie humaine et de la résurrection », publié par la *Revue de Paris* en août 1832 (*La Fée aux Miettes* paraît, elle, début juillet).

Page 129.

12. De 1819 à 1828 William Parry (1790-1855) a entrepris, sans succès, trois voyages pour découvrir le « passage du nord-ouest », et un quatrième vers le pôle Nord ; les relations de ces tentatives, et notamment *Narrative of an attempt to reach the North pole* (Londres, 1828), avaient été traduites en français par Defauconpret.

Page 130.

13. Canongate est une rue de Glasgow où se trouve la maison du bailli Jervis ou plus exactement Jarvie, évoqué dans la vie de Robert Macgregor romancée par Walter Scott (*Rob Roy*, 1817) ; cette maison, devenue le marché au sel, était au XIXe siècle une des curiosités de la ville.

Page 131.

14. Cette « vieille église » est Saint-Mungo's Cathedral, « élevée au-dessus de la rue grimpante appelée High Street » (*Promenade de Dieppe aux montagnes d'Ecosse*, éd. cit., p. 165).

15. Nodier avait tâté de ces hôtels lors de son voyage. La latitude donnée plus haut est celle même de Glasgow.

CHAPITRE II

1. La Saint-Michel tombe le 29 septembre. Saint Michel, patron des architectes, revient constamment dans le récit sous la forme de cette date-fétiche.

Page 132.

2. Sur cette plante, dont Nodier cite plusieurs fois les principales propriétés, réelles ou légendaires, les curieux se reporteront à l'ouvrage d'Albert-Marie Schmidt, *La Mandragore* (Flammarion, 1958).

Page 134.

3. Nabab, au sens d'Européen enrichi aux Indes, était d'acception assez récente pour que Nodier demande la majuscule et l'italique. L'édition de 1835 imprime « nababs », en romain et sans capitale, mais nous restons fidèles au texte de 1832.

Page 135.

4. Détail personnel : Nodier s'estimait connaisseur infaillible en pierres précieuses et possédait parmi les ouvrages rares de sa bibliothèque celui de Dutens *Des pierres précieuses et des pierres fines, avec les moyens de les connaître et de les évaluer* (Didot, 1776 ; voir *Description raisonnée d'une jolie collection de livres,* Techener, 1844, n° 105).

Page 137.

5. *Scaeve,* autre « hapax » forgé par Nodier sur l'adjectif latin *scaevus,* situé à gauche, et sur le nom masculin *scaeva,* qui désigne un gaucher.

6. Comme Thésée, sorti du labyrinthe grâce à Ariane, et qui devait l'abandonner ensuite à Naxos.

Page 138.

7. Greenock, port et centre de constructions navales, à une trentaine de kilomètres à l'ouest de Glasgow (voir la carte).

CHAPITRE III

Page 140.

1. Nodier avait d'abord écrit Greenock au lieu de Granville, ce qui confirme combien la fantaisie du conte confond spontanément ces deux ports, lieux fondamentaux de *La Fée aux Miettes,* en un seul royaume de la rêverie.

2. Pour les chap. IV à XXV inclus, nous renonçons à alourdir de guillemets de conduite le long récit de Michel, réservant cette ponctuation aux dialogues internes dudit récit, qui sont parfois délicats à délimiter.

CHAPITRE IV

Page 143.

1. Ce mot de « gourdoyement » est absent de tous les dictionnaires, notamment du curieux *Glossaire nautique* d'A. Jal (1848) et du récent *Dictionnaire Gruss de marine,* 5ᵉ éd., 1978.

2. L'estrope désigne chacune des lignes secondaires rattachées à la corde dormante, cordage de gros calibre traîné par le bateau pour la pêche à l'hameçon.

Page 144.

3. On écrit ordinairement *ralingues* et non relingues (cordages servant à border et à renforcer les voiles).

Page 145.

4. Appellation ancienne des Philippines, du nom de la tribu des Bissayas, l'une des principales de l'archipel. Pour d'autres commentateurs, il s'agit des îles Bissagos, en face de la Guinée portugaise (Guinée-Bissau).

5. Le morne, dans la langue créole, désigne une colline arrondie ; ce mot détonne ici.

Page 146.

6. La loi des Douze Tables : législation des décemvirs au début de la République romaine (450-449), gravée sur douze tables d'airain.

CHAPITRE V

Page 148.

1. On a fait remarquer que Nodier donne ici un faux renseignement, l'église N.-D. de Granville ne datant que du milieu du XVe siècle — la façade ne fut même achevée qu'au XVIIe — ; mais il va de soi que l'adjectif « faux » perd ici tout son sens rationnel.

CHAPITRE VI

Page 149.

1. *La Cuisinière bourgeoise* (1746) est due à un gastronome du XVIIIe siècle qui signe Menon ; cet ouvrage, régulièrement réédité (par exemple à Besançon en 1821), faisait l'objet de nombreuses contrefaçons et variantes, par exemple *La Cuisinière bourgeoise revue par une maîtresse de maison,* publiée chez Moronval en 1823, et qui en était déjà en 1832 à sa dixième édition.

Page 153.

2. Un pouce et demi représente quatre centimètres.

Page 157.

3. Vingt louis d'or représenteraient en 1982 environ 7 000 F.

CHAPITRE VIII

Page 164.

1. Le *moule,* en ce sens, est le morceau de bois ou d'os qu'on recouvre d'étoffe pour en faire un bouton.

Page 169.

2. Siam : jeu de quilles dans lequel la boule était remplacée par un disque.

CHAPITRE IX

Page 173.

1. Belkiss est le nom donné dans les contes arabes à la reine de Saba de la Bible ; Nerval, qui lui consacre une large section de son *Voyage en Orient,* adopte la graphie plus courante de Balkis.

Page 176.

2. Le vœu de la Fée fut exaucé par David d'Angers, auteur, en 1845, de deux statues représentant Bernardin de Saint-Pierre et Delavigne (tous deux havrais), et qui flanquaient la porte du musée-bibliothèque, détruit par les bombardements de 1944.

CHAPITRE XI

Page 186.

1. Les bastingues étaient des filets (ou des bandes d'étoffe) tendus tout autour du plat-bord du vaisseau, pour abriter les matelots lors des tempêtes ou des batailles et les empêcher de passer par-dessus bord.

Page 190.

2. « *Cette* chaîne », parce que Michel montre en parlant la chaîne qu'il porte au cou, et que le narrateur a remarquée dès la page 134.

Page 193.

3. Pretty et Punch (plutôt que Punck) sont deux marionnettes anglaises, que l'on pouvait voir en France au théâtre d'ombres chinoises de Séraphin, au Palais-Royal ; le dernier texte de Nodier publié de son vivant fut un essai intitulé « Les marionnettes » (*Revue de Paris,* mai 1843).

Page 195.

4. Mme Bavarde, l'honnête Jolibois et la petite Folle Fillelibre sont des facilités auxquelles Nodier s'est ailleurs laissé aller en français même (voir le petit camarade minable nommé comme par hasard Nabot, p. 150).

CHAPITRE XII

1. Dans l'édition de 1835 le titre est : « Où il est traité pour la première fois de la cérémonie du mariage légal chez les chiens civilisés. »

Page 196.

2. *Small-beer,* ou petite bière, se dit d'une bière dont la fermentation écourtée l'a chargée de peu d'alcool (d'où l'expression familière : « ce n'est pas de la petite bière »).

Page 197.

3. Cet Ælien caché au milieu de cinq noms célèbres est Claudius Aelianus dit Elien le Sophiste, compilateur romain du IIIe siècle après J.-C., auteur d'une *Histoire de la nature des animaux* riche en anecdotes ; de multiples éditions en avaient cours au temps de Nodier, notamment les *Extraits d'Elien* publiés par Mottet en 1825 et constamment réimprimés.

CHAPITRE XIII

Page 202.

1. *Grey gowns :* littéralement « robes grises » (voir p. suiv.), qui a donné le français « grisette ». Voir encore p. 248.

Page 205.

2. « Refrogné », forme aujourd'hui vieillie, coexistait alors avec « renfrogné », qui a prévalu. Même chose p. 320.

CHAPITRE XIV

Page 210.

1. « Schelling » (prononcé *ch'lin*) est l'orthographe demandée par l'Académie, jusqu'à l'édition de 1879 du *Dictionnaire,* pour le *shilling*

anglais (1/20ᵉ de livre). La guinée, qui valait 21 shillings, n'était plus fabriquée depuis 1817, mais est restée très longtemps une monnaie de compte. Au XIXᵉ siècle elle valait environ 26 francs français, soit approximativement 400 F de 1982.

Page 212.

2. Le *plak* valait un tiers de penny et le *bawby* un demi-penny (environ 60 et 90 centimes français de 1982).

3. Le denier valait 1/12ᵉ de sou (environ 7 centimes de 1982).

4. Il s'agit de la colonne commémorative appelée « The Monument », élevée par le mathématicien et architecte Christopher Wren (1632-1723) dans la Cité de Londres, à l'emplacement de l'échoppe de boulanger où s'était déclaré, en 1666, l'incendie qui détruisit la ville. Cette colonne est haute de 64 mètres.

Page 213.

5. Les éditeurs modernes de la *Fée* corrigent *pliants,* qui est le texte de Nodier, en *plans;* mais la description en est-elle plus claire ?

6. Amusant exemple de mode anglaise : bien qu'originaire de la ville allemande de Landau, cette voiture à quatre roues était assez souvent orthographiée *landaw* dans les années 1820.

7. « Le fameux James Watt » est né, en effet, à Greenock. Nodier le compare ici au mathématicien et géomètre flamand Simon Stevin, dit Simon de Bruges (1548-1620).

Page 216.

8. Souvenir des *Bijoux indiscrets,* où Mangogul rêve qu'il voit sa maîtresse Mirzoza se présenter à lui dans toute sa beauté mais avec, au lieu de sa « tête adorable [...] le museau d'un doguin » (éd. Hermann des *Œuvres complètes* de Diderot, t. III, 1978, p. 182).

CHAPITRE XV

Page 221.

1. Il faudrait orthographier *batail;* ce mot, qui signifiait « battant d'une cloche », a encore ce sens en héraldique. Dans *Le Cinquième Livre* de Rabelais (chap. XXVII), il désigne une queue de renard. Le limbe d'une sonnette est sa circonférence, sur laquelle vient frapper le batail.

Page 222.

2. La situation de Michel dans ce chapitre et dans le suivant rappelle de très près, comme l'a montré P.-G. Castex, celle de

Prosper Magnan dans *L'Auberge rouge,* nouvelle « fantastique » de Balzac publiée dans la *Revue de Paris* les 10 et 27 août 1831, et dans laquelle le héros rêvait d'un crime que d'autres commettaient et pour lequel il était puni (voir *La Comédie humaine,* nouvelle éd. Pléiade, Gallimard, 1980, t. XI, p. 89 et suiv.). On a d'autre part noté la remarquable continuité obsessionnelle de l'imagerie cauche-mardesque qui relie les chap. XV à XIX de la *Fée* à l' « épode » de *Smarra* (voir ci-dessus p. 54-62).

CHAPITRE XVI

1. *Jap* sonne comme japper, et Muzzleburn est un composé, forgé à l'envers d'ailleurs, et pouvant signifier « museau brûlé » : un jeu de mots approximatif de plus pour le nom de ce chien.

Page 224.

2. Cet *Adviser* (« Le Conseiller ») est la gazette locale. Plusieurs journaux écossais ont porté ce titre, notamment à Edimbourg en 1797 ; à Glasgow même devait être fondé, en 1847, un *Adviser* qui a duré jusqu'au XXe siècle.

CHAPITRE XVII

Page 225.

1. Dans ce chapitre et dans les deux suivants, Nodier donne libre cours, dans un style sarcastique plein de verve, à l'hostilité horrifiée qui fut toujours la sienne à l'égard de la peine capitale, et qu'il exprima dans les œuvres les plus diverses, notamment, juste avant *La Fée aux Miettes,* dans l'*Histoire d'Hélène Gillet* (*Revue de Paris,* février 1832).

2. Nouveau souvenir des *Bijoux indiscrets* de Diderot, dans le même chapitre « Les songes » ; Sélim se voit en rêve aller au « conseil de la régence » et y trouve, siégeant gravement, un bœuf, un mouton, un aigle deux hiboux et des oies (éd. citée, p. 184-185). Mais Nodier doit surtout songer à l'épisode hugolien tout récent où Gringoire, observant les membres du tribunal qui va juger Esmeralda, demande à son voisin qui sont « ces moutons » (les maîtres des requêtes), « ce sanglier » (le greffier), « ce crocodile » (l'avocat), « ce gros chat noir » (le procureur)... Voir *Notre-Dame de Paris,* Folio n° 549, livre VIII, chap. I, p. 391-392.

Page 227.

3. Nodier place ici dans la bouche de Michel, à propos du sixième jour de la Création, l'essentiel d'une réflexion que développe, au même moment, l'essai « De la palingénésie... » déjà cité (voir la n. 11 du chap. I, et les *Œuvres complètes,* éd. Renduel, t. V, Slatkine reprints, 1968, p. 346-351).

4. *Ad unguem :* « jusqu'à l'ongle », c'est-à-dire à la perfection (l'expression évoque le geste du marbrier passant l'ongle sur son ouvrage pour en apprécier le poli). *Insanus aut valde stolidus :* « fou ou complètement bête »

Page 228.

5. L'Allemand Spurzheim (1776-1832), disciple et collaborateur de Gall dont il systématise la doctrine, avait donné des cours publics de phrénologie à Paris en 1821-1822, puis de l'automne 1830 au printemps 1832 ; il partit alors pour Boston (où il allait mourir du typhus), juste après avoir publié en français, sous la forme d'un petit *Manuel de phrénologie,* le résumé de sa méthode (*Bibliographie de la France,* 31 mars 1832).

6. *Impazzare* veut dire « devenir fou » ; Nodier déforme sans doute une citation, que je n'ai pu retrouver.

7. « Fou, fou, complètement fou. »

Page 229.

8. L'estrapade, supplice connu, est appelée ainsi d'après le sens premier du mot, dont Nodier se sert ici : c'est, en langage de cirque, l'acrobatie consistant à faire passer le corps entre les bras et l'agrès (trapèze ou autre) où l'athlète est suspendu par les mains. C'est aussi, au manège, le saut brusque du cheval qui veut désarçonner son cavalier (ce sens va bien avec « écarts », qui précède dans le texte).

9. Sibilation : sifflement. Mot rare à consonance médicale (on parle du *râle sibilant* d'un malade) ; mais Nodier l'entend aussi au sens musical, en accord métaphorique avec « points d'orgue », « cadences » et « basse » — de même que p. 314 à propos de *Tristram Shandy.*

Page 231.

10. Furt : vol (encore un mot calqué sur le latin ; cf. *furtif*).

11. Nodier inverse la phrase proverbiale attribuée par Suétone à Auguste : « Hâte-toi lentement » (*Vies des douze Césars,* II, 25)

12. Affirmation d'un bon latiniste : on trouve en effet l'expression « *primo diluculo* » (« dès la première lueur du jour ») dans plusieurs

passages de Cicéron (*Pro Roscio Amerino,* 19, ou *Lettres à Atticus,* XVI, 13a).

Page 233.

13. Le *teloneum* ou *telonium* est le bureau du percepteur d'impôts (mot latin calqué sur le grec) ; il désigne ici le comptoir de Jonathas. L'expression *sedentem in telonio* (« assis à son comptoir ») est une citation inexacte de l'évangile de Luc, à propos du publicain Lévi (*sedentem ad telonium,* chap. V, verset 27).

14. Le verbe *to gripe* signifie saisir : ces « agrippeurs » ou « empoigneurs » sont les gendarmes qui encadrent Jonathas.

Page 234.

15. Le contexte n'est pas le même chez Pétrone ! Trimalcion, déclamant par dérision un poème sur le vice, s'y écrie : « Est-il juste de revêtir une femme mariée d'un vêtement qui n'est qu'un souffle [*ventum textilem,* dans le texte latin], et qu'elle se montre, nue, sous un nuage de lin [*in nebula linea*] ? » (*Satiricon,* LV, trad. Grimal).

Page 235.

16. *Séla* ou *Sélah,* terme hébreu de prière ou de salutation.

17. Plusieurs fois dans le Livre de Job il est dit que « l'homme accablé perd le jugement » (XI, 12) ou que Dieu, s'il le veut, « ôte la parole aux orateurs et ravit le discernement aux vieillards » (XII, 20) ; et le jeune Elihou s'emportant contre les vieux amis de Job, rappelle qu' « être un ancien ne rend pas sage et [que] les vieillards ne discernent pas le droit » (XXXII, 9 ; trad. œcuménique de la Bible).

18. *Recorder :* avocat nommé par la Couronne pour remplir les fonctions de juge civil et criminel au niveau local.

19. Ces « fourches » désignent « les ruines de la vieille église de Saint-Patrick », à 14 km à l'ouest de Glasgow sur la rive de la Clyde, et ainsi nommées parce qu'elles « viennent incliner sur son cours un pan de muraille sans aplomb, dont l'équilibre étonne les voyageurs » (*Promenade de Dieppe aux montagnes d'Écosse,* éd. cit., p. 179).

Page 236.

20. Voir *Esther* de Racine, acte II, scène 7, v. 645-652.

Page 237.

21. Cédule, vieux mot signifiant feuillet, page : reconnaissance de dette et, par extension, tout contrat sous seing privé.

Page 238.

22. *Tipstaff* : huissier à verge.

CHAPITRE XVIII

1. *Rara avis in terris* « oiseau rare sur la terre »; dans Juvénal, l'expression désigne la femme idéale et introuvable (*Satires*, VI, v. 165).

Page 239.

2. Citation légèrement inexacte du v. 77 de l'*Heautontimoroumenos* de Térence : « Je suis homme, et rien d'humain ne m'est, je pense, étranger. »

3. *Pueritia mentis* : enfance de l'esprit, imbécillité.

4. *Magnificence* est le texte des deux éditions imprimées. Plusieurs commentateurs proposent de corriger en *munificence*, leçon du manuscrit qu'ils jugent meilleure; mais *magnificence* n'est pas inacceptable pour le sens.

CHAPITRE XIX

Page 243.

1. Nouvel exemple de ces mots rares qu'affectionne Nodier; le verbe intransitif *siller*, au sens de filer, avancer sur l'eau, est un doublon tombé en désuétude du verbe *sigler*, qui a donné *cingler* (aucun rapport avec *sillon*, malgré la métaphore).

Page 246.

2. Réminiscence du « sauvetage » de Gringoire, condamné à mort par la Cour des Miracles, et qu'Esmeralda accepte d'épouser (*Notre-Dame de Paris*, livre II, chap. 6). Dans son roman, paru en mars 1831, Hugo se montrait adversaire aussi acharné que Nodier de la peine de mort et des parodies de justice.

3. Nodier lexicographe et philologue s'est maintes fois lamenté sur la destruction des langues par les jargons de métier. Et pourtant « sait-on qu'une langue, c'est un peuple, et quelque chose de plus qu'un peuple, c'est-à-dire son intelligence et son âme? » (*Notions élémentaires de linguistique*, t. XII des *Œuvres complètes*, Slatkine reprints, 1968, p. 261).

Page 247.

4. Clergie : instruction, savoir, en français ancien (cf. l'adjectif et nom « clerc », en ce sens). Le bénéfice de clergie, dans l'ancienne loi anglaise, accordait la vie sauve au condamné capable de déchiffrer le vieux saxon — ce que pourrait Michel, éduqué par la Fée ; mais il a été condamné « sans appel » (p. 240).

Page 249.

5. *Mantua-maker :* couturière.

Page 250.

6. Le mot *seashop* n'existe pas ; il est forgé sur *sea,* mer et *shop,* boutique, qui peuvent évoquer l'atelier de calfatage du futur époux de Folly.

Page 252.

7. *Guerdon* (salaire, récompense) vient du glossaire des romans de chevalerie, de même que *merci,* au sens de faveur, et *préfix,* fixé d'avance.

CHAPITRE XX

Page 256.

1. Allusion à un conte d'une quinzaine de pages, les *Aventures d'Aristonoüs,* écrit par Fénelon pour son élève le duc de Bourgogne. La maison du héros, en Lycie, est « simple et médiocre, mais d'une architecture agréable, avec de justes proportions ; [...] les jardins n'étaient point vastes : on y voyait des fruits et des plantes utiles pour la nourriture des hommes ; aux deux côtés du jardin paraissaient deux bocages, dont les arbres étaient presque aussi anciens que la terre leur mère, et dont les rameaux épais faisaient une ombre impénétrable aux rayons du soleil » (*Aventures de Télémaque,* par Fénelon. Nouvelle édition [...] augmentée des *Aventures d'Aristonoüs,* Paris, Ledentu, 1831, p. 408).

Page 261.

2. Les mots *transparents comme une nappe de cristal, ou sur lequel ils bondissaient* sont supprimés dans l'édition de 1835 ; c'est sans doute une erreur des protes.

Page 263.

3. Michel (et Nodier) seraient en peine de s'en souvenir : dans *La Barbe bleue* de Perrault, la femme n'est pas nommée.

CHAPITRE XXI

Page 265.

1. *Fashion* et *fashionable,* introduits en France au début du
XIXe siècle pour désigner la mode et les gens à la mode, n'ont
commencé à vieillir qu'après la Première Guerre mondiale; vers
1830, ils n'étaient qu'à peine perçus comme des mots étrangers.

2. « À la Crispin », avec une majuscule : Nodier rappelle ainsi
l'origine de l'expression, ce valet de comédie qui portait des gants
munis de longues manchettes couvrant l'avant-bras; on dit plus
souvent « gants à crispin ».

Page 266.

3. Tullius Tiron, secrétaire et intendant de Cicéron dont il était
l'ancien esclave, a laissé son nom aux améliorations dont il a fait
bénéficier la tachygraphie, déjà inventée avant lui par les Grecs. La
sténographie moderne est apparue en Angleterre peu avant 1600, et
les méthodes d'écriture rapide se concurrençaient activement au
début du XIXe siècle.

Page 273.

4. Au lieu de « les économistes, les philosophes et les hommes
d'État », Nodier avait d'abord écrit : « Turgot, Necker et Condor-
cet »; la correction apportée à ce premier jet convient évidemment
mieux à la leçon morale atemporelle contenue dans ce dialogue.

Page 275.

5. Le mot grangeage, donné ici comme synonyme de grangée (ce
que contient une grange), désigne en fait un mode de fermage des
terres.

Page 278.

6. *Beggars* . mendiants. Un demi-shilling de 1832 représente
environ douze francs de 1982.

7. Michel parle comme Nodier, bibliomane et humaniste averti
pour qui c'est moins l'auteur grec qui importe que son éditeur ou son
relieur. Robert (1707-1776) et Andrew (1712-1775) Foulis sont les
pionniers de l'édition des textes grecs en Écosse; leur *Homère* in-folio,
publié à Glasgow de 1756 à 1758, est célèbre. Nodier cite à leurs
côtés Robert Balfour (1550-v. 1625), helléniste catholique écossais
qui, pour des raisons religieuses, fit sa carrière en France comme
professeur de langues anciennes à la Sorbonne et au Collège de
Guyenne; il édita certains textes grecs tardifs.

CHAPITRE XXII

Page 284.

1. La peau de chèvre tannée et teinte que nous appelons maroquin s'écrit en anglais *morocco* et non *marocco*. Même chose p. 290.

Page 286.

2. Le toisé est l'évaluation des travaux dans un bâtiment (comme on dit aujourd'hui le métré).

Page 287.

3. *Arabian Nights* est le titre anglais des *Mille et Une Nuits*.

Page 290.

4. « En gagnant pays », sans article, est la leçon du manuscrit et des éditions ; certains éditeurs ajoutent un *le*.

5. Les Grampians sont une vaste chaîne de collines, au nord de la Clyde ; c'est en partie le décor de *Trilby* (voir la carte).

CHAPITRE XXIII

Page 291.

1. Le texte des éditions est *munificences* ; certains éditeurs corrigent en *magnificences,* sans que cette correction nous paraisse plus nécessaire que p. 239 (voir la n. 4 de cette page).

Page 293.

2. *Fantoccino :* marionnette italienne ; on en voyait chez Séraphin (voir la n. 3 du chap. XI).

CHAPITRE XXV

Page 305.

1. Il peut s'agir d'une allusion à un verset du Cantique des Cantiques, traditionnellement attribué à Salomon, et où la mandragore se trouve citée pour sa « senteur » (chap. VII, v. 14).

CHAPITRE XXVI

Page 309.

1. Barbarisme, parce qu'herbe en latin se dit *herba* et non *herbor* (comme *arbor*, par exemple, qui donne arboriculture).

CONCLUSION

Page 311.

1. Nodier transpose en français l'expression anglaise *blue devil*, qui désigne un esprit malfaisant ; on trouve beaucoup plus souvent le pluriel *blue devils*, pour parler de la mélancolie hypocondriaque, et aussi des hallucinations dues au *delirium tremens*. On peut prendre ici l'expression *diable bleu* comme un simple synonyme de lubie.

Page 312.

2. Le discours ampoulé du psychiatre reflète l'information précise recueillie par Nodier sur la légende et la bibliographie de la mandragore. Il est exact qu'Hippocrate en parle comme d'un anti-dépressif (voir *Œuvres*, trad. Littré, 1849, t. VI, p. 329) ; sur le cri de la mandragore arrachée, on consultera l'ouvrage cité d'Albert-Marie Schmidt, p. 66 et suiv. (voir la n. 2 du chap. II).

3. Dioscoride, écrivain grec du Ier siècle apr. J.-C., est l'auteur d'un traité *De la médecine,* compilation utilisée en Europe jusqu'au XVIIe siècle.

4. Le Bolognais Ulysse Aldrovandi, autre compilateur infatigable (1522-1605), a laissé une *Histoire naturelle* en 13 vol. in-folio.

5. Linacre, hélléniste et médecin anglais (1460-1524), se prénom-mait en fait Thomas ; il a traduit les œuvres de Galien.

6. Il ne s'agit pas ici du philosophe Francesco Colonna, mis en scène par Nodier dans son dernier conte (*Franciscus Columna,* 1844), mais du botaniste Fabio Colonna (1567-1650), en latin Fabius Columna, rejeton lui aussi de la célèbre lignée romaine, connu pour la précision de ses dessins de plantes et la rigueur avec laquelle il s'efforça d'en classer les genres (*Plantarum historia,* Naples, 1592).

7. Conrad Gesner, grand naturaliste zurichois (1516-1565), auteur, lui aussi, d'importants travaux de classification des plantes (*Catalogus plantarum,* Tiguri, 1542).

8. Matthias de L'Obel ou Lobel, botaniste lillois (1538-1616), médecin de Guillaume d'Orange et de Jacques Ier. Comme les autres savants cités ici par Nodier avec un grand souci d'exactitude et de logique, il consacra la plus grande part de son énergie à des travaux

de classification et de physiologie végétale (*Plantarum seu stirpium historia,* Anvers, 1576).

9. Claude Duret, mort à Moulins en 1611, a laissé une *Histoire admirable des plantes et herbes émerveillables et miraculeuses en nature* (Paris, 1605).

10. Le crico-thyroïdien est un des muscles du larynx; il participe à la tension des cordes vocales.

11. Au-dessus du cartilage cricoïde se situent les deux cartilages aryténoïdes, reliés par le muscle aryténoïdien qui occupe « l'espace » évoqué ici, et qui assure la contraction ou le relâchement de la glotte. Nodier a pris plaisir à ne mettre dans la bouche de ce cuistre ridicule aucune affirmation inexacte.

Page 313.

12. L'ouvrage de l'anatomiste Antoine Ferrein (1693-1769) auquel Nodier fait allusion est *La Formation de la voix de l'homme,* mémoire de 1741.

13. Je n'ai pu découvrir dans lequel de ses très nombreux écrits Geoffroy Saint-Hilaire aurait parlé de la phonation.

14. Nodier se réfère à un ouvrage qu'il connaît très bien, l'*Histoire naturelle de la parole ou Origine du langage et de l'écriture* (1774), qui constitue le t. III du *Monde primitif analysé et comparé avec le monde moderne* du philologue Court de Gébelin (1725-1784).

15. Monophylle : qui ne comporte qu'une seule feuille ou un seul pétale.

Page 314.

16. Les épispastiques étaient des pommades irritantes destinées à échauffer la peau pour en exprimer les « humeurs ».

17. Les ceps étaient un instrument de torture enserrant les chevilles ou les poignets.

18. Dans *Tristram Shandy* de Sterne (chap. XXVIII), l'oncle Tobie siffle l'air du *Lilliburello* (et non *lila burello*) pour exprimer sa tristesse ou son désaccord avec ce qu'il entend dire.

Page 315.

19. Balclutha est le nom donné par Ossian à la colline de Dumbarton, qui domine Greenock; l'épopée de l'indépendance écossaise, dont Wallace fut le héros, remonte à la fin du XIIIe siècle.

Page 318.

20. *Arsenal,* avec majuscule : lapsus de l'édition Renduel... qu'on est bien libre de trouver significatif. Dans le manuscrit, c'est au paragraphe précédent que Nodier a écrit, de premier jet, Arsenal avec une majuscule.

Page 319.

21. *Casini* est le pluriel de... *casino ;* le *Ridotto* était la plus célèbre de ces salles de jeux vénitiennes, près de l'église San Moisè.

Page 320.

22. Allusion à une anecdote rapportée par Diogène Laërce dans ses *Vies des plus illustres philosophes de l'Antiquité* que Nodier possédait dans l'éd. d'Amsterdam de 1758 (*Description raisonnée d'une jolie collection de livres,* n° 1192). Aristippe le Cyrénaïque, séjournant à Syracuse, vit un jour Diogène laver des herbes sauvages pour son repas ; lorsque ce dernier lui dit : « Tu ne serais pas obligé de te morfondre aux portes des princes si tu savais te contenter de ces mets-là », Aristippe aurait répliqué : « Et toi, si tu n'étais pas insociable, tu ne laverais pas des légumes. »

23. *Zucca :* courge, en italien. *Mercuriale* est pris au sens de : liste des prix publics des denrées.

Page 321.

24. La lire, au temps de Nodier, valait un franc français ; le colporteur vend donc sa camelote environ 8 F de 1982 la brochure. Plusieurs des titres sont aisément identifiables, comme *La Malice des femmes,* qui fait partie de la Bibliothèque bleue de Troyes (1re éd. 1729, dernière rééd. 1831) et connaissait de nombreuses imitations sous le même titre, ou *La Patience de Griselidis,* adaptation anonyme du dernier conte du *Décaméron* où Boccace met en scène le personnage semi-légendaire de Griselda de Saluces, martyre de la longanimité conjugale ; plusieurs versions avaient cours depuis les années 1780 et connaissaient, elles aussi, de fréquents retirages (une *Grisélidis* était attribuée à Perrault, probablement à tort). Connue aussi, l'*Histoire pitoyable du prince Érastus,* fable d'origine italienne publiée pour la première fois en français à Lyon en 1565, et plusieurs fois rééditée. Paribanou et les deux Tristan renvoient sûrement aussi à de vrais titres, que je n'ai pu identifier pour le moment. Eblès ou Iblis est un des noms du diable, le roi des mauvais esprits chez les musulmans ; un « roman persan » anonyme intitulé *Eblis ou la magie des Perses* avait été publié à Paris en 1813.

Page 322.

25. Les « sept planètes » que connaissait le Moyen Âge, et que retient l'astrologie, étaient Mercure, Vénus, la Terre, Mars, Jupiter et Saturne, auxquelles on adjoignait indûment la Lune.

DOCUMENTS

I. LES PRÉFACES

1. Préface de *Smarra* (1821)

Page 337.

1. Ce pseudonyme, composé des quatre premières lettres du nom de Nodier inversées, ne dut pas tromper grand monde ; *La Quotidienne* du 13 août 1821 invitait ses lecteurs (peut-être sur la suggestion de Nodier lui-même, qui y collaborait régulièrement) à bien voir que cette prétendue « imitation des poésies slaves du comte Maxime Odin » évoquait en réalité « la verve originale et la brillante imagination de *Jean Sbogar* ».

2. Autre information fantaisiste ; l'Albinoni que Nodier a connu en Illyrie était un érudit peu féru de légendes, et au demeurant R. Maixner a bien montré, dans sa thèse sur *Charles Nodier et l'Illyrie* (voir la bibliographie), combien l'écrivain avait vécu replié sur le cercle étroit de la colonie française durant son bref séjour à Laibach ; il est très probable que *Smarra* n'a pas grand-chose de réellement « dalmate ».

3. Orthographe propre à Nodier ; la racine *mar* désigne dans la plupart des langues anglo-saxonnes l'incube, ce génie malfaisant censé s'asseoir sur la poitrine du dormeur et provoquer ainsi l'oppression propre à cet état pénible. Le mot même de *smarra* n'est pas de l'invention de Nodier, qui avait pu le lire dans le *Voyage en Dalmatie* de l'abbé Fortis (voir la n. 7).

4. Les Morlaques peuplaient la côte adriatique au début de l'ère chrétienne, entre Croatie et Dalmatie.

Page 338.

5. Dans la plupart des hautes vallées des Alpes sévissait le crétinisme, dont Balzac parle en 1833 dans *Le Médecin de campagne* ; fin 1812, Nodier avait gagné son poste de Laibach par la Maurienne, et avait été péniblement impressionné par le spectacle « épouvantable » de ces goitreux (lettre à son ami Weiss, 2 janvier 1813).

6. En fait Nodier n'a guère gardé d'Apulée que les noms de Lucius et de la sorcière Méroé ; voir toutefois la note suivante.

7. Apulée est né à Madaura, en Algérie. Nodier évoque ici le chap. VIII du *Voyage en Dalmatie* de l'abbé Fortis (1741-1803), paru en 1774, traduit en français en 1778, où un moine cordelier est

témoin des prodiges de sorcières morlaques — récit en effet très proche de la fable d'Apulée (voir *L'Ane d'or*, n° 629, p. 38-44) ; on y trouve notamment l'épisode du cœur arraché au héros pendant son sommeil, que Nodier réutilise à la fin de l'épode de *Smarra*, et dont il parle encore dans l'essai *De quelques phénomènes du sommeil* (voir p. 366-367).

2. Note sur le *rhombus*

Page 339.

1. Nodier cite le *Nouveau Dictionnaire latin-français*, d'après Facciolati, du compilateur François-Joseph Noël (1755-1841), Paris, 1807, t. II, p. 307.

2. Il s'agit exactement de l'*Histoire générale des pêches anciennes et modernes dans les mers et les fleuves des deux continents*, ouvrage inachevé de Noël de La Morinière (1765-1822), Paris, 1816 (t. I, seul paru).

3. *Rhombos* est traduit en latin par le mot *turbo*, tourbillon, d'où l'erreur grossière de Noël de La Morinière.

4. Rhombe voulait jadis dire losange. C'est en 1654 que Nicolas Perrot d'Ablancourt (1606-1664), l'un des premiers académiciens français, publia sa traduction commentée, en deux volumes, des œuvres de Lucien ; je n'ai pu y découvrir aucun passage sur le *rhombus*.

5. Même remarque pour Jacques-Nicolas Belin de Ballu (1753-1815), autre helléniste ; sa traduction de Lucien (5 vol.) date de 1788.

6. Libert est un éditeur parisien du début du XVIIe siècle auquel on doit un Théocrite bilingue : texte grec et traduction latine en regard ; c'est cette traduction que cite Nodier (*Theocriti* [...] *Eidyllia et Epigrammata* [...], Paris, 1627, p. 14). Ces deux vers figurent dans l'incantation amoureuse de la magicienne Simaitha (Idylle II, v. 30-31) ; une traduction plus scrupuleuse que celle de Nodier donne : « Et comme ce disque d'airain tourne éperdument sous l'action d'Aphrodite, ainsi puisse [mon amant] tourner éperdument à ma porte » (trad. Legrand, coll. Budé).

7. Référence inexacte ; Properce cite le *rhombus* au v. 35 de l'élégie 18 du livre II (coll. Budé, p. 74).

8. Référence à peu près exacte, au classement moderne près ; dans l'éd. Budé, le *rhombus* est cité au v. 9 de l'épigramme 29 (et non 30) du livre IX (t. II, p. 45).

Page 340.

9. Il s'agit de la sorcière Dipsas (Ovide, *Amours*, I, 8, v. 7-8) ; Henri Bornecque (coll. Budé) traduisait ainsi : « Elle sait bien la

vertu des herbes, celle des fils s'enroulant au rouet qui tourne [etc.] »
— le choix du terme « rouet » serait probablement contesté par
Nodier...

10. Le Dijonnais Bernard de La Monnoye (1641-1728) écrivit,
sous le pseudonyme de Guy Barozai, de célèbres *Noëls bourguignons*
dont Nodier possédait plusieurs éditions rarissimes (voir *Description
raisonnée...*, n°s 632-636). Les deux vers cités ici proviennent du
IVe Noël, « Dialogue de Simon et de Lucas ». La phrase complète
dit en français : « Tu sais bien, quand un enfant crie, / Que pour en
apaiser les cris, / Il ne faut qu'une chatterie, / Ou qu'un sifflet, ou
qu'[une toupie] » *(Noei borguignon* de Gui Barozai, 14e éd., 1825,
p. 16 ; trad. fr. de F. Fertiault, *Les Noëls bourguignons de Bernard de La
Monnoye,* 1841, 2e éd., 1857, p. 22-23 ; Fertiault traduit « *trebi* » par
« un sabot » (?) au lieu d' « une toupie », que nous avons
substitué).

11. Par l'expression *versare turbinem* (faire tourner une toupie),
Nodier évoque de mémoire et peu fidèlement un vers de l'*Enéide*
(livre VII, v. 378) montrant « la toupie qui vole sous les coups du
fouet [et que] les enfants chassent en grands cercles autour des
atriums déserts » (trad. J. Perret, coll. Budé) ; pour Horace, le texte
exact est : *Citumque retro solve, solve turbinem* (« Et brise par un
mouvement inverse, brise la course du rhombe », XVIIe Épode, v. 7,
trad. Villeneuve, coll. Budé). Les commentateurs modernes s'accordent pour donner raison à Nodier sur l'équivalence *rhombos-turbo.*

12. « *Le diable,* c'est-à-dire cette espèce de toupie de métal ou de
bois qu'on fait pirouetter avec des lanières tressées », précise Nodier
en 1828 à l'article « *Rhombus* » de son *Examen critique des dictionnaires
de la langue française.*

3. Préface nouvelle de *Smarra* (1832)

Page 341.

1. Pour Scott, Nodier peut songer au *Miroir de ma tante Marguerite*
et à *La Chambre tapissée,* deux contes fantastiques dans le goût
d'Hoffmann, publiés en 1830 en un volume intitulé *Romans merveilleux.* Pour Hugo, la référence la plus récente est bien sûr Quasimodo
(*Notre-Dame de Paris* a été publié juste un an avant cette réédition de
Smarra), mais Nodier avait aimé aussi *Han d'Islande* — voir son
article élogieux dans *La Quotidienne* du 12 mars 1823.

2. Allusion à Kreisler, le musicien extravagant et virtuose des
Kreisleriana (1814) et du conte *Le Chat Mürr* (1822).

3. Nodier pense au conte « Le magnétiseur », qui fait partie du
premier recueil d'Hoffmann, les *Fantaisies dans la manière de Callot*
(1813).

4. Allusion au *Visionnaire* de Schiller, roman inachevé inspiré par le personnage de Cagliostro (1789).

Page 342.

5. Malléer : battre au marteau du métal pour l'étendre en feuille mince (se dit du travail de l'orfèvre).

Page 343.

6. Horace, *Art Poétique*, v. 441 (« et remettre sur l'enclume les vers mal tournés »).

7. Et pour cause, puisque l'œuvre était sous-titrée « songes romantiques » dans l'édition originale... Nodier pense ici au siège académique qu'il brigue, et qu'il obtiendra l'année suivante : ne pas paraître avoir été trop frénétique, surtout !

8. Johann Scapula, employé dans l'imprimerie d'Henri Estienne, fut accusé par celui-ci de plagiat lorsqu'il tira en 1579 de son chef-d'œuvre, le *Thesaurus graecae linguae* (1572), un abrégé en un seul volume in-folio au lieu de cinq, qui se vendit bien mieux pour cette raison. Cette fortune se poursuivit jusqu'à l'époque de Nodier, qui connaissait en outre l'édition Elzévir de l'ouvrage de Scapula (Leyde, 1652). Cornelius Schrevel dit Schrevelius est un grammairien hollandais (1615-1664) auteur d'un *Lexicon manuale graeco-latinum et latino-graecum* (Leyde, 1654) et de nombreuses éditions des classiques latins.

Page 344.

9. Pierre-Edouard Lemontey (1762-1826), littérateur et académicien, censeur théâtral de Napoléon puis de Louis XVIII, type de l'esprit médiocre.

10. Louis-Simon Auger (1772-1829), autre littérateur et académicien, était mort noyé dans la Seine (d'où l'expression « mon malheureux ami ») ; il avait écrit sur Molière et sur les classiques.

11. C'est ce Ponthieu, installé au n° 252 des célèbres Galeries de bois du Palais-Royal, qui avait publié en 1821 l'édition originale de *Smarra*.

12. Jean-François Gundulić ou Gondola (1588-1638) fut le réformateur du théâtre illyrien. Son *Osmanide* en vingt chants, dont Nodier avait connu l'existence dès son séjour à Laibach, ne fut imprimée — à Dubrovnik — qu'en 1826.

13. Allusion au *Pantheum mysticum* du jésuite François-Antoine Pomey (1619-1673), paru à Lyon en 1659 et dont la traduction française, publiée à Paris en 1715, connut longtemps le succès.

14. L'abbé Joseph Valart (1698-1781) est auteur, notamment, d'un *Abrégé de la grammaire latine* (1738) et de *Rudiments de la langue*

latine (1749), d'une *Grammaire française* (1742) et d'un *Supplément à la grammaire latine de Beauzée* (1769).

15. Nodier aligne ici les noms alors les plus connus de l'école néo-latine de Raguse :

Roger-Joseph Bosković, jésuite, mathématicien et philosophe (1711-1787), auquel on doit de nombreux traités scientifiques en latin, et même un poème sur les éclipses (*De solis ac lunae defectibus*, 1760) ;

Benoît Stay (1714-1801), qui traduisit en vers latins les *Méditations métaphysiques* de Descartes (1744) et les œuvres de Newton ;

Bernard Zamagna, autre jésuite (1735-1820), auteur d'idylles latines, traducteur en latin de l'*Odyssée* (1777), de Théocrite (1784) et d'Hésiode (1785) ;

Urbain Appendini, auteur en 1811 d'un recueil de poésies latines (*Carmina*) dont Nodier avait rendu compte dans *Le Télégraphe illyrien ;*

enfin le comte de Sorgo-Sorkočević, ambassadeur de la Républi-que de Raguse à Paris (où il mourut en 1841), et auteur de la restitution de deux chants perdus de l'*Osmanide*, en 1838 (voir la n. 12).

16. Louvet c'est Louvet de Couvray, auteur non seulement des très libres *Amours du chevalier de Faublas* (1787), mais d'un autre roman très moralisateur, *Émilie de Varmont* (1791). Charles-Albert Demoustier (1760-1801) vécut du succès renouvelé des six séries de ses *Lettres à Émilie sur la mythologie* (1786-1798).

Page 345.

17. *Junctura* (groupement) et *mixtura* (mélange) sont constamment utilisés par Quintilien dans son *Institution oratoire,* mais sans être accolés comme Nodier le fait ici sans souci de citation textuelle.

4. Préface de *Trilby* (1822)

1. Hommage au roman traditionnellement considéré comme l'acte de naissance du fantastique français : *Le Diable amoureux de* Cazotte, qui parut en 1772 confronte Alvare, jeune noble espagnol curieux de magie, et le diable attaché à ses pas sous les apparences de la sylphide Biondetta. Dans *Trilby,* Nodier inverse les sexes.

Page 346.

2. Henri de Latouche a composé en 1819 un « Ariel exilé » qui offre en effet quelques rapprochements avec le motif de Jeannie au rouet dans *Trilby;* dans sa « Préface nouvelle », Nodier l'appelle d'ailleurs à tort « La fileuse » (document n° 5, p. 348).

3. Au moment où Nodier écrit cette préface (1822), les deux hommes, qui se connaissent et s'estiment depuis plusieurs années, siègent ensemble au comité de lecture du théâtre du Panorama-Dramatique.

4. Nodier, rappelons-le, avait voyagé en Écosse en juin-juillet 1821 et le souvenir enchanteur des paysages admirés transparaît parfois très personnellement dans le texte de *Trilby* (voir par exemple p. 83 et la note sur Tarbet).

5. Allusion à un passage des *Brigands* (1781) où Schiller parle de ces « harmonies guerrières [qui] nous *rebercent* dans les songes de notre gloire » (trad. de Nodier dans l'article « Rebercer » de son *Examen critique des dictionnaires de la langue française*, 1828).

Page 347.

6. Ces mots en italique sont sans doute une citation (et peut-être même le titre) d'un libelle ou d'un article contemporain, que je n'ai pu identifier.

7. Expressions empruntées à Virgile (« le frais ombrage », *Bucoliques*, I, V. 52) et à Cicéron (« l'éternelle fraîcheur des sources », *De natura deorum*, II, 98).

Page 348.

8. L'orthographe exacte est en fait Argyll ; nous n'avons pu préciser avec exactitude aucune des allusions qui suivent concernant l'Arioste et Ossian.

5. Préface nouvelle de *Trilby* (1832)

1. Jean-Antoine Gleizes (1773-1843) fit partie de la secte des Méditateurs où Nodier le connut ; ses *Nuits élyséennes*, dans le goût de *Werther*, parurent en 1800 chez Didot.

2. L'*Edimburgh Review*, fondée en 1802, était une des plus célèbres revues littéraires de toute l'Europe ; on sait que Stendhal en possédait la collection complète, et la pillait volontiers dans ses ouvrages. Mais malgré son précieux *General Index*, je n'ai pu y découvrir d'allusion à Nodier.

Page 349.

3. L'historien cauchois René Aubert, abbé de Vertot (1655-1735), avait été chargé d'écrire une histoire de l'ordre de Malte, qui devait paraître en 1726 sous le titre *Histoire des chevaliers hospitaliers de Saint-Jean de Jérusalem* (c'est l'ancien nom des chevaliers de Malte). Il avait demandé par écrit des renseignements sur le siège de Rhodes par Soliman (1522) à un chevalier de l'Ordre ; mais, celui-ci tardant à répondre, Vertot avança dans son travail, sans grand souci de la

vérité. Lorsque les documents demandés arrivèrent enfin, démentant la fable qu'il avait bâtie, la légende assure qu'il répondit : « J'en suis fâché, mais mon siège est fait. »

4. Le littérateur Amédée Pichot (1795-1877), traducteur de Scott et de Byron et très versé dans l'hagiographie écossaise, affirme lui-même avoir fourni à Nodier non seulement la donnée de *Trilby* mais l'idée de certains épisodes décisifs comme l'incident du portrait (voir p. 86 et suiv.), dans le chapitre « Charles Nodier » de son volume de souvenirs intitulé *Arlésiennes* (Hachette, 1860, p. 361-377) ; Marie Nodier indique, elle aussi, que c'est Pichot qui inspira son père (*Charles Nodier...*, p. 253-254).

5. Mlle de Lubert (v. 1710-1779) a composé une dizaine de contes pour enfants dont *Le Prince glacé et la Princesse étincelante, Le Revenant, La Princesse Sensible et le prince Typhon*, réunis dans un volume paru en 1743.

6. Nodier songe au cours qu'il professa à Dole en 1808 (voir Chronologie).

7. Antoine-Chrysostome Quatremère de Quincy (1755-1850), surtout archéologue, avait publié en 1823 un *Essai sur la nature, le but et les moyens de l'imitation dans les beaux-arts* dans lequel il s'en prend aigrement au « prétendu genre » romantique, qui présente « pour découverte et nouveauté une simple manière de voir louche et fausse tout à la fois, une erreur de l'esprit que l'amour du changement accrédite et que l'ambition d'une vaine originalité prétend revêtir des couleurs du génie » ; et de citer la préface de l'édition originale de *Trilby* pour appuyer ses dires (*op. cit.*, p. 81 et n. 1).

6. Préface de *La Fée aux Miettes* (1832)

Page 351.

1. Le philologue André Dacier (1657-1722) fut l'allié de sa femme dans la Querelle des Anciens et des Modernes, et annota avec elle sa traduction d'Homère (3 vol., Paris, 1716).

2. Ce vieillard est cité par Marie Nodier (*Charles Nodier...*, p. 126 et suiv.) ; Nodier donne une indication chronologique inexacte, comme il faisait souvent : en 1808, lorsqu'il vint à Quintigny pour la première fois, il avait vingt-huit ans.

Page 353.

3. Le *Grand Catéchisme historique* de l'abbé Claude Fleury (1640-1723) est une histoire sainte, des origines à Constantin.

4. Non pas les contes *de* Galland, mais la célèbre traduction, par cet orientaliste, des *Mille et Une Nuits* (1704-1717) ; Nodier en avait préfacé une réédition en 1822.

Page 354.

5. Il s'agit du conte en vers de Voltaire *Ce qui plaît aux dames* (1764), où le chevalier Robert, contraint d'épouser une horrible vieille, s'aperçoit lors de la nuit de noces qu'elle est en réalité la fée Urgelle, prodige de séduction et de beauté.

6. *La Fée Urgèle* est un opéra-comique de Favart (1765) sous-titré *Ce qui plaît aux dames* : il est en effet tiré du conte de Voltaire auquel Nodier vient de faire allusion (voir la note précédente), et où apparaissait pour la première fois cette fée Urgèle. On avait donné en janvier 1831, au théâtre du Gymnase, une nouvelle mouture de l'œuvre de Favart, réduite à un seul acte par Léopold Aimon.

7. Pas jusqu'à Salomon... mais Favart s'inspire de Voltaire, qui emprunte lui-même à Dryden, lequel avait trouvé son sujet dans *The Wife of Bath* de Chaucer, etc.

II. textes sur le fantastique et le rêve

I. Du fantastique en littérature

Page 356.

I. Dans la Bible, la pythonisse d'Endor, petite ville de Palestine, évoque l'ombre de Samuel à la demande de Saül, la veille de la bataille de Gelboé (Premier Livre des Rois, chap. XXVIII).

2. Linus : il s'agit du musicien Linos, aède thébain dont l'existence semble n'avoir été que mythologique ; fils d'Apollon et de Calliope, il fut le maître d'Orphée et d'Héraklès et passe pour avoir inventé le thrène (chant funèbre). Il est cité par Homère (*Iliade,* chant XVIII, v. 570) et par Virgile (*Bucoliques,* IV, v. 56).

Page 357.

3. Sur les goules, voir la n. 15 de *Smarra.*

Page 358.

4. *La Troade* ou *Les Troyennes,* tragédie d'auteur inconnu, attribuée à Sénèque, est une adaptation latine mêlant les sujets des *Troyennes* d'Euripide et d'*Hécube,* du même auteur. Le chœur, composé d'Hécube et de ses suivantes, énonce en effet des propos niant l'immortalité de l'âme et l'existence de l'au-delà : c'est ce « positivisme » que déplore Nodier.

5. *L'Ane de Lucius* est un récit du romancier grec Lucien, pris par Apulée comme base de son *Ane d'or,* dont *Smarra* reprend certaines données.

Page 359.

6. L'érudit français Claude Saumaise (1588-1653) a laissé d'importants travaux historiques et philologiques, notamment de nombreuses annotations et remarques sur des écrivains anciens.

7. Griselidis : voir la n. 24 à la fin de *La Fée aux Miettes*. Si la *Griselidis* attribuée à Perrault n'est peut-être pas de lui, il est en revanche bien le créateur des trois sœurs Nonchalante, Babillarde et Finette, dans son conte *L'Adroite Princesse*.

Page 360.

8. Les afrites sont des génies malfaisants, dans la mythologie arabe.

9. *L'Oiseau bleu* fut sans doute le conte le plus célèbre de Mme d'Aulnoy, souvent évoquée par Nodier. Le rameau d'or miraculeux consacré à Junon est, au VIe livre de l'*Enéide*, le talisman qui permet à Enée d'obtenir de Charon le passage du Styx.

10. On appelait bibliothèque(s) bleue(s), aux XVIIe et XVIIIe siècles, des collections de romans populaires adaptés des récits médiévaux de chevalerie (voir, là encore, la n. 24 de la « Conclusion » de *La Fée aux Miettes*).

11. Les teilleuses sont les ouvrières qui débarrassent la tige de chanvre de son écorce, juste après le rouissage. L'écraigne est une hutte paysanne, en Bourgogne ; le mot désigne, par extension, les veillées que l'on faisait dans ces huttes.

Page 361.

12. *Guiriot* est une graphie du XVIIe siècle pour *griot* (musicien ambulant d'Afrique noire). Les calenders étaient une secte de derviches fanatiques fondée au XIVe siècle.

2. De quelques phénomènes du sommeil

Page 363.

1. Voir *Odyssée,* chap. XIX, v. 562-569, où Homère parle des portes de corne et d'ivoire plus tard immortalisées par la première phrase d'*Aurélia* de Nerval.

2. Le Mélès, petite rivière née au pied du mont Sipyle, et sur les bords de laquelle certaines traditions faisaient naître Homère.

Page 364.

3. Genèse, chap. II, v. 21-22.
4. Allusion non éclaircie.

Page 366.

5. Les *vukodlacks* sont les vampires, dont Nodier a parlé dans le passage que nous omettons.

Page 367.

6. Voir la première préface de *Smarra,* dans les Documents p. 338, et les notes 6 et 7 correspondantes.

7. Pietro Della Valle, célèbre voyageur italien (1586-1652), dont les *Viaggi* (Rome, 4 vol., 1650-1663) furent traduits avec succès en France dès leur parution. C'est dans les vol. 2 et 3 que Della Valle relate ses randonnées en Perse. Nodier est un peu incertain dans ses souvenirs de Pline. Il est exact que cet écrivain s'autorise par trois fois du mystérieux Isigone de Nicée, auteur d'un recueil d'*Apista* (« Faits incroyables ») dont on ne connaît que quelques fragments ; mais ce n'est jamais à propos des Esclavons ; une fois, il est question des anthropophages scythes qui « boivent dans des crânes humains » (*Histoire naturelle,* VII, 12).

Page 368.

8. Bref écho d'un autre texte de Nodier qu'on lui a souvent reproché en le croyant trop simplement réactionnaire, « De la perfectibilité de l'homme et de l'influence de l'imprimerie sur la civilisation » (*Revue de Paris,* novembre 1830).

Table 411

Impression Bussière
à Saint-Amand (Cher),
le 20 août 2005.
Dépôt légal : août 2005.
1ᵉʳ dépôt légal dans la collection : novembre 1982.
Numéro d'imprimeur : 053114/1.
ISBN 2-07-037420-3./Imprimé en France.